雨夜伽蓝寺

陈笑敏　著

北方文艺出版社

·哈尔滨·

图书在版编目（CIP）数据

雨夜伽蓝寺 / 陈笑敏著 . —— 哈尔滨：北方文艺出
版社 , 2025. 1. —— ISBN 978-7-5317-6381-9

Ⅰ . I246.7

中国国家版本馆 CIP 数据核字第 2024UN0527 号

雨夜伽蓝寺
YUYE QIELANSI

作　　者 / 陈笑敏
责任编辑 / 富翔强　　　　　　　封面设计 / 刘　美

出版发行 / 北方文艺出版社　　　邮　　编 / 150008
发行电话 / (0451) 86825533　　经　　销 / 新华书店
地　　址 / 哈尔滨市南岗区宣庆小区 1 号楼　网　址 / www.bfwy.com

印　　刷 / 三河市华东印刷有限公司　开　　本 / 787×1092　1/16
字　　数 / 268 千字　　　　　　　印　　张 / 17.25
版　　次 / 2025 年 1 月第 1 版　　　印　　次 / 2025 年 1 月第 1 次印刷

书　　号 / ISBN 978-7-5317-6381-9　定　　价 / 88.00 元

黄金般的时代

——生命的意义（代序）

很多年以来，我一直在找寻自己存活下来的意义，到底为何而活。上天赋予我鲜活的生命，是否就如此这般每天为生计而奔波，为自己不至于饿死而疲于奔命。我想无数人一定都努力过，探索过生命的意义，但太多人无功而返，在莽绿的海涛间沉浮，不知人生为何而活。但我实在是不甘心的，令人欣慰的是我在年纪尚轻的时候找到了生命的真谛，性情的寄托。写作才是我的灵魂。

我这一生寻寻觅觅了很多年，后知后觉，才找到与自己灵魂无法分割的部分，只要几天没有写作，整个人就像失魂落魄。待到写出鹤翥鸾翔，惊涛伟岸的文字以后，我才会好比饮了甘露醍酪一般浑身酣畅淋漓，骨骼丰润，整个人好似包裹了一层文学的薄膜，焕发出难以泯灭的浮彩。在这陋室之内，残花之畔，有新月相伴，真是黄金一样的岁月，我在这样美好的岁月里徜徉，感觉到生命的意义。

站在历史华美的卷轴上往回看，华夏煌煌然几千年，孕育出无数灿若星辰的文人诗者，豪迈奔放的有，婉约缠绵的有，数以千万计的诗歌小说支撑起巍峨的文学殿堂。我辈需兢兢业业，让文学蒸蒸日上，散发出经久难灭的鬼魅魔力。可这需要写作的人有着风扫松针的细腻，湖开石晕的灵动和补恨填愁的冲动。

多年以来我一直在找寻自己适合写哪种类型的小说，也尝试过不少类型，但有时是拨弓曲矢，有时是格格不入，有时又是冰炭不同器。但可喜的是最终我找到了悬疑推理类的小说，发觉这才是我的最爱。因为它们能够满足我无边的好奇心，挥洒我奔放的想象力，探索人性的真相。

我看过一些推理小说，观摩过不少电影，不算很多，但数量也很可观。我一直在诧异，为什么只有国外出过推理悬疑小说女王，她毕生都在创作推理悬疑小说，一部接着一部，焚膏继晷，案牍劳形，一生写过上百部的作品。而这些作品精彩纷呈，好似万花筒中央的彩色碎琉璃，在三棱镜的折射下焕发出经久难灭的魅力。在她的笔下，无数罪犯用自己超凡脱俗的智慧和过人的胆量，向全天下的人展示出一个瑰丽而诡谲的犯罪世界。而这位作者笔下的侦探，有着超越常人的睿智的头脑，缜密而细如筛网的心思，当然还能站在人性的高处，洞悉人性的善良与残暴；好比独立在大江的中央，看尽紫金鳌头，吸尽一江浓绿，吞吐数以千万计的鱼虾。她笔下的侦探悬疑故事总是看似纷繁芜杂，可是在侦探巧妙地询问、探索和推理下，总能抽丝剥茧地找到那个致命的线头，整理出一条冗长、惊艳、让人叹为观止的推理逻辑线。

可是在孕育过我们的土地上，为何没有出现这样的女作家。也许有过一两个，但作品寥寥，有些思路不够精致巧妙，有些推理牵强以至故事平淡无味，让人瞬间淡忘。而这些女作者也慢慢泯灭在人海中，不再有惊艳的作品出现，也不再为推理悬疑小说的崛起垒上一砖一瓦。

可是，我很想成为这样一个作者，为推理悬疑的崛起添砖加瓦，用自己羸弱的身躯不停歇地攀爬。会不会有朝一日攀登上这个领域的顶峰呢？也许不被人嘲笑的梦想是不值得为之奋斗的，万一有一天实现了呢？

我很想成为这样一个作者，到垂垂老矣之时，陪伴在自己身边的不仅是自己的子嗣，为数不多的财产，更重要的是有无数创作出来的推理悬疑小说。这些小说见证了我心灵的成长，孤寂岁月时灵魂的震撼和悸动，愤懑激昂时灵感的喷发，薄醉微醒时玉臂轻摇，写出精致巧妙的罪案故事时的无比欢畅。这才应该是人生该有的样子。

也许有人会谩骂我，口诛笔伐铺天盖地，他们会嘲笑我一个藉藉无名的作者为何有如此伟岸的理想，竟敢如此狂妄大胆，想写出无数精致巧妙的悬疑推理小说来。可是如果没有足够的冲动，怎能逾越过无数的沟渠、河滩，披荆斩棘到达胜利的彼岸？我会一篇接着一篇地写，绞尽脑汁，耗尽自己所有的心力，哪怕成不了最好的，我也要成为推理悬疑小说最多的女作者，在这座华美的丰碑上绽开出一朵属于自己的晚香玉，幽香渺渺，意蕴悠远。

《雨夜伽蓝寺》是一部推理悬疑小说集，也是我第一部推理悬疑小说，说的是一行八个人的旅友，自发组织到洛阳古城游玩，偶然间发现了古传说中失落已久的伽蓝寺。在大雨滂沱的夜晚，八人无处住宿，只得留宿在古老的伽蓝寺中。半夜便有人失踪，还发生了奇异诡谲的事件，第二天更是接二连三发生了命案。读者们可以开动脑筋，调动脑海中灰色的脑细胞，想想凶手到底是谁，是八个人中的哪一个，动机是什么，作案手法又是什么？待刑警抽丝剥茧抓住真凶，解析凶手巧夺天工的作案手段时，看看与自己的推理结果是否一致，我设置的结局和谜底大众是否满意，是否有意料之外的惊喜。

当读者们看完了《雨夜伽蓝寺》的七个故事。我不知道读者心里在思考着什么，是感慨我有一支生花妙笔，还是愤懑难耐，想写一篇刻薄的文章来讥讽我不自量力，在推理悬疑小说的高峰上试图攀爬而上，最后一脚踩空摔得很惨？我觉得萧红一句话说得很真实，世界上如果有一万个作者，那就有一万种写小说的方式。每个人的原生家庭不同，受教育程度不同，博览群书的数量不同，情志和意趣不同，那写出来的作品肯定也是迥然不同的。文学创作不但要有各种类型的文体，小说有不同类型的小说，而同样类型的小说也应该迥隔霄壤，写作方式，叙述方式大相径庭才对。这才真正是百花齐放的境界。

所谓无知者无畏，我放手大胆地写，读者们也应该放心大胆地去看才对，看时觉得不自在就破口大骂一番，觉得我有写得好的地方，也请读者不要悭吝赞赏，自言自语地在书房里夸奖我几句，我心足矣。如果能让读者在纷繁芜杂的尘世中有些许快乐，有几丝感慨，那便是我前世的造化，我心甚慰。

我以后可能还会写其他类型的小说，也许兴之所至甚至会写一部爱情小说，但推理悬疑小说永远是我的挚爱，是我所不能放弃的，就算以后不出书，也会在网络的世界里笔耕不辍，为读者们带来瑰丽而诡谲的故事，遍历奇情异事。此时此刻，我在写这些文字的时候，窗外是艳阳高照，可惜没有千竿湘妃泪竹在窗棂前随风簌簌有声，亦没有荷花柳浪伴我独枕幽窗，可能够让我有一沓纸，一支笔我已知足，这就好比薛涛的浣花笺，李清照的诗笔。我一生将与纸笔为伴，也希望有读者与我所孕育出的小说为伴。

在序言的结尾，我希望读者能够喜欢这部小说，喜欢这七个故事。我会不断努力，锲而不舍，锐意进取，不断写出更好的作品。

致敬广大读者！

陈笑敏

二〇二四年一月九日

CONTENTS

目　录

一、雨夜伽蓝寺

楔　子

霍一锋又做梦了，睡梦迷离之间他仿佛又回到了当年那个夜晚，那个风雨晦暝，大雨如银河倒泻的伽蓝寺夜晚。圆月的光辉已经完全被遮蔽住了，乌浓的云翳弥漫在整个天空中，把整个伽蓝寺笼罩在苍茫的夜色里。远处是密密麻麻的原始丛林，旃檀和木兰树高大峻茂，猿猴在错杂的枝条间腾跃，猫头鹰在树洞前咕哝，夜莺在怨慕地歌唱。所有的一切还是当年那个样子，碧瓦飞甍的古寺，水鸟攒聚的汉白玉池塘，女贞树下溜光水滑的青石板。突然之间，一切都变成了血红的颜色。血红的女贞树，血红的池塘和石板，还有这遮天蔽日的血红的雨水，把整个伽蓝寺都湮没了，伽蓝寺倒塌了，变成了一片废墟。所有人的恐惧和苦难都深深地掩埋在这废墟之内。

霍一锋茫然间惊醒了，原来只是梦境。那个伽蓝寺的夜晚他永远都不想再回忆了，一切都不复存在了，可也许一切都永远深藏在自己的潜意识中，挥之不去，难以消散……

第一章　真的有传说中的伽蓝寺？

时间的巨手将一切掰碎，又重新揉捏成形，抽一丝太阳的金络，掐一段晚霞的紫曛，幻作一个色彩斑斓的圆球，在霍一锋的脑海里左右跌宕，上下起伏。

时间又退回到了那天清晨，旅馆的窗外，阳光的金线已经肆无忌惮地铺洒进了房间，霍一锋刚刚睡醒，他将整个脸面都氤氲在温软而又和煦的阳光中。他们八个人已经来洛阳好几日了，游览了白马寺、永宁寺、古城十字街、隋唐遗址的植物园。白马寺内有恢宏壮丽的大佛殿与大雄宝殿，有碧瓦飞甍的比卢阁，古城十字街内小吃店鳞次栉比，而隋唐遗址的植物园简直是牡丹花的海洋，无数国色天香的牡丹，向背万态，卧从无力。他们这八个人已经一同游览过很多地方了，鸿雁池头，鲤鱼山下，鸬鹚堰底，鹦鹉洲边，算是一个遵守纪律，互相帮衬的驴友队伍，在吕晓东的带领下，几乎走遍了大半个中国。时间还早，霍一锋突然思考玩味起这八个人来。

毛雪莱、毛寒寒兄妹，他们两个是旅游的极端爱好者，每次都背着沉重的登山包袋，兴冲冲地第一个来报到。毛雪莱有着诗意而悱怨的名字，可惜他浪费了父母留给他的好资源，疯狂地沉迷赌球。毛寒寒嘛，像是个懵懂无知的少女，思维的发育跟不上她身材的发育，不过这女孩似乎有点喜欢吕晓东——一种茫然无措的，未被利禄色业所玷污的暗恋。

"吕晓东和韩苏这对情侣嘛"，霍一锋将手枕在脑后，无言匿笑起来。韩苏是个才情洋溢的作家，不但文采端丽，语句弘瞻，而且对旅游的热情无限高涨。在旅游途中，对历史古迹，诸人轶事都十分了解，自告奋勇地成了一个免费的讲解员。而自己的好朋友吕晓东，永远忠心耿耿，毫无怨言地跟在韩苏身后，为她策划旅行，安顿一切，为她倾其所有。八年的老朋友，霍一锋想想也替他心酸，八年已经足够漫长了，韩苏就这般和他厮混在一起，永远也不愿同他结婚，哪怕吕晓东在旅行的途中多次下跪求婚，可韩苏永远嗤之以鼻，让他这个枕边人铩羽而归，颜面尽失。看来，吕晓东似乎并不介意韩苏挥金如土的生活方式，他介意的是一个名分，作为丈夫的名分。还有，吕晓东好像特别讨厌和韩苏永远黏糊在一起的那只吉娃娃小狗"小疯子"，虽然他们家中还有一只体型庞大的阿富汗猎犬，韩苏替它取了个名字——"大疯子"。还有件趣事，就是韩苏永远戴在发髻上的金镶玉长簪，这支长簪紫罗衬壳，白玉填瓢，算是一件古董了，听说是她祖传的珍品，韩苏走到哪儿便戴到哪儿，永不离身。如今她脖子上又多了一串三圈环绕的海水珍珠项链，在阳光的辉映下，到任何一个景点都迸发出莹润剔透的光泽来，让人看了十分赏心悦目。霍一锋听吕晓东说过，其实他和韩苏刚从云南旅游回来，而韩苏又迫不及待地催促吕晓东组织了这次洛阳之行，这女子的能量怎么如此之大。听说吕晓东从云南回来后又出差了几日，苍苔露冷，夜径风寒，又是一番旅途劳顿，可他是韩苏一辈子的俘虏，她想怎样就怎样。

张弓和张弦表兄妹嘛，张弓一如既往地温文尔雅，无论到什么境地，都是要么西装革履，要么运动阳光，永远是女人喜欢的类型。胸藏锦绣，口唾珠玑，气质俊朗，时而玉树临风，时而又沧桑雅痞，让女人贪念，沉沦。而表妹张弦呢，画家嘛，扯云为布，为万里河山作朗月清风之像，这类人是奇异而孤寂的，青鸾舞镜，愁翻玉琴。张弓一路上对妹妹照顾有加，无微不至，张弦对表哥也是温柔顺从，体贴入微。

说起这对表兄妹，还颇有些说头。张弦的母亲和张弓的母亲是亲姐妹，张弦本名叫傅弦，但傅弦从小父母离异，跟着母亲辛苦过活。两家也经常走动，傅弦自小便和表哥张弓亲密无间。但天不遂人愿，傅弦的母亲得了白血病，掏空了家中所有的积蓄后还是撒手尘寰。临终前将女儿傅弦托付给了自己的姐姐，让她夫妻俩代为抚养，也跟了他家的姓氏，改名为张弦。母亲溘然而逝后，张弦孤苦伶仃无依无靠，就住进了表哥张弓的家中，从此张弓和张弦便朝夕相处，情同手足，一块儿长大，张弓的父母也将她视为己出。但好景不长，在张弓刚踏入社会的时候，父母在车祸中丧生，留下一对刚成年的子女。自此以后，那栋别墅中便只剩下张弓和张弦，二人不分彼此，耳鬓厮磨，张弓还带着张弦参加了驴友的队伍，时常走南闯北，鞍马劳顿的。张弦在旅行中时常心无旁骛地作画，张弓在旁出神地望着她。"这对表兄妹看上去有些怪怪的，和别的表兄妹颇不相同，似乎太亲密了些，是亲表兄妹吗？"霍一锋禁不住凝然沉思。

听张弓无意间说过，这趟洛阳之行，吕晓东要给女友韩苏一个惊喜，玩了那么久，都到最后一站了，也没见什么惊喜，大概又是跪地求婚的老一套吧。韩苏和张弦这对闺蜜倒是好得很，在旅游途中每次都黏腻在一块儿，连体婴儿一般。

所有人都知道，他霍一锋是个侦探小说迷，对所有古往今来的侦探悬疑故事都了然于心，能如数家珍，侃侃而谈。而自己舞技卓绝的夫人朱珠，她的弗拉明戈舞跳得出神入化，狂飙疾纵，素鲵从风，每次都给自己挣了不少脸面。

他们这八个人一直坚定地跟随在队长吕晓东的身后，在旅行途中接受他的安排，指哪儿走哪儿，在何处游玩，在何处休憩，这次的洛阳之旅也一如

3

既往，而今天要去的地方则是此行的最后一站——洛邑古城。

霍一锋看时间差不多了，便叫醒了旁边香梦沉酣的夫人朱珠，和其余六个人集合，前前后后往洛邑古城驶去。韩苏依旧抱着"小疯子"，一口一口地给它喂狗粮。霍一锋和吕晓东坐在车后座，看着沿路斑驳的景色。

"哎，韩苏，你的狗狗不吃别的，只吃狗粮吗？"霍一锋开玩笑道，"给它来根腊肠怎么样？"

"那怎么行，"韩苏朝反光镜里白着眼睛，"吃这些杂七杂八的东西，狗狗容易生病，毛色也不漂亮，我从不给它乱吃的，特别是腊肠这种垃圾食品。"

"喔。"霍一锋未料到韩苏那么认真，被她呛了一句，便也无趣地不说话。

终于到了洛邑古城了。大家开始分头行动，各自取乐。他们八个人分成两组，吕晓东和霍一锋一直黏糊在一起，朱珠愤愤然地走在韩苏后面，互相也不搭话。毛寒寒、毛雪莱与张弓、张弦一组，朝另一方向走去，大家约定好下午三点在门口集合。

霍一锋他们四人一起看了高高矗立的文峰塔，清澈见底的通济渠，还有古城中集游玩、吃喝于一体的商贩聚集地。吃完饭后，四人便四散走走，到处闲逛一番。

韩苏抱着"小疯子"在前方走得很远，吕晓东缓缓在后跟着，霍一锋和朱珠在更后方闲散地迈步，有一搭没一搭地说着话。突然间，"小疯子"从韩苏手里滑脱出来，撒开四腿疯狂地朝前奔跑，四拐八弯，一下子就跑没影了。韩苏嘴里拼命叫着狗狗的名字，夹着包开始奋力朝前追赶，七转八转也没影了。吕晓东看前方出了小问题，便撒腿也跟了上去。霍一锋和朱珠也看到刚才的一幕了，霍一锋想往前追，被朱珠一把拦住了，"追什么，不就是狗乱跑嘛，我们自己慢慢玩嘛，老黏着他俩干吗？"霍一锋听着也有道理。

在这次旅行途中，韩苏的狗狗"小疯子"真是吵闹的一员干将，那天在白马寺的天王殿里更是如此，让人头疼不已。霍一锋记得那天在天王殿里，释迦牟尼佛端坐在金粉色交错的莲花台之上，右手拈花，左手执柳，迦叶、阿难二弟子在旁肃立，文殊、普贤二位菩萨在旁列坐，香案上五供齐备，左右钟鼓高悬，帷帐垂挂，望去庄严肃穆。所有人都在蒲团上跪倒，喃喃诵佛，而"小疯子"却到处乱跑，一会儿蹿上去舔舐供品，一会儿舔舔旁边僧人的衣袍，一忽儿又钻到佛像身后去了。韩苏蹦跳起来，忙不迭地追逐"小疯子"，脖颈间的海水珍珠项链随着她身躯的晃动，迸发出莹润剔透的光彩来。一时间小狗的吠叫声，韩苏的咒骂声不绝于耳，整个殿堂的香客都在看着韩苏和她的狗。香烛的烟雾中，吕晓东看着这尴尬的场面也只得叹了一口气。天王殿的"往事"历历在目，霍一锋也不想跟着他们二人去追逐"小疯子"了，索性和夫人朱珠自由自在地闲逛。

于是这般，吕晓东和韩苏去追狗，霍一锋和朱珠在后面很远处悠闲地跟着，两人倒也自得其乐，拍了不少照片。走了大约一个钟头，霍一锋觉得情况不对，为何吕晓东和韩苏还未出现，会不会小狗跑失踪了？或者是他俩走迷路了？霍一锋心里沉了一下，便和朱珠朝前奔去。刚奔了几步，只见吕晓东气喘吁吁笑容满面地奔了回来，仿佛发现了新大陆。韩苏也怀抱着"小疯子"，笑意盈然地跟在后面。霍一锋突然发觉韩苏笑起来其实很美，肌肉牵动，酒窝频现。她洁白空脱的脖子如天鹅颈一般光洁圆润，有着优美而迷人的弧度。

"你们快来呀，我们发现新大陆了，那里有一片古迹。"韩苏扯着嗓子叫喊，"小疯子"在她怀里一蹦一蹦地，仿佛要跃出她的怀抱。吕晓东将"小疯子"从韩苏手里接过来，抱在自己怀中，用手轻轻拍打着它的头，"小狗不听话哎，倒发现无人来过的地方了。"霍一锋一听便有了兴趣，领着朱珠往前跑，他们跟着吕晓东和韩苏七拐八弯地走了大约十五分钟，面前显现出一片茂密的丛林，丛林前还竖着一块白底红字的木牌，写着"游人止步。"

"听说洛邑古城有中原渡口之说，项目开发一共分为四期，这片丛林可能就是未开发过的区域吧。"霍一锋一边言说，一边兴致盎然地不断向前摸索。吕晓东抢前一步说道："要不把大家都叫来吧，一块儿玩玩，就当探险。"其余三人一致点头同意。于是乎吕晓东负责电话联系，过了大约三十分钟，另一组的四个人都来了，八人到齐后，前前后后一同往密林深处走去。

"到底有什么呀，这里全是树，像原始丛林一样。"张弦发着牢骚。

"有，有惊喜。"吕晓东笑道。

这片丛林仿佛完全未受人类的影响，各种各样的树木生长在其中，有夏天熟的金橘树、枇杷酸枣树、海棠果树、苹果树。这些树木飞扬着翠叶，摇动着紫茎，有些开出朱荣红花，煌煌扈扈，光彩鲜艳。八人朝前走着，一路走，一路赞叹。沙棠树、橡实树、桦树和银杏树参差生长，石榴树和椰子树交相错杂，槟榔树和棕树结了满树的果实。风迅疾吹动树木时发出凄清之声，如金石钟磬之音。

霍一锋一边替朱珠挡着枝干走路，一边只听到前面"小疯子"吠叫声不绝于耳。韩苏还是怀抱着"小疯子"，可她的桑蚕丝连衣裙被树枝扯住了，吕晓东细心地替她解开。张弦的绢伞被尖利的枝条划破了，心疼不已，张弓一边安慰她，一边替她扛在肩上。毛寒寒算是穿对衣服了，背带牛仔裤和T恤在丛林里来去自如，游刃有余，毛雪莱却在一路咒骂，小声嘀咕。吕晓东把"小疯子"接过来抱在手里，一边给它喂些小块的狗粮，"小疯子"却不愿意吃，依然在吠叫着。八个人就这般在丛林里走了大约二十分钟，前方突然透出一股光亮来。八人加快步伐，拨开丛林荆棘的枝条朝前探路。只见前头现出一条长满杂草的古道，古道两旁各自竖立着八根汉白玉的小柱，小柱上各自蹲守着一个古代的奇兽。蛟龙和赤豪，沉牛和麋鹿，赤首和圆蹄，穷奇和象犀，雕工细腻深刻，精湛绝伦。古道前方长满了密密麻麻的古树，交错纠缠，仿佛遮蔽了日头。

"进去看一看吧。"吕晓东快乐地叫喊着，韩苏抱着"小疯子"也跟着一块儿起哄。

"要不别进去了吧，阴森森的，怪吓人的。"朱珠粉腮上淌着汗水，小声抗议着。张弓和张弦似乎兴致很高，撸起袖子，朝古树丛中走去，毛寒寒和毛雪莱也随之跟上了，吕晓东和霍一锋也兴趣盎然地拨开树枝走了进去。韩苏甩了甩头发，昂着头也跟进去了，朱珠见所有人都进去了，少数服从多数，踌躇了半晌，最后也走进了丛林。八个人一路快走，一路折断荆棘。走了大约二十分钟，面前突然豁然开朗起来，天色已经渐渐放暗，晚霞附在柳絮般的云朵上，五彩的霞殇在天空中竞艳，一瞬间仿佛打翻了葡萄汁、玛瑙精、紫荆液，色彩无比绚烂。一座宏大的寺庙突显在前方二十米处，寺庙前有一条幽谧而深长的甬道，甬道前有一棵枝叶繁茂的女贞树，树干硕大，中间裂开了很大的空间，巨大的罅隙足够容一人躲藏。树下有一块偌大的青石板，溜光水滑，看上去年代深远颇有来历。八个人鉴赏了一会儿，便朝着幽深的甬道走去。甬道又深又长，大伙儿用手机的电筒打亮，只见两壁上刻画着看不懂的佛经文字。还有各种古书上才有的猛兽的图形：獬豸、虾蛤、猛氏、熊罴，雕工精细，丝丝入扣，还有释迦牟尼佛拈花微笑，观世音裸足硕大，不知走过几世几劫。

八人一路摸索，一路前行，不一会儿走出了甬道，面前显出了一座巨大的古庙，上面的牌匾色彩斑驳，依稀写着"伽蓝寺"。

"伽蓝寺，难道传说是真的，真的有这样一座寺庙？"霍一锋扶正了眼镜，心中无比惊叹。他朝伽蓝寺仔细望去，只见古庙朱墙碧瓦，铁马檐角，上下共两层，其间蛛网密结，野草蓬生。霍一锋走近庙门，只见一把大锁随意地挂在门闩之上，门钮是两只早已氧化的金质的麒麟，霍一锋拿起大锁，见早已被人打开，便随手将其掷于杂草丛中。他用尽全力将两扇木门打开，数只受惊的白蝙蝠仓皇飞出。一行八个人跟随着霍一锋慢慢走进伽蓝古寺，只见地上积着厚厚的尘埃和松榛的枝叶，每每踩踏陨叶，便发出吱吱呀呀的声响。法台上端坐着一座菩萨，只见他头上戴一顶金叶纽，翠花铺，放金光，生锐气的垂珠璎珞，身上穿一领淡淡色，浅浅妆，盘金龙，飞彩凤的结素蓝袍。胸前挂一面对月明，舞清风，杂宝珠，攒翠玉的砌香环珮，腰间系一条冰蚕丝，织金边，登彩云，促瑶海的锦绣绒裙。众人看着叹服异常，又朝两边观望，只见有八菩萨，四金刚，五百阿罗，三千揭谛，十一大曜，十八伽蓝分布在整个佛堂之内。一行八人满怀着新奇和崇敬之情仔仔细细参看了这些菩萨和罗汉。然后他们又到了二楼，楼梯乃白玉阶墀，但一样灰尘密结。二楼原是一座空洞的佛殿，四周都是放满佛经的橱柜，地上放置着数十个边缘早已破败的蒲团，上面依旧灰尘蒙蒙。

"不就是个破败的旧寺庙嘛，有啥好看的。"毛雪莱将脑袋摇晃似拨浪鼓，满身心的不悦。

"你们看，这些木桩和木门经过时间的侵蚀，外皮都已破旧剥落，倒有一种残损颓唐之美。"张弦画家的灵感被激发了，她又走下一楼，围绕着佛堂走了一大圈，眼睛放出晶光来。张弓在后周到而体贴地跟着她，唯恐她桑蚕丝偌大的裙幅被灰尘沾染。毛寒寒不顾脏乱，一蹲身坐在蒲团上，一脸的兴味索然。霍一锋将所有的一切尽收眼底，他看得很仔细，唯恐漏掉一星半点。朱珠弗拉明戈的舞裙早已拖拽在蒙蒙的灰尘里，不由得满脸的不屑与不满。

一行人走出庙门，才发觉寺庙旁有一个颇大的池塘，听声音有些喧哗，闹闹腾腾的。毛寒寒小跑了几十步便奔到了这个池塘，不料却是大开眼界。这是一个汉白玉砌成的椭圆形池塘，鳞纹细密，水草蔓生，池水像是很深，上面漂浮着很多从未见过的水鸟：鸿鹄、驾鹅、属玉、交精、炫目，这些水鸟一会儿啄着菱藕，一会儿衔弄着青藻，自得其乐。大家都走到池塘边，惊奇地看着它们。

"这里怎么会有如此保存完好的汉白玉池塘呢？"毛寒寒咕哝着，还是她胆子大，撸起了袖子，拨开水面的青萍和水藻，将浑圆的手臂放在碧莹莹的水池里拨弄了几下。

"别拨了，别拨了，脏死了。"吕晓东似乎很紧张，大声叫喊着，额头沁出了滴滴汗水。

霍一锋看着他大笑起来："你怎么回事，脸色都变了，冷汗都出来了，胆子那么小，还不如女孩子。"

吕晓东尴尬地笑道："也没什么，就是这池塘像一百年没有人来过，水里的细菌一定很多，别感染什么病。"

"嗯，对，有道理，寒寒别玩了。"毛雪莱催促着妹妹，毛寒寒只得缩了手。

突然池面上荡起了细小的涟漪，一行人也未察觉，涟漪越来越大，浮在水面上的水鸟都惊飞起来，粗重的雨滴打落在人的身上，将衣衫都打湿了。

"哎呀，下雨了。"韩苏叫喊着，赶紧把那只鼓鼓囊囊的桑蚕丝圆包顶在了头上，直朝庙里奔，其他人见雨下得大了，无处躲避，也只能朝伽蓝寺里奔去。奔到庙中，才发觉所有人都淋成了落汤鸡。吕晓东只得出庙门捡了些干柴，大家一块儿烤火。天上满布着乌浓的云翳，雨愈下愈大，一声声洒残叶，一点点滴寒梢，如楼头过雁，砌下寒蛩，檐前玉马，架上金鸡。没过多久，便成了彻头彻尾的瓢泼大雨。八个人衣衫单薄，所以无处可去，只能躲在伽蓝寺内避雨。到晚饭时分了，大家都有随身带的干粮，便围着篝火各自吃了起来。大家伙都商量好了，等雨一停就走。未料到雨越下越大，浸润枯草，珠连玉散，瓴瓮翻盆的，看样子要下一晚上不带停的，有几个人建议冒雨冲回去，可想着晚上还要走那么远荆棘密布的丛林路，商量了半天，终于决定八个人在伽蓝寺住一宿，明天一早雨停了便回去。

吃完了干粮，八个人围着篝火，各人做各人的事情。毛寒寒正在抖弄自己湿透的衣服并烘干着，毛雪莱似乎对围炉夜话无甚兴趣，自己一个人在刷着手机。张弓正在用一块大布帮张弦把长发擦干，小心而细致。张弦用发梳急躁地梳理着自己齐腰的长发。韩苏一声不响地坐着，桑蚕丝的连衣裙已经基本被打湿了，可她又没有衣服替换，只能湿漉漉地坐在篝火旁，湿透的薄衫黏腻在她身上，现出浑圆而又凹凸有致的身体曲线。可这些并没有吸引吕晓东的视线，他一直在观察庙门外的雨势，心情浮躁不安。他是这次旅游的组织者，可现如今落到这种地步，八个人困在一个不为人知的千年古庙里，人常言，千年古寺不可留宿，也不知是什么道理，反正就是现在这种状态非常不妙，非常糟糕。

整座古寺就像是《聊斋志异》里夜半突然出现的精致大宅，这拈花巧笑的菩萨，怒目四顾的金刚，披衣握卷的伽蓝佛祖都仿佛幻作了大宅里突然出现的精致摆设，那些蛟龙、赤螭、蚩蠖、獬豸，口中喷出袅袅淡紫色烟雾的玉器，都是这些雕像变化而来，伴随着密结的蛛网，蒙蒙的灰尘，都化作了大宅里的犬马，魑魅魍魉，妖孽纵横，徒然生出一种凄清而肃杀的感觉。八个人流落在这荒山野外，不仅远离了人群，还远离了现代文明，仿佛穿越到了千年前悠远而落后的古代，让人感到浑身不对劲，哪里都不自在。雨已经越下越大了，肃杀的雨声，似玉盘中万颗珍珠落，玳筵前几簇笙歌闹，又似绣旗下数面征鼙操。吕晓东觉得愈来愈烦躁，韩苏也不理会他，只自顾自地拔下头上那支祖传的金镶玉簪子，拿在手中一边欣赏，一边用一块绒布细密地擦拭着。这支簪子都快成为她的个人标识了，人人都知道她有这支簪子，还自诩为价值连城的古董引以为傲。朱珠的弗拉明戈舞裙已经全部湿透了，拖拽在了蒙蒙的灰尘里，她拼命拧干了裙服，一脸的不屑与不悦。八个人都蔫头耷脑，垂头丧气的，霍一锋似乎也注意到了，他慢步走到吕晓东旁边，同他一起观察着伽蓝寺外的雨势。

雨下得真的很大，霍一锋手指上神经的刺痛感突兀地袭来，他有种不祥的预感，天赶快亮，赶快亮吧，让这个雨夜赶快过去，这个雨夜似乎要发生什么不妙的事情，他真的有一种奇异的恐惧和惶然无措的感觉。霍一锋发觉大伙都没什么兴致，决定讲一个故事，缓和一下这沉闷不安的气氛。

"哎，大伙知道这伽蓝寺的故事吗，很有渊源的呢。"霍一锋架了架金丝边眼镜，"韩苏一定知道，了解得一定比我详细得多，大作家嘛。"霍一锋期盼地望着韩苏。

"这个，我倒是不知道。"韩苏涨红了脸，忸怩不安地扭过头去假装看着张弦。

"不知道？一点都不了解吗？"霍一锋晶亮的双眼在眼镜片后闪烁了一下，他突然想起在白马寺中，韩苏对佛像工艺的那番见解。韩苏曾经扬起高傲的头颅，对着自己侃侃而谈："大雄宝殿内的十八罗汉都呈坐姿，姿态不一，神情各异。系元代用夹縠干漆造像工艺塑成，十分珍贵。这种造像之法，是先用漆麻、丝、绸在泥胎上层层裹裱，然后揭出泥胎，制成塑像。"韩苏对历史文物的见解如此高深，可此时此刻，怎么连伽蓝寺的传说都一无所知了？

霍一锋皱起眉头停顿了片刻，发觉可能无人能接上这个话茬，便自言自语道："我来说一说吧。南北朝时期，宋文帝在位期间，一位守城的将军驻守洛阳城，其间邂逅当地一名女子，一见如故，很快便私订终身。此时北魏来犯，将军奉命出征，临别时对女子说，等他打胜之后，一定回来迎娶她。两人在城门口依依惜别。将军此征便是数月，其间宋朝节节败退，而重伤的将军则流落于伽蓝寺中。"

霍一锋讲述到这里停顿了一下，留意着听故事的七个人。吕晓东已经从窗户边走到篝火前，手中一直抱着吠吠直叫的"小疯子"。韩苏一直闷声不响，她似乎一直没有认真听故事，手中拨弄着那支金镶玉簪子，沉默不语。张弦倒是听得很仔细，托着粉腮，手中拿着一卷书，是夏目漱石的《虞美人草》。张弓一如既往地温文尔雅，这会儿他正在一边听故事，一边烘干张弦的一件小外套。而毛寒寒和毛雪莱正在小声吵嘴，看来是没有认真听故事。毛寒寒的目光无意间瞥过韩苏，不自觉地白了一个眼睛，表情细微，无人留意，不料却被霍一锋敏锐地捕捉到了。霍一锋当然知道毛寒寒为何讨厌韩苏，不单单是因为她暗恋吕晓东，而是为了在齐云塔游玩时遭受过韩苏给她的无端的羞辱。霍一锋不由自主地回忆起来，那天在齐云塔，毛寒寒正在揣摩着这是何处古迹，一个人若有所思着。

韩苏夸张地言道："哎哟，我可是说累了，不过齐云塔也有一个故事呢，不如让你晓东哥哥讲给你听听。常言道近朱者赤近墨者黑，你晓东哥哥天天和我在一起，耳濡目染了不少呢。"韩苏扯起了嗓子。

"晓东哥哥应该不知道吧。"毛寒寒红起了脸。

韩苏一手撑在塔刹上，满脸鄙夷地瞧着毛寒寒，"怎么会不知道呢，你不是最喜欢听你晓东哥哥说文解字，讲解历史吗？半夜一点还发微信探讨问题吗？"韩苏睨眼瞧着寒寒："不知道什么事非得半夜一点探讨，一定是人类学的大问题，非常非常高级的问题。"言罢，扭着瓷白的肌体像麻花藤般朝前迈去，"小疯子"轻吠着在后跟着，她走了几步又转过头来笑靥如花，"寒寒，你是属什么的，我倒忘了，有二十四了吧，听人说女人就像圣诞树，永远都不能过了二十五，年纪可耽误不起，成天扮小女孩讨人喜欢也不是长久之道啊。还有，你的衣服款式也该换换了，女人终究是女人，再拮据也要打扮自己，你不会只有这两件 T 恤吧。"言罢，一边冷笑着，一边转回头疾步前行，留下毛寒寒一个人被噎得满脸紫胀，泪珠盈满眼眶。毛雪莱奔上来，把寒寒搂在怀里。"死女人。"嘴里咕哝着一堆脏话，眼睛恨恨地瞪着远去的韩苏。他们的那一番话语，像推理小说里侦探波罗的口头禅一样，"被一阵风刮到了自己的耳朵里"，他霍一锋就在不远处，听得分明，一清二楚。

"行了行了，继续说吧，都无聊得很呢。"朱珠拽了拽霍一锋。霍一锋被妻子拉回了思绪，清了清嗓子继续着故事："在他们惜别的城门口，女子经常坐在一块石板上等着心爱的人回来。每每遇到前方归来的人，女子便问有没有见过将军，但始终没有他归来的消息。这个故事一传十，十传百，终于传到了在伽蓝寺出家的将军耳朵里。不知道过了多少年，战争终于结束了。将军回到他们分别的城门口，那块青石板上却没有女子的身影，他四处打听，才知道那女子早已泪干而逝了，到死都没有等到自己的心上人。"

伽蓝寺的传说算是圆满地说完了，霍一锋架了架金丝边眼镜，绅士般地鞠了一躬。

"我一直以为只是一个传说，没想到真的有这样一个寺庙，真是天下之大，无奇不有啊。"张弦听罢故事叹道。

"太棒了，再说一个。"毛寒寒拍着手起哄道。

"行了，等天亮雨停了就赶快离开这儿吧，黑灯瞎火，怪吓人的。"毛雪莱咕哝道。

篝火里的干柴在发出声响，天色愈来愈暗，雨却越下越大，看来今夜肯定是无法离开伽蓝寺了，大家伙开始拾掇拾掇，寻找睡觉的地方。大家商量了一下，女士们睡二楼，男士们睡一楼守门。

"我不要，二楼全是灰尘，脏死了。"韩苏吵嚷起来。

"要不，我也睡一楼，"张弦尴尬地言语着。

"不行，大殿都透着风呢，这电闪雷鸣的，门都快朽坏了，而且也不安全，你和朱珠、寒寒睡二楼，脏是脏点，可安全。我们男生没问题，睡一楼保护你们。"张弓抚着表妹及腰的长发无比宠溺。

"反正，我是要睡一楼的。"韩苏急得直跳，"我怕闷，靠门口睡，才不怕什么鬼呢。"

"好，随你随你。"吕晓东烦躁不已，他对女友一向没有办法，彻头彻尾地投降派。"那就定下来了，就这么睡吧。"霍一锋应声答道。于是乎，朱珠，毛寒寒和张弦上了二楼藏经阁，四个男生横七竖八地睡在一楼大殿的地上，只有韩苏一人裹了条毛巾被睡在吕晓东身边，靠近门口，满脸不悦的。夜色越来越浓了，霍一锋早已发出了轻微的鼾声，其他三个男生估计也睡熟了。这也应该，一天下来那么疲惫，如今全身心地放松下来，一定早就酣然入梦了。

第二章　真的出事了

吕晓东迷迷糊糊地睡了一会儿，可却被淋漓的雨声吵醒了。这雨势，一声声地洗黄花、润篱落、渍苍苔，一下下地惊魂破梦，助恨添愁。吕晓东一下子被惊醒了，他翻了一个身，随意摸了摸左边韩苏睡的地方，发觉是空的，没有人。吕晓东挣扎着坐了起来，打开手机的电筒，在大殿里照了一圈，没有发觉韩苏的身影，他又兜到大殿后方，在罗汉金刚像旁也照了一圈，依然没有发现韩苏的身影。"一定是逃到二楼去睡了，还是害怕吧。"吕晓东心想着，用手机照着楼梯一级一级往上走。楼上完全是黑漆漆的，他用手机的灯光也照了一下，只有三个人。吕晓东呆愣了一会儿，涔涔的冷汗冒出了额头，他慢慢走近这三个人，就着灯光仔细辨认。打着小呼噜的毛寒寒，裹紧衣服、长发披散的张弦，还有朱珠，翻来覆去睡意很浅。只有三个人，没有韩苏，那韩苏在哪儿？他疾步走下楼梯，又在大殿里来回找了三遍，依然没有韩苏，怎么回事。伽蓝寺外电闪雷鸣，大雨滂沱，韩苏不可能出去呀？去方便吗？这倒有可能，可是如此大的雨，他已经来回找了将近半个小时，也该回来了吧。

吕晓东心焦气躁，便推搡了一下在身边睡意正酣的霍一锋。"起来，起来，别睡了，韩苏不见了。"睡意蒙眬的霍一锋被他的言语惊醒，听闻缘由后，身上顿时寒意骤生。他迅速爬将起来，打着手机的灯光在大殿和二楼的藏经阁找了两遍，没有找到。霍一锋倒也心急起来，但还安慰着吕晓东，"别急，可能方便去了。"

"那也该回来了，都找了将近一个小时了，要不我俩去找一找。"吕晓东看着霍一锋，眼神焦躁。霍一锋点了点头，同吕晓东一起跨出了大殿的门，在围廊寻了一圈，也没有，地上却多了一件韩苏穿着的桑蚕丝连衣裙。霍一锋把裙子捡了起来，吕晓东一看愈加着急，冲到雨里到处乱找。

"等等我呀。"霍一锋也跟着冲到了雨里，他们一前一后奔跑过甬道，吕晓东冲在前面，霍一锋奔跑在后面，冲过了漆黑的甬道后，吕晓东突然停住了，脚步僵在了那儿，霍一锋赶上去一看，只见在甬道外女贞古树下的青石板上稳稳地坐着一个穿着古装的女子：水红色的衣衫，镶嵌着粉色、紫色的细小刺绣，宽衣大袖，长发束起。霍一锋用手机灯照亮女子，只见女子头上插着那支金镶玉的发簪，这支发簪太熟悉了，是韩苏的。吕晓东呆愣愣地站在那里不知如何处置，嘴中却咕哝着："韩苏，别闹了，搞什么恶作剧啊，三更半夜的。"

霍一锋调侃道："姑娘在此等候何人？"

女子传来幽幽的言语："我在等候我的将军，我已经等了他几百年了，还要一直等下去，一直等，一直等……"

霍一锋扑哧一笑，"韩苏，别闹了，我们三个都待在大雨里，快成落汤鸡了，快回庙里去吧。"

吕晓东突然发火道："别闹了，快回去。"

突然一声惊雷，打得人胆寒心惊，一道闪电划过，劈在了女贞古树上，穿着古装衣衫的女子突然颤悠悠地回过脸面，满面是血肉模糊，头上的簪子却是晶莹闪亮。霍一锋心里一沉，往后退时，脚步一个趔趄，被吕晓东一把拉住。女子突然起身，朝面前的密林深处跃去，吕晓东待了几秒，像是被吓坏了，定了定神后也朝密林深处奔去。霍一锋也赶了上去，两人在密林深处一前一后地奔走。深夜的密林十分吓人，各种猿猴来回蹦跳，黑影参差，树杈上的猫头鹰发出咕噜咕噜的叫声，几只灰色的蝙蝠闻声而起，尖利的爪子掠过霍一锋的头顶。吕晓东扯开嗓门疯狂地叫喊着韩苏的名字。他们二人顶着滂沱大雨在密林里拼命地寻找，天色已渐渐发白，灿烂的朝霞缓缓映上了天空。霍一锋手指间的刺痛感一直不断袭击着自己，到底是怎么回事，出了什么鬼怪？两人在密林里找了将近三个小时，几近虚脱，依然没有发现韩苏，只得浑身湿漉漉地回到了伽蓝寺。吕晓东拖着沉重的步伐坐在了蒲团上，霍一锋浑身瘫软躺在了地板上。天有些微亮了，寺庙里的人也都陆陆续续地起来了，见到他俩的狼狈相十分惊异，了解缘由后，也四处寻找起来。天空渐渐放晴，雨势慢慢变成了细微的毛毛雨，洒在了人的脸上。霍一锋疲惫地躺着，脑海里一直回放着大雨中诡谲的画面。

突然听到一声女性的惨叫，是朱珠惊恐的声音，霍一锋突然浑身有了劲头，一下子坐直了起来，朝寺庙外奔去。他手指神经的刺痛尖锐地袭来，"出事了，真的出事了"。待他奔至庙外，只见所有人都聚集在寺庙旁那个汉白玉的池塘边，毛寒寒捂着脸倒退了很远，张弦显然受了刺激，满面苍白地跌坐在池塘边的地上，张弓正试图将她搀起。朱珠站在原地，两腿发颤，喉咙里不断发出厉声惨叫的声音。霍一锋一步一步逼近池塘，只见池塘内各种奇异的水鸟都因为一夜雨水的冲刷而逃跑了，池面上漂浮着一个浑身赤裸的女性尸体，面容部位和部分身体被漂浮的青萍和水藻所覆盖，一只手指呈抽搐僵硬的状态，手腕上系着粗重的绳索。吕晓东缓步走近，他浑身战栗地靠近池塘边，嘴唇颤抖，脸色惨白。他将手伸进池塘，将女尸面部的青萍和水藻拂开。韩苏苍白而美丽的面庞浮现了出来，半张着媚眼，半张着小嘴，显然已经死去多时了。吕晓东一个趔趄摔倒在池边，被霍一锋一把搀扶住，将他拖到旁边的石墩上坐下。霍一锋再次走近池塘，心中依然山重水复惊骇不已。自己不祥的预感应验了，怎么是韩苏？怎么可能是韩苏？他和吕晓东昨天半夜在那大雨滂沱中看到的古装女子不就是韩苏吗？她形态端庄地坐在女贞树下光滑的青石板上，发髻上戴着那支引以为傲的金镶玉长簪，电闪雷鸣的瞬间，她骤然回头，虽然满面血痕，但依然能看清韩苏妩媚端丽的容貌。她像猿猴一般迅疾地奔跳进了密林，从此杳无踪影。他和吕晓东把密林和甬道都找遍了，包括附近的池塘和围廊，都没有发现女子的身影，她怎么可能死在池塘里？面色苍白浮肿，显然已经死去一段时间了。怎么可能呢？霍一锋的头脑中仿佛有千百个钟磬在瞬间敲响，砸得他头晕目眩。无数看过的侦探悬疑剧情像跑马灯似的在脑海里掠过。因为微小的差错而满盘皆输的《尼罗河惨案》；背负着血海深仇，一车厢的乘客在仇人身上一人一刀的《东方快车谋杀案》；剧情瞬间反转，在几十年后才得以沉冤昭雪的《啤酒谋杀案》。拥有超越常人的非凡智慧，却木讷寡言，用情至深的《嫌疑人 X 的献身》；无数的作案者用他们超凡脱俗的狡诈、凶残和过人的胆量，向全天下的人展示出一个个瑰丽而诡谲的犯罪世界，如斑驳绚烂的万花筒，在让人恐惧的同时又让人无限痴迷甚至惊叹到无以复加。

韩苏并不是自溺。这很明显，她的长发散开，根根漂浮在水中，发髻上并没有那支金镶玉簪。也许落在了池塘底，这有可能；可她浑身赤裸，手腕处还有绳索捆绑的痕迹。她显然是被人捆绑住手脚，也许再拴上重物，硬推进池塘溺水而死的。也许是放入池塘前就已经被人杀死，是扼死、毒死、勒死、捅死？啊，捅死不太可能，尸体上没有明显的伤口。也许是重物击打头部致死。千百个问号在霍一锋的脑海中闪过，但不对，韩苏怎么可能死在池塘里？

且赤身裸体浸泡多时，这明显不是刚死的。可昨夜那场滂沱的大雨，在枝叶繁茂的女贞树下，青石板上，为何会多了一个古装女子？衣衫半湿，玉簪晶莹闪光，言之凿凿在等那古老传说中的将军，面目就是韩苏的面目，她消失在密林深处，并未回转头去了池塘。这个女人到底是不是韩苏？难道是古老的传说中的鬼魂显灵？不会，不可能，他霍一锋是个唯物主义者，从来不信鬼神的，朗朗乾坤，煌煌白日，怎么会有传说中的鬼魂。难道韩苏逃进密林后又被人杀害，捆扎住手脚，拖到池塘去抛尸。也不对，为了防止在大雨中的密林里走散，他和吕晓东一直在一处，他们未曾看到任何人，杀人抛尸那么大的动静，他俩不可能察觉不到。那大雨中的女子逃到何处去了？难道离开了密林，沿原路返回？那池塘里死去的女人又是谁？到底哪个是真正的韩苏，她为什么会赤身裸体？为何凶手要将她剥除衣物？是奸杀吗？这里没有法医，无法验证，那夜围廊上丢弃的连衣裙又是怎么回事？凶手不可能堂而皇之进入伽蓝寺，将睡眠中的韩苏拖走，然后在围廊上强行脱去她的衣衫，这是完全不可能的。韩苏有着嘹亮的喉咙，她不会叫？不反抗？也许凶手用了麻醉药？这倒是有可能，因为一楼只有韩苏一个女子，但是好像也不太对。

霍一锋伫立在池塘边，头脑中不断在思考着。

"要不要喝点水。"毛雪莱看到了池塘中的惨象，走过去安慰蹲坐在石块上的吕晓东。吕晓东木讷地摇了摇头，整个人神情恍惚。

"报警，赶快报警，"朱珠大声叫嚷着，疯了似的想朝外奔逃，"我不待在这里，死人了，凶杀案，我要离开这儿。"

霍一锋一把抱住自己的妻子，"朱珠，冷静点，有我在，不害怕。"朱珠被安慰了半天，终于安定下来。张弦的神情一直浑浑噩噩的，整个人处于一种惶惑的状态，她想站却站不起来，仿佛得了奇怪的瘫症。张弓将她一把抱起，大步抱回伽蓝寺中，从水囊中倒水给她喝。

"好贴心的表哥。"霍一锋仔细地看着张弓，心中一丝疑惑闪过。

"快离开这里吧，又是下雨又是死人的。"毛雪莱来回搓着双臂，眼神中的惊恐藏匿不住。

"对，赶快离开这儿，太吓人了，像恐怖片一样。"毛寒寒扯着嗓子喊着。

"不行，我们现在还不能走，这里是案发现场，是不是第一现场很难说，但毕竟尸体在这儿，我们少了一个人，这里多了一具容貌相似的尸体，我们要等警察来。"霍一锋走近池塘坚定地说，又看了看坐在一边的吕晓东。吕晓东的神情既呆滞又迷惘，"晓东，你看呢？"霍一锋问道。

"好，我同意报警，可我们的具体位置现在很难定位，到底算什么地方呢？我手机没电了。"吕晓东掏出了手机，确实没电黑屏了。

"我报警吧。"霍一锋掏出手机，报了警，又发了定位。他看了看定位，发现在一个很奇怪的地方，离洛邑古城有一段距离，前后没有标识，左右也没有相邻的城镇。"这算是个什么鬼地方，警察能否找到精准的位置还是个问题，需要多少时间也很难说。"霍一锋心里想着，可脸面上却不动声色。

"我们大家都回寺庙里去吧，等警察来吧。"霍一锋言道。吕晓东被霍一锋搀扶着回了寺庙，其他人也陆陆续续回了伽蓝寺。外面的天色又变了，乌浓的云翳又在天边徘徊，雨后微弱的彩虹又被乌云所遮蔽，大家各怀心事地在伽蓝寺大殿内的蒲团上坐好。"小疯子"偷偷奔跑了出去，吕晓东也未注意它。霍一锋走出寺庙，他悄悄一路跟随着"小疯子"，一边思索一边小步奔跑。只见"小疯子"跑到寺庙后不远处的一棵棠梨树旁，用脚爪在树根旁扒挖，又用嘴在啃食着什么。霍一锋赶过去，只闻到一股浓烈的腊肠气味，定睛一看，只见"小疯子"从树干下扒拉出一段咬了一半的腊肠，津津有味地啃食着。霍一锋蹲下来观看着，突然眼神闪烁，露出会心的微笑。"小疯子"突然丢弃了腊肠朝回奔跑起来，它一路奔到了池塘边，朝着池塘内韩苏的遗体狂吠。霍一锋将"小疯子"抱起，"小疯子"便能越过池塘的围栏看见女子的遗体了，它疯狂地吠叫着，霍一锋用手抚摸着它的头，"看来这才是真正的韩苏。"霍一锋对着池塘中赤裸的女尸自言自语道。

吕晓东什么也吃不下，他的胃内翻江倒海，一时又搜肠刮肚，感觉有千百只蚂蚁在攀爬。爱，他毕生的挚爱，只有在真正失去的那一刻才能感受到那种戳心的痛楚。过往的一切，仿佛电影的胶片在一帧帧地回放着。吕晓东此时此刻是矛盾的、惶惑的、悲恸的，满身的神经都感受着痛的震撼，两眼火热地蓄泪欲流。满身赤裸的韩苏漂浮在池塘中，与浮萍青藻为伴，与昆虫水鸭为伍。不需多久，她那曾经顾盼妍丽的丰容会很快浮肿、溃烂、腐败、蛆虫攀爬，他的韩苏，天，结局为什么一定要这样。

霍一锋抱着"小疯子"从门外走进，将伽蓝寺内的六个人用眼睛扫了一遍，气定神闲地说道："还有干粮吗，大家吃饭吧，无论如何饭总要吃的。"他从朱珠的背包里取出了法式软丝面包，掰成两半和夫人分着吃。毛寒寒看着，皱了皱眉头，从背包内取出两只干馒头，和毛雪莱分食起来。张弦好像还没有从悲恸中缓和过来，和先前的状态不同，手脚都能动了，但神情忧伤，一直俯靠在张弓的肩头微微啜泣，什么也不想吃，张弓也陪着她不吃。吕晓东反正是什么也吃不下去，霍一锋也不劝他。

乌云又密布了，伽蓝寺外的一草一木也沉静黯淡，仿佛在等候什么重大的消息。伽蓝寺大殿内的光线也渐渐减弱，毛寒寒先前在大殿里点着的那盏香水蜡烛，原来只像一磷鬼火，如今突然大放光明，满大殿的佛像、金刚、力士、伽蓝，硕大的木鱼，佛像前供奉的花盘，都像变了形似的，有种凄清诡谲之感。沉闷的雷声又在天空响起，寺庙外庭心里的石板上噼啪有声，仿佛马蹄在那里踢踏。又是一小阵的淅沥，扁豆大的雨滴狠命地狂倒下来，雷雨都到了猖獗的程度，只听见自然界一体的喧哗，雷是沉闷的鼓声，雨落在杂草上是沉郁的弦声，落在水面是急珠走盘声，落在柳枝上是疏郁的琴声。

霍一锋看着大殿里的这六个人，心中别有一番感慨，让他回忆起前两天在隋唐遗址植物园中发生的事，当时吕晓东手中拿着高倍像素的手机，把自己在牡丹花前凝思畅想的神色拍了下来，朱珠凑过头去一看，"这张不错，像个侦探在破案。"霍一锋听着，突然浑身凛然一颤，有种一语成谶的古怪感觉。他不知道为何会有这种奇异的感觉，明明是青天白日，朗朗乾坤，难道在这艳阳之下，花影参差之中，真会发生令人恐惧惊骇的事情吗？不会的，应该不会的。霍一锋心想着："这八个人，必须一起来，一起安全地回去。"他心中暗暗地下定了决心，突然有种不安的第六感。

可如今，池塘里多了一具尸体，人人自危，担惊受怕。那雨夜的奇异事件是真的，还是有人故意为之，扰乱视听，为凶案埋下伏笔。难道凶手就在这六个人中间，会吗？也许真的会。张弦已经开始吃东西了，她喝了一些水，但明显胃口不大。张弓望着自己的表妹，眼神里充满了担忧。毛雪莱在跟吕晓东套近乎，可能因为欠了他钱的关系，过了一会儿，电话铃响起，毛雪莱接起电话，只含糊地说道："容我些时间，我去凑，一定还，一定还。"他迅疾地关闭了电话，霍一锋装作没听见。毛寒寒抚弄着两根油腻腻的麻花辫子，独自一人呆坐着，不知在思虑着些什么。朱珠满面愁容地坐在蒲团上，似乎想过去和张弓说两句话，又不太好意思。

吕晓东突然叫嚷起来："谁有火腿肠和橙汁啊，我想吃一点。"

"好好，是要吃一点东西的，谁会一辈子不碰到一点事情呢，身体要紧啊。"毛雪莱谄媚地笑着，"我和寒寒有。"

"大家都吃点吧，压压惊。"吕晓东满面疲惫，有气无力地说道。毛寒寒从大背包里拿出了六七根火腿肠，逐一分给大家，毛雪莱带的吃的东西最多，拿出一大瓶果粒橙，将橙汁用塑料杯子一杯杯倒给每个人。吕晓东吃着火腿肠，喝完了橙汁，又要了好几杯喝，显然缓过一点劲头来，毛寒寒和朱珠也吃了不少，霍一锋也吃了一些。

张弦拿起橙汁给张弓。

"我不喝橙汁的，你知道的。"张弓一边言说，一边把橙汁推开，"每次喝橙汁，我整个胃都反酸，你忘了啊？"

"哦。"张弦答应着。

"大家快看，雨势要歇了，好像有彩虹。"吕晓东叫道，手指着前方，大伙儿不约而同地朝寺庙外看。此时的云海很别致，本来满布着厚云，但颜色已从乌黑转入青灰，西南隅却已经张开了一只大口，从月牙形的云絮背后冲射出一海的明霞，仿佛佛祖背后的万道金光，这精悍的烈焰，和方才初雨时的电闪一样，直照到伽蓝寺的窗棂上，将一切都渲染成了纯粹的金黄。

"好美，没想到在这里能看到这样美丽的虹。"张弦细微的声调响起，画家那纤细易感的神经，瞬间被这彩虹的绚烂所吸引。张弦摇摇摆摆地站起来，张弓怕她站不稳，扶着她纤弱的手臂将她搀到庙门口，倚着橡柱遥看那一天气焰奔腾的彩虹。其他一些人也好奇起来，适才被池塘里浮尸的恐惧所震撼，还有这滂沱大雨带来的焦躁，被这突兀骤现的虹所牵引，全都从蒲团上站立起来，都不约而同地凑到快塌朽的庙门前观看。霍一锋看着这些人，心中不由生出许多的感慨来。人生一世草木一秋，张弦一定是懂得这个道理的，所以才能在这样冷清肃杀的环境下还能体会到世界万物之美。彩虹含有不可解的谜力和媚态，张弦是画家，是具有感性的人，所以自然界中美丽的东西都能引起她内心境界的紧张，调动起脑海中蕴藏着的高洁名贵的创作冲动。彩虹自然显现的色彩结构与调和之美已将她迷住了，她一直倚在橡柱上看着，张弓却在凝视着她，眼神时而凝睇时而宠溺，有奇异的火焰在跳动。

"这对表兄妹真奇怪，和一般的表兄妹有些不同，说不清的古怪。"霍一锋思忖着。

毛寒寒也不知在看些什么，只挤在一处凑热闹。毛雪莱更觉得无聊，扭动着腰打着哈欠，嘴里咕哝着："警察怎么还不来。"朱珠没有看彩虹，她在偷眼看着张弓，不知在想些什么。吕晓东先前站在霍一锋的后面，过会儿又缓缓站在了他的旁边，遥看着彩虹。"他心中的愁怨，愤懑与悱郁一定冲彻云天"，霍一锋朝吕晓东看看，暗自思索着。自己的爱人，陪伴了八年的爱人就这样惨烈地死了，死得奇异、诡谲而蹊跷，可他还要活下去，伴着心中难以弥合的伤口，像行尸走肉一般地活下去。他眼里看出的彩虹一定和别人不同，纵然再美也转瞬即逝，就像死去的韩苏。此时此刻，他心中所有的悲唱和涕泪都凝结成一股愁怨，如秋霞黯绿色的通明宝玉，用银槌轻击，能吐出银色的幽咽电蛇腾入云天。

大家看了一会儿彩虹，重新又回到各自的座位上去，吃着火腿肠，喝着橙汁。张弦让张弓喝，可张弓还是皱着眉头说道："我不喜欢橙汁，你喝掉吧。"张弦点了点头，将两杯橙汁都喝进肚中。大家边吃边嚼，默不作声。

突然间张弦发出奇怪的呻吟声，她站起身，捂住自己的喉咙，喉咙中"滋滋"作响，她紧紧地拉住张弓，脸部扭曲，身体蜷曲，张弓害怕极了，企图将她搀拉起来，"她是不是噎住了。"所有人都冲过去帮忙，霍一锋呆住了，睁大了眼睛看着面前发生的一切，手指间的刺痛感尖锐地袭来，"又出事了。"

张弦眼看不行了，被张弓搀起又瘫倒下来，整个人像面条一样软弱无力，她从痛苦的呻吟，变为翻来覆去的惨叫，身体不由自主地抽搐着，嘴中不停地干呕，还吐出了些许白色的泡沫，随后身体战栗着，抖动着，最后微张着眼睛悄无声息了。张弓完全疯掉了，他拼命按压张弦的胸腹，又做心肺复苏，但依然没有回转的迹象。"快救救她，救救她。"张弓哀号着。

警车的呼啸声由远而近，嘹亮得仿佛穿透一切，无数的警察从密林中冲出，将伽蓝寺团团围住，寺庙中剩下的六个人被全部控制住了。霍一锋看了一下手表，和自己估计的时间差不多。接着又来了一些救护人员和法医，痕迹专家，他们从池塘中打捞出了韩苏的遗体，又对张弦进行了一段时间的抢救，可是依然无力回天。确认张弦死亡后，便将尸体装入尸袋中运走了。剩下的六个人也被一同带出寺庙，走出密林，一同朝警局驶去。

霍一锋坐在警车中，脑海中波潮起伏，无法遏制，无数可怕的景象如电影的镜头在回放，洪水泛滥，天地混沌，巨蟒吐信，猛虎舔舐。他觉得自己被这突如其来的噩耗惊呆了。张弦怎么死了？怎么可能呢？带着她延颈秀项，皓质呈露的媚态，含辞未吐，气若幽兰的风姿像桂枝一般落地消亡。前几日她还和大家在一起，手执着缀满重重流苏的绢纸伞，画着长及入鬓的蛾眉，穿着浅淡色樱桃颗粒，重重褶皱的复古西洋裙在美丽的洛阳古城留下无数柔情绰态的身影。她观赏白马寺时转盼流泪的姿态，在小吃城里细口咀嚼着手工酸奶的娇嗔神情，仿佛咽下玉粒金莼。在牡丹花丛中衣衫随风轻荡，遮蔽着长袖娇憨妍笑，仿佛体迅飞凫，飘忽若神的仙子。这所有的一切就像难以磨灭的印记深深烙刻在自己的心里。

霍一锋转头看着一同坐在警车里的张弓，他已完全在精神上茕茕孑立，精魂浮游出了躯体，好似没有了魂魄。他显然是受了很大的刺激。可谁又有必要去杀张弦呢？张弦温柔和顺，与世无争，不像韩苏那般尖酸刻薄，张扬浮夸。张弦从不惹是非，为什么要杀她呢？一定是她知道了什么秘密，看到了什么，听到了什么，让凶手殚精竭虑，处心积虑一定要把她除掉。看她死时的样子像中毒，当时吃了什么？火腿肠、橙汁，可这些另外六个人也都吃了，大家都没有事，怎么她就死了？会不会是误杀？霍一锋猛然一颤，突然间好似醍醐灌顶。是橙汁，一定是橙汁，所有人都吃了，唯独张弓没有吃，他讨厌橙汁，所以他没有喝，张弦把他那杯橙汁也喝掉了。是有人要杀张弓，不想被张弦误食，造成了误杀。到底是哪杯橙汁有毒？是张弓那杯？还是张弦那杯？真的是误杀吗？为什么要杀掉张弓，他知道了什么秘密？到底是怎么回事？霍一锋头痛欲裂，他们是八个人兴高采烈来旅游的，如今却落到了这副惨烈的境地。为什么会这样，两个美丽的女子繁花落地，两个男人对她们的思念幽微徜徉。

两个男人！霍一锋突然心中凛然一振，两个男人的思念！终有一天，这两个女子的坟墓会芜秽而长满杂草，幽暗无人所知，伴着那一片落霞，一弯冷月，只有这两个男子的思念与愤懑绵绵无绝，他们将永远活在过去的记忆里难以自拔。张弓的手里还攥着张弦最爱的那本书，夏目漱石的《虞美人草》，神情悲痛不能自已。霍一锋拍了拍他的肩头以示安慰。

第三章　我可以参与破案？

　　警局，一切都是灰蒙蒙的。穿着警服的刑警在房间里走进走出，还有一些便衣一边讨论案情，一边一支接一支地抽烟，眼神透过缭绕的烟雾却锐利如鹰地观察着他们六个人。纵然窗外阳光肆意，可所有人的心境却都复杂晦暗而难以言语。警察将六个人分别带至隔离的小房间里，详细地一一做着笔录，一问一答，问清事情的细枝末节。霍一锋进房间做笔录的时候，意外发现替他做笔录的是一位老熟人——刘雨农警官。

　　霍一锋站在他的面前，两人瞬间无语，房间里的空气仿佛都凝固了。霍一锋低下头去，用手指用力揉搓着自己的面庞。时光荏苒，屡变星霜，为什么那么巧，又碰到了以前的老熟人。

　　"霍一锋，霍神探，你最近都还好吗？"刘雨农上前一步握住了他的手。

　　霍一锋被他温暖的手牢牢握住，这种熟悉的温度，仿佛又回到了往昔，好似当年钢枪还在手中。时间转瞬之间仿佛倒退回去，回到八年前的那个夜晚，也是在这大雨如银河倾泻的黑夜里，他霍一锋还是汉州市的一名刑警，警惕地隐蔽在暗处，手中的枪在雨水的飘洒中有了些许的腻滑。可当时自己还是那样的年轻，踌躇满志，坚定果敢，因为他知道枪是杀人的武器，他能够驾轻就熟，游刃有余地掌握着枪，把控着枪，因为它是枹虎樊熊的工具，能够震慑凶徒，保卫人民的安全。他紧紧盯着不远处的连环杀人犯，这是自己用无数个昼夜，绞尽脑汁才搜索出的犯罪嫌疑人，他霍一锋正计算着用几个步骤可以将他活捉，让其束手就擒。而自己的战友，最好的兄弟冀方州正在杀人犯所在的出租屋的侧后方，一样小心翼翼地观察着，眼神投射出坚定的光芒。可是自己没有料到杀人犯手中居然也有枪，因为这个杀人犯是惯用利刃作案的，他霍一锋，霍神探居然也会漏算了一步。当自己熟练地冲到凶犯背后时，未料想面对自己的是一个黑洞洞的枪口。瞬间，霍一锋的速度比凶犯慢了一拍，可他听到枪响了，是枪声，没有错，是凶犯的枪膛射出子弹所发出的骤响。可没有射到自己的躯体上，这颗该死的子弹射进了冀方州的胸膛里。

"让开，霍一锋……"冀方州大喊着，将自己撞开。

后来就是杂乱的枪战，杀人犯被当场击毙了，可冀方州却倒在了自己的面前。霍一锋觉得自己当时的记忆有些模糊。那些记忆影影绰绰，渺若烟云，他只看到了雨，漫天的疾风暴雨，仿佛银河倒泻。鲜红的血从冀方州的胸膛渗出，鲜红，艳红，漫天的雨仿佛也变作了血红的颜色。然后他踉踉跄跄，趔趔趄趄地回到了警局，安静地站在冀方州的尸体旁，面对着牺牲的战友——用自己的生命拯救了自己的好友，他不知道应该做些什么。冀方州的妻女来了，三岁的孩子用懵懂的眼眸看着自己。霍一锋听到了撕心裂肺的哭喊声，他觉得自己的耳膜快被震聋了，手开始不由自主地颤抖了起来，手指肚的神经不停地刺痛着自己，他发觉自己已经不能握枪了。自己这个人人艳羡的青年神探颓废了，落幕了。

霍一锋在以后的几个月里做过无数的心理测试题，测试结果显示他受到了一定的心理创伤，在短时期内无法恢复，于是领导保留了他的编制，放了他长假，让他回家歇息。说是他还年轻，需要磨炼，应该养精蓄锐，以便再次回归警队。一旦遇到纠缠难解的案件，依然会同他商量，向这个曾经的神探求援，而他也同样倾囊相助，无所保留，成为警队的一名案情顾问。他的这重隐藏身份无人知晓，除了警局的领导和经常与他联络的警官。说来也巧，当年在汉州市当刑警时，曾经和这位刘雨农警官有过接触，他们共同办过案，破获过一个特大贩卖人口的犯罪团伙，所以对刘雨农记忆犹新。

从那以后，他就一直跟随着吕晓东的团队天南海北地旅游，也结识了自己的妻子朱珠。吕晓东也是从这以后和自己逐渐熟络起来的。虽然他们是高中同学，但以前不太联系，吕晓东根本不知道他曾经是个刑警，而且是刑警中的神探。因为大家都长大了，各自天涯海角，各自的去向都湮没无踪。从那以后，霍一锋就不间断地旅游，有时做做自媒体，介绍各地的美食，撰写些描写美食的文稿，换来银两聊以度日。他戴上了平光眼镜，不但掩饰着自己锐利如鹰的眼眸，还不间断地如痴如醉地看着各类侦探小说，逢人便唠叨，在所有人面前扮演着一个文弱的推理小说迷。连妻子朱珠都不清楚他每天到底在干些什么，也不知晓他真实的身份与隐藏的身份。多年的旅游，让他感觉到心旌涤荡，在青天碧海的环绕中，心情舒畅多了，几乎忘记了八年前那个令自己痛心不已的、晦暗的夜晚，那难以磨灭的血色弥漫的场景只是偶尔在梦境中困扰蹂躏着他的思想，让他手指肚的神经刺痛莫名地袭来。

如今他又站在了刘警官的面前，往事不能重提，新案却是扑朔迷离。刘警官是这起案件的主要负责人，他突然间接到了一个电话，一个人站在走廊里小声说了很久。霍一锋无言地笑着，他知道是汉州市刑警队的领导在出面指挥这件事，因为他先前就给领导发了相关的案情信息，领导的反应也很迅速，电话追到了刘雨农警官这里。

刘雨农打完了电话，满面春风地走进了询问室。"霍一锋，领导发话了，这件案子还是要请你出山，做个顾问，帮我们破破案，行不行啊？"刘警官言道。刘警官有着棠红色冷峻的脸面，两道浓黑色的剑眉，一碰到纠缠难解的事情，两道浓眉便拧在一起，眼神像秃鹫一般锐利。他同霍一锋一起分析了一下案情，也认为这是他从警以来遇见过的最离奇的案件。八个人在一个未经开发的无人区探险旅游，还神奇般地发现了传说中失落已久的千年古寺。在瓢泼大雨的夜晚，发现了穿着古装的女子，满面血痕，窜入密林深处杳无音讯，而汉白玉池塘里多了一具赤裸的女尸。没过多久，又有人中毒死去，死前吃了和其他六个人一样的食物。这个案件不但蹊跷，甚至可以用神秘诡谲来形容。

虽然得到了刘警官的邀请，但霍一锋似乎不为所动，"你是说我？没必要了吧，旅游已经那么累，不想再纠缠到案件里去。你们那么专业，需要我这个停薪留职的过气神探干吗？"霍一锋唏嘘着。

"不不不，这起案件我们特别需要你的帮助，我已经汇报了上级，上级领导也已经发话了，要求让你进入到破案程序中来，早日破获这个奇案。剩下的五个人因为直接参与了旅游，并且一直徘徊在案发现场，所以应该说他们都有犯罪的嫌疑，都是犯罪嫌疑人，但是……"刘警官停顿了一下，似乎在认真地思考，"根据从警的流程，一种是取保候审，你们六个人都要停留在这里很长一段时间，直到排除基本的嫌疑。另一种则是做完第一份笔录就可以回到原籍，但不能离开原籍，要随叫随到。霍一锋，你是刑警，应该对办案程序很了解。我们准备采取第二种办法。因为虽然说都是犯罪嫌疑人，但又没有确凿的证据，而且放回原籍有利于你参与破案。"

"我参与破案？怎么参与，我现在头脑很混乱，没有多大的兴趣。"霍一锋疲惫地言道。

"你可以和他们交谈闲聊，问他们很多细小的问题啊！"刘警官双臂交叉，胸有成竹地靠在椅背上。

"该问的你们做笔录的时候不是都问了吗？一问一答那么详细，哪里还有疏漏啊？"

"不不不，此言差矣。阿加莎·克里斯蒂笔下著名的侦探波罗曾经说过这样一句话：'人们总是喜欢对事情发表自己私下里的看法和意见，说着说着，案件的真相就被说出来了。'"刘警官拍了拍霍一锋的肩膀以示鼓励，"他们现在所做的笔录，都是对我们警察所说的话，是经过他们头脑谨慎思考，把所有遇见过的事情拆开重组，重新编纂后所说的话，都是有利于他们自己的话，每个人都想明哲保身嘛，这是人的本能。这些笔录中的话语有的是实话，有的是谎话，有的是自己的猜测。很多私下里细枝末节的，看似和案件无关的事情，他们都没有说。特别是他们自己的一些看法，一些观点，对死者的看法，对周围人的看法，或者他们在旅行途中发觉的不同寻常的，不自然的小事情，他们肯定都藏匿在心底深处，不愿意吐露给我们警察。但恰恰是这些小事情，对破案有着至关重要的作用。而你霍一锋，从始至终都参与了旅游，都和他们五个人在一起，一定知道很多他们私底下的关系，了解他们的互动。谁亲近谁，谁讨厌谁，甚至憎恨谁。而且他们也愿意向你吐露心声，当你也是嫌疑人，会放松警惕畅所欲言。而你，可以将你所打听到的消息归纳整理起来，再传递到我这里，这样更加有利于我们早日破案。"刘警官说得头头是道，棠红色的脸面因为兴奋而愈加生动起来。

"其实，越是离奇蹊跷的案件，漏洞就越多，作案者殚精竭虑，以为考虑得很周到，万无一失，但法网恢恢疏而不漏，有行动，就会有痕迹留下来。你看一下，这是法医对两名死者解剖后的报告，你有必要知道一下。"说完，刘警官将一沓资料递到霍一锋的手里。霍一锋翻开文件，里面是详细的尸检报告，包括死亡时间，致死原因，全身检查后是否有遗留 DNA 证据等等。

"没有奸杀的痕迹？"霍一锋问道。

"是。"刘警官郑重地点点头。

霍一锋眼中一亮，"韩苏的死亡时间精确吗？"

"应该是非常准确的，最多有一两个小时的误差。"刘警官答道。"怎么了，有什么问题吗？"

霍一锋托着腮帮子低头沉吟，"不太对啊！这时间……"对面的刘警官疑惑地看着他。霍一锋又重新仔细看了一遍验尸报告，"张弦是毒鼠强中毒？"

"是。我问过法医，比致死剂量要多十倍左右，足够置她于死地。"

"韩苏是机械性窒息死亡吗，不是溺死的？"霍一锋问道。

"对。"刘警官郑重地点了点头。

"那是用手掐死的，还是绳子勒死的呢？"

"两种痕迹似乎都有，脖子上的淤青很严重。"刘警官回答道。

"韩苏的头部还有些伤痕，是有人用重物击打她头部吗？"霍一锋惊道。

"是有些痕迹，但不是致命伤，有可能是摔倒在地面碰擦地表的石块造成的，因为只是伤及了头部的皮肉。致命伤是颈部的机械性窒息。"刘警官详细地解释道。

"还有，你们把汉白玉池塘的水抽干了没有，里面有没有什么异常的东西？"霍一锋激动起来。

"抽干了，里面什么都没有。都是些小动物的尸体残骸，水藻浮萍之类的，没有你说的那种金镶玉的长簪。"刘警官头也不抬地说。

"没有？！"霍一锋再次低头沉思起来。

"哦，还有一件比较奇怪的事，我们的刑警把案发现场所有的地方，包括密林地面上的每一个角落都翻遍了，在密林的地上，有一个小鼻烟壶琉璃瓶子被浅浅地踩进了泥土里。"刘警官若有所思地言道。

"小琉璃瓶，这应该没什么要紧吧，这块未经开发的地域虽然是我们发现的，难保也有别人进来过，说不定是别人留下的。"霍一锋言道。

"是吗？不一定，里面装着氰化钾。"

"什么？氰化钾，你确定吗？"霍一锋激动起来。

"当然了，我们的法医怎么可能出错，这个鼻烟壶虽然小，但很精致，像是清代留下的古董，上面还雕刻着画呢？"刘警官言道。

"能不能给我看一下。"

"现在恐怕不行，法医还在试图提取上面的指纹。我看是比较难，经过一夜大雨的冲刷，又陷在泥土里，恐怕上面什么线索都不会有。"刘警官仰头而叹。

"可是，氰化钾和毒鼠强，相比较起来明显是氰化钾的毒性更大，几毫克就能置人于死地。如果这个鼻烟壶瓶子与这个案子确实有关，那凶手既然已经准备了氰化钾，为何杀人的时候用的却是毒鼠强？"霍一锋疑惑不已自言自语道。

"是啊，所以这就是这起案子奇异诡谲的地方，线索杂乱无章，到处都是线头，很难厘清头绪。"刘警官几乎要仰天长叹了。

霍一锋扶了扶眼镜，"我有一个要求，既然让我参与破案，我可是要提出自己的推理意见，真正地参与到这起奇案的侦破工作中来。"

刘警官抬头望着监控器，想了一会儿，"我觉得可以，因为这次案件里，你的身份比较特殊。我们警察按正常的破案程序查，但有些琐碎的小事情真是鞭长莫及，确实需要你的帮助。我是这起案件的主要负责人，我有这个权限，领导也首肯了。"刘警官握住拳头锤击着桌面，似乎下定了决心。

"有你们的授权就可以了，这样就太好了。"霍一锋眯眼笑了起来，"我要的就是这个结果。"他心里想着，不知不觉如麋鹿决骤，渊鱼耸鳞一般极度愉悦起来。

做完了笔录，霍一锋默默走出了小房间，他准备把这件事深深藏匿在心底，对妻子朱珠也不透露。他朝走廊望去，朱珠也做好了笔录，疲惫地站着。他们两人相对无言，默默地在走廊里坐下。毛寒寒和毛雪莱也分别做完了笔录，毛寒寒蓬头垢面的，显然受了不小的刺激，毛雪莱则嘴里咕咕哝哝的："真倒霉，出来玩，碰到这种事。"吕晓东和张弓的笔录做得时间长一些，做完了以后，两人也无精打采地走出了询问室。

"我们现在算什么，犯罪嫌疑人吗？"毛雪莱嚷嚷道，看上去心里十分紧张。警官缓步走出了询问室，对他们六人言道："你们已经留下了在上海的联系方式和地址，我们会和当地的警署联系核查的，到时候会有当地的刑警随时联系你们。你们本来作为犯罪嫌疑人都要等案件水落石出以后才能离开，也可以取保候审，但依照目前的案件情况你们可以先回原籍，但切记，绝对不能离开原籍，要随叫随到。"刘警官振振有词地言道，随后向霍一锋煞有介事地望了一眼，霍一锋心领神会地点了点头。

六个人悻悻然离开了警局，无精打采地在机场附近的比萨店里吃了些东西。吕晓东没什么胃口，随意吃了几口便赶去订回程的票了。张弓一直没有吃东西，只喝了一杯咖啡，朱珠劝他吃点东西，大家伙也都在劝说他。他拗不过，便随意吃了两块腊肠海鲜比萨，一杯冰冻西瓜汁以后便说什么都不愿意再吃了。毛寒寒一脸愤愤然的表情，用刀叉摆弄着面前的烤鸡翅，不发一言，而毛雪莱吃得最多，一个人订了三份大装的各式各样的铁盘比萨，他见张弓的那份没有吃完，又试图解决剩下的几块腊肠比萨，吃得脑满肠肥，肚皮滚圆。吕晓东订机票的时候把"小疯子"交给了毛雪莱。"小疯子"一嗅到腊肠的气味便玩了命地狂吠疯跳起来，小爪子不停地朝餐桌上扒拉，整个狗身子几乎要窜到桌子上去了。毛雪莱无法，只得切了一小块腊肠送到小狗的嘴边，小狗立马不叫唤了。

"这算什么意思，现在好了，彻彻底底的犯罪嫌疑人，还是两起命案，死了他妈的两个女人。寒寒都是你，让我陪你出来旅游，现在不但不能出原籍，还要随叫随到，警局都备案了，倒了八辈子血霉了。"毛雪莱一边喂狗，一边瞪着毛寒寒，嘴里骂骂咧咧的。

"什么，你倒怪起我来了。我不带你来旅游，你还不是赌球下注，还能干什么正经事？再说，你也是自己想来旅游的，你想来借钱嘛！"毛寒寒气得瞪圆了眼睛，双手叉着腰。

"你这个小蹄子，胡说。"毛雪莱被妹妹说中了要害，气得脸红脖子粗的。"我让你多嘴！"毛雪莱一边说着，一边抓了一把蔬菜沙拉朝毛寒寒头上扔去。毛寒寒也不甘示弱，抓了一只鸡翅就迅疾地回击起来。

"哎呀，不要吵啦，不要打啦。"朱珠见状突然烦躁起来，匍匐在餐桌上轻轻地抽泣，"我要回家，这里我一分钟也待不下去了。"霍一锋赶忙坐过去拍着她的肩膀以示安慰，朱珠泪水狂飙，发丝凌乱，可能所有的一切让她几近崩溃了。五个人的餐桌，又是吵闹，又是食物当作武器乱飞，又是哭泣，周围的食客都好奇地关注起他们来。"小疯子"倒是自得其乐，窜上餐桌津津有味地吃着剩下的食物，特别是比萨里的腊肠，还时不时地吠叫几声。张弓也不理他们，自顾自地抽起烟来。

在几个人吵闹不休的时候，吕晓东倒是回来了，回来的时候，手里拎着两小瓶啤酒，其中一瓶看上去是进口的黑啤。因为天气原因和飞机误点，吕晓东没有订到合适的机票，原来的回程机票已经作废了，可大家都急着回去，所以改买了火车票回上海。下午两点，六个人终于坐上了火车，按行驶路线，明天中午就可以抵达上海。吕晓东安排他们每一两个人一个软卧包厢，毛寒寒和毛雪莱一个，另两个铺位空着，用来放行李。张弓自己要了一整个包厢，四张铺位，他是不在乎钱的，只因为他不想和任何人说话，和任何人有交集，他没有这个心情，也没有这个意愿。吕晓东也是如此，也是一个人一间软卧包厢。按霍一锋自己的要求，他和朱珠也是一间，另两个铺位也空着，因为他不想有外人入侵到这个狭小的空间里来打扰自己严谨的思维体系。他要认真思考一下整个案件，梳理案件的脉络，抽丝剥茧地找出可能存在的疑点。

另外，趁所有人都在，他想单独和每个人聊一下，因为他知道，自始至终整个旅游过程他都有参与，无一遗漏。他欣赏过每一个景点，看过每个人欣赏景点时的表情，言语和动作，观察过所有人之间的互动，也熟知各人的脾性，甚至一些隐匿得不可告人的内情，这些警察是不得而知，永远也不可能从他们嘴里问出来。有了刘警官授予的权限和嘱托，这次他要调动所谓灰色的脑细胞，让每一个参与其中的人好好地做一份或真或假的答卷。

霍一锋和朱珠先聊了起来。其实霍一锋对妻子的过往还是很了解的，但作为一个"资深"的侦探，还是有必要和朱珠先聊一聊。坐上了回上海的火车，朱珠的情绪已经逐渐平复下来，有一搭没一搭地和霍一锋说着话。

"想和你聊聊。"霍一锋先开了话头。

"聊什么，我的事你不是都知道嘛。"朱珠一脸懵懂的样子。

"聊聊你对每个人的看法，还有这次旅游中每个人的表现，还有你以前的事。"霍一锋笑言。

"以前的事，什么事？和张弓，你不是都知道吗，还说？！"朱珠有些不悦。

"这个最后说，先说说你对每个人的看法，不能笼统，要注意细节，还有你个人的看法很重要，我们先说说韩苏。"霍一锋启发着她。

"韩苏！这个女人，照我看来，真是死得活该啊。"朱珠白着眼睛，跷起了二郎腿，"不过，她确实长得很美，还颇有才华，对历史古迹，奇人异事都很了解，说起来侃侃而谈，如数家珍，确实有才，这是她的优点，我承认。"

"那缺点呢？"霍一锋追问着。

"哼，尖酸刻薄，得理不饶人，而且自以为是；为了写作，为了书的销量简直不择手段，连朋友都可以出卖，口蜜腹剑。"

"哎哟，死都死了，还说她那么多坏话呀。"

"就说上次在大雄宝殿里，她说我堕胎的事，多恶毒啊。我和张弓，那是高中，猴年马月的事了，害得我高考复读了一年。你说人是不是应该厚道一些，她居然把从张弦那小蹄子嘴里打听来的事写进书里去了，还居然把哪届毕业、哪个班级都写上了，把事情纹丝不动地搬到书里去。她为了书的销量，什么恶劣下作的事都干得出来，真下流。那时候都是年少不懂事嘛，我也没有要求张弓赔偿什么。"朱珠一边说，一边愤愤不平地，激动得连假睫毛都快往下掉了。

霍一锋听着，不由自主地回想起那天在大雄宝殿里朱珠与韩苏起争执的事情。记得那天艳阳高照，朱珠撑着油纸伞不知不觉走到了韩苏的身边，喃喃地言道："听说大作家最近又在写一部小说，叫什么《爱的悬崖》，自然又是洛阳纸贵了。"朱珠似乎很感兴趣。韩苏笑得脸都快僵掉了，"那是自然的，我的大部分素材都是真人真事，告诉你个秘密，我把你的故事写进去了，你和他。"韩苏拿手比画着，涂满月桂色蔻丹的手指指着前方的张弓。韩苏突然捂嘴大笑起来，孱弱的身体被笑意憋得扭来扭去，仿佛一株千年古藤，而碎青瓷的布料色彩像是古藤上绽出的紫荆花，脖颈上晶莹剔透的珍珠项链熠熠闪烁，把韩苏辉映得光彩照人。

"你说什么，你把我和张弓写进去了，你写什么了？"朱珠脸色突变，甩了纸伞。

"哎呀，就是你高三那年为张弓堕胎的事嘛，这事人尽皆知的。"韩苏冷笑道。

"什么，你把它写进书了。"朱珠惊得柳眉倒竖，泥金色的脸面瞬间变得惨白而扭曲。"你哪里听来的，一定是张弦这小蹄子乱说的，你不能乱写的。"

"放心吧，小说是虚拟的呀，人名都是假的，不过学校和班级是真实的，总得有点真实的事，否则会影响销量的。"韩苏终于憋不住哈哈大笑起来。

"你不能出版这本书，否则我去告你。"朱珠气得面色发紫，恨不得冲上前去掐住韩苏的脖子。而韩苏抱起'小疯子'径直朝前走去，走了几步又转回头说道："谢谢你赶快去告我吧，我的小说未出版先上了热搜，我高兴得要死掉了。告诉你吧，小说是一气呵成的作品，是人类高级思维的产物，你这类人是不会懂的，不过弗拉明戈舞还是要继续跳下去的。"言罢，她扭着身子一脚迈进了比卢阁，朱珠在后怒不可遏地低声细语："你就这样死掉了才好呢，最好现在就死掉。"霍一锋赶上去搂住朱珠连声安慰，吕晓东则尴尬不已。

"喂，你在呆想什么呢？"朱珠瞪着眼睛望向霍一锋，又用瓜子壳戳着他的手臂，把他的思绪从大雄宝殿的往事中拖拽了回来。

"没什么，我是在想，韩苏，张弓和张弦不是一直在一起玩吗，看上去很亲密的样子，都黏糊到一块儿了。"霍一锋笑道。

"那也不见得，他们三个人脸和心不和的，反正我有这种感觉。"朱珠仰起头来，仿佛在追忆什么事。"你不觉得韩苏看着张弓和张弦的眼神很奇怪吗，直勾勾的，有种说不清楚的古怪，我怀疑她暗恋张弓。还有，我看张弓和张弦这对表兄妹有些不对头，和正常的表兄妹不太一样，反正就是，但我说不清楚哪里不对头。"

"那你对韩苏的死有什么看法。"霍一锋抓了一把腰果塞进嘴里。

"我觉得恨她的人其实也很多的，毛雪莱就很讨厌她，我听到他背地里骂过她。毛雪莱赌球欠债问吕晓东借钱的事你应该知道吧？听说借钱的时候，连欠条都没写，吕晓东不在乎，可韩苏不答应，还问毛雪莱讨利息，弄得毛雪莱下不了台的。"朱珠说道。

"老吕不是都听韩苏的吗？"

"可不是，做不了她的主。可话又说回来，又不是老婆，凭什么样样都管。毛寒寒也很讨厌她，你看出来了没有，毛寒寒有点暗恋吕晓东的，大伙儿都看得出来，韩苏还嘲笑讽刺过她的，毛寒寒气得要死，我看他俩都有动机和嫌疑。张弓嘛，大帅哥，女人喜欢的类型，简直万人迷。"朱珠八卦着，一说就停不下来了，"张弓对韩苏应该没什么过节，井水不犯河水的。"

"不过韩苏死得特别诡异，说不清的古怪，她怎么会死在那汉白玉的池塘里，还被剥了衣服，赤身裸体的，像强奸被杀的样子？可这个未开发区根本就没有人，只有我们八个人，谁会去强奸杀她啊？不过，有件事挺奇怪的。"

"哦，什么事。"霍一锋一听来了兴致。

"其实那天晚上我起过夜，想去小解，可二楼没地方，一楼你们又睡着，外面雨下得那么大，我就想去门外面的围廊上小解。当时我用手机打着灯，走下楼梯，应该是半夜吧。就看见你们四个男人横七竖八地躺着，可韩苏却直着身子坐着，背对着我在拉扯衣服，后来她发觉有人下来，就又躺下了。我开门走出去的时候，她完全睡着的样子，等我小解回来，韩苏完全是睡着的，黑灯瞎火的，我也挺害怕，就赶快上楼去了。"

"这么说，这时候韩苏还在，你记得是几点？"

"记不清了，可能两三点吧，天乌黑乌黑的。"

"这个事情你当时在做笔录的时候，和警察说了没有？"霍一锋问道。

"没有。不就是小解一下嘛，有什么好说的。他们要是知道我半夜起来活动过，说不定会怀疑我犯罪呢！多一事不如少一事。"朱珠嗑着瓜子懒散地言道。

霍一锋思考着，沉默了好一会儿，"现在时间还早，我到毛雪莱他们包厢去坐坐。"

霍一锋跑到了他俩的包厢，敲门进去之后，就发觉毛雪莱在肆无忌惮地一罐一罐地喝啤酒，喝得已经有些微醺了。毛寒寒呆坐在卧铺的床上，两条黏腻的小辫子搭在两肩上，眼光呆滞，神情落寞。她看到霍一锋来了，仿佛来了救星，热情地将他迎了进去。

"霍哥哥，快跟我们说说吧，快闷死了。"毛寒寒娇嗔地说道。

"怎么样，老弟，喝两罐解解馋？"毛雪莱举着酒瓶，觍着脸说道。

"不吃了，跟你们聊聊，闷得慌。"霍一锋继续言道，"你们知道我爱看侦探小说，所以对类似的案件都极有兴趣。这次碰到真的案件，心里小鹿乱撞，挺兴奋的。你们倒是说说看，对这次旅游和所有人的看法，还有两人的死，畅所欲言嘛。"

"这个，这很难说，这次旅游其实安排得挺好的，行程、路线、休憩，最后到了未开发的地区去探险，把洛阳古城都玩遍了。反正我觉得挺好的，这是晓东哥一手安排的，他总是为每个人都想得很周到体贴，还考虑到我俩拮据的经济情况，真的，没有比他再好的领路人了。"毛寒寒一边说话，眼神透露出一种难言的向往。

"你总是说他好话。"毛雪莱哈哈大笑。

"我说的是事实，他对韩苏真是好得不能再好了，韩苏的书又卖不了多少钱，还不都是晓东哥供养着她。听说韩苏在家挥金如土的。"

"你怎么知道的？"霍一锋很感兴趣。

"晓东哥说的，光化妆品就不计其数，而且都是很高级的。护肤品用的都是很多没见过的外国品牌。彩妆就更不用说了，黑金壳子的口红有一大抽屉，都是按色系分类放置好的。还有最新的女王权杖口红，她居然也有一大抽屉，你说这得多少钱啊！香水就更不用说了，那大瓶二百五十毫升的香水，各种香味都有，我数过有四十多瓶。还有一种香水，瓶盖上有十八种兽首的，她说是英国的，也有几十瓶。还有一种香味特别怪的，初闻起来像消毒药水一样，分淡香水和浓香精，也有十几瓶，瓶身像红宝石一样闪闪发光的，特别华贵。你说这得花晓东哥哥多少钱啊，真是太宠她了，完全惯坏了。"寒寒愤愤不平，眼里透出一丝艳羡的神情。

"你怎么知道得那么清楚，都是晓东告诉你的吗？"霍一锋好奇道。

"她把张弦和我叫到家里去玩过，她和张弦是真的好，无话不说的，给我看是纯粹显摆，让我羡慕的。"

一、雨夜伽蓝寺

"哦，原来是自己看到的啊，不是晓东说的。"霍一锋笑道。

毛寒寒听到霍一锋说的话露出讪讪的表情，有点尴尬起来。

"你还没说她的衣服和包呢！"毛雪莱哈哈大笑。

"噢，对了，她的衣服和包包多到令人咋舌的地步，有一个很大的衣帽间，特别高雅华贵的装饰，你没去过他家吗？"毛寒寒又兴奋起来。

"不太去，我都是和晓东在外面喝酒的。"

"她的衣帽间装饰得特别典雅，特别大，顶棚上雕画着黄道十二宫的图案和弹竖琴的西方小天使，看得人眼花缭乱，美轮美奂的。她的衣服都分门别类挂着，光斜纹软呢的外套就有几十件，品牌大衣也挂着几十件，还有各色连衣裙，五彩缤纷的。她的包就不用说了，还有成打成打的高级品牌的丝巾，她随便就送了几条给张弦。"

"没给你吗？"

"没有，她让我去纯粹是让我当跟班的。"寒寒越说越气愤。

"看来晓东真的很宠她。"霍一锋自言自语道。

"当然了，可这女人真不值得晓东对她那么好。那一次她还让我们吃了下午茶。晓东哥哥想过来拿块三明治吃，就被她打了手，说他手脏，一脸的嫌弃，真是的。"

"我看你是心疼吕晓东。"毛雪莱已经喝得满面通红。"现在韩苏死了，你就有机会了吧。"

"你胡说些什么呀！"寒寒气得怔住了，脸色一阵红一阵白，霍一锋撇嘴冷笑了一下："你说说旅游吧。"

"旅游嘛，我说过了，安排得挺好的，洛阳城的一些重要景点我们都去了，也拍了照，也吃了好吃的。我都是和哥哥在一起玩的，张弓、张弦和韩苏三个人粘在一起，搞成了一个小团体，别人又进不去，没法和他们说话，不过，有两件怪事。"毛寒寒似乎想起了什么，露出了一种难以名状的表情。

"噢，什么怪事。"霍一锋来了兴致。

"也说不上怪，就是有点不自然。韩苏跟张弦抱怨，说她丢了一支血红色的口红，但她没说是哪儿丢的，是在家里呢，还是在旅游途中。那支口红我以前看她涂过，是魅夜兰花的限量版，可颜色血红血红的，像喝了人血一样，好恐怖。张弦说她涂了不好看，她听了也就不涂了。后来坐在草坪上吃干粮的时候，听韩苏说那支口红寻不到了，我搞不懂，她有那么多口红，居然每一支的色号都记得那么清楚，真是个奇怪的人。我听吕晓东说，前段时间韩苏看上了一串大溪地的海水珍珠项链，说是什么莫奈迪色系的，这个我不懂，颜色特别罕见，珠子由大及小，最大的 18 毫米，最小的 9 毫米，可珠层有 1.5 毫米厚，算是极品了，名称叫'黑蝶皇后'，这个我也不懂。韩苏说这是她认识的一个珠宝商，若是别的门店价格会很昂贵，因为是熟人，所以给了她一个好价钱。晓东哥就给她买了，她又嫌没有戒指耳环配套，那个珠宝商又给她推荐了两款黑珍珠戒指，很华贵，后来又配了水晶大溪地的珍珠耳环，整套价值不菲呢。"

"那又有什么，吕晓东不是很有钱吗。"毛雪莱大笑。

"有钱那也是血汗钱，靠自己赚来的呀，又不是大风刮来的。后来她又逼着晓东哥给她买了四色幽灵的水晶手链，晓东哥也买了。不过后来他们吵架了。"

"你怎么知道的？"霍一锋问道。

"我和晓东哥有时发微信来着。"寒寒腼腆起来，脸红到了眉梢，"是这样的，晓东哥发现韩苏只戴着那串四色幽灵的手链，可那些大溪地的海水珍珠都不见了。就追问韩苏，韩苏说张弦很喜欢，拿去戴几天，可过了好几个月，也不见张弦还，根本不见踪影。原来是韩苏偷偷拿去退了货，拿了钱，还在二手店卖了几只包包，晓东哥就和她吵了一架。"

"这应该算是家务事了，韩苏典卖珠宝和包包，是很缺钱吗？"霍一锋两手插胸笑道。

"不知道。不过后来还是晓东哥道歉，他离不开她的，又到恒隆的珍珠柜台买了一串很亮的天女珠给她，可贵了。"

"韩苏说不定把钱贴给娘家了，这也未可知。"毛雪莱胡乱猜道。

"怎么可能，她哪来的娘家，她是孤儿，后来有了养父母，养父母又在事故里过世了，就剩她一个人。"毛寒寒八卦个不停。

"这我也知道，晓东跟我说过，说韩苏很可怜，要好好爱她。"霍一锋言道，"还有一件怪事呢？"

"哦，你知道韩苏对我一直爱搭不理的，那种睥睨，完全看不起人。可是很奇怪，那天发现未开发区的时候，我们都在密林里穿梭，里面有很多猴子，吓了我一大跳，一蹲身坐在地上，站也站不起来。可巧韩苏在前头，她转过头来把我扶了起来，力气挺大的，我都蒙住了。"

"为什么？"

"我在想韩苏怎么突然那么好心了，她还对我笑呢，以前都是冷笑，皮笑肉不笑的，充满了不屑。"寒寒皱着眉头。

"哦，人有很多面的，有的人有几十重人格呢，说不定她没你想象的那么坏呢？"

"那倒也是啊，反正我就是看不惯她那忸怩作态很矫情的样子，不过死者为大，就不再说她了。"

"你对韩苏和张弦的死有什么看法呢？"

"她俩死得都很奇怪，不是正常的死亡，都很恐怖的。大家都是出来玩的，怎么会碰到这种恐怖的事。"寒寒一说起这个整个人都似乎哆嗦起来。"多吓人啊，赤身裸体浮在池塘里，手上还绑着粗绳结，一看就是被人杀的，不知谁那么恨她。还有张弦，先前大家拥出去看彩虹的时候都还好的，回来吃了点东西突然就不行了，警察不会怀疑我们两兄妹吧，那橙汁和火腿肠都是我们的。可大家都吃了，我们自己也吃了，怎么就光她死了，她会不会有什么疾病啊，比如气管痉挛之类的。"毛寒寒说完就出了包厢，说去上厕所了，只剩下霍一锋和毛雪莱两人。

霍一锋先开了腔："雪莱，有件事不知当问不当问？"

"你说吧。"

"你是不是在外面赌球欠了很多债，问晓东借过钱啊？"

"唉，也没多少，就问晓东借了十五万，还问张弓要了五万，张弓还没给我呢。"

"韩苏是不是问你讨要过利息？"

"你怎么知道的？"毛雪莱好奇起来。

"哼，我怎么会不知道。我什么都知道，你在白马寺和韩苏吵架的事情我也知道。"霍一锋露出得意的神色，他一边看毛雪莱一罐接一罐地喝啤酒，回忆的阀门却在不断地开启。那天在白马寺，自己看到韩苏朝毛雪莱走去，靠在石块旁低声和毛雪莱说了些什么话。毛雪莱眉目凌厉起来，喉咙也响了几声："老吕都没问我讨要，你倒急起来，又不是他老婆，先熬成老婆再说吧。"

韩苏冷哼了一声："欠人钱的倒神气起来，你记着准时还就是了，哦，忘了跟你说，别忘了利息。"

"老吕都没问我要利息呢。"毛雪莱愤愤不平。韩苏一转头扭身走了，瓷白色的身体被碎青瓷的旗袍紧紧裹着，像极了一块凝固的牛奶冻，殷红的唇脂和发髻上永远摘不掉的金镶玉簪子，更像是牛奶冻上诱人的樱桃颗粒和食用金箔，一颤一颤地，欲堕未堕。毛雪莱愤愤然地低声骂了几句脏话，而霍一锋正在不远处看着东野圭吾的小说，那几句刺耳的吵架声便不由自主地飘进了他的耳朵里。

看来这段怨仇确实存在呢！霍一锋从回忆中拉回了思绪，又继续和毛雪莱谈话。而毛雪莱被霍一锋说中了要害，脸面有些讪讪的，满嘴酒气地胡诌起来："韩苏这娘们，连晓东都不要利息，她那么起劲干吗，有病。"毛雪莱愤愤不平，手边露出一本书《古代簪髻鉴赏大全》。

"你喜欢研究这个，看不出来嘛。"霍一锋眼尖地发现了。

"没有，随便看看玩玩。"毛雪莱尴尬地应承着。

"你觉得韩苏头上那根簪子怎么样？"霍一锋追问道。

"哦，那可是个好东西，我偷偷拍了照片，找熟人看过，这根金镶玉簪是汉朝的，价值不菲啊！不过有件怪事。"

"哦，什么事？"

"他们圈子里的朋友都互相认识，经常交流的，我熟人的一个朋友说，有一个男人也请他看过这根簪子，还估了价，要上千万呢！"毛雪莱眼睛放出精光来。

"原来如此，"霍一锋眯着眼睛，呼出一口长气，"那你那个朋友的朋友能认出是哪个男人吗？"

"这恐怕比较难，这人已经出国去了。"

"你说说韩苏和张弦的死，还有这次旅游吧。"

"旅游嘛，总体来说还不错，我这次本想再问晓东再借一点的，催债催得急嘛，不过韩苏不同意，这娘们。我只能问张弓要了五万，张弦就没说什么，我对旅游玩乐的其实没什么兴趣的。"毛雪莱言道。

"你其实是冲着韩苏的这根簪子来的。"霍一锋沉下了脸。

"哎，话不能这么说啊，没有证据不能乱说的。"

毛雪莱还在喝一罐啤酒，被霍一锋一把夺过："你这次来旅游绝不是单纯来陪毛寒寒玩的，也不是问晓东张弓借钱的。你已经打听到了韩苏这根簪子举世无双的价值，参加了旅行团伺机想把它弄到手。那天夜晚，你没有睡觉，一直假寐着，待韩苏起来小解，你便悄悄跟她到了围栏，亲手掐死了她，随

35

一、雨夜伽蓝寺

后剥去衣衫，丢掷在围廊的地上，目的是混淆视听。然后把死去的韩苏抱到池塘，捆上石头，绑上麻绳，然后沉到塘底，当然你不会忘了拔去那根发簪，它能帮你赚来上千万的财产。"

"你不要信口雌黄，这是诬陷我。"毛雪莱气得脸红脖子粗，被啤酒呛了一口，不住地咳嗽。

"假设一下嘛，不要动气，继续说，开个玩笑嘛。"霍一锋笑了起来。

"玩笑也不能乱开的呀！"毛雪莱满脸的不悦，"韩苏的死嘛，确实比较怪。这深山老林的，不就我们这七八个人嘛，死就死呗，还搞个赤身裸体的，多瘆人。还有张弦死得更怪，看样子像中毒，可她没吃什么呀，她吃的我们也都吃了呀，没见有事啊，她说不定有什么基础疾病。东西是我和寒寒提供的，别赖我们，现在倒好，一有情况还要随叫随到的，在警局备案了。我敢打包票，回去后警署就会给我们每个人打电话，像监视一样。"毛雪莱一脸腻烦的表情，"还有，我敢说，现在这根金镶玉簪子在谁手上，谁就是凶手啦。"

"为什么这样说呢？"

"因为只有这根簪子是真正值钱的宝贝，人为财死，鸟为食亡嘛。"毛雪莱又灌下一罐啤酒。

"可凶手为何要杀张弦呢。"霍一锋一边闭眼思考着，一边不经意地轻声言道。

"你别以为韩苏和张弓、张弦特别好，不是的，他们三个也吵架。我在古城小吃街一个人吃台湾芝士烧的时候就听他们三个人吵过。"

"哦，说来听听。"霍一锋兴致来了。

"当时我和寒寒分开玩，她正在吃周氏拔丝，我对甜滋滋的东西不感兴趣，就一个人找摊位吃。我坐在木椅子上吃芝士烧，转弯有个小巷，就听到他们三个人的声音。我听到韩苏在哭，抽抽搭搭的，张弓似乎很恼火，说什么'都过去了，不要再纠缠了'。张弦喃喃地在说话，声音很轻很轻，听不清说什么。韩苏又嘶闹，说什么，'把我当什么，我的感情是真的'，什么什么的。后来听不清楚，张弦把韩苏劝开，三个人好像分头走了，天知道是什么事。"毛雪莱边喝酒边说，他刚说完，寒寒小解回来了。她就像只八哥鸟，嘴里咕咕哝哝个不停。"火车上的伙食一点都不好吃，还是来两根腊肠吧"，她把腊肠拿出来又迅速塞了回去，"不行，味道一飘出来，韩苏那条小狗就闻到了，又要跑来偷吃了。这条狗鼻子灵得很，几公里以外都能闻到腊肠的味道，绝对不能开封。"霍一锋听了，眼神突然一亮，在镜片后闪烁了一下。

霍一锋又回到了自己的包厢里，夫人朱珠还在那边嗑着瓜子，"你问出什么了没有啊？"

"有一些吧。"霍一锋笑道，"哎，你高三那年和张弓的事情，张弦知道得很清楚吗？"

"当然啦，否则韩苏怎么会知道。你别看张弦是个画家，其实嘴也挺毒的，什么都告诉韩苏，我当时的确到张弓的家里去交涉，他父母也同意给堕胎费的，还给我一部分的精神赔偿款。可张弦这小蹄子不答应，死活不答应，她只是表妹，你说关她什么事。张弓是没主张的，当时他也还是个高三的孩子，父母说什么，也只能是什么了。张弦把他父母给我的精神抚慰金给扣了下来，好几万的。在当时可是个大数目，他父母怕我告张弓。可张弦自己跑我家来，只给了一些堕胎的住院费用，还扬言说我胆敢告张弓就跟我拼命，把我的事印成传单贴在学校里，你说她多毒啊。我只能不了了之，我当时也是个孩子嘛。"

"啊，那你有杀张弦的嫌疑。"霍一锋笑言。

"别乱说，都是小时候的事了。不过张弦死得也挺惨，会不会是误杀啊，我记得那杯橙汁张弓没有喝，有可能是要杀张弓，误杀了张弦，可谁会那么恨张弓呢。"朱珠歪着脑袋，高卷的发鬟仿佛大理石砌就，微滟的媚唇幽幽在颤抖，轻闭着双眸仿佛在追忆往昔。

"你休息会儿吧，我到张弓那里去坐坐。"

霍一锋走近了张弓的包厢，敲了敲门，张弓胡子拉碴、形容潦倒的身影倚靠在包厢的一隅。包厢里只有他一个人，行李箱也没有归置好，零零星星地散落在床铺上。小桌几上有一张纸，纸上写满了密密麻麻的字，横的，竖的，斜的，倒的：弦，都是弦字，大大小小，不一样的弦字。看来，张弦的死对他打击很大。张弓将霍一锋让进了包厢，开始漫无目的地畅聊起来。

"你还没有回过神来吗？"霍一锋问道。

"我不懂，为什么死的是弦，为什么不是我，我宁愿自己死，去换回她的一切。荣曜秋菊，华茂春松的容颜，瑰姿艳逸，仪静体闲的神韵。都没有了，随风飘了。她死的时候一定很痛苦，她看着我的眼神全是惊惧，瞳仁里都是不舍，对人世的不舍。我真没用，没有保护好她，我对不起她。

37

一、雨夜伽蓝寺

"你知道她多有才华吗？只要看过任何一幅名画家的作品，她都能过目不忘地把她临摹下来。张弦虽然是个女孩子，却有着画夺丹青，妙笔生花的手段。我亲眼见到她将画轴儿高挑，似摘下天边的云朵般在布幅上快染晕描，描出教堂祭坛的壁画。很少有女子有这样的胸襟、胆魄和笔力，能将巨幅画作临摹得如此惟妙惟肖。"

张弦用手使劲搓弄着自己的面颊，面容上惆怅无助的云翳久久难以散去，"我俩从小在一起，一起上学，一起散步，一起玩乐，一起躺在草垛里数满天的繁星。你很难想象她作画时那种专注而唯美的神情。"张弦仰着头颅，极尽美好的追忆，"她会完全忘记周围所有人的存在，忘却了自己所处的时间与空间。看她轻拈画笔，轻蘸油彩，当笔尖与画布触碰的那一瞬间，宇宙万物都近乎停止了，停驻在了她的笔尖。她的画笔能画出泰山日出时那层层渲染的丰富背景，仿佛葡萄汁、紫荆液、玛瑙精，都打翻在画布上。她也能画出张爱玲笔下月光笼罩的层峦叠嶂的一切，月光下的树叶点点，银光四溅，一层层地翻腾。当她作画时，纸张与指尖仿佛融为一体，手中的画笔在亮橘色的暖光和银蓝色的冷光中左右调和，随意嬉戏。我最爱看她当时的神情，长眉轻颦，大眼里蓄着水珠，仿佛随时随地都会有一泓春水奔泻而出，灵魂已陷入了这饕餮的视觉盛宴中。我们俩还有那么多的事情没有做，在游轮上环游，在冻巷里滑冰，在青石板上踏步，在冰湖里游泳，在崇山峻岭中长啸。都没有了，现在只剩下我一个人，一个人。"

张弦陷入了无尽的痛苦中，霍一锋深切地望着他，也许自己是个极端理性的人，理性到近乎冷酷。他很难想象一个男人对自己的表妹有这样深沉的感情。他有一种感觉，这种感觉不似表哥对表妹，更像是……那么多年来，张弦看着张弦不断地长大，从懵懂无措的小女孩，到含苞待放的少女，再到优雅而知性的女人，他心中的念想是否在不断地攀爬滋长。他的念想是否被道德束缚着，他是否能紧紧禁锢住自己放纵难收的灵魂。当她弱骨秋千，细腰蹴鞠时，他是否在感叹着表妹那月白色锦袍下凹凸起伏的身段，荷尔蒙像海潮般奔腾不息。当她画夺丹青，琴知断弦时，他是否情意难遏，只想伴她铜壶玉漏滴到晓。当她在浣花笺上画上尺牍小品时，他是否心中激情澎湃，只怕夜来惊魂破梦，助恨添愁，只因为这不应该的念头由来已久！

霍一锋无端臆想着，会不会真的是这样，那张弦呢？张弦是怎么想的呢？霍一锋看到行李中零乱地放着一本书，是夏目漱石的《虞美人草》。日本文学巨匠的旷世杰作，它曾经被张弦轻拢慢捻，逐字逐句仔细地翻阅，霍一锋将它拿了起来。"这是张弦的爱物，每次旅游都带着它。"

"嗯，"张弓从悲痛中缓过神来，"这是她最喜欢的书，走到哪里都带着，可我并不知道是什么内容。"

"哦，是吗。"霍一锋微笑起来，想起曾经观赏过的《虞美人草》改编的电影。那凄艳的虞美人花盛放到如火如荼，昭和30年代的旧事如袅袅云烟盘桓上升。剧中的女主角滕尾有着露浥琼英的美貌和连娟修嬛的美妙身段，当她穿上深紫色的和服，就好像一朵摇曳多姿的虞美人花。可是她却被自己心神中疯狂的念头折磨到夜不能寐，因为她不可遏制地爱上了自己同父异母的兄长。同样爱恋着妹妹的兄长，为了斩断这不伦的恋情要远赴他国。滕尾却为了最后能挽留住哥哥而自尽身亡。一出人伦的悲剧，却因文学巨匠优美的阐述而青史垂名。这样说来，霍一锋大胆揣测着，张弦懂得、明白，也能体会觉察到张弓逐渐滋长的无法诉说的感情。也许是她先开始，当然有可能。表哥是如此优秀，长身玉立，清雅温柔，在董事会上舌战群儒，张弛有致，心机能翻江煮海，心智若沧波万顷。在飞机的头等舱里喃喃的电话会议如口唾珠玑，键盘上敲打出的英文字母如骊珠散迸。在窗棂旁小提琴孤寂地独奏时，瓜奈利的名琴与德彪西的惆怅结合得珠联玉璧。击剑时摘下头罩的那一瞬间，流光晶艳，万物生辉。霍一锋大胆而专注地思考推理着，是否有这种可能，那么这对表兄妹也不恋爱，也不结婚的原因就确凿了。

"说说旅游吧，这次旅游。"霍一锋转换了口吻说道。

"旅游，"张弓放下啤酒罐，"我没什么心思回忆旅游，还不错，我是说安排得挺好，有吃有玩，有赏古迹有赏花的，最后还有探险。我真傻，居然让小弦跟着一块儿探险，到那荒无人烟的破庙去，这本是几个男人合力干的事，怎么能让孱弱的女孩子参加。现在倒好，死了两个，两个美且有才华的天地钟灵毓秀孕育出的宝藏一般的人物，没有了，消失了。一定是这几个人中有人要杀我，下毒下在橙汁里，可我是不喝橙汁的，小弦替我喝了那杯有毒的橙汁，她替我死了。"

"你是不喝橙汁的，是不喜欢喝吗？"霍一锋问道。

"是啊，从小就不喜欢喝，一喝就觉得胃里翻江倒海的，不停地犯恶心。"张弓面无表情地言道。

"你对韩苏怎么看，还有她的死。"

"韩苏……"张弓抬起头来，思维飘扬到很悠远的地方去，"她是个才女，文采一流，小说散文都写得很好，可惜没有很出名，机遇不好吧。她还能写很美的情诗。"

"哦，你看过她写的情诗？"霍一锋来了兴致。

"不是，你别误会，韩苏经常会假自己之手，替小说里的人物撰写情诗，文采殊渥，字字珠玑，真是太美了。"

"你见过她写的情诗吗？"

"偶尔见过，但未曾有机会仔细品鉴。文学我不是很懂，没有小弦有灵性，她俩之间一直互相写东西的，每年过生日还互赠礼物。"

"我听说你们在洛阳小吃街里，三个人吵过架？"霍一锋步步紧逼地问话。

"吵架？"张弓的眼神闪烁了一下，有了些微的躲避。"怎么可能吵架呢，我们三个人情趣很相投，不可能吵架的，你听谁说的。"

"啊，可能他听错了，我想你们也不会吵架的，听说韩苏当时还哭了。"

"怎么可能呀，韩苏这个人看似羸弱纤柔，其实心底强硬得很，像蒲苇一般坚韧得丝丝不断，她是不会哭的。不过，我确实见过她哭过一次。那次是我和张弦陪她过生日，晓东也来了，我们都送了昂贵的礼物给她，她也只是感激。直到弦儿拿出她的礼物，一幅韩苏的画像时，韩苏的激动溢于言表。这幅画小弦画了很久，几易其稿，最终定下了画作。韩苏感动得都哭了，这是我第一次看见韩苏哭，她泪珠散进的样子也很美，一直抱着张弦不肯放。到了聚会散去，晚上还用微信传了些诗句过来，她这人挺矫情的，挺仪式化的。"张弓轻慢地说。

"那些诗还在吗？真想看看呢。"

"唉，她们女孩子之间的东西，谁知道藏哪儿去了。"

"我记得上一次旅游的时候，你说要调到美国的总部去做全球副总裁，怎么没去啊？"霍一锋问道。

张弓抬了一下眉头，用手撑住了额头："是啊，本来是准备去的，后来因为一些原因没去，"张弓突然有些哽咽了，"现在看来又要去了，待在这里做什么呢，独自伤感而已。我知道你是一个侦探小说迷，很想解开这两起凶杀案的谜题，我也希望能早日破案，为表妹报仇。"张弓握紧了拳头，突然义愤填膺起来。

"哎，你有没有注意过韩苏那条狗？"霍一锋突然问道。

"你是说'小疯子'吗？搞不懂韩苏为什么给狗起这种名字，她家里还有一条'大疯子'呢。这狗成天和她腻在一块儿，我对狗没有注意，不过它一直在叫，好像特别吵，特别是在发现了未经开发的密林以后，一直吠吠地叫唤个不停。我只注意了韩苏，死得一点尊严都没有，赤身裸体的，会不会有别的什么人，强奸杀人的。"张弓说道，"我只希望能早日破案，告慰小弦的在天之灵。"张弓又陷入无尽的思索中去。

"哦，还有一件事，韩苏的那支金镶玉簪子，你怎么看。"

"那支簪子，听小弦说是一件价值不菲的古董，韩苏一直爱不释手，出事以后好像就不见了，会不会有人谋财害命啊？"张弓喃声言道。

霍一锋问到这里，突然回忆起一段事，那是当一行人走到洛阳市东的汉魏洛城遗址内，霍一锋无意中看到了一段小事。韩苏仿佛走累了，慵懒地靠在石柱上，用纤手抚弄着金簪。张弦轻轻把她的簪子拔下来，托在手心里观看。"色泽真美，与天地同寿，与日月齐光。"张弦流露出温存而悲悯的表情。"人常说，玉在山而草木润，渊生珠而崖不枯，玉果然是好东西。"张弦喃喃言说，露出一股艳羡的神情。

"你若喜欢，我买一支送给你。"张弓望着她，眼眸里有奇异的东西在闪烁。

"你送，哼，怕是有钱也买不到。"韩苏凝视着他俩，冷哼了一声，"常言说雕琢复雕琢，片玉万黄金，我这支簪子是祖上传下来的，有上千年的历史，哪里是那么好得的。"言罢，将玉簪又插回到发髻上，扭着身子走了，留下张弦哈哈大笑，张弓则一脸尴尬无措的表情。

这些曾经的往事如潺潺的流水漫过霍一锋的脑海，而面前的张弓正一脸茫然地望着他。

"哎，最后问你一件事，你的啤酒是哪里买的啊？我看毛雪莱也在喝。"霍一锋拉回了自己飞扬的思绪，突如其来地问道。

"火车上啊，列车员推着小货车来卖的，火车上饮料不是都有卖吗？"

"哦，有没有黑啤酒？"

"有的，我刚才看到的。"张弓茫然无措地回答道，不清楚霍一锋问话的用意。

"哦，没什么，只是随口问一句，我走了啊。"说完，霍一锋便离开了张弓的包厢。

霍一锋回到了自己的软卧包厢里，持久地坐着，时而静神凝思，时而闭

一、雨夜伽蓝寺

目冥想。

"喂，你问得怎么样了？"朱珠问道。

"没怎么样，都是一些琐碎的小问题，零零落落的，七颠八倒，凑不成一个整圆。"

"那你还去那么长时间，他们表兄妹有些不对头。"

"你怎么知道不对头？"霍一锋问道。

"眼神，张弓看张弦的眼神不正常，不是表哥看表妹的眼神，是男人看自己欣赏的女人的眼神，你见过有哥哥这样看妹妹的吗？毛雪莱会这样看毛寒寒吗？"朱珠白着眼睛。

霍一锋觉得有些肚饿，便泡了一碗泡面，在泡面辛辣的香气氤氲中，霍一锋似乎想起了什么事，他迅速吃完了面条，跑去了吕晓东的包厢。

霍一锋敲了敲门，吕晓东行动迟缓地起来开了门，随后又目中无人地坐回到原来的座位上去，神色黯然。霍一锋进来以后也默默坐在了他的对面，只陪伴着他，暂时也不说话。

"霍一锋，你觉得能破案吗？或者说破案的概率大不大？"吕晓东突然发言了。

"这很难说，我们应该相信警察，相信政府。"

"听你说这话，像个好同志。"吕晓东惨笑起来，阴白的脸色在幽暗的床头灯旁更觉得忧郁惨淡。"霍一锋，你了解才女吗？"吕晓东突然问道。

"不太了解，我的女性朋友里很少女文青，女朋友里也没有过女文青。"

"我知道，在所有世人的眼光里，女文青都是穿着设计简洁的月白长袍，长发及腰，随后无病呻吟写两段小文章的作女。这其实是世人的误解，才女并非如此，至少韩苏并不是这样的。她们胸藏锦绣，口唾珠玑，她们心中有着惊涛伟岸的文字，合璧骈珠的才情。你永远不知道她精致的小脑袋里蕴含着多么丰富的思想，永远也不知晓她下一秒会和你探讨什么问题。也许我们都见过很多女人，在我们的人生履历中，生活经历上，难道不是吗？各式各样的女人充斥着我们过往的世界，构建出我们对女性世界的大体认识，浅薄的、粗鄙的、精明的、算计的、优雅的、天真的、单纯的、老谋深算的，甚至是心机深沉，心如蛇蝎的，但是我们很少见过真正的才女。当我第一次见到韩苏，和她海阔山遥地深谈，走进她奇思异想的世界，你才知道自己对这个世界其实知之甚少。她的才情仿佛青云出岫，能令鹤怨猿惊，她的小说有着宏伟的世界观，语句庄雅，构思深邃，情思曲婉，文采宏赡。韩苏这个人，理性的时候，让人感觉仿佛站立在冰刀斩剑的悬崖，感受着冷冽的风，刺骨的冻，西伯利亚的寒流缠绕住自己，凝成一层极纤细的薄冰，让人的血慢慢变冷，变冰，最后凝结。感性的时候却能让人难以自持，一时仿佛走近了尼亚加拉大瀑布，感觉到那雷霆万钧的气势，丰沛而浩瀚的水汽，让人如坠五里浮云。一时又仿佛在西西里万花争艳的大花园里，嗅觉里充斥着百里香、大马士革玫瑰、鸢尾花、紫丁香、迷迭香，还有成串成串的黄色白色的风信子，蓝色的矢车菊。你整个人都被花卉环绕着，视觉里成打成打的莹亮的蝴蝶，嗡嗡吟唱的蜜蜂，还有各种各样忙忙碌碌数不清的小昆虫。你在海风沁凉地吹拂下，那个你心中执念的女神，爱和美的女神，维纳斯的化身，就在花团锦簇的中央对你微笑，凝睇，对你伸出皓腕，一双素手，喃喃地吟诵着情语。霍一锋，你没有见过她的情诗，也许只有我见过。那娟秀的字迹一行一行书写在雪白的信笺上，奔放恣意的感情像浩荡的春水奔泻千里，一发不可收拾。字里行间优雅多情，似鹤翥鸾翔，合璧骈珠，每一个字读来都能让人泪腺骤湿。任何男人都会被她打动，宁愿被她俘虏，甘心做她的厮养。我愿意为她做任何事，哪怕舞步蹁跹，诸般戏耍，哪怕打情骂俏，斗口磨牙。她抛出的玫瑰链，不是她瑰姿艳逸，柔情绰态的风姿，而是她凤翥龙蟠，摘词绮合的才华，一根链子就将我紧紧拴牢，终身禁锢。我宁愿双手着地，变成四脚的动物，匍匐在她的脚边，任她踢踩，我宁愿变成满地的二月蓝，让她在我身上舞蹈，任她龙骧横举，扬镳飞沫，纷飙若绝。她永远引领着我，引领着话语权，引领着我思维的一切。她在的时候，她就是我的一切，她若不在，一切都是她。"吕晓东絮絮叨叨地胡言乱语着，霍一锋想劝慰他，又不知如何开口。

"我想问你几个问题，关于韩苏的身世。"霍一锋问道。

"身世，她就是个弃婴，后来被人送进了孤儿院，又被人收养了。"

"她的身世，你就单单只知道这些吗？比如是什么孤儿院，被谁收养，经办人是谁，几岁被收养，有没有兄弟姐妹之类的？"

"这些我不是很清楚，只知道韩苏是作协会员，而我是一个单纯的文学爱好者，在一次听讲座的时候认识的，她那时候还很年轻，非常非常年轻。"吕晓东回忆道。

"有一个小问题很有趣，每次韩苏和你出来旅游，都带着'小疯子'，可这次'小疯子'一直不停地叫唤，好奇怪呀！"霍一锋说道。

"天知道这只狗是怎么回事，可能闹肚子吧，从一出来就一直叽里咕噜的，不知道怎么回事。"吕晓东一边说着，一边看着行李箱旁蹲着的小狗，'小疯子'又"汪、汪"地吠叫起来，似乎有满腹言语要诉说。

"你知道韩苏丢了一支血浆色的口红吗？"

"你从哪里听来的，她有数不清的口红呢，当然都是我的钱买的，她喜欢囤积物品，不知是什么毛病。丢了一两支是很正常的吧，这些女人的事我怎么会知道。"吕晓东似乎有些不悦。

"还有你知道韩苏、张弓和张弦三个人吵架的事吗？"霍一锋追问着。

"吵架，不太会吧，他们三个怎么可能吵架，好得都黏腻在一块儿了。韩苏旅游的时候，张弓给她拍了很多照片呢。没听韩苏说起过吵架的事，如果吵架，她一定会第一时间告诉我的。"

"噢，还有韩苏的那支金镶玉簪子，你知道价值吗？"

"不知道啊，她养父母去世前留给她的，我从来没有去打听过价格。那支簪子遗失了，你难道不知道吗？你一直和我在一起啊。我们明明看到韩苏戴着那支晶亮的簪子跃进了密林，可怎么也找不到她，等其他人发现的时候，她已经赤身裸体地漂浮在汉白玉池塘上，头上的发髻都散开了，簪子也不见了，不知警察有没有把池塘的水抽干，也许簪子掉在了池底。"吕晓东黯然地摇了摇头。

"那你有没有到有关的鉴定部门去打听过它的价格？"

"当然没有了。"吕晓东断然否认，"这支簪子是韩苏的命，她时时刻刻都戴在头上，我去打听它的价格干吗？"

"好，我要问的也只有这些。"霍一锋言道。

"来，喝一杯。"吕晓东拿出两个小瓶的啤酒，一瓶普通的，一罐是进口的黑啤。

"我不喝黑啤酒的。"霍一锋说道，随手拿了另一罐啤酒，用牙齿咬开瓶盖，喝了起来。

"好吧，我喝黑啤，只有这两瓶了。"吕晓东也咬开瓶盖，喝了两大口。

霍一锋看着他，眼睛突然晶亮地闪烁了一下，仿佛有了什么灵感。

而吕晓东喝了大半瓶黑啤，突然嘴唇颤抖，脸色苍白，浑身痉挛，面部因为极度的痛楚而僵硬扭曲。霍一锋惊惧地看着眼前发生的一切，几乎目瞪口呆。等他缓过神来，便大声叫喊着列车员："列车员，列车员，有人出事了。"

列车员及时赶到了列车包厢，其他四个人听到呼喊也赶了过来，将包厢的门口挤得水泄不通。而吕晓东不住地呻吟，翻来覆去地在地上打滚，嘴中吐着白色的泡沫，随后不停地在作呕，手脚都不停抽搐着。

霍一锋看到吕晓东的样子，想起张弦中毒时的情形，似乎很相像，心里愈加害怕起来。

"他这不像是发病，像是中毒，叫救护车吧。"毛雪莱害怕地说道。

列车员通知了总部，在某一个大站台停靠了很久，将吕晓东和霍一锋送上了救护车，霍一锋临上车时没忘记带上那两瓶啤酒和"小疯子"，随后他和妻子朱珠打了声招呼，其他四个人依旧坐原先的火车朝上海驶去。

抢救室外，一切都是白蒙蒙的。吕晓东还在里面抢救，霍一锋坐在门外的凳子上等候着，却依然止不住冷汗涔涔，心有余悸。这是谋杀，是下毒。刚刚医生将啤酒拿去做了化验，在黑啤酒里验出了毒鼠强的成分，而那瓶清淡的啤酒中一滴都没有。凶手又作案了，这次谋杀的对象到底是谁，是吕晓东，还是自己，自己因为不喜欢黑啤酒，于是喝了另一瓶清淡的啤酒，所以吕晓东就喝了黑啤酒，中了毒。也许凶手要杀的是自己，原本在抢救室里被抢救的应该是自己，而吕晓东如今在里面饱受折磨，洗胃、输液、打肾上腺素，在生死线上挣扎。赤裸裸的凶案就发生在自己面前，凶手已经凶相毕露，连吕晓东都要杀害。也许不是，是要杀自己这个"侦探"，他怕自己窥探到什么，推理出什么，让他的目的无法得逞，所以胆大妄为地又作案了，要解决掉自己。可凶手怎么知道他会在吕晓东的包厢里喝黑啤酒，这个概率太小了。那么只有一个可能，要杀的是吕晓东，未料到自己进去搅了局，把案情弄得扑朔迷离。

霍一锋打开电话，将吕晓东的情况一五一十地向经办案件的刘警官报告，刘警官也透露了一些消息。警方将汉白玉池塘的水抽干后，又再次仔细翻查了一下，底下确实没有遗留的簪子，只有捆绑的绳子和石头。因为绳子和石头松脱，尸体才浮了上来。而密林里也无法找到有价值的脚印，因为大雨已经将痕迹冲刷得一干二净。小鼻烟壶琉璃瓶上也没有任何指纹和线索，只是一个晚清时期的鼻烟壶，两面都雕刻着图案，精美绝伦。刘警官决定自己亲自来一趟，看看有没有什么值得探查的线索。目的主要是等待一下吕晓东抢救的结果，如果确实没有挽救的希望，那就通知当地警局先收一下尸体。如果能抢救过来，等吕晓东醒来以后做一下笔录。当然，能够抢救过来最好，这样吕晓东就是唯一一个活着的受害者，他的笔录非常重要。

医生从抢救室里缓缓走了出来，脱掉了口罩，"现在病人已经基本脱离危险。我们给他洗了胃，还好毒鼠强的成分不是很多，再多一些恐怕就没命了，现在需要静养。"

"是毒鼠强吗？确定是毒鼠强？"霍一锋着急地问道。

医生郑重地点了点头。

医生离开后，手术室的大门开启，吕晓东被医护人员簇拥着推了出来，浑身插满了管子，人事不知。霍一锋看了一会儿，随后抱着"小疯子"坐在观察室外的长椅上静静思索。

迄今为止一共发生了三起凶杀案，两件已经得逞，被害者的魂魄早已游离在那碧落黄泉之下，最后一起因为被害者的饮用剂量不够，所以没有死亡。这三起凶杀案的凶手是否是同一个人，还是分别有人。大雨滂沱的伽蓝寺夜晚，那女贞树下穿着古装衣衫，头戴金镶玉簪的女子是谁？为何不敢见人，疾逃到密林深处？池塘里漂浮的韩苏是何时死的，为何无人知晓？张弦是怎么死的？凶手到底是因为要杀张弓而误杀了张弦，还是本来要杀的就是张弦？吕晓东的啤酒是他自己买的，难道是被掉了包？凶手要杀害的是否是自己而误伤了吕晓东，抑或是原本要杀的就是吕晓东？朱珠在夜雨阑珊的伽蓝寺内，半夜看到坐起身子忙碌的韩苏是怎么回事？毛寒寒为何说韩苏有些变化？"小疯子"为何一直在狂吠？毛雪莱所言听到三人吵架是真有其事，还是信口雌黄？张弓和张弦这对表兄妹到底是怎么回事？剩下的几个人几乎都有杀人的嫌疑，凶手到底是谁？

还有那只小巧玲珑的鼻烟壶，里面装的居然是剧毒的氰化钾，被丢弃在密林中，还被人浅浅地踩进了泥土里。这是谁干的？这到底是一起连环凶杀案，还是两起毫不相干凶杀案？也许是一个凶手，他或她同时准备了毒鼠强和氰化钾，在适当的时间，适当的地点，选择使用哪种毒药？但是好像不太对，氰化钾的毒性显然更强，只需几毫克就能杀人于无形之中。要杀人的凶手应该采取更加凶狠果断的方式，何必再准备毒鼠强呢？毕竟毒鼠强有抢救过来的可能，如果使用剂量不够的话。难道凶手要让被害人死得没有那么痛快，慢慢地熬到死，耗到死，这样凶手更解恨？

也许根本是两起凶案，自己完全搞混了？有两个凶手，要杀的人不止三个人，这两起案子都准备在旅行的途中进行，所以裹卷混淆在了一起？两个凶手互相不知情，一个准备了毒鼠强，另一个准备了氰化钾。而在一个凶手行动以后，另一个受到了惊扰，觉得再次犯案比较危险，容易暴露自己，所以收手了，随意处理了氰化钾，将鼻烟壶乘人不备丢弃在密林的泥地里，天知地知，只有凶手知道。那么剩下的那个凶手还可能再犯案，还有人处在危险之中，还有人会死……

霍一锋思绪杂乱，觉得头脑无比昏沉，他现在做的事除了不停地思索，就是等待刘警官的到来和吕晓东的醒来。时间在一分一秒地流逝，霍一锋不允许自己这样毫无头绪，他必须在杂乱无章的线团中找出那个致命的线头，大半天以后，刘警官和另两位刑警赶到了观察室，吕晓东还没有醒来，他们就给霍一锋做了详细的笔录。

晚饭的时间到了，另两位警察在观察室外守着吕晓东，小狗也被留在了医院的观察室外面。霍一锋实在是太烦这只狗狗了，因为它不停地叫唤，似乎有无数不可言说的秘密要吐露。到了饭点，刘警官邀请霍一锋到附近的火锅店里休憩一下。刘警官为人爽快，一定要请霍一锋大吃一顿，霍一锋也不推辞，两人吃得热气腾腾，有滋有味。邻座来了一家五口和一位朋友，女主人手中抱着一只小的秋田犬。秋田犬一直黏腻着女主人，不让她放开手脚大快朵颐。主人的那位朋友见状，便兴冲冲地把秋田犬接了过去。"我来替你抱着吧，你好好吃饭。"可秋田犬在被接过去的瞬间狂吠起来，叫个不止。

"哎哟，不行的，它从小跟着我，换一个人抱就乱吠。"女主人笑言道。霍一锋听到此语停下了筷子，看着秋田犬和女主人若有所思。

"我告诉你啊，就算你跟我长得一模一样也没用，狗鼻子灵得很。"那女主人又补了一句，一家五口笑意融融。霍一锋听到，似乎受到了什么启发，又发呆了好一会儿。

"你在呆想什么呀？"刘警官拍了一下霍一锋的肩头。

"哦，没有什么，我在想韩苏的身世。她是个孤儿，也挺可怜的，后来被养父母收养了，只过了一段好日子，养父母又在事故里去世了，只剩下她一个人。"

"不对，她有姐妹的，只是她自己不知道罢了。我们调查了她所在的孤儿院，她被送来的时候是一对双胞胎，韩苏好像是姐姐，妹妹被一对农村夫妻收养了。"

一瞬间，霍一锋好似醍醐灌顶。"双胞胎，韩苏是双胞胎中的一个，你确定韩苏自己不知道吗？"

"对啊，据我们调查，她妹妹经济上非常拮据，不像韩苏有养父母留下的一笔遗产。"

"那这个女孩有没有来找过韩苏。"

"这个就不清楚了，还没有时间去调查，两个死人就够我们忙活了，再加上现在还有一个半死不活的吕晓东。"刘警官边咀嚼边说。

刘警官听到一串手机铃声，接起来一听，原来是吕晓东醒了。刘警官说："我派人派车送你回家去吧，吕晓东恐怕还要在医院住一阵子，到他痊愈的时候，我自然会派人送他回家。"

"我想再去看他一下。"霍一锋说道。

刘警官点头同意了，"别忘了随时向我汇报啊。"刘警官最后叮嘱道。

霍一锋回到病房，看到吕晓东脸色苍白地躺在观察室的病床上，接着氧气瓶却也止不住地胡言乱语，吟诵的好像是《哈姆莱特》中著名的独白。

"我们会派人照顾他，直到他痊愈为止，随后再派人送他回原籍。"刘警官说道。

霍一锋凝思着点了点头，同刘警官握手告别，随同另外两个警官坐上了警车，朝上海的方向驶去。

第四章　每个人都有嫌疑？

霍一锋在警车后座上默默坐着，车窗两边的景物像斑斓的琉璃瓦一般快速地向后倒去。霍一锋在沉沉地思索着，凶手到底是一个人，还是两个人，抑或是团伙作案。这个凶手很冷酷，他或她有着极端睿智的头脑，极度冷静的思维方式，更重要的是有着坚定的决心。这种决心能撼动巴山，搅海翻江，倒树摧崖。他或者她把一切都计划得很周密，万无一失，绝无疏漏。他或她手段残忍，却又心细如发，没有遗留一点痕迹。究竟是怎样一个人？除了三个受害者，剩下的四个人里谁有这种能力，这种手段，有冷的智慧，冰的坚毅？

朱珠有吗？那高挑的发卷，如媚如幻的眼神，奔放的弗拉明戈舞姿，四处八卦的神态。霍一锋搞不清自己当初为何要娶她，难道仅仅是因为她妖娆的舞姿？是啊，每当她穿着红黑相间的弗拉明戈舞裙，双脚踏地踩出韵律时，他觉得周围的一切似乎都静止了，一切都消失了，所有的一切都变作了西班牙安达卢西亚的民间。身体和手臂大幅度弯曲，张开的手指，快速地转身，无数的弗拉明戈女郎仿佛在朱珠的身后跟着她一起舞蹈，纷飙若绝，举翅鹄惊。霍一锋以前曾经看过一篇描写舞者的小赋，他很难理解词句中那些字字珠玑，浪漫华美的描述。直到他看到朱珠的弗拉明戈舞，他才真正体会到那种雷骇电灭，狂飙疾纵的张力和震撼力，他才迷惘了，彷徨了，交出了自己的一颗心。

朱珠会犯罪吗？霍一锋回忆着妻子那凝睇而横波的美目，她是妖媚的，野性的，但是否也是有野心的有心机的？朱珠是有足够的动机的，难道不是吗？高三时那不堪回首的丑事，被张弦散布给了韩苏，而韩苏这个人间的精灵居然把它原封不动地搬到小说里，还极尽细腻地描述，夸张地改编，但凡是那一届的学生，只要看了这本书就会知道描写的是朱珠。朱珠也恨极了韩苏，连带恨着张弦。

那天夜晚，她曾经悄无声息地起来过，走到一楼，看到韩苏在整理衣服。趁着四个男人都熟睡着，她可以悄无声息地用弗拉明戈舞裙的腰带勒死韩苏，然后爆发出惊人的力量将尸体背到池塘边，然后抛下尸体。不对，她还应该在围廊上剥去韩苏那件色彩斑驳的桑蚕丝裙子，然后再把她背到池塘边抛尸。那么张弦呢？朱珠年少堕胎的时候曾经被张弦要挟过，没有拿到该得的精神抚慰金，所以她也恨张弦。再说，她年少时堕胎的丑事，也是张弦散布给韩苏的，没有张弦的'功劳'，韩苏怎能如此天马行空地写作，恣意妄为地在作品中描述自己。所以在朱珠的心里，张弦也是有罪的。那她是如何杀死张弦的呢？当所有人都去看雨后的彩虹，面向寺庙外的天空，背对着庙内的佛像，她完全有可能将毒鼠强放入张弓和张弦的橙汁杯中。她说过这对表兄妹不正常，所以要死也让他们死在一起。换个思维角度考虑问题，或许朱珠所说的，在那个雨夜，她从二楼下一楼去小解是彻头彻尾的谎话，她根本没有看见韩苏直起身子在整理衣服，都是子虚乌有之事。她所做的就是在夜阑人静之时，下楼去砸昏然后勒死韩苏，随后抛尸池塘。女人在短时间内爆发出的体力和能量是惊人的。她曾经说过，最好韩苏现在就死掉，所以她积恨如山。为了维护自己的名誉，不让那本见证自己年少轻狂时犯错的《爱的悬崖》被全国的人拿在手中阅读，当成茶余饭后的笑料，朱珠处心积虑地杀害了韩苏，让这本书无法发表。

可是，霍一锋觉得头痛欲裂------恨一个人是一回事，杀一个人又是另外一回事，恨一个人不一定会杀她。在和自己生活在一起的五年中，朱珠虽然不能干，但至少也是善良的，温存的，应该不会做这种事；可是也很难说，但是，为何要杀吕晓东呢？

张弓呢？张弓有没有这种可能？张弓表面上应该没有任何动机，韩苏是自己表妹的闺蜜，没有理由去杀她。可是，霍一锋总觉得他们三人之间有种奇妙的张力，互相牵扯，互相纠缠着，像少时玩过的九连环一般缠绕不清。张弓对张弦的感情很奇异，似乎已经超越了表兄对表妹的情谊，就像《洛丽塔》中所描述的那样。洛丽塔，舌尖向上分三步，从上颚往下轻轻落在牙齿上。在早晨，旭日东升，露珠在花瓣上凝结，无数斑驳的蝴蝶如狂花扑水。他的妹妹还没有长大，穿着一只白袜子，盘着麻花辫，戴着牙箍，身高四尺十英寸，她就是洛。穿上雪白的网球裙，赤着一双腿，挥舞着网球拍，她是洛拉。陪伴她到心仪的高中报到，她是多丽，正式签名的时候是多洛雷斯。而当她长大了，颤抖的双眸，濡湿的樱唇，靠在自己的怀中，藏在自己的臂弯里，她永远是洛丽塔。张弓可能觉得没有人能理解他的爱，他的爱并非世人所不齿的，它是高尚的，纯洁的，能供人瞻仰、供人膜拜的。但是人的感情是瞬息万变的，难道不是吗？也许过了几年，张弓长大了，成熟了，接受了社会的历练，他开始意识到这种念头的可耻。是啊，他的妹妹是很高洁，像玉兰一般无瑕，有着幽兰一样撩人的芬芳，她是天真和诡计，可爱和粗鄙，蓝色愠怒和玫瑰色欢笑的结合体。可是，她是表妹，流着同宗族的血液，有着同宗同族的肉体的沃土，这样的感情是不对的。既然为社会所不容，为世人所不齿，它就不应该存在。所以他退缩了，逃遁了，把自己的无望的感情抛到那无涯的荒野上，让这难堪的爱与落霞为伍，与浮云为伴，与冷月缠绵，最后化为陨叶蔓草，化为虚无。他是想得很周到，可是张弦会同意吗？

也许若干年来，张弦早已习惯了张弓无微不至的照料，温存而高尚的教导。她习惯了张弓给他准备好的一切，弗吉尼亚的灯塔，阿肯色那改成咖啡店的天然洞穴，俄克拉荷马陈列的提琴珍品，路易斯安那仿制的卢尔德洞室，洛基山名胜中的博物馆，世界上的每一个角落都有表哥陪伴过她的踪迹。她习惯了张弓深情地凝睇，软语相劝，激情地欲言又止。她每天晚上入睡前必须听表哥给她念《远大前程》最后一章，每星期天听表哥在书房里拉小提琴，听那清冷孤寂若寒猿啼鸟，回湍激昂如飞瀑过山的曲调，迷醉于表哥用自己听不懂的法语或德语说悄悄话时的狡黠神情，她不会忘，她也忘不了。所以当张弓要逃遁到美国去时，她愤怒了，她不允许自己付出的感情没有回馈，她要把一切公之于众，也许会发到朋友圈里。于是张弓慌了神，有了杀她的动机。也许韩苏的死是一种假象，他做出迷惑众人的假象，让所有人迷茫、蒙圈，搞不清楚，以为凶手的目标是韩苏，其实他真正要杀的是张弦，杀韩苏只是一个幌子。

霍一锋再深入地思考下去。在那个大雨滂沱的伽蓝寺夜晚，张弓可能没有睡，等所有人都睡熟了，他可以用偷藏起来的重物砸昏韩苏，然后掐住她的脖颈致死，随后脱去她的衣衫扔在围廊，把尸体背出去，接着捆上石块和绳索，抛入池塘。当所有人在看彩虹的时候，他在两杯橙汁里倒入毒鼠强，他自己是从来不喝橙汁的，所以可以完美地逃避掉喝哪杯的选择，也可以撇清自己的嫌疑，而张弦随便喝哪一杯都会死，这样他的目的就真正达到了。可是他为何要杀吕晓东呢？想不出原因，也许韩苏知道些什么，会告诉吕晓东，吕晓东多少对事情有个一知半解，杀人嘛，反正杀一个也是杀，杀三个也是杀，多杀一个也无妨。

毛寒寒呢？这个女孩有没有杀人的动机，这很难说，也是有可能的。毛寒寒这个女孩，年纪其实也不小了，有二十五六了吧，可装束打扮和十八岁的女孩子差不多。两根扭结的麻花辫，一件T恤，各种颜色，但都是同样的图案，一条短短的白色网球裙，没有品牌的跑鞋，戴着一副黄色框架的近视眼镜，有些像我们初中时发育未成熟的同桌。这个女孩的动机很明显，也几乎人尽皆知。她暗恋吕晓东，那她恨韩苏是理所当然的。她去过韩苏的家，看到过家中大气的摆设，典雅的装饰。看到韩苏数不清的护肤品和几大抽屉的口红、眼影和香水。如果这些化妆品还没有刺激到她，那么一房间的衣饰和包包一定将她的嫉妒升腾到如火如荼。从小到大，每个女孩都有着对另一半爱人的幻想。这种幻想一定很梦幻，梦幻到第一次接吻时的场景，是在落日残霞之下，还是在退落潮汐的海边，抑或在崇山峻岭的幽谷中。当然也会很具体，具体到身高、体重、容貌、身材、学历、工作、收入、家庭背景。所有的这一切都是女孩对心仪对象的一把无形的尺度，她们用这把尺度去衡量生命中出现的任何一个单身男子。而在毛寒寒的尺度里，吕晓东恰巧符合了所有的条件和要求，成了她心目中完美的爱人形象。可是糟糕的是，一个更加完美的情人阻隔在她和吕晓东之间。韩苏用她那艳靓的面容，凹凸有致的身材，瑶光孕碧、玉气生玄的才情将毛寒寒完美地比了下去。她俩之间有着巨大的鸿沟，毛寒寒的容貌颇似路人，来来往往无人留意；而韩苏的面容皎若朝霞，灼如芙蕖。毛寒寒的身段是未发育好的小孩，平板而黝黑；韩苏却是延颈秀项，皓质呈露。毛寒寒谈吐粗鄙，举止风风火火，她无法理解韩苏拈花嗅香，托瑶琴哀诉在冰弦上的惆怅。当然啰，这小姑娘歪歪斜斜，初中生般稚嫩的字体，也无法与韩苏锦文回复，字字蜿蜒的回信相提并论。她知道自己和韩苏无法比拟，其中巨大的鸿沟不单单是读懂几篇诗文，看过几本小说。这是一种文明的落差，素质的断崖。她不懂大溪地黑珍珠要买极光的，不知道住酒店怎样投诉能免费升级到行政套房，不懂得牛排要点几成熟，晚宴要穿黑色礼服。她不懂得济慈、雪莱、莎士比亚，不懂得谈俄国小说和法国电影，不了解喝红酒后要擦拭掉杯沿上的口红残迹。但是毛寒寒也有得意的地方，因为吕晓东愿意和她微信聊天，甚至愿意聊到半夜一点钟，每一词每一句似乎都触碰到她心中含苞待放的小蓓蕾。所以她有点得意和轻狂，你韩苏再美，再有才华又如何，吕晓东依然心有旁骛。吕晓东的心里话只愿意和自己说，也许你韩苏只是他的一个面子罢了。所以自己还是有希望的，因为吕晓东还是单身。也许有一天，韩苏会悄然消失，而自己则坐在别墅偌大的花园里，喝着精致的下午茶，在水晶花瓶里捯饬着花团硕大的荷兰芍药花。她幻想着这一天的到来，仿佛近在眼前，倏忽就会实现。但是只要韩苏在，她就永远不能完全拥有吕晓东，成为那栋豪宅的女主人。

她曾经随张弦一起去过韩苏的家。她只是个贫困人家的孩子，也没有什么事业上的成就。当她踏进吕晓东为韩苏准备的豪宅时，仿佛达芙妮杜穆里埃笔下《蝴蝶梦》中那个时常不安，啃着手指甲的女主人公，走进了瑰丽而奇异的曼陀丽庄园。看到了曼陀丽的一切，所有的一切都让她瞠目结舌。毛寒寒嗅着女主人房间散发的香槟玫瑰深沉而静谧的幽香，喝着女主人准备的芬芳浓郁的下午茶，她觊觎着女主人珠宝盒里珍珠项链和钻石所散发出的幽深的光华。当她走到写字桌前，仿佛能听到女主人用带着温柔而睥睨的语调对她言说着：去吧，到我写字桌上去写字吧，用我浸润着香水的纸笺和万宝龙的水笔。当她慢腾腾地走到起居室的窗口时，看到窗外是漫山遍野的红杜鹃、荷兰芍药和西洋牡丹，好似韩苏在她耳边喃声轻语：这是我的领地，这都是我的品位，我的设计，我营造的氛围；你永远也达不到我的高度，在灵魂的境界上无法与我相提并论。

韩苏在旅游的途中曾经言语刻薄地讽刺过毛寒寒，不但点破了他暗恋吕晓东的心事，还刻薄地讥讽她没有一件像样的衣服，韩苏的尖酸冷酷激怒了毛寒寒，让她脸红颈赤，羞愧难当。

所以毛寒寒恨透了韩苏，恨不得撕碎她的俏脸，捅破她的咽喉，所以她杀了她。是怎么杀的呢？在那个凄风苦雨的伽蓝寺夜晚，毛寒寒睡在二楼，她可以偷偷地下楼，用预先藏起的石块砸昏韩苏，然后用手掐到她窒息，接着剥去她的衣服扔在围廊，随之使出洪荒之力将韩苏扛至池塘旁，绑上石块，系上绳索，让她冤沉塘底。因为韩苏是她的情敌，所以让她赤身裸体，毫无遮蔽，用最彻底的方式来羞辱她。可是那个坐在女贞树下的韩苏又是怎么回事？毛寒寒是怎么做到的？还有为何要杀张弦呢？恨韩苏连带着恨张弦吗？最奇怪的是吕晓东，她为何要对吕晓东下手？何时下的手？怎么放的毒药？吕晓东不是她的挚爱吗？难道是要杀他霍一锋而误杀了吕晓东，这太难理解了。如果毛寒寒是凶手，这险也冒得太大了吧。

那毛雪莱呢，这个粗鲁的、粗鄙的、嗜钱如命的赌徒。他倒是有动机的。毛雪莱此人，看似粗陋不堪，其实也有心细如发的地方。他是个嗜赌如命的人，而且欠了巨债，他借这次旅游又四处问人借钱，也许他这次来的真正目的并不是借钱，而是韩苏头上那根价值连城的金镶玉簪子。他是怎么注意到这根簪子的，照理说，一个大大咧咧，满嘴脏话的男人是不会留意女人头上的饰品的，可见他的内心并不像他的外在表现那么蠢笨无知。也许他真的研究过古代女性的簪鬟，特别是宫廷里的，所以对韩苏的簪子起了兴趣，有了觊觎之念，想趁机会窃走它。可是，是否值得为此杀人呢？旅游的过程本身不但耗费人的体力精力，而且一切日常的生活秩序都会被打乱。黎明时分起床，在车上颠簸，在嘈杂的环境里憋闷着。到了旅游景点又是乱哄哄的，不是翻越崇山峻岭，就是在寺庙建筑里穿梭，抑或在花海里徜徉。毛雪莱应该有很多下手的机会，凭什么要在那大雨滂沱之夜杀人掠货，还冒着被人发现的危险？杀张弦就更离奇了，似乎不太可能，他和张弦没有任何交集和仇怨，难道是为了杀张弓而误杀张弦？没理由啊，张弓还要借钱给他。那杀吕晓东呢？难道是为了逃避债务。霍一锋皱起了眉头。也许每个人对钱的态度是截然不同的，有些人真的会为了五万块钱杀掉一个人，或许毛雪莱就是这种人。他就像一只巨饕，对金钱有着深入骨髓的贪念。或许他真的会这么做。

还有一件奇怪的事，毛雪莱言之凿凿在洛阳小吃街偷听到韩苏同张弓和张弦的争吵，他真的听到了吗？还是他杜撰出来的，是子虚乌有之事。可同张弓对质时，张弓为何矢口否认。如果此番争吵确有其事，那就很微妙了。这三人的谈话很奇特，内容让人匪夷所思，张弓说，"都过去了"，是什么意思，什么事情过去了，难道韩苏和张弓有过情事？韩苏哭哭啼啼地说："我的感情是真的。"是什么意思？毛雪莱说的是否是事实，还是彻头彻尾的谎话？也许根本就没有三人吵架之事，这只是毛雪莱抛出的一个烟幕弹，用来迷惑别人，从而洗脱他自己的犯罪嫌疑。那到底有没有吵过架呢？

太奇怪了，霍一锋觉得自己陷入了一个怪圈，这四个人都有杀人的动机，但似乎又都不明显，恨一个人和杀一个人毕竟是两回事。而且在询问的过程中，还出现了许多难以言喻的怪事，到底是自己搜集的线索太片面，导致断章取义难以解释，还是自己的推理方向失之偏颇。问题是，现在一切的一切都只是自己的推理，没有任何证据。

霍一锋坐在车上前思后想，不知不觉中睡着了。梦的女神翩然而至，仿佛又将霍一锋带到了谋杀案的现场。苔藓遍布的汉白玉池塘，碧沉沉的塘水，韩苏赤身裸体地漂浮在池塘的水面上，浓黑的发丝在池水中漂散，随着细小雨滴的溅入荡起小圈小圈的涟漪。墨绿色的水藻和浮萍几乎遮盖住了她赤裸的身体。断香零玉漂浮处，只一池碎萍荡悠悠。无知无觉的韩苏半开着媚眼，突然轻张檀口，悠然言道："还我的簪子，我是被杀的，还我的簪子。"霍一锋的梦境突然又转化了，韩苏穿着桑蚕丝的连衣裙，裙上绣满了色彩斑斓的蝴蝶，忽大忽小的蝴蝶在韩苏的衣裙上闪闪烁烁，韩苏在乌浓的背景中突然掩面哭泣："你忘了我写的诗了吗？忘了我们的约定了吗？我的情意是真的，是真的。"猛然间，韩苏的身体幻化成了一模一样的两个人，互相指责着："你是假的，我是真的，我是真的，你是假的。"然后两个韩苏扭打了起来，小疯子突然闯入了梦境，朝其中一个韩苏狂吠着。梦境又转化了，大雨滂沱，雷光电闪，一个古装的女子坐在女贞树下的青石板上，幽幽言道："我在等我的将军，我已经等了几百年了……"雷电闪过，她悠然回头，是涂满鲜血的脸，鲜红的，血淋淋的，就像那支丢失的口红。

韩苏又出现了，她穿着艳美的连衣裙在哭泣，圆润的泪珠颗颗砸地化为珍珠，言道：“难道就这样算了吗？就算了吗？”

霍一锋突然在睡梦中被惊醒，喃喃自语道：“是张弦，可能吗？”

第五章 天女珠的疑惑

车子已到了自家小区的门口。霍一锋同警务人员握手告别后，茫茫然一个人在小区铺满梧桐落叶的小径上走着，他忽然似乎有点头绪了。“小疯子”现在应该在刘警官那里，霍一锋突然眼睛一亮，这只狗是关键！

霍一锋走到家门口，朱珠不经意间开了门，霍一锋也不言语，抬脚就想跨进家门，朱珠却先开了腔：“刚刚警署的人已经来过了，问了很多细致的问题，主要问了吕晓东在火车上中毒的事，看他们一丝不苟的样子，都快把我当成杀吕晓东的嫌疑人了。”朱珠满脸的不悦。霍一锋点点头：“这是正常的程序，你应该适应，以后随时随地都会有刑警到家里询问的，你最近不要到处乱跑。”

“还到处乱跑呢？毛寒寒已经在家里等你很长时间了，快去看看吧。”霍一锋惊讶之余，赶紧进入客厅。只见毛寒寒不安地在自家客厅的沙发上坐着，一边拨弄着指甲，一边在吃妻子给她准备的饮料和小食。她一看见霍一锋，忙不迭地站了起来。

“寒寒，你怎么来了？”霍一锋问道。

“霍哥哥，刚才警署的人也到我家去过了，询问了我和哥哥很多问题，一点细小的地方都不放过，我被折腾了半天，头都快炸开了。”

“那你怎么现在到我这里来啊？是来玩的吗？”霍一锋言道。

“我来是有件事想和你说的。”毛寒寒吞吞吐吐地，接着在随身背的小熊包里摩挲了半天，掏出一件东西放在茶几上，用自己的白手帕垫着。是一串熠亮的珍珠项链。“就是这个，日本海水珍珠项链，就是那串晓东哥哥给韩苏买的天女珠项链，是韩苏的。”毛寒寒的声音越说越轻，最后几乎低如蚊蝇。

“啊，这是，”霍一锋突然恍然大悟，他一直感觉缺了一样证物，好似这个案子缺了一个角，拼不成一个整圆，原来就是韩苏在旅行途中一直戴在脖颈上的那串天女珠项链。案发以后，他一直将注意力集中在那支价值连城的金镶玉长簪上，忘记了还有这串天女珠项链，从案发以后，这串项链便不知所踪，原来在毛寒寒这里。

"寒寒，这是怎么回事？"霍一锋严肃地问道。

面前的毛寒寒忸怩不安，满面都是羞怯的红晕，仿佛被老师抓住现行的作弊学生，一脸的惶恐不安。妻子朱珠也瞪圆了眼睛："这不是韩苏一直戴着的珍珠项链吗，怎么在你这里？"

霍一锋将天女珠拿在手中，对着炫白的日光仔细观察。只见颗颗莹润剔透，珍珠由大及小，每一颗都在6-8毫米之间，统共有三十多粒，本可以旋绕成三圈，可项链的一头却散了，霍一锋仔细查看断裂处，像是被人大力扯断的，珠子随时随地会颗颗散进掉落在地，而毛寒寒是拿一块白手帕托着它。

毛寒寒喃喃地诉说着："听说您和办案的刘警官熟悉，麻烦您跟他说一下，这天女珠确实是我拿的，可我现在已经还出来了，千万别治我的罪啊，我害怕得很，一直不敢声张。"

"说说吧。"霍一锋严肃地看着毛寒寒。

"是这样的，韩苏在旅游的途中一直讥讽我，说我去搭讪晓东哥哥，自己单相思，又说我拮据，说我穷，言语极其恶毒。我特别讨厌她，想捉弄她一下，给她点苦头吃吃。我想偷偷拿掉她一两件首饰或是化妆品，可那支金镶玉簪子她一直戴着，不是插在头上，就是拿在手中摩挲，没有什么机会，而且她对簪子特别珍惜警惕，于是我就看准了这串天女珠项链。听晓东哥说这串珠子是很高级的，价值不菲，韩苏看似也很喜欢，从出发就一直戴在脖颈上，那珠子一颗颗晶莹透亮的，真是美极了。我揣摩着，把她这串天女珠偷了藏起来，让她心里难受难受，也尝尝心里憋屈的滋味。"

"说下去，"霍一锋越听越有兴趣，"你是什么时候拿到的？"

"就是那天伽蓝寺大雨的夜里，我和张弦、朱珠睡在二楼，你们四个男生和韩苏睡在一楼，那天晚上，雨真的非常大，简直是瓢泼大雨。到了夜晚也没有灯的，我带来的蜡烛像是一磷鬼火，怪瘆人的。我就一直想着到晚上想办法偷拿韩苏那串珍珠项链，让她难受。我以前到她家去过，她一到舒适惬意的环境里就会把天女珠拿下来，盛放在首饰盘或是首饰匣中，不会一直戴着。我估摸着她晚上睡觉的时候也可能拿下来，放在包里或是别的什么地方。于是我睡了一会儿，只觉得有人打着手机的灯光下楼去过，好像是朱珠。过了一会儿，朱珠重新又回到了二楼睡下了。我又睡了一会儿，等朱珠她们都睡熟了，悄悄爬起来下了楼。我在手机的灯光中只隐约看到你们男生睡得很熟，好几个人在打呼噜。我走到韩苏睡觉的地方，却发觉她的铺位是空的，韩苏不在一楼，但她那只桑蚕丝拎包却在毛毯上放着。我想她大概到围廊去小解了，时机正好，我就伸手在她的桑蚕丝包里掏摸，真的摸到了这串项链；但是很奇怪，项链是散的，一头接着环扣，一头的环扣松脱了，珠子一粒粒快要掉下来了。我慌极了，也顾不上那么多，朝周围察看了一下，就拿着项链上去了，那时候天还是黑的，韩苏也没有回来。"

"原来是这样，"霍一锋突然想起从吕晓东和韩苏去追逐那只小狗，到发现未经开发的无人区后，再回来找自己和朱珠的时候，自己就觉得哪里不对头。是韩苏的脖颈上没有了这串天女珠项链，她的脖颈上是光秃秃的，原来在密林里项链弄散了无法佩戴。"

"哦，还有一件奇怪的事，我在偷拿项链的时候，蹲下的位置是非常靠近门口的，我闻到有一股香烟的气味，所以我朝外望了一眼，可外面黑黢黢的，什么也看不见，只隐约依稀地看到一个人影站着，嘴的部位像是叼着一支烟，烟头的火星忽明忽暗的。"毛寒寒接着说道。

"什么，你看到有人在走廊里，大雨旁抽烟，怎么不早说。"霍一锋埋怨道。"你跟警察说过没有，笔录里做过没有？"

"当然没有了，否则他们就知道我偷拿天女珠的事情了。"

霍一锋托着腮帮子在客厅里左右踱步，"男生里抽烟的只有三个人，吕晓东、张弓和毛雪莱。会不会是吕晓东呢？"

"不是晓东哥哥，我当时拿天女珠的时候他就睡在韩苏铺位的旁边，翻来覆去看上去睡意很浅，肯定不是他。"毛寒寒替他辩解道。

"你不要替他掩盖。"霍一锋提醒她。

"那怎么会。"毛寒寒一阵红云飞上了眉梢。"这是人命关天的事情，我怎么会替他遮掩窝藏呢？"

"还有，你哥哥毛雪莱烟瘾最大，几乎到哪儿都叼着烟，会不会是你哥哥？"霍一锋问道。

"不是的，我哥哥抽的烟质量都比较低劣，不是这种高级香烟的味道。"

"你确定吗？你的意思是张弓？"

"我觉得应该是他，上次我们从警局出来，在比萨餐厅吃饭的时候，我和哥哥在吵架，张弓就一直一声不响地在旁边抽烟，他抽的烟就是那天半夜

一、雨夜伽蓝寺

我闻到的那个味道。"毛寒寒肯定地说。

"是这样啊……"霍一锋独自思忖起来，一会儿踱步，一会儿呆呆地望着这串天女珠。

"哎，寒寒，吃东西吧，这巧克力很好吃的，还有这个蛋糕，多吃几块。"朱珠对着毛寒寒也不知说些什么好，只是一个劲地劝她吃东西。毛寒寒也毫不含糊，吃了七八块进口的酒心巧克力，又吃了三四块网红的蛋糕，喝了一杯朱珠亲自调的咖啡。

"这个海水珍珠好像掉了几颗，实在不知道原先有几颗呀。"霍一锋摇头叹息道。

"原先有三十九颗，现在只有三十三颗。"毛寒寒不经意地说道。

霍一锋惊讶地回转头望着她：你是怎么知道的？"

"韩苏以前让我和张弦到她家去玩的时候，她穿着家居服，把这串天女珠从脖颈上取下来放在桌上的首饰匣里，随后就去厕所了。而张弦跑到三楼韩苏的储衣室里去挑选丝巾，是韩苏让她自己挑的。当时就剩下我一个人的时候，我觉得那串天女珠特别美，反正她们也没看到，就从匣子里取出来戴在自己胸前比画了一下。那珠子一颗颗光彩夺目，中间大两边小，足足三圈，羡慕死我了。我还数了一下，一共三十九颗珠子。后来我半夜发微信给晓东哥哥，问他为什么是三十九颗，他说是三生三世天长地久的意思，取个谐音而已，他真的是拿自己的心和灵魂在爱韩苏。可等后来我得到了这珠子，不但散了，而且少了六颗，只有三十三颗。"毛寒寒郑重其事地言道。

"原来是这样，你确定吗？"霍一锋几乎有点不相信。

毛寒寒点了点头，看来十分肯定。

毛寒寒几乎吃了个半饱，就想告辞了，"霍哥哥，天女珠我也还出来了，您帮我说说情，就说我当时是闹着玩的，想把项链藏起来和韩苏开个玩笑，好吗？我还年轻呢，不想进监狱。"毛寒寒激动地说道，眼眶都有些湿润了。

"好好，你别急，我想办法替你遮掩遮掩。"霍一锋安慰道。

"哎，我想起来了，当时到警局的时候，警察搜查了我们所有的行李，怎么没发觉这串珠子呢？"霍一锋突然问道。

一朵红晕染上了毛寒寒的脸面和眉梢，"哦，我把它团起来藏在内衣的夹层里，他们没搜查到。"

"哦，原来是这样。"霍一锋禁不住哑然失笑。

毛寒寒说完便告辞了，霍一锋将她送出了小区，一路思考着一路回到家中，朱珠还在客厅里担忧地望着他。

"你说毛寒寒拿天女珠真的只是想吓唬吓唬韩苏，解解恨吗？"朱珠百思不得其解地问道。

"当然不是啦！怎么可能呢？你就不能用脑子想想吗？如果她只是和韩苏开个玩笑，恶作剧一下，第二天一早，韩苏若发觉天女珠项链失踪，按照韩苏的性格一定会大声叫嚣，在她眼里每个人都是嫌疑犯，她一定会想办法翻查所有人的行李。到那个时候，毛寒寒怎么躲得过去。警察没注意到的藏匿的地方，韩苏可精怪得很，到时候一定会把毛寒寒说成是彻头彻尾的偷盗者，极尽羞辱之能事。毛寒寒知晓韩苏的脾气，她是不会犯这种愚蠢的错误的。"

"那你的意思是……"朱珠好像突然恍然大悟。

霍一锋点点头，继续说道："日本的海珠按品质分为很多级别，最高级的是端珠，接着是胴珠，裾珠，最后是屑珠，而其中表面瑕疵极少，形状正圆，光泽和色度强且珍珠层大于0.4毫米的端珠被叫作花珠。而日本的珍珠科学研究会又对其中干涉色特别出挑的花珠叫作天女珠。它是能通过透光仪器看到三种干涉色共存的名贵花珠，所以特别珍贵。这串天女珠不但色泽净好，且由大到小分布均匀，数量也多至三十九颗，所以毛寒寒是知道这串天女珠不菲的价格的，虽然比不上那支价值连城的金镶玉簪，但也是高级珠宝级别的器物。她厌恶韩苏是真的，但对这串天女珠垂涎欲滴也是确实的。她的家境你是知道的，毛雪莱赌球估计欠了很多债，搞得她连件像样的衣服都没有，所以她确实是谋财，而且她朝外望也不是不经意的，她想趁无人注意的时候跑出伽蓝寺，将天女珠埋在寺庙附近的哪处泥地里，然后做好记号；等第二天天亮，韩苏叫嚷起来，说有人偷盗了她的珍珠，等自己安全地通过韩苏对随身行李和衣服的翻检，离开了伽蓝寺回到了家，若干时日以后，她可以和毛雪莱再来一次故地重游，把埋藏的天女珠取出来，卖个好价钱，解决家里的经济困难。可当时她突然发觉围廊里有人在抽烟，姑且就当成是张弓吧。她怕引起怀疑，所以没有实施埋珠的举动，可又来不及把珍珠放回去，当时天黑，她又非常慌乱，怕韩苏突然回来，就匆匆忙忙逃回二楼去了。现在这串项链藏在自己手里实在烫手，她怕警察说她谋财害命，只得乖乖还了出来。"

"原来是这样，好复杂的人性啊。"朱珠感叹道。

"是啊，人性，确实是极其复杂的。"霍一锋沉着脸。

霍一锋坐在沙发上独自思考了一段时间，妻子朱珠在旁边忙忙碌碌地收拾行李。霍一锋突然说想一个人到健身俱乐部去打打壁球。

"你不是才刚回来吗？不累吗？"朱珠埋怨道。

霍一锋也不理她，拿了自己的健身包便驱车去了健身俱乐部，因为他觉得在家里无法安静地思考，运动一下，挥洒一下汗水，或许有助于他更详尽地剖析案情的新进展。

到了健身俱乐部，他便换上了专业的壁球鞋和服装，开始打起壁球来。打了五分钟的球，热身算是结束了，开始了正式的壁球锻炼，霍一锋用大踏步、小碎步、侧碰步和脚掌的转动来控制着球拍和壁球的接触，以期达到完美，脑子里却在沉沉地思索着，像引擎一样飞速地运转。

案情现在是愈来愈扑朔迷离了，他怎么觉得整个案子几乎每个人都胡乱掺和了一把，看似和凶杀案毫无关联，其实或多或少都搅和在了里面，每个人的嫌疑都很大。如今又出了毛寒寒偷天女珠的事情，还在偷盗时意外发觉张弓在漆黑不见五指的围廊上静静地抽烟，简直是错综复杂，匪夷所思。毛寒寒偷天女珠已经是确凿无疑的事情，板上钉钉无可辩驳，因为那串晶莹剔透的天女珠项链还静静地躺卧在自己书房的抽屉里，与她的主人阴阳两隔。可自己的推论是否真的正确？毛寒寒所言是否属实呢，她真的只是偷盗了项链，有没有为此杀了人？如果她所说的走廊里有人抽烟是假的呢？在那乌浓的黑夜里，并没有人在走廊里，她为了盗窃价值不菲的天女珠项链，用偷藏的石块砸昏了韩苏，趁所有人都因为疲劳至极而香甜酣睡的时候，她剥去了韩苏的衣裙，丢弃在围廊外，为的是混淆视听；随后将光着身体的韩苏背到汉白玉池塘，沉到塘底。随后再回到韩苏睡觉的地方，偷拿了天女珠。也许韩苏当时把珍珠项链戴在脖颈上，并没有取下来，她在将韩苏沉湖之前拉扯项链，因为天色太黑无法辨清，所以大力扯断了它，由此三圈的珍珠项链散进开来，掉了六颗，只剩下三十三颗，当时所有人都睡梦迷离，毛寒寒最后揣着天女珠上了楼，将珠子藏在内衣的夹层内继续装睡。

不对，那韩苏沉塘的绳索和石块呢？哪里去了？毛寒寒从哪里弄来的？一路上她只背着那只小巧的小熊包，她是怎么藏匿绳索的？怎么藏匿尺寸与重量都合适的石块的？她无法藏匿！难道毛雪莱帮了忙？毛雪莱有没有参与天女珠的偷盗？还有，如果她大力扯断了天女珠，那散进开来的六颗珠子哪里去了？在伸手不见五指的黑夜里，她能准确地拾捡六颗珠子吗？这样的动作，动静是否太大了？而且，警方也没有发现失落的珍珠。

霍一锋大力挥打着球拍，黑色的壁球瞬间迅疾朝前方飞去。可霍一锋似乎想起了什么，并没有接住被墙壁弹回来的壁球，壁球在瞬间弹跳到了他的身上，霍一锋感到了碰撞的疼痛，这种疼痛反倒让他迅疾清醒起来。"完全不对，全错了。"霍一锋瞬间推翻了自己所有的推理，汗流浃背地坐在了地上。"毛寒寒应该没有杀人，如果她为了谋财而害命，她应该守口如瓶，将这串天女珠牢牢地抓在自己的手中，不可能到他霍一锋这里来自首。因为如果来自首，首先就要被圈定为重点嫌疑人，刑警会认定她有谋财害命的可能。"我怎么那么糊涂！"霍一锋自言自语道。

那么姑且认为毛寒寒说的确实是真的，不管因为什么原因，也许纯粹是为了泄愤，也许为了偷盗，她所有的目的都只是为了这串天女珠项链，毛寒寒并没有为了项链杀人，至少目前可以这样认为。

壁球室有些闷热，霍一锋觉得今天的空调似乎不太充足，他汗淋淋地坐在地上，看着这只黑色的壁球在自己面前弹来弹去，自己的思维似乎也随着壁球的弹跳在理性与不理性之间来回晃动。霍一锋觉得自己的思维仿佛有一个牢不可破的桎梏，就像一个荧亮的黄色圈子，事实的真相就包裹在这个黄色壁垒的圈子里，而自己一直在这个圈子的周围来回徘徊徜徉，用拳打、用脚踢、用头撞，无论如何都攻不破这个荧黄色的壁垒，他觉得自己很无能。

现在又出现了一个新的问题：如果毛寒寒所言属实，她真的隐约看见一个男人的身影，在伽蓝寺门外的围廊上默默地抽烟，这就非常奇怪甚至惊悚了。在那个大雨滂沱的暗夜里，是哪个男人半夜无法入睡，跨过韩苏的睡铺，走出那快要塌朽的庙门，在围廊上一个人默默抽烟，抽的还是极高级的香烟。如果事实确实是这样，在这个飘风伏雨的伽蓝寺夜晚，至少有四拨人分别起来活动过。第一拨是朱珠，她从二楼打着手机的灯光下来小解，当时看到韩苏直起身子在整理衣裤，那个时候，韩苏还在。第二拨，是韩苏的失踪，无论是谁，无论用什么无法估量的方法，他或她让韩苏离开了自己睡觉的铺位，从伽蓝寺里消失。第三拨，是那个抽烟的男人，他离开庙门，站在围廊上默默地抽烟冥想。第四拨才是毛寒寒，她鬼鬼祟祟，蹑手蹑脚地从二楼下来，发现韩苏的铺位是空的，迅速偷盗了桑蚕丝包中散碎的天女珠，还发现了门外围廊上抽烟的男人。问题是这个抽烟的男子是出现得比韩苏失踪早，还是晚，抑或就是他造成了韩苏的失踪呢？

那么，这个男人究竟是谁，如果确有其人的话。按毛寒寒的分析，应该是张弓，但是否真的是这样呢？如果不是张弓呢？会不会是吕晓东？毛寒寒言之凿凿不是他，因为看到他翻来覆去睡意很浅，但吕晓东是受害者，应该排除他的嫌疑。会不会是毛雪莱？毛寒寒是极有可能替他撒谎打掩护的，她一个女孩子能在如此慌乱紧张的环境中，分清楚香烟品质的高级和低劣吗？毛雪莱参与了没有？难道毛寒寒与毛雪莱事先商榷好了，她偷天女珠，哥哥把风？不对，霍一锋摇了摇头，如果会把毛雪莱牵扯进来，毛寒寒就不会自首交出天女珠，看来张弓的可能性最大。

那么在这个风雨晦暝，大雨如银河倒泻的半夜里，张弓站在黑暗的围廊里干什么？他在想什么？有什么重要的事情需要如此迫不及待地半夜里沉沉思索？和韩苏的死有关吗？

是否是自己小看了毛寒寒这个女孩子，她平时举止风风火火，看似稚气未脱，头脑简单，但其实她也是有一定心机的。在那个露明星暗，月漏风穿的夜里，她在思考着什么，揣摩着什么？在那个雨弛风骤的伽蓝寺夜晚，寺庙外大雨倾盆，眠狗不吠，宿鸟无喧，虫息阶沿，毛寒寒到底干了什么呀？！

还有一件小事情，让霍一锋回忆起来觉得有些诡异，那是在隋唐遗址的植物园里。张弦一溜小跑冲在最前面，张弓撒开长腿，拎着照相机也紧跑在后面。韩苏算是落单了，一个人搭着花伞慢腾腾地拖在后面。那天下午她就换上了那件吊带桑蚕丝连身裙，重重叠叠的蕾丝堆砌在衣服上，而图案则是大朵大朵阴戚的紫红、淡黄色花朵，推推搡搡地拥簇在一起，花团锦簇甚是热闹。不过她的脸色倒是不太好，阴一阵白一阵的，也没有精心地化妆，只勾勒了长及入鬓的黛眉。她向前处深远的方向仔细张望，眼神一直直勾勾地看着前方。而自己朝前方看过，除了张弓和张弦两人，一个在绘画，一个在汗流浃背地摄影拍照，并没有什么奇情异景，当时，韩苏满面惆怅地看着前方，她到底在看什么呢？有什么值得她无休无止地观察下去呢？

霍一锋觉得头痛欲裂，快被这个奇异诡谲的案件折磨疯了。他收起了球拍，驱车回到了家中，霍一锋突然想小睡一会儿，便拖着沉重的步伐到了卧室，倒在床上迷迷糊糊地睡了。

霍一锋又做梦了，又是乌浓色的背景，韩苏鲜活地从背景中由远及近地走来，身上依然穿着那套花团锦簇的桑蚕丝连衣裙，发髻上插着晶莹闪亮的金镶玉长簪，脖颈上戴着三圈环绕的天女珠项链，在乌浓的背景下，珍珠颗颗莹亮璀璨，散发出的光芒如日绕龙鳞。韩苏突然掩面哭泣起来，哭得肝胆欲裂，喃喃诉说着："你拿去吧，我什么都给你了，我什么都没有了。"猛然间，不知从何处伸出一双硕大的黑手，死死地扼住了韩苏的脖颈，而韩苏突然用纤手将脖子上的天女珠项链大力地扯断，一整串珠子散落在地上，还有几颗到处散进，地上一片晶莹璀璨。画面猛然间又转化了，变作了那个凄风淫雨的伽蓝寺夜晚，硕大的女贞树，繁茂的枝叶在大雨的冲刷下籁籁发声，树前一块溜光水滑的青石板，仿佛历经百年千年，青石板上坐着那个古装衣衫的女子，一阵雷电霹雳，女子骤然回头，她正在用口红将整张脸涂抹成骇人的鲜红色，头上的发髻上是那支引以为傲的金镶玉长簪，口中喃喃言道："我在等我的将军，我已经等了他几百年了，还要一直等，一直等······"

霍一锋突然被惊醒了，原来是一串手机铃声打断了自己鬼魅的梦境。霍一锋接起电话，张弓爽朗的声音缓缓传来："你回来了啦，我想有些事情跟你谈一下，最好在外面，我家也可以。"张弓言辞恳切，似乎十分心焦。

霍一锋未料到张弓会与自己联系，自己正好想和他推心置腹地谈一下。"去你家吧，我正好想去张弦的房间看看，可以吗？"

两人约定了第二天下午三点，张弓驱车前来接霍一锋。一整晚的时间，霍一锋都十分期待这场私密的谈话，"不知道这番谈话是否会对案情有所突破。"霍一锋倚靠在卧床上，心中充满了期待。

第二天下午三点，张弓准时驱车到了霍一锋家门口，车子一路疾驰，在车上两人也不说话，霍一锋转过头去看他，感觉张弓形容很疲惫，完全没有了先前潇洒干练的风度，头上多了几丝白发，一直沉默不语。

车子开到了一个极大的独栋别墅前，乳白色的建筑，花园里种植着许多名贵的花种。乳白色的别墅掩映在花团锦簇之中，像溶解在花海中的一粒奶糖，黏黏腻腻的。霍一锋围绕别墅走了一整圈，发现房后还有一个后花园，种植了各种各样的玫瑰。张弓领着霍一锋走进了玫瑰园，"这些都是我安排种植的，还把花的种类标识在上面。"霍一锋抬眼望去，光红色玫瑰就有将近十个品种。

"这个玫瑰园是你为张弦建的？"霍一锋问道。

"对，因为她喜欢玫瑰花，她说玫瑰有种羞涩与矜贵孕育于一身的美。"

张弓点头道，"我们去屋里吧。"

两人走到屋内，霍一锋发觉客厅极其素雅，云母纹大理石的茶几上插着盛放的香槟色玫瑰。"父母过世以后，就剩我们表兄妹俩相依为命，这里所有的一切都是小弦布置的。"张弓言道。

"你今天带我来，就为了让我看这些？"霍一锋问道。

"不是，我知道你和办案的刘警官有些私人交情。只是想通过你将一些话传达给他。小弦死得那么惨，我希望能将凶手绳之以法，所以把一些实情和证据告知并交给你。"张弓一边吞吞吐吐地言说，一边将霍一锋带到二楼张弦的卧室。令霍一锋惊讶的是，这间房间根本不像已逝去之人的房间，一切都是井然有序，带有浓重的生活气息。霍一锋原本以为会看到白色布幔遮盖的房间，雪白的布幔遮蔽了房中所有的一切，家具、书本、绘画的草稿、半凋的鲜花，遮蔽住的还有张弓无穷无尽，深入骨髓的思念。可面前的这一切俨然是一个女性长时间居住的空间，半开的衣橱，里面的锦绣缎绒姹紫嫣红，书架上是满载的世界名著和各种绘画技巧的书籍，梳妆台上是注金累丝天然珍珠的耳环，巴洛克珍珠的手串和项链，还有黑色磨砂瓶的法不勒斯香水，都井然有序地放置着。一切都像女主人刚刚离开时那样，充满了鲜活的生机。

"这里的一切我都没有动过，全都停留在我们出发的那一天早晨，房间里就是这样摆设的。好像她没有走，她还在。"张弓忧伤地言道。

霍一锋用颇带同情的眼神望了一眼张弓，他能够体会，也能够理解他的感受。张弦的死对张弓来说就像遭受了雷霆万钧的当头一击，从肉体到灵魂都彻底垮塌了。张弓会不会把这里所有的一切，都会像制作木乃伊般保存下来，因为他不能接受张弦的离开。

"你知道我和小弦的事吗？"张弓局促不安地开了口。

霍一锋踌躇了半晌，点了点头。

"哦，看来，还是瞒不住人，我们以为我们遮掩得很好。"一丝红晕漫上了张弓的脸面。

"我们那天在小吃街，三个人确实有过争执，你当时问我时被我否认了，我是刻意隐瞒的。"张弓说道。

"那你在做笔录的时候，有没有告诉过警察呢？"霍一锋问道。

张弓沉思了一下，摇了摇头。

"那是因为什么事？为什么要隐瞒呢？"霍一锋问道。

"是因为韩苏不同意张弦离开她，回到我身边来。"张弓抬起头望着霍一锋，眼神中仿佛有一簇黑色的火焰在跳跃。

霍一锋刹那间仿似醍醐灌顶，原来如此，看来自己的推测是正确的，可惜太迟钝了，是个不合格的侦探。

"我原本一直认为小弦是我的亲表妹，所以一直有负罪感，很矛盾，小弦却心无旁骛。我无奈之下准备出国，常年在国外生活工作，离开张弦，让她过正常的生活，有个好的感情归宿。可是小弦好似受了强烈的精神刺激或者故意激怒我，和韩苏走在了一起。韩苏表面是个柔弱的女子，可羸弱的外表下却像男人一样坚韧不拔，刚强果敢。她甚至说过自己就是一个披着女人外衣的男子，她对小弦一直一心一意，不改初衷。我劝告过小弦，也警告过韩苏，可是她们依然故我，没有任何办法。我在出国前夕，在家中翻找出国的资料，却发现一些证件，是我父母当年在孤儿院收养我的证件。原来我母亲患有妇科疾病，无法生育，于是他们便到孤儿院收养了我，当成了亲生的儿子。谁知后来我长大了一些，小弦的母亲去世，寄住在了我家。原来我们不是亲表兄妹，是没有血亲的，是可以结合的。怪不得当年父母对我俩朝夕相处，情投意合的样子，一直缄默不语，似乎是默许的。小弦知道后欣喜若狂，不顾一切地要回到我身边来，要和我终身厮守，我也不想去国外了。可是韩苏却抓狂了，她不同意，所以才在小吃街争执起来。不过后来小弦执意要和我在一起，韩苏也没有办法，一直哭哭啼啼的。我觉得其实也没什么大事，不过是女孩子之间的胡闹，但传出去总不太好，有损小弦的清誉，所以一直隐瞒着。"张弓拿出了一沓书信，"你看，这些都是韩苏写给小弦的信，我在她书桌深处发现的，都捆扎得很好，里面还有她写给韩苏的，不知道为什么还在，可能是韩苏还给她的。"

霍一锋接过厚厚的一沓信，发觉数量很多，封面上都写着"致弦"，"致亲爱的弦"。张弓把霍一锋带到书房，在法式宫廷的印花沙发上坐下，让仆人上了一些糕点和红茶、咖啡，让他慢慢读信。霍一锋有生以来也是头一回碰到这种事，所以难免踌躇不安，但要破案的执念强烈地驱使着他，他硬着头皮一封一封读了起来。

弦，你知道吗，一个人生来就是孤独的。无论你拥有多么高贵的灵魂，艳靓的容颜，撷词离合的才情，抑或拥有取之不尽用之不竭的财富，长生不老的躯体，人的心灵深处都是孤独无助的。人若是一生都这样茕茕孑立，岂非不如天地之间一只小小的蜉蝣。弦，我不想这样，只有你能救我，救我吧，我需要你的救赎。男人是不懂得我的灵魂的，我是那么奇异，独特，我是自由的，就像徐志摩诗中所言，就好似一朵孤寂的小花，淹没在荒草里，清早受清露的滋润，黄昏有晚风来温存，还有那长夜的慰安，看星斗纵横。可是这无穷尽的无聊的尘世，在埋葬我的才华，用利刃剐割我的灵魂，用烈焰炮烙我的精神，我已经被摧残得不尽人形。你救我，你一定要救我。

霍一锋又拆开了另一封信。

弦，我要劈去生活的余渣，我要生命的精华，弦，我要力量，这些力量只能来源于你，快来救我出围城，你要抱紧我的思想。弦，你问我为何要这样想，你不懂吗？为何还来问我，这般的拷问于我是煎熬，可又是快乐。还记得你为我画的那幅肖像吗？那玲珑入扣，丝丝分明的线条，我眼里的哀愁，心里的彷徨，脑海中不断灼烤着自己的烈焰，你都画出来了，惟妙惟肖，没有人比你再懂我了。我被这幅肖像画震撼住了，你才有资格与我走在一起，你懂吗？为什么要我一而再再而三地说，难道你甘愿我绝望，空对着光阴惆怅，在深夜里扪心哭泣，在生命的道路上感受孤立的恐慌。我不能放弃，因为你太被动，你被他的牵绊束缚住了手脚，那不是爱，那是自私。难道现在还身在古埃及吗？你是上下游埃及的女王，为了保持皇室血统的纯洁，去做那些事吗？你不要想着那嫣红落紫的玫瑰园，那些馥郁的大马士革玫瑰，撩人的麝香玫瑰，被天鹅绒般秾丽的紫色花瓣包裹而成的路易十四，它们看似高雅而矜贵，可它们都是毒药，捆绑住你自由的思想，拘囿了你灵魂的放飞，他的爱是有毒的。你一定认为我说得不对，我仿佛听到你灵魂的呐喊。弦，你要救我，同时我也要救你，救你出这牢笼——他建造的爱的牢笼。你只看到了牢笼中完美的陈设，芬芳馥郁、落英成阵的玫瑰园，放着精致下午茶的桌椅，闲适的秋千架，还有卧房里精巧的迷你香水瓶，累丝攒珠的首饰，当然还有那庞大的据说能积聚你灵感的画室。弦，你太纯真了，你不懂，这些都是诱惑你的麻醉剂，让你麻木，让你迷失，陷在他营造的镶金珠、嵌玛瑙的牢笼里，让你看不到外面天是阔，草是青，山鹰在自由地飞翔，黄鹂在高声地吟唱，鱼儿在水底潜游，一切都是自由的。弦，我说的话是否吓住你了。

霍一锋看完了这封信，又拆了另一封信，转头看看张弓，张弓脸上一阵白一阵红的，似乎十分尴尬。

弦，你不愿见我吗？也不回消息，也不接电话，是真的心里不想见我吗？昨天你说我是骗子，伤了我了，你说我故意和你接近，做你的闺蜜，只是一味地想把你拉拢过来，做自己的牢奴。弦，我回家哭了，二十五年了，我从未如此伤心哭泣过。我是从来不哭的，我有着《飘》里面郝思嘉一般坚韧不拔的决心和意志，好似她站在橡树底下，啃着地里的红薯，发誓让家人永不挨饿。可是昨天我哭了，为了你的话，一句句像针一样刺着我的心，怎可这样看待我，天地可鉴，宇宙万物，日月星辰皆可为证。我没有那么卑鄙的心灵，恶毒的心肠，我的灵魂是真的，无私的，没有心机的，我对你的心意纯粹得像天底下最纯净的水晶。水晶，你懂吗？就像叶下的秋露，凄清妙丽。你说我利用吕晓东，欺骗他的感情，老天啊，我的灵魂再不朽，我也有肉身，我得活下去，要存活呀。我写作挣不了多少钱，女人需要的一切我总得有吧，可我也付出了身体的代价了呀。我最好的八年都和他厮混在一起，可是，我亲爱的小弦，人的认知是会变化的呀。从懵懂无知，到清晰透彻，他不懂我，根本无法与我的灵魂交流，你还拿他来说我，我更伤神了。

弦，你会看我的信吗？会不会把它扔进客厅的火炉里，化成灰飞的蝴蝶，拆也不拆它，甚至还睥睨它。这信，一笔一字都是血泪，你看不见这是真正的无私，纯粹的坚定吗？我的心神本来是关在密室牢笼里，没有人故意关我，是我自愿的，因为没有懂我的人，没有灵魂的心有灵犀，这天底下最美的景色在我眼里都黯淡无光的。可是你来了，踏着青草，裹挟着彩云，握着漫天的星辰，你闯入了我的世界，含辞未吐，气若幽兰，你的画笔就好似我手中笔的伴侣。我只能一笔一画倾诉衷肠，可你能画，扯云为布，叠帛万张，这七彩的颜色，就是你天生的武器，挥洒、涂抹、剐蹭、洗去重画，你把我燃烧了，我的冰心融化了，满蕴着热情的火星。那些胶附的颜色，重叠的布局，混合的色调，画出了天地万物的神魂，灵气。我在你的画作前热泪盈眶，这一切都撼动着我，我无法移步了。弦，既然你闯入了我的世界，请不要走，让我看到生命的希望后又被抛入了万丈深渊，我在井底呼喊你的名字，来救我，来救赎我。天，你还在井旁奏琴，这颤震的音波，穿破昏夜的凄清，这音符的幽冥和着草尖的仙露，动荡了我的灵符。我想握你的手，捕捉到情深义重的弦音。如果你再不理我，冰流就会沦彻我的全身，我满腔的抑郁，一海的泪啊。

这诗笔和画笔，联就了你我的神交之情，不要踌躇，不要彷徨，来我的怀抱，不要离弃，不要遁逃，让我带你冲出这难堪的藩篱。盼回复。

"这些信你都看过吗？"霍一锋抬头问张弓，张弓犹豫了半晌，"看了一些，没仔细看，韩苏很疯狂，是我不好，要到国外去，要离开小弦，她才会和韩苏在一起的，是我对不起她。"

霍一锋吃了一块提拉米苏，软绵的滋味渗入心田，"情意的滋味。"霍一锋心想着，又拆开了一封信。

弦，我好像生病了。一直接不到你的回信，我不知不觉中就走到你家门口下面了，我在那儿从下午一直站到黄昏，最后到了八九点，我什么也没吃，渴极了就买了一杯奶茶。奶茶的奶味不浓，有种涩涩的苦味，调动了我全身的神经都跟着震颤。我是瞒着吕晓东出来的，不瞒又怎么样。我是自由的，他能拿我怎样。我只顾你，那长达八个小时的时间，我只盯着看那别墅的雕栏花琐，嗅觉里都是花香的芬芳。他把你保护得很好吗？给你庞大的玫瑰园，任你采摘，给你偌大的画室，任你挥洒，给你珠钏绣褥的闺房，任你凭栏远望。这些我是没有的，我是有一些钱，可那是父母遗留下来的，比众人想象的要少得多。我只是一个穷写书的，一介穷儒，供不起庞大的玫瑰园。我恨自己是女儿身，若是男子，定要把你从他身边夺走，他不配拥有你，真的，时代的车轮在不停地向前碾压，整个社会都突飞猛进了，他居然还把你拖陷在泥潭里。难道我们还活在古代吗？或是中世纪。

弦，回来后我累瘫了，肠胃在不停地搅，一阵阵泛着恶心。那杯奶茶也许有问题，我又累又痛，但想着是为你受的罪，我也甘心的。弦，人的血肉之躯不过是虚妄的表象，会老，会衰，会伛偻，可精神是不朽的。这层皮肉不过是精神的载体，皮肉下的心灵是炽热的。我累着痛着睡着了，梦中入了幽谷，听子规在百合丛中泣血，梦中又登上了高峰，见一颗光明泪自天坠落。古罗马的郊外有座墓园，静偃着百年前客殇的诗骸，百年后海岱士黑辇的车轮，喧响在芳丹卜罗的青林边。弦，我与你有缘相见，这几年中相处的每一分每一秒，都是不死的时间，我不愿意它昙花一现，像朝露似的永别人间。

你的闺蜜 苏

"看来我的推断是正确的。"霍一锋言道。

张弓轻啜了一口咖啡："我现在也没有特别怀疑谁，也没有什么方向，只知道应该把这些信交给你。"霍一锋又抽出几封信，继续读了起来。

霍一锋看完了这几封信，陷入了沉思。张弓又拿出一沓信笺："这是张弦最后写的一封信，信是寄出去了，可是又被韩苏退回来了。

韩苏，原谅我不再用昵称称呼你。我觉得无法面对你，因为我对不起你。昨天家里出了一件事，对我来说是一个晴天霹雳，却让我无限惊喜，好比惊天地泣鬼神的感受。你了解这许多年来我与张弓的感情，缠绵的，激荡的，愤懑的，不甘的，一直让我的心无端彷徨，在无边的旷野里独步而行。左边是烈焰喷发的火山，右边是冰雪皑皑厚重的冰湖，我就在这炼狱般的人间徜徉，不知前方是黎明还是黑暗。我恨不得对着张弓，伫立在他面前，像那古时献璞玉的楚人一般，手指着自己的心窝，说这里面是我的心，是真的，是真的，我也恨不得用一把五彩嵌宝的匕首，能割断发丝那种利亮的匕首，交给他，让他牢牢握在手里；让他戳进我的心窝，剜出那淋漓的心，看那一掬是不是尊贵的和氏璧。他曾说过他要离开，真的是要这样做，他的行为无情宰割着我的灵魂，锤击着我羸弱的身躯。那段时间里，我的人是木讷的，行尸走肉一般无助的，我恨不得独立在高峰上，面对着无际的苍穹，将悲哀附于暮天的群鸦，与幽谷的香草同埋，把幻境的玉杯摔破，笑受山风与海涛之贺。我想过死，安静地死，与山风野花为伴，与疏星朗月为伍，手中握着那卷《虞美人草》，翻破了千百遍的夏目漱石的杰作，从那高高的山峰上往下坠，清风在耳边轻呼，野地的清香盈满了鼻腔。就这般死，走到生命的尽头。可是你用纤手一把拽住了我，那才情洋溢的，浓烈激荡的心灵震撼着我，我稀里糊涂一头扎进了你的臂弯，被你拥着，在漫天的繁花中往下坠。沉沦，沉沦。可是昨天的事让一切都发生了翻天覆地的变化。我和张弓不是亲表兄妹，是没有血亲的，这就意味着我和他是可以结合的，一切都可以水到渠成了。

天亮了，天终于亮了，对我来说好比浓重的云翳散去，天际透来一束高亮的光。我的世界豁然开朗了。韩苏，我们不能再这样下去了，我要回到他

69

一、雨夜伽蓝寺

身边去，义无反顾地回去，他在等我。

韩苏，我知道你会恨我。我离弃了你。可我也是无辜的呀，我的心我的情引领着我的身体。请你放手吧，让我飞，随着风走，追逐着爱而去。

韩苏，可我还是不放心你，我感谢你在我无边沉沦颓丧的时候搭救了我，你的言语浓烈激荡，当时当刻我真的无法拒绝。可这两种情意是不同的，套用你我都十分喜爱的《呼啸山庄》中凯瑟琳所说的话，"在这个世界上，我最大的悲痛就是表哥的悲痛，在我的生活中，他是我思想的中心。如果别的一切都毁灭了，而他还留了下来，我就能继续活下去。如果别的一切都留下来，而他被消灭了，这个世界对于我将成为一个极陌生的地方。我对表哥的爱恰似脚底下面恒久不变的岩石，虽然看起来它给我的娱乐并不多，却是必需的，我就是他，他就是我，他永远在我心里。"

感谢你，韩苏，原谅我，韩苏。

后面的字迹已经洇散而不清晰了，但信的内容已确凿无疑。霍一锋陷入了深深的沉思。张弓又取了一封信给他："这是她们之间来往的最后一封信，是韩苏写来的，信的封面有些凹凸不平，明显是湿透以后干了的痕迹。"

"湿透了，难道是眼泪吗？"霍一锋接过信，仔细研读起来。

弦，看来你要把我扔回以前的生活了。以前的生活，你未曾接纳我的时候，我所过的生活。我知道你一定误会了，以为我的日子过得很好，很舒心，有数不清的衣饰、包包，数不清的化妆品，有珍珠、钻石、琥珀、翡翠、红蓝宝石。我也知道，你走进了我的家，就好似走进了小仲马笔下茶花女死后的拍卖场。那里有布尔制作的玫瑰木家具，塞弗尔的花瓶、萨克森的小塑像，奥克克和奥迪奥制作的各种珍宝，绸缎，丝绒和花边绣品应有尽有。

弦，你是否是这样想的，如果真是如此，你是把我当成操皮肉生涯的女人了。因为每一件衣服，每一只包都是我的一次堕落。如果你真是如此想我，我倒无所谓了。让我堕落吧，跟着吕晓东混下去，穿金戴银，用所有巧夺天工的珠宝，旅游、看戏、飙车，在摩天轮上嘶喊，醉酒，醉到不省人事。让我堕落吧，血拼、开派对、抽烟，你随我去，若干年后，你也许会看到我（那时吕晓东早已嫌弃我，像扔垃圾一样扔了我），我衣着寒酸，腌臜不堪，目光呆滞，枯瘦的手指擎着烟头，酗酒，麻木到认不出你。你希望我这样吗？我会的，如果你离开我，我铁定会这样。

　　弦，我今天一天都在流泪，写信，流泪。吕晓东不在家，家里的用人用奇异的眼神看我，以为我发了疯。弦，你扪心自问，你就真的这样弃了我？重新投入他的怀抱？他能给你什么？他的思想能与你相通吗？他读《茶花女》会哭湿手帕吗？看你的画会感动到郁郁流泪吗？观芭蕾会沉迷吗？他能陪你看画展吗？能陪你读《呼啸山庄》读到黎明吗？能伴你彻夜不眠看漫天的繁星吗？弦，人类一切的情意是精神的共鸣，灵魂的碰撞，弦，他配不上你。你天赋异禀，不是常人能匹配能比肩的。你不懂，他用那些玫瑰花困住你了吗？我恨那些花，那些美的名字，朦胧的朱迪，遥远的鼓声，威廉莎士比亚，路易十四。他是用了一些心思的，可说到底还是金钱的产物，如果没有钱，这些能存在吗？他用金钱做成了玫瑰的链子，将你牢牢拴在了身边。他要走时便走，随时地离弃你，挥一挥衣袖，不带走一片云彩，略施小计又能要回你的心，让你匍匐在他脚边，做一世的奴隶。你太痴了，你也太纯了，不懂男人的诡计，你是他股掌中的玩具，随意把玩，随意揉搓成形。

　　他的爱是自私的，他能允许你随意和男人游玩吗？享受男人带给你的乐趣吗？亲爱的人啊，爱是无私的，包容万物的，你是天地间钟灵毓秀的产物，你火焰似的笑，灵活的腰身，微蹙眉峰时清幽的愁，挥洒画卷时的执着，是多么美好啊。我陷落在迷醉的氛围中，像一座岛，在莽绿的海涛间，不自主地浮沉。死，我想到了死，真的，不曾骗你。没有什么意义，如今我觉得活着一点意义都没有。弦，还记得我们看的那本书《玛侬莱斯特》吗？玛侬是死在荒漠里，可她是在对她鹣鲽情深的男子怀里断气的。玛侬辞世以后，他给她挖了一个墓穴，滔滔热泪洒落在她身上，也把自己的心埋葬在墓中。玛侬是幸福的，她是在懂他的人的怀里去世的，如果我能这样，我也宁愿死。哦，我的天，我真的活腻了，你以为把我扔在金钏珠襦堆里我就快乐吗？就像站在荒漠里，看不到绿洲，只有太阳，月亮，满天的星辰，就这样死也挺好，了无牵挂的，只是孤独了一些。弦，我曾经幸福过，那三个月，不朽的时光，却如昙花一现，朝露般地陨灭。

　　弦，我告诉你，我这一生，只幸福过这三个月，你信吗？

　　我终有一天会死，也许死在奢华的环境里，僵卧在往昔的床铺上，也许醉瘫在垃圾堆中，或是露天的大桥下，总之在心灵的荒漠中，这个荒漠，比埋葬玛侬的荒漠更干燥，更广袤，更无情。

弦，我无力再写了，因为我的泪快流尽了。如果你坚持要这样，我尊重你的选择，永生永世不会再有人替代这个位置了，想想你离开后我的处境。

弦，再想想，再考虑一遍，求求你。

信都看完了，霍一锋也豁然开朗。韩苏的书信奔腾激荡，缠绵悱恻，让人顾望回愁，在霍一锋这个外人的眼里，韩苏虽美貌而极富才华，却尖酸刻薄，口蜜腹剑，未料想她的内心世界如此奔腾不羁。这信中的每一字每一句仿佛都是血泪铸就，蕴含了她痴念的心，激荡的情意。现在事情的脉络已经很清楚了，完全证实了自己的推断，那么凶手到底是谁呢？

这个凶手意图杀害三个人，最后得手了两次，一次以失败告终。这两个女人到底是谁杀的？现在疑点一点点积聚在韩苏本人身上。她曾经和张弦有过浓烈的闺蜜之情，她的信她的字迹铁证如山。张弦本深沉地爱恋着张弓，却因表兄妹之情陷落在精神的泥潭里痛苦不堪，在表哥准备远走他乡之时，万般绝望地投入了韩苏的怀抱。三个月后，却因为一张张弓的收养证书欣喜若狂，重新投入了张弓的怀抱。人在得到后再失去的痛苦，也许比看不到希望更胜一筹。韩苏已经彻底崩溃了，她没有告诉任何人，自己一个人怨念丛生，几近发狂。那么有没有可能，韩苏意图自杀，自己制造了一起凶杀案，纯粹是做给张弦看呢？因为听吕晓东说，去洛阳古镇游玩是韩苏提出的建议，那么很有可能是韩苏计划好的，一路上一边旅游，一边寻找机会，她要用自己的死来祭奠和张弦曾经的闺蜜情，让自己的死具有强烈的仪式感，在视觉上和心理上对张弦造成强烈的震撼，让张弦自责，愧疚，心灵中永无宁日，也许就不会再和张弓厮混在一起。她一生得不到的东西，张弓也别想得到。所以，韩苏做好了一切准备，在旅游途中密切注意着张弓和张弦的举动，看着他们情投意合，看着他们耳鬓厮磨，在发现伽蓝寺后，韩苏认真观察了周边的地理环境，编造出了一幕离奇诡谲的情景，顺应了伽蓝寺远古的传说。在大雨滂沱之夜，她换上随身带来的汉服，坐在女贞树下的光石板上，随后跃进树林躲藏起来。待吕晓东和自己去寻找她时，她及时逃出密林，用绳索和石块将自己绑住沉入池塘，因为是自己绑的，所以捆扎不牢，第二天浮尸于池塘。会不会呢？有没有这种可能？

这些念头快速地在霍一锋脑海中闪过，他几乎忘了自己还身在张弓的别墅，而张弓则心事重重地看着他。霍一锋回过神来，对张弓说想去看看张弦的画室，张弓欣然同意。

霍一锋跟着张弓沿着大理石的阶梯又走上了三楼，三楼有一间偌大的房间，满屋的画作姹紫嫣红地摆放在画室中。霍一锋环视整个房间，房中到处搁置着油画，有些镶了画框，有些则没有。

"这些都是弦临摹的，惟妙惟肖的。"张弓忧伤地说道。

"张弦年龄不大，却能惟妙惟肖地临摹出如此超凡脱俗、恬静、优雅的画作，她的心中确实有着昆山郁郁的才情，灵魂中孕育着画夺丹青的天赋，她的一支画笔翻腾起伏，好似芍药翻风艳，芙蓉出水鲜。而韩苏呢，她满腔的才情只在一支文笔，婉转腾挪，行为举止更是流风放诞，大异于普天下所有的婵娟。她俩确有异曲同工之妙。"霍一锋想到。

"我想让你看一看张弦帮韩苏画的另一幅画，这幅画小弦一直保留在画室中，一直留在自己身边。"张弓说道。他默默走到画室的一隅，掀开一张画上的白布。霍一锋三步并作两步走上前去，一眼却被画作惊艳到了。画面被填充得并不满，大海退潮的时间，地表上有细微的白色砂砾，还有退潮后遗留下来的星星点点的海洋生物：海星、贝壳、海藻，一辆嫣红色的法拉利跑车停在海滩的一隅，车门打开，车窗摇下，画面的正中，一个穿着礼服的女子披散的长发被海风凌乱地吹拂着，瘦小的身材，苍白的面庞。女子的礼服十分精致，脖颈的花边是浅紫浅粉渐变色的，戴着一串莫兰蒂色泽的大溪地海水珍珠项链，上身贯穿了手绣的亮片，下身是半透明的手绣法式宫廷图案，绣技精湛绝伦，无与伦比。再看女子的容貌，却是惟妙惟肖韩苏的画像，炯然的大眼，轻蹙的眉峰，悬直的鼻梁和苍白柔嫩的小嘴，两只手臂焦灼惆怅地抱于胸前。仿佛身心受了莫大的刺激，眼神又望向远方，似在寻求援助与理解。天上是疏星朗月，银钩似的新镰放射着异常明亮的光彩，悲喟似的望着人间发生的一切。

"太传神了。"霍一锋禁不住感叹道。

"这幅画作你拿去吧，我不想留着它。"张弓缓缓言道，"看了很别扭，心头有种刺痛感。"

霍一锋答应了下来，随后开始了击中要害的问话。

"张弓，有一件事想同你证实一下。那天大雨瓢泼的伽蓝寺夜里，大约

73

一、雨夜伽蓝寺

在半夜的时候，你有没有起来过，走出庙门到围廊上抽烟？"

张弓待了一会儿，随后缓缓言道："有啊，我大约四点或四点半的时候起来过，走出庙门，在围廊里抽了一支烟，抽完后就回转到伽蓝寺里继续睡觉了，怎么了？"

"那你有没有把那天半夜在伽蓝寺的围廊上抽烟的事对警察和盘托出了呢？"

张弓低头想了想，摇了摇头，"没有说，怎么了？出了什么事？"张弓警惕地问道，额头沁出了滴滴冷汗。

"嗯，没什么，就是有人看到你了。"霍一锋笑道。

"有人看到了，你不会是怀疑我吧。我只是睡不着，抽支烟而已。"张弓有点激动。

"别激动，不过最好是把前因后果说清楚，因为毕竟有人看见你了，据刘警官说，现在案情错综复杂，环环相套，所以洗清自己的嫌疑是最重要的，你说呢？"霍一锋很诚恳。

张弓又低头思忖了一下："其实那天挺累的，我也感觉非常疲劳。但是在古城小吃街，我和小弦同韩苏谈好以后，我一直不太放心。因为韩苏当时的状态非常执拗，一时言辞激烈据理力争，一时又珠泪散迸悲恸万分。韩苏的性格我还是有一定了解的，她的心智坚如磐石，柔韧如蒲苇丝丝不断，只要她心心念念所想的东西，都会想尽一切办法攫取到手。当时她的神态和样子很可怖，把小弦紧紧拉在怀里，拖都拖不开。我不知道韩苏还有这么执拗的一面，她当时的样子我都不敢看的。"

"然后呢？"霍一锋兴趣大起。

"然后，小弦下了最后通牒，如果再纠缠下去，恐怕以后不能见面了。三人分开后，我们一起去了未开发的地区，可我一直在想，恐怕韩苏不会善罢甘休，还会继续纠缠，我以前就曾经在房间里看到她站在花园外面的路灯下一整个晚上，像发疯了一样。我考虑着准备找人警告她一下，让她不要再纠缠小弦。可你知道，我的朋友圈子里，认识的人虽然多，但大多是些公司的董事长、CEO，还有一些是艺术家，古董收藏家，画廊老板之类的，我不认识能做这类事情的人。可我知道毛雪莱认识这类人，他曾经吹嘘过他有几个道上的兄弟，有什么搞不定摆不平的事情，他的兄弟只要给钱就能搞定，当然不能出人命。"

"于是乎，你就想……"霍一锋替他接着说下去。

"是。"张弓点点头，"在那个风雨如晦的伽蓝寺夜晚，我思考着这件事，觉得很棘手，所以翻来覆去无法入睡，于是就起来到走廊抽支烟，顺便想想这个方法可行与否？我一边在漆黑的围廊里抽烟，一边想着准备给毛雪莱一笔钱，让他请那几个道上的兄弟替我摆平这件事情，省得韩苏长久纠缠，我也可以和小弦好好过日子。可我又害怕毛雪莱的那几个兄弟不靠谱，下手没轻重，闹出人命来无法收拾，所以一直在犹豫着。"说完这几句话，一抹忧伤的神色又袭上了张弓的脸面。"当然只是吓唬吓唬韩苏，最多揍她一顿，或者把她关在某个地方一天，不给吃喝恐吓恐吓她。"

"原来是这样，那你起来以后，跨出庙门的时候一定会路过韩苏睡觉的铺位，她睡在最靠近门口的地方。你记得当时韩苏在不在，吕晓东在不在？"

张弓想了好一会儿，"当时庙里完全漆黑不见五指的，我是打着手机的灯光出庙门的。我想起来了，当时韩苏的铺位是空的，她不在。我想她可能还是不敢睡在一楼，这大风大雨的，一定逃上去和几个女孩子一起睡了，自己的毯子也不带，说不定又要和小弦硬挤在一个铺位里睡，讨厌死了。我也懒得上去看，就跨过她的铺位，出门去围廊抽烟了，心里想着这事情一定要早点解决。"

"那吕晓东呢，在不在？"

"嗯，他在，因为他的铺位就在韩苏旁边，他睡着了，我看见的。"张弓答道。

霍一锋想了一会儿，和张弓说了几句客套话，言之凿凿会与刘警官联系并商讨案情，随后拿着画作离开了玫瑰园。

霍一锋回到家后并没有吃晚饭，并不是玫瑰园中精致的茶点喂饱了自己，而是他实在没有胃口。事到如今，他感到思绪杂乱无章，他必须好好梳理一下案情。韩苏有可能自杀，但问题出来了，她是怎么绑自己的？怎么捆石块的？怎么隐藏这些厚重的绳索？除非她受过特殊的训练，否则不太可能。要不是有人帮助她？谁有这个可能？难道是吕晓东？吕晓东爱她爱到如此程度，帮助她自杀？不对，也不对。古装服饰的女子跃入密林后，吕晓东一直和自己在一起，根本没有分开过，所以他没有计划，也没有时间帮助韩苏，排除这个可能。再者，张弦是谁杀的，吕晓东又是谁要谋害他呢？

退一万步来说，如果韩苏是自杀，她在家中练习了很多次，最后成功制定了沉塘的方案，最后也成功地死了，如愿以偿地给了张弦莫大的刺激，那么，张弦认为是自己的离弃造成韩苏的死，她也不想活了，以死来赎罪。但问题也跟着来了，毒鼠强是哪里来的？难道张弦预料到韩苏的自杀，她随身携带毒鼠强以备急用。不太可能，说不通，非常非常地牵强。张弦是不可能为韩苏的死去自杀的，因为她还有张弓，有繁花似锦的前程，有和张弓美好的未来与无穷无尽的甜蜜岁月，不可能，霍一锋摇了摇头。那吕晓东中毒又是谁下的手？为何每次到这个问题的时候总是跳不过去？

霍一锋调了一杯水果宾治，让冰凉的液体蜿蜒流过自己的口腔和食道，人瞬间清醒起来。"张弓"这个名字突然又跳入了他的脑海。张弓为什么把这么重要的情况隐瞒到今天，他早就知道韩苏和张弦的事情，也早就看过这些信，为什么在二人死后一直讳莫如深，只字不提。今时今日却又突然把证据都罗列出来，他言之凿凿先前不说是因为要保持妹妹的清誉，现在却又积极地要提供证据，以期早日破案。奇怪！张弓是有杀人动机的，难道不是吗？他早就在自己的嫌疑者名单里。也许他所说的收养事件是假的，自己毕竟没有看到真的文件，张弦还是他的亲表妹，他还是要杀张弦，顺带杀了韩苏。因为韩苏对他俩的事情了如指掌。所以，霍一锋冷笑了一下，此地无银三百两，可是他是怎么杀吕晓东的？到了这里又跳不过去了。必须问一下吕晓东，有谁进过他的包厢，谁进来过，谁就有机会下手。

还有一些重要的事情需要研究，那只狗，狗的吠叫，韩苏为何赤身裸体漂浮在汉白玉池塘之中？死亡时间为何有出入？金镶玉簪子何处去了？被谁拿走了？那个大雨滂沱的伽蓝寺之夜到底出了什么鬼怪？那个古装女子是怎么回事？脸上的鲜血是哪儿来的？张弦是怎么死的？是张弓杀的吗？还是有别人视张弦为眼中钉肉中刺？是要杀张弓误杀了张弦？还是本来要杀的就是张弦？毒鼠强是如何进入张弦体内的？为何别人吃了食物都安然无恙？毛寒寒说的怪事到底是她过于敏感，还是确有猫腻？朱珠真的在半夜看到韩苏了吗？是谁要杀吕晓东？还有，刘警官所提及那只装有氰化钾的晚清鼻烟壶到底是谁的？谁将它随身携带在身边？到底是一个凶手作的案还是有两个凶手？如果是同一个凶手，为何抛弃氰化钾却选择了毒鼠强？这只鼻烟壶是怎么跑到密林深处的土壤中去的？毛寒寒真的只是偷盗了天女珠吗？有没有进一步更恶劣的举动？那个大雨的夜晚，张弓真的只是在围廊上抽烟沉思吗？他真的没有看见韩苏吗？抑或就是他本人造成了韩苏的失踪？还有很多很多其他的疑点。其实有很多疑点的谜底对霍一锋来说已经初露端倪，甚至可以说是了然于心，就好似阿加莎·克里斯蒂笔下的大侦探波罗在《尼罗河惨案》中所言说的："真实嘛，真实是很难讲述出来的。"动机是重要的，作案手法更是错综复杂，是谁能够驾驭如此繁复的工作，谁能将高台百尺，付之一炬，将人生一世的金碧丹粉，画壁精奇，变作珠翠劫灰，繁华废基。到底是谁才有这样的能力？

霍一锋想起自己的假期还有五天，他必须在五天之内破案，他明天要和刘警官联系一下。

第二天早晨，霍一锋就打长途联系了刘警官，把新发现的情况汇报了一下，特别是毛寒寒半夜偷盗天女珠项链，还有张弓在围廊上抽烟的事。霍一锋重点汇报了张弓告知的韩苏和张弦之间不可告人的闺蜜情，又把自己暂时推理出来的一些论点和刘警官探讨了一下。刘警官让他稳住心神，不要打草惊蛇，随后又告知韩苏的妹妹名叫冯媛，据知情人汇报，此女现在深圳，他们正在寻找。霍一锋和刘警官又通了将近一个小时的电话，把案情各自梳理了一下。他让刘警官将那只晚清鼻烟壶的照片发给他，特别是前后两面的精细绝伦的雕刻，最好是放大的。打完电话后，霍一锋收到了鼻烟壶的放大照片，随后他查了一下电脑百度，搜出了很多关于鼻烟壶的内容。鼻烟壶分为多种流派，据刘警官所言和放大的照片来看，此鼻烟壶来历不小，是清朝乾隆年间的粉彩鼻烟壶，该壶为圆形扁腹，椭圆圈足，壶正面用金线开窗，窗内用青花色绘山石，山石中绘牡丹花卉，壶两肩侧用粉彩勾绘蔓草花卉，使整个壶显得富丽华贵。

霍一锋将鼻烟壶的照片翻到背面，只见当中画着细小而精致到极点的图案，但是和前面的不同。霍一锋用高倍放大镜仔细地查看，看后倒抽了一口冷气，"原来如此"，这背面的画他是见过的，旁边还有一个更小的细如蚊蝇腿的字，写着"苏"。"原来是这样，这个鼻烟壶的来历终于拨云见日，大白于天下了。"

霍一锋长长地舒了一口气，他需要好好冥思一下。所谓的冥思就是像所有推理小说里的安乐椅侦探，闭目养神，在房间里与所有人隔绝，抛开一切杂念地思考。他盘腿坐着，好似涅槃的肉身菩萨，这样他才能开动自己的逻辑思维能力，让所谓的灰色脑细胞充分调动起来，把所有不为人注意的小细节串联起来。就好像串珠一样，一颗珠子不为人所重视，可连接起来就会穿成一串熠亮绝美的海水珠链，美得炫目，美得惊心动魄。

八个人出发，在规定的地点碰面，去过的旅游景点：白马寺、永宁寺、老城十字街、牡丹攒聚的植物园，随后是洛邑古城。最后是越过密林，发现了未经开发，传说中失落已久的伽蓝寺。所有人的一举一动，表情、动作、言语、神态，都像电影胶片中的镜头，一一回放在霍一锋的脑海里。接着是大雨滂沱之夜，清冷肃杀的氛围，穿古衣的女子幽然而语，池塘里死去多时的韩苏，张弦的死，吕晓东险些遇害。

霍一锋不但要回想这些，还要回忆一些非常细小的，不被人察觉的细节。那只狗，为什么一定要带那只狗出来？进入伽蓝寺后为何狗一直在吠叫？韩苏为何不知道伽蓝寺的传说？然后雨夜的留宿，韩苏为何一定要睡在一楼，不和其他女孩睡在二楼？古装女子的衣物是哪里来的？她坐在青石板上为何衣服湿得不多？脸上的血是怎么回事？那支金镶玉的簪子到底哪里去了？韩苏的衣物为何被丢弃在围廊上？尸体为何赤身裸体？韩苏丢失的口红哪里去了？毛寒寒为何说在密林中穿梭时的韩苏有很大的变化？朱珠半夜看到韩苏直着身子在整理衣服是怎么回事？两杯橙汁到底哪杯有毒？看彩虹时，是谁偷偷放入了毒鼠强？吕晓东是谁害的？是谁进了吕晓东的包厢？那只装满氰化钾的鼻烟壶是怎么回事？队伍里除了自己和吕晓东，几乎人人都和韩苏有纠葛，到底是谁，有如此缜密的心思，恶毒的心机？张弓为何到最后才说出两个女人之间的闺蜜情？韩苏到底是自杀还是他杀？所有的问题变成了夜幕中一个个晶莹璀璨、大大小小的问号，在霍一锋的脑海里熠熠闪烁。喔，还有，张弓曾经说过，他听张弦说，吕晓东要在旅游途中给韩苏一个惊喜，这个惊喜是什么？难不成又是老一套的求婚？霍一锋在书房的转椅上冥思苦想了三个小时，直到腿部发麻。突然，他睁开了眼睛，一切都有答案了，凶手的作案手法非常巧妙，太巧妙了，也足够狠毒，太让人意外了，霍一锋长长地叹了一口气。

过了两天，霍一锋给刘警官打了一通电话，足足讲了两个小时，将自己推理的结果和盘托出，恰巧与刘警官给出的警局破案结果不谋而合。刘警官非常感激霍一锋，说霍一锋搜集的信息对破案至关重要，这样奇异诡谲的案件能够告破，当然首先是刑警们夜以继日破案的结果，但霍一锋的推论和信息的输送也厥功至伟。刘警官说冯媛已经被抓捕归案，连犯罪细节都交代了，和霍一锋猜测的一样。霍一锋突发奇想，对刘警官言道："既然您要回来抓人，那就请他允许自己开一个大派对，把所有有关联的人都邀请到现场，让我阐述一下凶手的作案过程吧。"并且请他来沪参加自己的派对，顺便把物证都带上，刘警官笑了笑，欣然同意。

霍一锋回到家后，通知了所有旅行中相关的人星期六一起来家中参加派对，随后冥思起来。

第六章　霍一锋的推理

星期六终于到了，霍一锋和朱珠在屋子里繁忙而又井然有序地准备着。他们家在六楼，是个二层的复式结构，两个人住绰绰有余。朱珠从附近的五星级酒店请了专业的宴会厅员工来布置了客厅，满满当当弄了二十几个翻盖的银制盛食器，又有大量的蛋糕和冰激凌。警车已经停在楼下了，不少好事的小区居民在警车旁窃窃私语。刘警官和两名虎背熊腰的刑警已经到了，坐在餐桌上狼吞虎咽。过了六点半，毛雪莱和毛寒寒兄妹也到了。毛寒寒还是老样子，梳着小辫子，穿着背带牛仔裤，戴着厚重的眼镜。毛雪莱衣着随意，一副吊儿郎当的老模样。他俩很快也加入了吃的队伍，频繁地在盛食器间走动，毛雪莱吃得最多，转瞬间就吃了几大盘。过了不多会儿，张弓和吕晓东也陆续到了，也吃了起来。吕晓东一脸茫然地在拿食物，张弓的胃口似乎也不太好，只吃了一些蔬菜沙拉和罗非鱼。

过了一会儿，霍一锋看大家都吃得差不多了，便起身让夫人朱珠跳一阕弗拉明戈舞，自己捯饬音响。朱珠今日的装扮十分冶丽，眉毛连娟而细长，美目凝睇而横波，发髻上的珠翠晶莹闪亮，金色波浪形的舞裙富贵而华丽。音乐响起后，一瞬间体如游龙，袖如素鲵，婉转的手势，急速地旋转，如龙骧横举，扬镳飞沫。曲声结束，收获了无数的掌声。

朱珠退下去以后，霍一锋缓缓起身，正式登场。

"在座的女士们，先生们，大家都知道，我是一个侦探小说迷，古往今来、世界各国的侦探悬疑小说都有所涉猎，所以自认为是半个侦探。在几个星期以前，我们一行八个人从四面八方聚拢，组成了一支临时的队伍，到洛阳古城游玩。同行的八个人中有毛雪莱、毛寒寒兄妹，吕晓东和韩苏这一对情侣，张弓、张弦表兄妹，还有我霍一锋和夫人朱珠。当然还有一个小动物，韩苏带了一个宠物，一只吉娃娃狗，名字叫'小疯子'。于是乎八个人和一条狗开始了为期几天的旅行。在旅行途中，我发现了一个很有趣的现象，有不少人对韩苏有着切肤的仇恨。霍一锋一步步走近坐着的所有人，挨个顺着他们的眼睛瞥过去。

"众所周知，毛寒寒小姐暗恋吕晓东，她浓烈的情愫被韩苏掌握得一清二楚，还在旅游途中调侃过她，警告过她，言语极其刻薄。想必毛寒寒非常恨韩苏，那种恨是对情敌的刻骨仇恨。因为只要韩苏在，吕晓东就永远不可能属于自己，因为连半夜给吕晓东发微信，韩苏都一清二楚。而且韩苏还讥讽过毛寒寒，说她经济拮据，连一件像样的衣服都没有，这让毛寒寒羞愧难当，感受到了莫大的羞辱。所以毛寒寒的杀人动机非常明显。她可以在那个大雨滂沱的伽蓝寺之夜，从二楼偷偷下来，用硬物将韩苏砸昏，随之将她掐死或勒死，然后使出洪荒之力将她背到池塘。哦，对了，还恶毒地将她的衣物剥除，扔在寺庙外的围廊上，让韩苏赤身裸体羞耻地浮在池塘上，试想又有谁要让韩苏死得那么没有廉耻和尊严呢？除了情敌还有谁呢？"

毛寒寒的脸一阵红一阵白的，气得浑身直哆嗦，"胡说八道，没有的事，简直是污蔑，霍一锋，你这人平时不声不响的，心思怎么那么恶毒，简直是血口喷人。那我为什么要杀张弦，你倒是说说看，我和她又没仇。"

"那么你承认和韩苏有仇啰？"霍一锋转身笑道，毛寒寒气得怔住了，一时连话都说不上来。

"还有一位便是毛雪莱"，毛雪莱听到说自己，便坐直了身子，瞪圆了眼睛。

"毛雪莱赌球，我相信在座的各位都知道，赌得输赢还相当大。所以他问吕晓东借了不少钱还债，还在旅行途中问张弓借了五万。吕晓东借钱给毛雪莱还债，韩苏是非常反感的。她十分讨厌毛雪莱，还在旅行途中向他讨要过利息。毛雪莱非常气愤，在背后诅咒过韩苏，从此结下了仇。毛雪莱想要报复韩苏的可能性非常大，只要韩苏不在，他就可以向吕晓东借更多的钱，可以软磨硬拖不还，所以也许他很想除掉韩苏。于是乎，在那个大雨瓢泼的伽蓝寺夜晚，他和其他男生一样都睡在一楼的佛堂里，他可以在夜晚悄无声息地掐死韩苏，并剥掉衣服，为了迷惑众人将衣物扔在围廊，随后将韩苏抱入池塘，哦，还没忘了捆上石块和绳索。对了，还有，他觊觎韩苏那支价值连城的汉代金镶玉簪。据保守的估计，这支簪子价值超过千万。毛雪莱赌球欠了很多债，需要很大一笔钱才能还清债务。他曾经一丝不苟地研究过中国古代女性的簪鬟，特别是宫廷里遗留下来的古董，所以对韩苏的金镶玉长簪垂涎欲滴。毛雪莱很有可能半夜起来偷盗，被韩苏发现，从而下狠手杀了她，又为了毁尸灭迹，把她抛到池塘里。"

"好，有创意，那吕晓东呢，他也中毒了，我干吗杀他，还有张弦，我和张弦也无冤无仇的，干吗要杀她？"毛雪莱趾高气扬地扯着嗓子，毛寒寒也在一旁愤愤地望着霍一锋。

"你欠了吕晓东不少钱，他死了，韩苏也死了，自然就没人再问你讨要这笔巨债了。至于张弦嘛，她经常和韩苏黏腻在一起，好得无话不说，你也许看她也不顺眼。反正杀一个也是杀，杀三个也是杀，多杀几个也无妨。"霍一锋冷笑道。毛雪莱从椅子上跳起来，扑上前去，试图殴打霍一锋，被众人拉住，喉咙里还在不停地嘶喊："欠债就一定要杀人啊？污蔑，血口喷人，呸。"毛雪莱一口唾沫星子吐出去，几乎溅上了霍一锋的脸，随后满嘴脏话骂骂咧咧地坐下了。

"先不要着急，还有别的嫌疑人，比如我的太太朱珠。"霍一锋说道。朱珠还没来得及换下舞裙，一脸惊诧地盯着丈夫。毛雪莱听罢，在一旁拍着手哈哈大笑。而朱珠的脸色一阵青一阵红，从惊诧转为愠怒："你是不是疯了，骗我说是要办个大派对，原来是胡说八道，让别人来看我笑话啊。"

"夫人不要着急，但事实就是事实，事实总是不容隐瞒的。我的夫人朱珠曾经在高中的时候和张弓谈过恋爱，大家没有听错，就是坐在这里的张弓。而且还怀过一个孩子，最后堕胎了，这件事情我在很久以前就知晓，因为我的夫人是个诚实的女人，她并没有隐瞒我。"朱珠的脸色由灰黄变成赤红，难以言喻的尴尬让她坐立不安。"这已经是很悠远的事情了，本来早该被所有人遗忘，但是多嘴的张弦却把这件事情告诉了韩苏。在写作中苦于没有灵感的韩苏仿佛抓住了救命稻草。她把朱珠为爱堕胎的事情写成了小说《爱的悬崖》，她把张弓的名字隐去了，虽然也给朱珠起了化名，但是却用了学校的真实名字，年级和班级的真实情况也如出一辙。这让朱珠大光其火，甚至对韩苏极其憎恨，谁愿意让自己不光彩的过去人尽皆知呢？她曾经警告过韩苏，但韩苏依旧不以为意，坚持要把《爱的悬崖》发表，还言语刻薄，在旅游途中讥讽过朱珠，令朱珠火冒三丈。她们发生口角的时候，我和吕晓东就在现场听到过，所以无从抵赖。我想《爱的悬崖》这本书的手稿应该还在韩苏的家中，仔细翻查肯定还能找到。"霍一锋不敢看妻子的眼睛，眼神瞟向别处，轻咳了一声继续发言，"所以朱珠恨透了韩苏，想杀她的欲望越来越强烈，也许她一直在找寻一个合适的时间、地点，时机来谋害韩苏。终于被她找到了，我们八个人因为贪图玩乐，走到了古城中未经开发的地区，发现了传说中的伽蓝寺。大雨滂沱的夜晚，一行人只能在寺庙中睡觉，朱珠曾经对我说过，在半夜的时候，她曾经从二楼下来过一次，是准备去方便。按朱珠所说，她半夜用手机打着灯光下来方便，在暗淡的光影中，看到一个人正坐直了身子在整理衣服，这个人便是韩苏。当韩苏发现有人下来后，便迅速躺下装睡。随后朱珠跨出庙门，在围廊方便，回来后韩苏依然睡着，于是朱珠便回二楼睡觉去了。但是，如果朱珠说的是假话呢，她半夜从二楼下来，并不是为了方便呢？她并没有看到韩苏直起身子在整理衣服呢？也许这些都是谎言呢？她下楼就是为了杀韩苏，她下了楼，用硬物砸昏熟睡中的韩苏后将她掐死，随后把韩苏的衣物脱去，扔掷在围廊上，造成迷惑人的假象，然后背起韩苏到池塘，在她的手脚上捆上石块和绳索，沉尸塘底。"

"那么请问我的绳索是哪里来的，我们俩可是一个行李箱，你见到我藏匿了那么结实的绳索了吗？"朱珠强忍着愠怒，用言语讥讽霍一锋。

"嗯，这是一个问题，一个比较明显的疏漏"，霍一锋沉思着。

"那我为什么要杀张弦呢？"朱珠问道。

"因为她把你的私事透露给了韩苏，才酿成了这样的结果，所以你从心底里认为她也有罪。"

"霍一锋，跟你认识那么多年，怎么没看出你那么大公无私呢？我觉得你有大义灭亲的潜质。"朱珠把一只舞鞋扔向霍一锋，他及时闪躲，让整个案情分析的现场多了几分滑稽。

"好，现在我们来分析最后一个人，我们的大帅哥张弓。"霍一锋走近张弓，在他面前逡巡着，来回踱步。"洛丽塔，我的生命之光，我的欲念之火。我的罪恶，我的灵魂。洛丽塔，舌尖向上分三步，从上颚往下轻轻落在牙齿上。在早晨，她就是洛，普普通通的洛，穿一只袜子，身高四尺十英寸。穿上宽松裤时，她是洛拉。在学校报到时她是多里，正式签名时候她是多洛雷斯。可在我的怀里，我的臂弯中，她永远是洛丽塔。女士们先生们，我所说的这段话是弗拉迪米尔的旷世杰作《洛丽塔》全文的开头，大家伙一定不明白是什么意思，我为什么要如此迂腐地用话剧般的台词念出这段话，但有一个人一定懂，他就是张弓。张弓跟我私下里谈过话，他和表妹张弦的感情我也大致了解。"张弓听着，僵了脸面，低下头不敢作声。

"若干年以来，我们的大帅哥张弓对自己的表妹张弦怀着深刻的感情，一种超乎表兄妹之情以外的深刻的感情，这种感情不为人知，秘不宣人，却悄悄地生根发芽，攀爬滋长，最后难以遏制。当然这也少不了表妹张弦积极的回应。有几个人认为这对表兄妹不太正常，但并未了解其中深刻的内情。张弓是有嫌疑的，难道不是吗？也许他想结束这段感情，但痴情的张弦并不答应。于是乎张弦成了他前程似锦的道路上最大的绊脚石，张弓极有可能作案。也许杀韩苏只是一个幌子，只是为了混淆周围人的视听，把所有人的视线集中到韩苏身上来，其实他真正要杀的是表妹张弦。"

"我记得我跟你说过，我和弦并非亲表兄妹，这个你可以去公安局查嘛，他们一定会给你一个真实的答案。"张弓双手插胸，露出了不屑的笑容。

"你的那张所谓的收养证书年代久远，可能早已无法考证。"

"我可以去验 DNA"，张弓情绪激奋起来。

"太可惜了，令妹早已在焚化炉中变作一抔白灰了。吴妖小玉飞作烟，越艳西施化为土。话又说回来，纵然她与你不是亲表兄妹，你也可能因为情变而谋杀她。你们曾经朝夕相处过，可是因为某些不为人知的原因，你厌弃了她，你想离开张弦出国去，开辟出自己的一片新天地，毕竟你是人见人爱的大帅哥，又有着极高的职业背景，前程似锦，无限广阔。可是张弦呢？她接受不了，她就是死也忘不了。当她十三四岁懵懂地在画布上涂鸦时，穿着高中校服的哥哥在一旁凝视着她。看着她早早发育的身段，仿佛小荷才露尖尖角。表哥迷醉的眼神蕴含着许多读不懂的情愫。她忘不了那晚的第一次失眠，为了心中的第一次麋鹿决骤。当她长大了，表哥寂静地在玫瑰丛中驻足，那种欲言又止，手足无措的神情令她愕然。他的眼神转侧绮靡，顾盼便妍；他独立花丛的姿态长身玉立，惆怅潦倒。从此后蜂蝶阵，燕莺巢，无端掘下了相思窖。她忘不了每一个与张弓在一起的月夕花朝，表哥在她逐渐长大的心中是无法撼动的情意的化身。所以当张弓想离开她时，她怒不可遏，甚至几近发疯，她把一切都告诉了韩苏，宁愿投入韩苏的怀抱，与她厮混在一起去刺激表哥。碰巧韩苏对闺蜜张弦倾慕已有多年，于是乎顺理成章地将张弦拥入自己的怀抱，打算一生长相厮守。她还典卖掉家中的大溪地珍珠项链和包包，只为了筹措资金好天长日久与张弦生活下去，可见韩苏这个念头由来已久。但是张弓还是害怕，他害怕张弦把这秘不宣人的隐情抖搂出去，便慢慢起了杀心。也许张弦真的要挟过他，逼迫他就范，所以张弓愈来愈想杀掉张弦。因为韩苏知道得太多，所以要一并杀掉，正好混淆视听。先杀韩苏，让所有人以为韩苏是凶手的目标，随后再杀掉表妹张弦。他是如何实施的呢？他可以在那个风雨交加的伽蓝寺夜晚偷偷起来，砸昏然后掐死韩苏，剥除连衣裙丢弃在围廊，让人误以为是强奸杀人，接着捆扎石块，抛尸池塘。随后再回转头站在庙门外的围廊上，装模作样地抽上一支烟，即使被人发觉他有出庙门的动静，也可以谎语连篇，说是烟瘾犯了，抽支烟而已。随后在大家看彩虹的时候，在两杯橙汁里都放下毒鼠强，而自己是常年不喝橙汁的，完美地逃避掉了喝橙汁的风险，而他真正要杀的人，也就是张弦，喝下哪杯橙汁都会死。接着他再约我谈心，适时适地地抛出韩苏与张弦之间来往的信件，坐实了韩苏是自杀，随之是张弦难以抹去心中的罪恶感，因而自杀，所以一切水到渠成，自己洗清了嫌疑，安安静静地在大众面前，扮演一个失去表妹，凄苦无助的表哥形象。

"荒谬，你这是对弦的污蔑，亵渎，我忍无可忍。"涵养再好的张弓也忍不住拍案而起，怒不可遏。

"好，话说到这里，除了被害人和我以外，几乎所有人都有嫌疑。"霍一锋巡视了一圈，脚步又停到了客厅的中央。"可是长久以来困扰我的一个大问题一直没有解决，那就是在那个凄风苦雨的伽蓝寺之夜，为何会有一个和韩苏容貌相似却又穿着古装衣衫的女子，坐在女贞树下的石板上呢？这个女子又是谁，是韩苏自导自演的闹剧吗？难道是张弦要离开韩苏，韩苏受了刺激，在自杀前演了一幕话剧吗？那究竟是怎么一回事，凶手既然意图杀害两个女人，为何还弄这样一出闹剧呢？"

坐在客厅里的人个个面面相觑，充满了疑惑。霍一锋看了看所有的人，刘警官朝他会心地一笑。

"请大家注意一些重要的事物和一些细微的情节：一只狗，狗的吠叫，韩苏丢失的口红，伽蓝寺的传说，毛寒寒摔倒，韩苏搀扶她，朱珠半夜看到韩苏直起身子在整理衣服，毛寒寒用手划拨池塘，女贞树，金镶玉簪子，腊肠，彩虹，毒鼠强，两杯橙汁、黑啤酒。"大家听了又是满面疑惑，一团疑云。

"好，接下去我说的一番话至关重要，请大家务必听仔细。韩苏随身一直携带着一只小狗，这只狗长年累月和韩苏厮混在一起，名字叫'小疯子'。

让我们回想一下，在进入洛邑古城，发现那片未经开发的丛林区域前，'小疯子'一直没有乱叫过，一直和韩苏腻歪在一起。可当韩苏去追逐乱窜的小狗，与吕晓东发现伽蓝寺，再回来找我们大家，并带领大家走进丛林和伽蓝寺之后，'小疯子'就一直在不停歇地疯狂吠叫。这是为什么？我先前一直觉得奇怪，可又想不出原因。毕竟狗是动物，它会因为各种情况发生行为上的改变，比如时间、地点，吃过的食物，身体的不适，心中的恐慌等等。但是当一次朋友请我吃饭，饭间有一个邻座的客人抱着一只极度宠溺的小狗，当小狗被其他朋友抱着，离开了主人时，发出了大声的吠叫，表达了强烈的抗议。这说明了什么？"

"这说明了什么？"毛雪莱一脸的不耐烦。

"这说明我们可以大胆地假设，当韩苏和吕晓东发现未经开发的无人区，再回来找我和朱珠，并且和所有人集结碰头的时候，抱着'小疯子'的这个女人已经不是韩苏，而是长相相同的另一个人，所以'小疯子'一直在不停地狂吠，试图从她的怀抱中挣脱出来。"

"你说什么？"毛雪莱发出滑稽的怪叫，"我们到这里开派对，听你不间断地诽谤不说，还要听你编童话故事？"毛雪莱肆意地大笑，周围的人则一脸厌烦，各种神情都有。

"这不可能，韩苏只有一个。"毛寒寒跳起来嘲讽道，"怎么可能出现两个。"张弓瞪大了眼睛，朱珠则惊愕地捂住了嘴，完全失态了。

"怎么不可能，当你在密林里摔了一跤，韩苏还回头把你搀扶了起来，你觉得依照韩苏平时对你的态度，她怎么可能扶你，不笑掉两个大牙才怪呢。而且，她搀扶你时用的力气颇大，你觉得像韩苏这样羸弱的才女，会有那么大的力气吗？"霍一锋辩驳道，毛寒寒听了，皱着眉头，若有所思地坐了下来。

"韩苏是一个才女，这是毋庸置疑的。"霍一锋用手指着脑袋，一字一句都仿佛掷地有声。"她是一个美貌的才女，在我们一路旅游的过程中，韩苏几乎是一个完美的免费的讲解员。她对历史人文十分熟悉了解，每次精彩的解读都让人叹为观止。我读过韩苏的信件，情意奔放恣意，难以遏制，锦文回复，字字缠绵，字里行间所绽放出的意境如芍药翻风艳，芙蓉出水鲜。可就是这样一个女人，在我们到达伽蓝寺后，当夜晚来临，大家围坐在篝火旁，我请她讲解伽蓝寺的传说时，这个和韩苏容貌相仿，但比她更爱笑的女子，却对这广为流传的伽蓝寺传说一无所知，说不出一字半句，最后还是我这个文学半吊子说给大家伙听。从发现无人开发区，到住宿在千年古庙中，我们所有人都把精神集中在眼前奇情瑰丽的景物里，没有人留意到身边的韩苏其实已经换了一个人。话说到这里，凶手是否可以自首了？"霍一锋停顿了一下，房间里的空气似乎凝固了，无人发出一句声响。

"还是不愿意坦白，这个凶手凶狠狡诈，隐忍多年，到现在还不愿意自首吗？好，那我继续说下去，既然这只小狗容易暴露出主人已经不是韩苏了，那为何还要将小狗带来呢？第一点，韩苏每次来都带着'小疯子'，但也可以撒谎，比如小狗生病了，跑丢了，寄养了，诸如此类。这也是第二点我要进行的大胆推测，凶手的作案过程中离不开这只小狗，必须要有'小疯子'的参与，否则就无法成功。话说到这里，凶手是否可以坦白了，我的好朋友——吕晓东！"

霍一锋长叹了一口气，回转头看向吕晓东，吕晓东面无表情地瞟向霍一锋："你凭什么说我是凶手，我是受害者，人人都可以作证。"

"晓东哥不可能是凶手，他刚从医院出来，他是被害者，差点没了命。"毛寒寒义愤填膺。

"他确实是中毒了，但那毒是他自己下的。计算得很精准，我记得没错的话，他是化学系毕业的研究生，毒量算得真准，既能显示自己中了毒，又能让自己排除嫌疑。"

"不可能，这不可能，"朱珠低头自言自语，"他那么爱韩苏，怎么可能杀她。"

"我想起了一个小细节，事到如今已经很好解释了。到达伽蓝寺后，大家发现了那个蓄满池水的汉白玉池塘，顽皮的毛寒寒挽起袖子，在池水中深深地拨弄了几下。我当时就很奇怪，毛寒寒这样一个幼稚的举动，为何会引起吕晓东如此强烈的不安，他的额头上都沁出了冷汗。"

"晓东哥说池水脏，怕我被污染。"毛寒寒不假思索地站起来答道。

"他有那么爱你吗？他如此害怕，如此不安，是因为池塘底下沉着韩苏赤裸的尸体！经你这样一拨弄，很有可能浮上来。而事实证明，经过你的拨弄，绳索确实松动了，韩苏的尸体在第二天清晨漂浮了上来，被我们提早发现了。"霍一锋言道。

"照你的意思是说，那个时候韩苏早已经死了，她根本不是在那个大雨的伽蓝寺夜晚死的。"朱珠如梦初醒。

"是，当他俩抱着不停吠叫的'小疯子'，从密林深处出来，告诉我们有一个未经开发的地区时，韩苏已经死了，已经尸沉塘底。穿着韩苏衣裙的是另一个女人，所以死去的韩苏被剥去了所有的衣衫，这就是原因。好，现在继续我先前的述说，明明知道'小疯子'被别人抱着会吠叫，为何凶手一定要带着它？这是因为如果没有'小疯子'的帮助，凶案将无法实施。朱珠你还记得吗？当时我们俩走在吕晓东和韩苏的后面，在古城中随意闲逛，是'小疯子'突然从韩苏的怀里挣脱，突然往前发疯似的奔跑，韩苏才追了过去，接着吕晓东也跟着跑过去，就此二人与我们跑散了。也就是说，是'小疯子'引领着韩苏朝无人区跑的，是'小疯子'吸引着韩苏离开所有人，一个人跑散的，这就是吕晓东必须要带着狗的原因。因为只有狗跑散了，韩苏才会跟着它跑，一路上韩苏经常这样，这样也不会引起别人的怀疑。这就是说，这场谋杀必须要有狗的参与。那么小狗为何好好的，突然会从韩苏的怀里挣脱，朝前狂奔呢？"

大家面面相觑，吕晓东的脸一阵比一阵苍白，紧抿着嘴唇。

"大家知道，每次旅游都是吕晓东安排的，到哪里集合，坐什么车，每天参观什么景点，耗费多少时间，朝哪条路走，在哪里住宿，都是他一手安排的。这次也是一样，大家已经习以为常了，所以当天朝这条路走也是他安排的，还拽拉着我和朱珠做证人，证明是韩苏跟着狗先跑的。那狗为什么会朝无人区跑呢。这是因为有人在丛林深处，伽蓝寺旁边的院落里浅埋了两根腊肠。我曾经问过韩苏，小狗在家中只被允许吃狗粮。在韩苏不在家的时候，吕晓东一定拼命训练过小狗，让它疯狂地爱上腊肠，这样在距离腊肠很远的距离，它就能闻到腊肠的气味，哪怕隔着丛林，也会朝食物狂奔过去，消失在密林里。

"不可能，晓东哥又不知道伽蓝寺埋着腊肠。"毛寒寒指责道。

"你说错了，他不是第一次来这里，多天以前已经来过了，发现了密林和伽蓝寺，想出了缜密的计划，又在伽蓝寺的院落里浅埋了两根腊肠，随后制订了整个出行计划。"霍一锋激动地言道，而毛寒寒瞪圆了眼睛，一副难以置信的表情。

"他一定在出发前几天告诉韩苏要去某个地方出差一段时间。这是一场彻头彻尾的欺骗，他在这段时间里已经来过了伽蓝古寺，侦查过了地形，埋好了腊肠，也算准了时间，当然也同假韩苏演练好了整个谋杀的过程。那天他和韩苏随着小狗进了密林深处以后，吕晓东就开始了他的行动。我记得张弓跟我透露过，张弦说韩苏曾经告诉过她，这次洛阳之行吕晓东要给她一个惊喜。确实是惊喜，可惜不是喜而是惊，这次惊喜并不是我们曾经见到过的下跪求婚，而是在密林中让韩苏见到了从未谋面的双胞胎妹妹——冯媛。"霍一锋继续说道。

吕晓东缓缓低下了头，感觉有些崩溃，霍一锋围绕着独坐一隅的吕晓东继续言道："吕晓东不知道通过什么手段，得知了韩苏的身世，知道她有一个双胞胎妹妹，不过这个妹妹没有韩苏命好，被有钱人收养，而是辗转被送到了一个邻近农村的小城镇，过着贫苦的生活。于是一个恶毒的计划酿成了，他和冯媛密谋杀害韩苏，然后坐地分赃。"

"那天韩苏追着小狗进了密林后，出乎意料地见到了和自己长得一模一样的冯媛，小狗已经跑去找腊肠了，韩苏站在等候她的妹妹面前，大惊失色不知所措。就在此时，吕晓东用自己罪恶的双手扼向了韩苏的脖颈，在冯媛的帮助下将她掐死，并剥去了她的衣服，搬到池塘那边，用冯媛带来的绳索，捆绑上石块，让她沉到塘底，这些行动进行得很迅速，连小狗都没有注意。当然，二人没有忘记拔下韩苏头发上价值连城的汉代金镶玉发簪，让冯媛穿上韩苏的衣服，找到了韩苏的小狗并抱着它。一切都安排妥当了，他们二人行色匆匆地走出密林，来到了我和朱珠面前，耗费的时间大约一个小时。随后和大家伙碰头聚集，言说发现了新大陆，让我们一起去探险游玩。这就是杀害韩苏的全过程。"

"照你这样说，他们完全可以这样跑掉，洛邑古城是游玩的最后一站，马上就要返程了，为什么还要把我们引到伽蓝寺里去，不是自找麻烦吗？"朱珠说道。

"说得好，他们完全可以一走了之，让韩苏尸沉塘底，永远无人知晓，为何还要引我们穿过密林，在伽蓝寺过夜呢？我以前一直想不通，后来想通了，因为他还要杀另一个人——张弦，而且他还要导演一出恐怖惊悚的戏码，让所有人以为韩苏灵异地失踪了。"

"别人并不真正了解韩苏，只知道她才华横溢，但尖酸刻薄。但有一个人很了解韩苏，那就是张弦。张弦看过韩苏所有的信件，了解她的思想，深谙她的脾性，熟稔她的一切兴趣爱好和灵魂深处的念想。张弦在日后的接触中，会很快发现假韩苏的问题，那样一切都会暴露，大白于天下。于是，吕晓东策划了一个神秘而又诡谲的计划，让韩苏在大雨之夜失踪，在我霍一锋的面前消失，随后找机会杀掉张弦。他一定看过天气预报，知道那天傍晚会下大雨，于是乎老天爷自然而然地把我们所有人都困在了清冷肃杀的伽蓝寺一整个晚上。"

"朋友们，现在我可以把那个大雨滂沱之夜发生在伽蓝古寺的事情昭告于天下了。假韩苏执意要睡在一楼，和男生们待在一处。女生们都在二楼，她为何坚持要睡一楼，且睡在庙门边上呢？"霍一锋顿了顿，"因为靠近庙门，出去方便不会有人注意她。朱珠曾经说过，她半夜出去小解，发觉一楼所有人都睡着，只有韩苏一人直着身体在整理衣服。假韩苏发觉有人从二楼下来，马上躺下装睡，这是为什么呢？因为她正准备换衣服，换上那套古装衣衫。因为吕晓东知道伽蓝寺广为流传的故事，他安排冯媛这样干的。可惜冯媛只知道依样画葫芦地做事，却无法口头复述伽蓝寺优美而凄婉的传说。所以当我那晚上与大家围炉夜话的时候，假韩苏手足无措，故事一句都说不出来。让我们再回到那天，当时间到了半夜，朱珠也回到二楼继续睡觉，一切都极其静谧。假韩苏即冯媛换上古装，盘上发髻，头上插着那支从韩苏那里杀人掠货而来的金镶玉发簪。当然要插在明显的地方，因为发簪是韩苏的标志。戴着发簪，哪怕脸面看不清楚，也能证明自己是真正的韩苏。随后她在脸上涂满血浆色的口红，这支口红就是韩苏丢失的那支，是被吕晓东偷去的，这样做实在画蛇添足，只是为了制造一种灵异而又神秘诡谲的气氛而已。接着，她偷偷走出寺庙，把韩苏的连衣裙扔在围廊，目的也是为了混淆视听，引起所有人的怀疑和恐惧。接着她走出甬道，冒着大雨走到女贞树旁，躲在女贞树那个只能容纳一人的树洞中，静静地等待着吕晓东和我的出现。时间到了半夜，吕晓东发觉时机已经成熟，便把我叫醒，说韩苏不见了，让我陪他一块儿寻找——正好有一个目击证人。假韩苏发觉时机到了，便从女贞树的树洞中出来，坐在青石板上，像是在等待什么人。当时，我陪着吕晓东到处找韩苏，一直找到甬道外的女贞树前。接着便是我曾经叙述过的诡异的一幕，假韩苏幽幽地言语，说要等待自己的将军，已经等了几百年了，还要一直等下去，等下去……闪电亮过，她回头时露出了涂满鲜血的脸，随后迅疾地跃入暗黑的密林，再也找寻不到。我想冯媛一定在密林中走过很多次，非常熟悉丛林中的环境，所以能够很快地逃出丛林，回到古镇，在镇上的客栈里落脚。忘了说了，我当时只发现韩苏戴着发簪，涂满鲜血的脸纵然模样不

89

一、雨夜伽蓝寺

清晰，但仍然能看出是韩苏。于是乎，我以为韩苏发了疯，消失在密林中无影无踪，我陪着吕晓东四处找了几个钟头，依然没有发现韩苏。在所有人当中，我相对比较有侦查头脑，连我都眼见为实的事情，别人自然无话可说。其实，没有人知道，真正的谋杀早就发生过了，真正的韩苏早已惨死在池塘底下。"

"还有一件事情必须说明，那就是在这个凄风苦雨的伽蓝寺夜晚，至少有四拨人分别起来活动过。第一拨是朱珠，她从二楼打着手机的灯下来小解，当时看到韩苏直起身子在整理衣服，那个时候，假韩苏还在。第二拨，是韩苏的失踪。假韩苏冯媛离开了自己睡觉的铺位，从伽蓝寺里消失，按事先商量好的作案步骤到达硕大的女贞树附近。第三拨，张弓离开庙门，站在围廊上默默地抽烟冥想，因为他想找人教训一下韩苏，省得她继续纠缠张弦。第四拨是毛寒寒，她蹑手蹑脚地从二楼下来，发现韩苏的铺位是空的，迅速偷盗了桑蚕丝包中散碎的天女珠项链，还发现了门外围廊上抽烟的男人。在这里，我重点阐述一下毛寒寒偷盗天女珠的过程。当天在吕晓东和假韩苏冯媛杀害真韩苏的时候，因为某些原因，韩苏脖颈上三圈环绕的天女珠项链散开了，无法再次佩戴。所以当他们按原路返回与我和朱珠碰头的时候，我总觉得有些异常，因为假韩苏的脖子上是空的，天女珠项链没有了，被她藏在了随身携带的桑蚕丝包囊中。当天半夜，毛寒寒因为各种原因憎恨韩苏，打算起来偷盗她的天女珠项链。她原本的计划是偷盗了天女珠后，将珠子埋在伽蓝寺周围某株植物下面的土壤中，做好记号。等到第二天韩苏发现被偷盗了，按照平日的个性，一定会叫嚣着对所有人进行彻底搜查。等她通过了韩苏刻薄而细致的检查，多天以后，她可以和毛雪莱故地重游再次来到伽蓝寺，取回价值不菲的日本天女珠项链，顺便卖个好价钱。于是毛寒寒半夜里鬼头鬼脑地起来，匿影藏形地从二楼下来走到假韩苏的睡榻旁。可是当时假韩苏冯媛并不在，早就按照吕晓东设想好的作案步骤匆匆赶往甬道外的女贞树处。于是毛寒寒顺理成章地从桑蚕丝包中拿到了天女珠。她想走出庙门出去浅埋，可惊慌中发现围廊上居然有人在抽烟。当时她非常慌乱，不敢再走出庙门，怕被那个抽烟的人发现她偷盗的丑事，这是她没有料到的。时间紧迫，她又害怕韩苏突然回来，于是惊慌失措，战战兢兢地逃回了二楼，将天女珠藏匿在自己的内衣里，继续装睡了。回去以后，她发觉偷盗而来的天女珠不但是散脱的，而且只有三十三颗，并不是原先的三十九颗，少了六颗。这丢失的六颗珍珠现在藏匿在某一个人的手中。

而半夜无声无息地起来，在漆黑不见五指的围廊上抽烟的男子正是张弓。因为前一两天，他、张弦同韩苏进行了一场激烈的争执，地点在古城小吃街的小巷里，自认为无人知晓，但未料到被小巷转弯处的毛雪莱听见了。毛雪莱当时正在大快朵颐，听得倒是十分真切。当时韩苏情绪愤懑激昂，声泪俱下，悲恸万分，将张弦紧紧拉在怀里不肯撒手，不舍得闺蜜张弦离开自己。张弓感觉到事情的纠结难缠，担心偏激的韩苏会继续搅扰自己和张弦的生活，为了防止以后事情纠纷不断，张弓便在围廊上一边抽烟，一边沉沉地思索着应对的办法。这个时候，他发现韩苏的铺位是空的，他以为韩苏上楼和张弦挤在一起睡了，极其厌恶，这更加速了他要摆脱掉韩苏的决心。他想了一个办法，打算给毛雪莱一笔钱，让毛雪莱几个道上做事的兄弟教训一下韩苏，或者揍她一顿，或者关她一天不给吃喝，吓唬吓唬她，主要是为了防止韩苏继续纠缠。未料想他在围廊上的身影和高级香烟缭绕的香味，被前来偷盗天女珠的毛寒寒发现了。这个案子之所以纠结难缠，晦暗不明，因为有好几个人都不知不觉胡乱掺和了进去，让案件的主线索出现了或多或少的分岔，造成了整个案件的扑朔迷离，奇异诡谲。"

毛寒寒的脸色一阵红一阵白的，因为羞愧难当而低下了头。

而毛雪莱却兴奋异常，转回头对张弓说道："其实这件事情是很好处理的，你应该早点把事情交给我，我们有我们道上的办法，绝对有效，而且斩草除根不留后患。你真是的！早点把事情告诉我，也不至于现在这样。"毛雪莱唾沫星子乱喷，激动万分，毛寒寒在旁边拉扯他："哥，你别乱说了，事情已经这样了，丢死人了。"

"哼，交给你，还斩草除根，我怕事情更难缠！"霍一锋睥睨万分，他扶了扶眼镜继续言道："现在我接着案情的发展继续推理，案情有了变化，因为事情出现了巨大的纰漏。真正的韩苏赤身裸体从池塘里浮了出来。可能是当时吕晓东和冯媛杀人时手忙脚乱，石块捆扎不牢，也可能被毛寒寒的手臂在池水中划拨，捆绑尸体的绳索造成了松动。总之，真正的韩苏浮现了出来，这是吕晓东没有想到的。他本想找个适当的机会慢慢杀掉张弦，现在没有办法，他只能加快行动的步伐了。他曾经翻查过毛寒寒、毛雪莱的背包，知道他二人的包里藏着大瓶装的果粒橙，或许他早就知道毛寒寒喜欢吃果粒橙，一定会在旅途中备上一两瓶。他还知道一个秘密，一定是韩苏告诉他的，这个秘密就是张弓是从来不喝橙汁的。这只是一个小小的个人癖好而已，可对吕晓东来说却是大好的机会，因为毕竟多杀一个人也是要冒风险的，连张弓也杀掉，似乎没有这个必要。那天我记得很清楚，是吕晓东提议大家伙吃果粒橙和火腿肠的，因为他自己想吃点，所以大家就都吃点吧。然后雨停了，天上出现了彩虹，于是乎吕晓东指着寺庙门外，情绪很兴奋，引导大家注意天空中艳丽的彩虹。大家在破旧的寺庙中憋闷了许久，又遭遇了韩苏离奇诡谲的死亡事件，每个人心中大多晦暗无比。被吕晓东一提醒，又被空中五彩霞殇般绝美的彩虹吸引，于是乎大家都涌在寺庙的大门口看天上的彩虹，凝神静气，聚精会神而又各怀心事。我记得十分清楚，我是最后一个站起来朝门外看的，我身后只有吕晓东一个人，也只有他能在极短的时间内放入毒鼠强。这是我最开始怀疑他的一点。

当时，张弓和张弦两杯倒满果粒橙的塑料杯都放在寺庙的地上，分不清哪杯是张弓的，哪杯是张弦的。我想在那一瞬间，他一定十分慌乱。他只能赌一下。因为他知道张弓是不喝橙汁的，但又一定要杀掉张弦，他不知道张弦会喝哪一杯，于是在两杯里都放入毒鼠强。无论张弦喝下哪一杯都得死。所以说凶手并不是要杀张弓而误杀了张弦，他要杀的，本来就是张弦。"

"张弦最后喝下了两杯橙汁，如他所愿地死了，张弓悲痛欲绝。吕晓东知道，队伍中的每一个人几乎都有杀掉韩苏的动机，所以他必须尽快将自己洗白。用什么办法呢？很简单，把自己包装成受害者就可以了。于是乎他去买了火车票。因为每次都是他安排旅游，时间、地点、行动路线、游览观光的整个行程，自然也包括买机票、火车票、景点的门票、安排住宿。所以，当所有人从警局出来，急着想回家时，自然又是他去买票，这不会引起任何人的怀疑。其实并不是因为天气原因或是飞机误点，他没有买到合适的机票，又因为所有人都急着回家，所以他改买了火车票。其实，飞机票是完全买得到的，吕晓东改买火车票的原因是只有在火车上才能把啤酒带上去，而上飞机前要经过严格的安检，任何饮料都不会被允许带上飞机，在飞机上空姐会提供免费的饮料。可是他必须带上啤酒，因为这是他的作案工具。他在火车回程前准备了两瓶啤酒，也就是我看到他手里拎着的两瓶。一瓶普通啤酒，另一瓶是进口的黑啤。他在离开大家独自一人买票的时候，便在黑啤酒里放下少量的毒鼠强，然后再盖紧盖子。他又一次利用了我，首先，他知道我作为他的好朋友，一定会去安慰他，也一定会陪他喝酒。其二，他深谙我的脾性，知道我从来不喝黑啤。事情如他预料地发生了，我选择了普通啤酒，把黑啤留给了他，而他在我眼皮子底下中毒了，被送进了医院，还进了抢救室，吕晓东作为九死一生的受害者，没有人再会怀疑他了。这算是一个苦肉计，冒了生命的危险，但是很成功，因为他也实在没有别的办法了。"

霍一锋歪着头瞟向吕晓东，吕晓东脸色灰白，但很沉静，也并不惧怕。周围的人都呆若木鸡，没有一句言语。

"你分析得很精彩，那么我的动机是什么？我很爱韩苏，多次求过婚，这里所有的人都可以作证，我为什么要杀她？"吕晓东辩驳道，扬起的眉毛显露出一种难言的不屑。

"对啊，晓东哥哥没有动机啊。"毛寒寒为吕晓东辩解。

第七章　动机与鼻烟壶的秘密

"谁说没有动机，他对韩苏的爱情就是杀害她的动机。吕晓东很爱韩苏，默默守候在她身边整整八年，深切地期盼着有朝一日能成为她的丈夫。可是韩苏一直不肯结婚，哪怕他在旅行途中多次求婚，韩苏都没有答应，让他每次都铩羽而归，在朋友面前颜面扫地。可韩苏却又离不开他，八年来一直和他厮混在一起，为什么呢？"霍一锋看着众人，"因为吕晓东不知道韩苏真正在意的人是闺蜜张弦，这有张弓提供给我的信件为证，言语奔放恣意，情深意切。在旅行途中，我多次看到韩苏用古怪的眼神看着张弓和张弦，我先前一直先入为主，以为她暗恋张弓，一直在观察张弓。其实她看的根本不是张弓，她仔细观察且念念不忘的是张弦。但是张弦呢？她折磨了自己很多年，因为她喜欢上了自己的亲表哥张弓，这场多年的感情让张弦痛不欲生，备受折磨。我在询问毛雪莱的时候，得知毛雪莱曾在古城小吃摊旁听到过张弓、张弦和韩苏的争执，我询问张弓时，他当时就否认了。朋友们，这场争执确实发生过。因为张弦在痛苦中投向了韩苏的怀抱，原因是表哥张弓为了躲避这场不应该发生的爱恋要远走他乡，永远离开表妹。张弦受到了极大的刺激，痛不欲生，就这样胡乱投向了韩苏的怀抱，和韩苏在一起相依相伴了三个月。在这三个月中韩苏非常非常快乐，据信件中所言，她一生中只快乐过这三个月，可见其情深意笃。这段不为人所知的事情，也许就是在这段时间内被吕晓东

93

一、雨夜伽蓝寺

发现的。他没有料到自己相处了八年的女人其实真正在意的是闺蜜张弦，他终于明白韩苏一直不愿意结婚的原因了。但是韩苏又不离开他，因为他可以提供给她优渥的生活，精致的衣服、包包、首饰，更重要的是她天马行空一般，说走就走的旅行。每年无数次的旅行耗费了吕晓东大量的积蓄，也磨损了他无数的精力和心力。可到头来却是一场空。自从韩苏和张弦闺蜜情有了进一步的升华之后，可能韩苏也给他下了最后的通牒，那就是她要离开他，哪怕一世穷困潦倒，也要和张弦生活在一起。我想当时吕晓东一定很绝望，很绝望。

"后来事情发生了戏剧性的变化，张弓在翻找出国资料时发现了一张收养证明，证明自己是父母收养的弃婴。这就意味着自己和表妹张弦是没有亲缘关系的，是可以结合的。事情发生了峰回路转的变化，张弦知道了真相后欣喜若狂，不假思索地重新又投入了张弓的怀抱，还给韩苏发了信件。韩苏彻底崩溃了，据她给张弦的回信中说，她一整天都在郁郁流泪，家中的菲佣一定看到了。而菲佣一定告诉了吕晓东。吕晓东觉得这是天赐良机，因为张弦有了归宿，韩苏不会再缠着张弦，她终于可以离开张弦，哪怕是被动地离开。张弦不顾一切地要离开韩苏，可能也不愿意见韩苏。韩苏只得筹备了一次旅行，也就是这趟洛阳之行，在旅行途中找机会再乞求张弦。于是乎有了毛雪莱听到的三人争执的话语，韩苏说什么'我的情意是真的，我算什么'，等等。张弓则义愤填膺地对韩苏说'都已经过去了，之类的，而张弦则小声地软语相劝。但韩苏最后还是失望地走了。但是事情的结局并不像吕晓东料想的那样，韩苏忘不了张弦，韩苏的心和灵魂已经完全献给了闺蜜张弦，她的情意覆水难收。吕晓东知道，自己已经完全失去了韩苏，也许从未得到过她。或许我们错过了一幕有史以来最真诚，最让人动容的求婚，这是吕晓东所做的最后一次努力。也许在黎明时分，开满荷兰芍药的花丛边，也许是霞殇满天，听海涛呜咽的渔屋里，也或许是银烛摇摇，氤氲烟袅的西餐桌前，吕晓东笨拙的情话和怒放的玫瑰相映成趣。但是我想，韩苏一定又拒绝得干脆而彻底，她也许还会继续和他厮混在一起，但却似行尸走肉一般，毫无灵魂可言。当张弦永远离开了韩苏，韩苏依然不能忘怀，把吕晓东彻头彻尾当成了一个工具，这种做法彻底激怒了吕晓东，让他由爱生恨起了杀心，也许这种杀心由来已久。

"他在偶然的机会中了解到了韩苏的身世，发现了韩苏那个身在农村，贪财而又寡廉鲜耻的妹妹。两人一拍即合，准备了一出精妙的谋杀方案，要杀掉韩苏和张弦。这样吕晓东既可以杀韩苏解恨，又可以杀掉自己的敌人张弦。他和冯媛策划了一个天衣无缝的计划，有始有终，无知无觉，而且还带点诡异。在那个银烛闪耀，大雨滂沱的伽蓝寺夜晚，假韩苏在我的眼皮底下穿着古装的衣衫，满面血痕，随后跃入丛林，从此消失不见，成为一个永久的悬案。这样人人都以为韩苏发了疯，或是那晚真是闹了鬼，不会有人怀疑，更不会怀疑他吕晓东。而他只要装作痛失爱人的模样，事情就成功了。

但糟糕的是，事情出了纰漏，韩苏的尸体因为各种原因从池塘里提前浮了上来，被所有人发现了。事情有点麻烦了，因为有了两个韩苏，这让吕晓东的计划出现了巨大的漏洞。而且他明显地感觉到了来自张弦的威胁，所以加快步伐杀掉了张弦。这和他原先打算杀张弦的方法一定截然不同，原先的方法一定更隐秘，更诡异，或许让所有人都觉得这古老的伽蓝寺出了鬼怪，应了'千年古寺不能留宿'这句话。可他实在没有办法，非常冒险地杀掉了张弦。"

所有人都沉默了，有些低着头，有些偷偷瞟着吕晓东，有些惶惶不安，不知如何是好。

"好，分析得很有道理，是一段非常精彩而又感性的分析。可是证据呢？你什么证据都没有。"吕晓东恢复了平静，原先有些狰狞的面目变得异常狡黠。

"对啊，你只是推理，没有证据。"毛寒寒还在帮吕晓东说话。

"怎么会没有呢？冯媛已经在老家被捕了，把所有的一切都招供了，你吕晓东答应把韩苏父母的几十万遗产留给她，而你只想要她当晚带走的那支金镶玉簪子，你一定对她说是留个纪念聊以慰藉自己受伤的心灵，而冯媛根本不知道这支簪子的价值。当然，吕晓东得不到韩苏的真爱，只是他伺机杀害她的第一个原因。"

"第一个原因，什么意思？还有别的原因？"张弓问道。

"是的，这只是其中的一个原因。吕晓东杀韩苏还有一个重要的原因，就是他想霸占那支汉代的金镶玉簪子。据保守的估计，此簪价值上千万，这事韩苏是不知情的，就算知道，作为父母的遗物，她也不可能拍卖。晓东，据警局的调查，你的公司早就不行了，欠了不少外债，你债台高筑，无力偿还，公司的业绩也每况愈下。可你一直瞒着韩苏，让她继续过着挥金如土的生活。你内外交困，所以非常需要这支宝贝簪子，不惜杀害韩苏，杀人掠货。这支簪子举世无双的价值能让你的事业东山再起，在韩苏死后依然过上奢侈惬意的生活，当然这事冯媛也不知晓。晓东，我不知道，这两个原因，到底哪个是你杀害韩苏的真正原因，我非常好奇。还有，我想那只小狗已经被你杀了，估计埋尸在花园里，对吗？这只狗实在是个麻烦，迟早会带来一些问题，所以按照你做事的惯例，先下手为强，果断杀掉了。"

吕晓东坐在原地呆若木鸡，他懊恼地垂下头："我犯了一个致命的错误，应该连你一起杀掉，还是心太软了。"

"你这个疯子，你还我的小弦！"张弓突然从椅子上跃起冲向吕晓东，妄图扼住他的脖颈。刘警官和两位随行的警员迅速将张弓拉开，不让他动弹。

"当然，你还有最后一步棋要走，那就是杀掉冯媛。因为她是你的同谋，你的帮凶，你所有罪案的见证者，留着实在是个麻烦。你一定在焦急地等待，等待整个案情的平息。如果这个奇异而诡谲的案件成为悬案，被束之高阁无人问津，你就会慢慢地继续行动。你会回到冯媛居住的地方——她如今逃遁在深圳，然后虚情假意地用感情来迷惑她，将韩苏的遗产骗到手，随后伺机杀掉假韩苏冯媛。当然冯媛的脸是万万不能被人看到的，因为酷似韩苏，这会让警方联想到上一个案件。我认为你可能会在杀害冯媛后会毁坏她的面容、牙齿和指纹，是用硫酸、斧凿还是焚烧，想来残忍至极。"霍一锋一边摇头，一边言道。

"还有一件至关重要的事，晓东你可能不知道。你现在从冯媛手中拿到的这支金镶玉簪子，只是个赝品而已。"

吕晓东惊愕地抬起了头："你骗我，你是骗我的。"

"我没有骗你，这是千真万确的事。毛雪莱曾经拍过簪子的照片，和专业人士探讨过此簪的价值，确实价值连城。而且他还提供了一个有力的旁证，曾经有另一个男人拿着这支簪子的实物托这位专业人士的朋友看过，估过价，据说可达上千万，虽然已经无从考证，但我相信这个男人应该是你。但是有一件事情你疏忽了，在大家出发到洛阳以前，这支簪子已经被换成了几可乱真的赝品。你没想到吧，这是韩苏干的。她在外找人做了一模一样的赝品戴在发髻之上，只是为了糊弄你而已。真正的价值连城的真品被她赠给了今生今世唯一的闺蜜——张弦。这件事情无人知晓，除了她们二人，我也是在偶然的机会中窥探到了其中的玄机。那么，这支真正的金镶玉簪子在何处呢？"霍一锋用眼神将在座的人逐一扫过，随后从书房里搬出了一幅白布遮蔽的画作来。

霍一锋一抬手将白布揭开，那幅韩苏在沙滩旁发丝凌乱，身穿礼服，眼神既哀怨又彷徨的画作赫然显现在大家面前。"大家一定未曾见过这幅画吧，这是张弦在与韩苏倾情交往的三个月内为韩苏所作的画，画面中浓烈的感情如激荡的潮水奔泻千里，让人叹为观止，无比动容。"霍一锋用手指的关节敲击了一下金属的画框，画框的一处发出了不同的铿锵之响。霍一锋用一把小巧的螺丝刀将画框的一角撬开，从画框和画作的缝隙内取出一支长簪。"大家看一下吧，这支才是真正的汉代金镶玉簪子，被张弦小心翼翼地藏匿在画框和画作的空隙内。那这支簪子是如何到张弦手中的呢？朋友们，是在张弦最后给韩苏写断交信后，韩苏崩溃绝望，回了一封长信，连同长信寄出的还有这支金镶玉长簪，韩苏把它交给了张弦，等于把自己的一切都交给了她，让张弦来决定何去何从，而自己则戴上了早就托人做好的赝品来糊弄吕晓东。可惜张弦心神中所有的爱都给了张弓，不可能再回到韩苏的怀抱。但她十分感激韩苏在自己最颓唐无助的时候给了自己莫大的安慰。她为了感怀和祭奠这份情义，便把韩苏的金镶玉长簪埋葬在画作和画框之间，给这份情义画上一个圆满的句号。这件事天知地知，只有她自己知晓，连表哥张弓都不知道。在旅游的时候，张弦曾经从韩苏的发髻上拔下假簪子，和张弓一起品鉴，其实这只是做给别人看而已，特别是给吕晓东看的。她们二人早已默契了，真正的簪子被当成信物永久留在了张弦手里。吕晓东，如果你是为了这支簪子杀的人，太可惜了，你处心积虑可能得到的只是一件不值一文的赝品而已。"

周围所有的人听罢霍一锋的讲解或沉默，或忧伤，或唏嘘不已。

吕晓东黯然地低下了头，"韩苏，你这个疯女人。"他喃喃言道。

"还有一件事，晓东你可能永远都不知道，如果现在不揭露，你可能至死都被蒙在鼓里。"霍一锋从刘警官的手里接过了一件小物件，随之展示给大家看，原来是一只扁圆形的小壶，像是只小药瓶。

"这是什么东西？"毛雪莱直起了身子，瞪圆了眼睛在研究，他对类似古董的东西都十分感兴趣。

"这是晚清乾隆年间的鼻烟壶，雕刻工艺精湛绝伦，身价不菲。在案发以后，刑警们在靠近伽蓝寺区域的密林里发现了这个鼻烟壶，这个小巧玲珑的鼻烟壶被人浅浅地踩在了湿润的泥土里，上面覆盖了层层的陨叶，真要感谢我们一丝不苟的刑警们，找到了它。"

"这和案子有什么关系。"吕晓东冷笑道。

"哼哼，"霍一锋抬了抬眉毛，"这个鼻烟壶里装满了氰化钾的剧毒粉末，被踩进了伽蓝寺前密林的湿润绵软的泥地里，也就是你杀害韩苏的地方。"

"什么意思？"吕晓东激动起来，"你的意思是说……"

"朋友们，这个鼻烟壶并不是别的游客丢失的，正是死者韩苏的。韩苏的养父母一共遗留给她两件古董，一件是众所周知的汉代金镶玉长簪，还有一件便是这个晚清乾隆年间的粉彩鼻烟壶，同样价值不菲。但是韩苏一直偷偷藏匿着这个鼻烟壶，从未展示给吕晓东看过，以致他从不知晓有这样一件古董。吕晓东说过，这次洛阳之行是韩苏提议的，那她为何在去完云南以后又急着催吕晓东组织洛阳之行呢？这是因为张弓的一张收养证书，事情发生了翻天覆地的变化，所以张弦迫不及待地要回到张弓的怀抱中去。韩苏写过信，打过电话，做过所有的努力依然无济于事，可能最后只要她一提到这方面的事情，张弦便说比较绝情的话，甚至下了最后通牒。于是乎韩苏想做最后一次努力，她从云南回来后又积极地策划了这次洛阳之行，又不知从哪儿搞到了剧毒的氰化钾，装在了这个小小的鼻烟壶中随身携带，在旅行途中见机行事。我们大家应该都清楚地记得，在古城小吃街吃完小吃以后，我们一起游览了植物园。可对着满园姹紫嫣红，盛放到荼蘼的牡丹花，韩苏却提不起任何兴趣，一脸落落难舍的幽怨表情，根本就没有化妆，这和她平日的做派判若两人。那是因为就如毛雪莱所说的，她和张弓、张弦在古城小吃街的小巷里吵了一场，韩苏做了最后一次努力却铩羽而归，她哭得很可怜，最后也死了心。从最后的谈判失败以后，韩苏就不想活了，随时准备自杀，自杀的工具就是鼻烟壶中的氰化钾粉末。她一直在思考，寻找一个合适的时间、地点，当着张弦的面将氰化钾吞服，死在张弦面前，让她懊悔终身。

所以这场旅游，这趟洛阳之行是韩苏自编自导的自杀之旅。当我们开始朝未经开发的无人区行进之时，韩苏心中所念所想的正是在何时、何地在张弦面前自杀，才能起到最好的效果，让这场自杀变成一场值得祭奠的仪式，在张弦的心中留下难以磨灭的伤痕。可笑的是，此时此刻，吕晓东正在机关算尽，殚精竭虑地布置下重重陷阱，满天罗网，计划着杀害韩苏，并且还准备在伽蓝寺自编自导演出一场诡谲恐怖的戏码来掩盖韩苏的失踪。其实就算吕晓东不杀她，韩苏也会自杀，只是时间的问题。"

"不可能，不可能的。"吕晓东摇着头，嘴唇都快咬出了鲜血。

"现在我可以告诉大家这个鼻烟壶的故事了。当时，小狗闻到了腊肠的气味，飞也似的朝伽蓝寺方向的密林深处跑去。而正在思虑着如何自杀的韩苏猝不及防，本能地去追逐'小疯子'，到了密林中后，韩苏却见到了双胞胎妹妹冯媛。冯媛突如其来的出现让韩苏大惊失色，也意识到了危险。就在这时，站在她身后的吕晓东扼住了她的脖颈。韩苏确实想自杀，也下定了决心，但她不想以这种方式被他人杀害，死得不明不白。因为她拿不准两个凶手是否会藏匿她的尸体，或者沉湖，或者掩埋，或者还有更可怖的，这样张弦就看不到自己为何而死，而面前这个一模一样的女人也极有可能替代自己。但韩苏真是一个人间的精灵，她在极短的时间内想出了一个办法。她在打斗挣扎的同时，一手大力扯断了脖颈上的天女珠项链，这三十九颗天女珠倏忽落地，有好几颗还散落了下来，其实这只是一个假动作，目的是引起凶手的恐慌和注意。而韩苏的另一只手却从身上衣服的暗袋内偷偷取出了鼻烟壶，将它扔在地上，并用脚踩进了湿润的泥地里。当时打斗的场景一定十分惨烈，两个凶手竭尽全力地掐死了韩苏，韩苏倒在了地上，头部还撞击到了地上散碎的石块，造成了头部一定的外伤。当时现场一片狼藉，两个凶手注意到天女珠被扯断了，所以非常惊慌地捡项链，但是有几颗珍珠散落开来，滚落在树叶之中。凶手之一的冯媛把剩下的三十三颗未散掉的珍珠项链藏在桑蚕丝包里，接着和吕晓东费尽心机地满地寻找散落的六颗珍珠。吕晓东是知道珍珠有三十九颗的，他们很幸运，剩下的六颗珍珠被他们都捡拾了回来，但是耗费了不少时间。接着韩苏被他们剥去衣衫沉湖了，冯媛也换上了韩苏的衣服，拿着韩苏的桑蚕丝手提包。而那只鼻烟壶却未被发觉，悄无声息地被掩盖在泥地里。韩苏知道，现场可能会有警察来搜寻，而这只鼻烟壶内装着剧毒的氰化钾，一定会被警察留意到并当作证物，那么自己的死亡就很可疑了，一定会被确认为他杀。"

"那你怎么知道这只鼻烟壶是韩苏的呢？"吕晓东突然抬头冷笑起来。

"问得好，这是个好问题。"霍一锋再次将鼻烟壶举起，"大家仔细看一下，这是清朝乾隆年间的粉彩鼻烟壶，壶为圆形扁腹，椭圆圈足，壶正面用金线开窗，窗内用青花色绘山石，山石中绘牡丹花卉，壶两肩侧用粉彩勾绘蔓草花卉。"

"那又如何，鼻烟壶不都这样吗？"吕晓东狡辩道。

霍一锋把鼻烟壶翻转到了背面，背面雕画着看不清的复杂图案。"大家一定看不清吧，因为太小了，这是背面图案放大的图片。"霍一锋从刘警官手中接过一张 A3 大小的纸张。

"啊,这是……"毛寒寒指着刚才霍一锋从其边框中取出金镶玉长簪的画。

"对，没错，鼻烟壶的背面雕刻的就是这幅画，这幅韩苏在沙滩旁发丝凌乱，身穿礼服，眼神既哀怨又彷徨的画作。这幅张弦所作的画，被痴情的韩苏找了能工巧匠，雕画在鼻烟壶的背面，下面还签上了自己的名字'苏'。所有的一切都证明这个装满氰化钾的鼻烟壶是她的，而她则是被杀的。"霍一锋看着所有人，最后眼神落在吕晓东脸上。

"不可能，这是老天跟我开的玩笑吗？韩苏本来就是要自杀的，我处心积虑，把一切都计算好了，却什么都没有得到。"吕晓东将手掌使劲搓弄着脸庞，"这真是一个黑色幽默。"

"你这个刽子手，还有脸说这种话。"张弓愤怒地言道，双手握紧了拳头。

"哦，对了，我杀了你表妹张弦，到底是不是亲表妹啊？你这个该千刀万剐的表妹，害死我了。不过，有张弦做垫背，我死了也算值了，不算亏。"吕晓东对着张弓哈哈大笑。

"还有一件事，你可能不知道。"霍一锋望着张狂的吕晓东，喃喃开口道。随后摘掉了平光眼镜，显露出锐利如鹰的眼眸。"吕晓东，你一直以为我只是个文弱的推理小说迷，整天沉浸在悬疑推理小说营造的氛围里乐此不疲，大不了只是纸上谈兵，根本没有真实的探案经验。其实我是一个刑警，至少到目前为止还是汉州市刑警大队的案情顾问，经手过无数纠缠难解的奇案凶案，经历过真实的枪林弹雨，与真正的凶犯狡徒对抗博弈，短兵相接过。如若不是伽蓝寺一案，我永远不会吐露真情，你也永远不会知道我的真实身份。也就是说，你在伽蓝寺殚精竭虑制造凶案的过程中，一直有个刑警待在你的身边，观察着你的一言一行，留意着你的一举一动。我感激你没有杀掉我，其实这并不是你的心软，而是你低估了我的能力，漠视了我的存在，也没有觉察到我讳莫如深的真实身份。"

在座的所有人都面面相觑，流露出惊讶的表情，有几个甚至目瞪口呆地站了起来。妻子朱珠都错愕地捂住了嘴。而吕晓东则面如死灰，惊愕失色地望着霍一锋，整个人都不由自主地颤抖着，"刑警，你是刑警，我……"

刘警官将手铐戴在了吕晓东的手上，身边的两个刑警欲带他离开。吕晓东犹豫了一下，路过霍一锋身边时，把手里的东西悄悄塞在了他手中。"这是那剩下的六颗天女珠。"

"原因，杀害韩苏的原因到底是哪一个？"霍一锋追问道。

"谋财害命呗，就是为了要那支簪子啊。"吕晓东沉下脸来说道，突然显出一种很忧伤的表情。

"我不相信。"霍一锋轻声说道。"还有，你原先打算杀掉张弦的办法是什么？是怎样的一种作案步骤？"

吕晓东转回头对霍一锋说："我不会告诉你的，我的好朋友，喔，不，是霍刑警。记得来看我，在死刑执行以前。"

霍一锋看着手中那六颗莹润剔透的珍珠，又望着他离开的背影，黯然神伤。

三个月后，霍一锋重新穿回了警服，踏入了刑警大队的大门。往事已矣，所有悲恸的，愤懑的，无以复加的痛楚都应该被埋入记忆的深处，湮没在岁月的长河里。这并不是忘记，而是为了更好地纪念，纪念曾经和好战友冀方州在一起并肩作战的日子，这是多么美好而值得怀念的岁月呀。如果他还在，还在自己身边谈笑风生，一定会笑自己外强中干，心底脆弱，一定会鼓励自己抛开往昔的情殇，思虑上的累累伤痕，精神上束缚着自己的桎梏，抖擞精神继续前行，破更多的奇案、凶案，为了值得永远守护的黎民百姓。

伽蓝寺已经成为过去，可霍一锋还是时常会在魂梦相交时梦见它。梦见它那快要坍塌的庙门，梦见它的朱墙碧瓦，还有那风雨如晦的夜，那铺天盖地的雨水。但霍一锋知道，一切都过去了，不会再回到那一个个惊魂的瞬间，一切都将成为一个休止符。伽蓝寺奇案已破，钢枪在手，前路崎岖，他须负重前行。

一、雨夜伽蓝寺

二、耳环惊梦

——致敬阿加莎·克里斯蒂《无尽长夜》

梦中的林仙儿

恽至诚挑选了一个稍微隐蔽一点的位置，这样既能看到吧台上各种各样的洋酒，感受到酒吧内混乱而颓唐的气息，又能完全不被人注意到自己的言谈举止。他每次都坐在这个位置，看着幽黄的射灯映照在那些洋酒的瓶身上，恽至诚的心里就会愉悦而蠢蠢欲动起来。酒保还在那里颠瓶倒罐地表演着调弄鸡尾酒的绝技，旁边穿着时髦的年轻女生一会儿拍手，一会儿嘘声连天。但恽至诚并未在意她们，因为她们有的没有佩戴耳环，有的则佩戴的耳环不美——如果耳环不美的话，这个女生纵使容颜绝艳，也会变得平庸甚至腌臜不堪。

恽至诚在等一个人。

一个女生窈窕的身影飘然落座在自己的对面，穿着深藏青色的高领毛衣，完全遮蔽住了素白的脖颈。毛衣的前胸上琳琅满目缀饰着许多大颗的人造水晶，银白色的、棕金色的，在吧台微黄灯光的映衬下显得格外璀璨迷离。林仙儿将水晶晚宴包搁在二人之间的小桌上，苍白的面色即使涂了满满的口红，依然白得如此不真实，仿佛长桥上的冻云残雪。标致的小脸庞看似很哀愁，又很期盼，轻张檀口，她终于开始说话了。

"你早来了，来得那么早。"

"哪里早了，是你迟到了。还有，天气那么热，你怎么穿着高领毛衣啊，脸色倒那么苍白。"恽至诚一边将林仙儿从头到脚看了一遍，一边眼神不由自主地瞥向舞池中穿着裸肩一字裙和超短热裤的两个年轻女孩。

"你回去跟她谈了没有，有没有谈？"林仙儿往前凑了凑，一脸的期盼。

"这个……这个，"恽至诚沉默了半晌。

"到底谈了没有，你答应过我的。"

"那你和你老公摊牌了没有？"恽至诚点燃了一支烟，烟雾缭绕间，林仙儿眉目如画，美得有些不真实。

"当然，当然谈了。要摊牌就摊得彻底。他同意离婚的，很爽快，反正我们也没孩子，明天就去办。"林仙儿抿唇轻笑，姿容倾城婉丽。

"已经谈好了？"恽至诚有点心慌，眼神瞟到仙儿佩戴的耳坠上。"你还是没有打耳洞，还是用夹的耳环啊？"恽至诚试图转移话题。

"是啊，你给我买的呀。"仙儿捋着流苏状缀水晶珐琅的长耳坠，又笑了起来。

"现在我已经可以离婚了，你呢？你和她说了没有？"仙儿步步紧逼。

"这个……其实仙儿你没必要那么着急，急着和他谈的，还可以拖一拖。你知道离婚是件很复杂的事情。特别是我，我有孩子，她很贤惠，又没犯什么错，真的，真的很难开口的。"恽至诚终于摊牌了。

"哦，原来你没有说，是我自作多情。"林仙儿眉黛愁蹙，一滴晶圆的泪珠沿着粉腮滚落了下来。

"哎，别哭呀，"恽至诚烦躁起来，"其实本来不是挺好吗，经常幽会，欢快欢快，婚姻其实很琐碎的，生活在一起，也都差不多。"

"哦，原来是这样，你没有说，你从来没想过离婚和我在一起。"林仙儿凄惶地笑起来，苍白的脸色愈加白得发青。

"你回去，回去跟你老公道歉，说开玩笑的，我来教你。"恽至诚掸了掸西服上的烟灰，恢复了冷静。

"哈哈，我林仙儿已经无路可走了，你让我回去道歉？！至诚，你知道我们有过多少次，这些都是有意义的呀。"

"过去的事情不要提了。"恽至诚狠了狠心肠，男人冷酷起来，会让自己都害怕。

"至诚，你知道那么热的天，我为什么还穿着高领毛衣吗？"林仙儿沉默了半晌，突然将脸庞埋入双手掌中，俯身在桌面上，只剩下长流苏的耳坠搁在桌面，随着她的啜泣和肩膀的抖动，不断地闪烁。

林仙儿突然扬起脸来，脸色愈加苍白，白得一点血色都没有。她把藏青色的毛衣高领往下翻，露出雪白的脖颈上一个显眼的紫青色扼痕。"至诚，我跟他谈离婚了，他不同意，我们吵架了，还动了手。他发疯了，拼命地掐住我的脖子，他把我掐死了。我死了，至诚，我为你死的。"

"仙儿，你不要装死吓我。"恽至诚生气了。

林仙儿仰头而笑，随即坐到了恽至诚身边的座椅上，用冰凉的手将他的手指搭在自己的脉搏上。恽至诚猛然惊诧起来，望着林仙儿的脸，拔腿欲要逃离座位。

"不要跑，你跑不了。我死后，还想着你，痴念着你，想听听你和妻子谈得怎么样，你是否为我努力过，为我们努力过。可是你居然骗我，要抛弃我，我却为你丧了命。"林仙儿把长耳坠褪了下来，"这是你给我的定情信物，我从活着一直戴到死去，现在还给你。"

恽至诚的手中多了两串水晶长耳坠，带着点点滴滴的情泪。他快速地跳起来欲要逃离，却被林仙儿突然伸长的手臂一把拽了回来，"你看，我忘不了你，又回来看你了，我必须带你走啊。"林仙儿力大无穷起来，将恽至诚逼到墙角，一瞬间，窒息、憋闷、无法喘息、惊惧统统袭来，整个酒吧仿佛在无限度地旋转，旋转。

恽至诚一下子惊醒过来，原来是场噩梦，而自己被棉被捂住了口鼻，被闷到了。恽至诚从床上缓缓坐起，捋了捋汗湿的短发，看了眼台钟，凌晨三点半，原来只是半夜。他披上了睡袍，走到房内的小冰箱处，取出一瓶冰冻的矿泉水，一仰脖徐徐灌入喉中，晶润的冰水蜿蜒地流过他的喉管和食道，使他有了一瞬间的神清气明，在这大半夜里，恽至诚突然想抽支烟了。他撩开了窗帘的一角，屋外夜色浓黑，暗沉到能吞噬一切，恽至诚点了珍华乌木的香水蜡烛，又点了一支细长的进口烟，不由得醺醺然起来。

已经三年了，他隔三岔五做着同样的噩梦，梦中的情景总是大致相同。昏暗的酒吧、数不清的洋酒、舞池里熙熙攘攘，群魔乱舞。他总是在酒吧的角落里等着一个叫林仙儿的女人，然后是无穷无尽地谈话、试探、狡辩、逃遁、抢白，随后是淡漠、冷酷、遗弃，紧接着是女人的啜泣，带着珠泪的冷笑，最后演变成一场鬼魂讨情债的戏码。恽至诚觉得很奇怪，人脑的复杂性实在令人讶异。整个频繁出现的梦境和自己现实的人生风马牛不相及，可在三年的时间里却不断地在睡梦里停驻与闪回。但是，恽至诚又一边抽烟一边轻笑了起来，这个梦境有种哥特式的美，难道不是吗？酒吧外清风簌簌，吹落梅花一夜风，让人愁听画角声三弄。在酒吧内银台蜡笼的辉映下，这个叫林仙儿的女子总是双眉愁蹙，姿容婉丽，苍白的皮肤白得像少时吃过的水磨豆腐，弹指即破，痴情的女子总有种万古幽怨般的美，美得让人心颤，让人凄怜。她那身藏青色的毛衣缀满了大颗大颗的人造水晶，像是古墓中身穿朝服，躺在铺满珍宝的绣花丝褥上的妃嫔，述说着无数不可言传的故事。而自己呢，不管梦里梦外都是个坏男人，坏得彻底，坏得彻心彻骨，看着林仙儿牵衣诉情，听她幽咽吞声，自己的秉性倒是永远不改，照例是冷漠寡情、自私自利。不过，恽至诚仰头而笑，让这么美的女人来讨情债也是件不错的事情，哪怕是在梦里。她的耳环真美，长长的银链子挂满了璀璨的水滴状人造珐琅和水晶，随着她的微笑与烛火一起闪烁摇曳，伴着她无声的啜泣抖动熠亮，太美了，美得像天上白衣华练的嫦娥仙子，即便是梦里也让人心生向往，久久难以释怀。

时间还早吧，恽至诚突然又困了，他熄灭了烛火，重新又钻进被窝，想再与这美貌的林仙儿厮磨纠缠，可惜后半夜无梦，很快天就亮了。

恽至诚拉开了灰色的丝绒窗帘，还未搴开纱帘，一股浓重的春天的气息便扑面而来，嗅觉里满溢着别墅花园中洋牡丹、鸢尾与晚香玉纠结在一起的香气，一时芬芳扑鼻，一时清幽渺然。听觉里则是金雀啾鸣，莺歌燕啭。恽至诚知道，新的一天又开始了。

恽至诚下楼到了厨房，管家正在颐指气使地责骂清洁阿姨和新来的园丁，见到主人则谦恭地满脸堆笑，将他请到餐桌旁。早餐早已准备就绪，法式羊角面包和香酥可颂松软可口，软丝面包被细心地切成薄片，各种口味的果酱和奶酪一字排开。左手边是三层点心碟，放满了歌剧院蛋糕、提拉米苏和黄桃慕斯，右手边是刚烘焙好的西班牙培根，滋滋流油冒着热气。恽至诚让用人从银质奶壶中倒了大半杯牛奶，随后自己动手将切片的软丝面包涂满草莓果酱，又夹了一个单面流黄的荷包蛋和两片培根，卷起后一口塞入嘴中，干涩的味蕾瞬间跳跃起来。

恽至诚觉得今天自己心情很好，倒不是昨晚哥特式的诡谲梦境，而是为了新的一天已经到来，他又可以肆无忌惮地享受生活了。恽至诚一边喝着牛奶，一边兴奋起来。毕竟自己的名下有两家营收很好的私立医院、一家整形医院，还有一所私教机构。当然自己不算什么大企业家，可维持自己舒适惬意的生活却不在话下。每天有成千上万的人涌向自己的私立医院，时时刻刻掷下大笔的金钱，以维护当下日渐衰退残破的身躯，光一个 ICU 病房一天就能收益许多，而自己还在不断地从大医院里挖掘顶尖的专家来充实自己的团队，以期业绩的蒸蒸日上。而整形医院则更挣钱，无数向往美貌的女子每天踏破了医院的门槛，对自己的外貌与身形极尽苛责。她们从不锱铢必较，宁愿豪掷巨款也要挽留住逝去的美貌。恽至诚一边想着，一边轻笑了一下。而交给同学管理的那家私教机构，营收更是好得令人瞠目结舌。他的私教涵盖了小学、初中、高中的几十门课程，包括日常提高和寒暑假的地狱式补课，还包括了幼儿学前班的各科预习和英语的高标准口译与听力，甚至还有书法、国际象棋、围棋、素描、钢琴、游泳、舞蹈、礼仪等几十种科目。家长们的心境谁都能理解，**期盼着**自己的孩子能成龙成凤，不吝惜砸下大笔大笔的投资。这三个机构像**不断吸金**的机器，让自己赚得盆满钵满。恽至诚又轻笑了一下，这世界赚女人和孩子的钱总是相对容易的。

　　恽至诚吃完三明治后又倒了一大杯葡萄汁，醇厚的葡萄汁味如稠酒，让人心境澹荡，欲罢不能。最后一滴葡萄汁残留在嘴唇上，就好像女人樱桃般的小嘴在自己的口舌里婉转缭绕。女人，恽至诚轻笑了一下，挑高了左边的眉角。他是喜欢女人的，如果女人的耳环精致，那自然是更好了。自己本来就是未婚的年轻男子，也就是社会上被人庸俗地称之为高富帅的男子。这样的男子应该不愁没有女友，也许不必很早结婚，甚至一辈子单身都不会被人诟病。他向往的是古代帝王的后宫生活。在那悠远的年代，皇帝处理完早朝的事务后就回到了后宫，后宫就像一所庞大而精美的牢笼，羁押着无数露泡琼英的美貌女子。她们用皓白的手腕画出一幅幅斗娇羞粉的牡丹与芍药；凝脂般的纤手抚触着白玉栏杆，媚眼轻扫过从两广购至的奇石所叠作的蓬莱；她们在青石板上蜀锦轻踏，遗留香渍，在古树残花上氤氲着香气。在紫禁城这座嵌金镶珠的牢笼里，这些女子琴知断弦，画夺丹青，细腰蹴鞠，弱骨秋千；她们舞袖缱拂，凤鞋寂寂，屐齿姗姗。恽至诚想象着这些古代帝王的生活，又痛饮了一杯冰冻葡萄汁。这是自己不可能得到的生活，因为在如今一夫一妻制的法制社会里无法实现。一旦结婚，纵使与别的女子偶尔亲昵，也会被人唾骂成出轨的狗屎堆。只有一个办法，就是他现在所过的生活。不结婚，但想与哪个女子交往，便精准地出击，勇敢地追求与表白。因为他心底始终有一种奇异的感觉，感觉自己不可能找到与自己琴瑟和谐，如胶似漆的鸳俦凤侣，所有的感情生活都只是一场场干柴烈火，轰轰烈烈的过程，一段段笃新怠旧，略窥一斑的浅尝辄止。他不会让自己不爱的女子束缚住自己对自由生活的向往，拘囿着自己灵魂的放飞。

因为对恽至诚来说，事业是最重要的。他还有很多事情要做；要上工商管理的课程，和英语外教及时交流，让自己的英语流畅到无可挑剔。到健身房锻炼自己的身体，保持诱人的八块腹肌。像模像样地到慈善机构去捐款捐物资，和孤寡老人拍照合影，拿到慈善捐赠者的奖状证书。这些都是生活中必需的内容。

如果真的有一天，他找到了自己矢志不渝的爱侣，他是会抛却一切浮花浪蕊，和她做一对闲云野鹤，邀云珮，赴星阙，生生世世不抛撇。目前嘛，缺了女朋友，生活似乎少了点醇厚馥郁的滋味。到目前为止，他已经分分合合交往了几任女朋友。当然，这种生活与古代帝王井然有序的后宫日子是迥隔霄壤的，但自己这种生活已经很不错了，足够舒适惬意，难道不是吗？

钱，每一次恋爱终究是要花的。替她租精装修的公寓，配备好的服装、包包、首饰、零花钱，乃至消费额度。但是，他挑选女人有一个极重要的条件，就是耳朵必须长得圆润小巧，精致而富于美感。纵然她美若天仙，耳朵，特别是耳垂要是有缺损，那她也算不上是个美人，因为这样戴耳环会不好看。古人早已知晓这明珠乱坠的美感，李渔就曾说过，饰耳之环，愈小愈佳，或珠一粒，或金银一点。可时代的车轮在不断地碾压前行，一切都幻变成光怪陆离，耳环也演变成上万种形态。对恽至诚来说，其他他交往这几任女朋友，主要是欣赏她们选耳环，戴耳环时的媚态与娇嗔。每次给当下的女友买好崭新的衣服，必定会拖拽着她到自己所熟悉的耳环柜台，挑选、购置与衣服搭配的耳环。每次当他看着她在色彩斑斓的柜台前纤指轻挑，将那或珍珠或水晶或珐琅的神物在耳垂间比量着，一个一个地试戴，每换一款便彰显出不同的气质，再回头天真地问你好不好看。那千朵娇嗔，万般亲媚让恽至诚如踏浮云，心中波涛汹涌，五味杂陈。当然，陪女友逛街购物结束后，他不一定留宿，因为他有更重要的事情要完成。他会让女友戴上新购的耳坠，拍上一张耳朵的照片，然后他会记录在一本装裱精美的极厚的大本子里，记录下几月几号给哪任女友买了什么，旁边再粘贴上耳朵和新买耳坠的小幅照片，这样既不会遗忘搞错，又可翻查、揣摩、欣赏。只是个小小的爱好而已。对待像他这样的高富帅，有相貌、有身材、有学历、有事业，且事业蒸蒸日上，大众对他也许是相对宽容的吧。

恽至诚结束了早餐，甩了餐巾和一帮用人，三步并作两步奔到了别墅的三楼起居室里。他突然想抽支雪茄了。他从恒温保湿的松木雪茄柜中取出世纪系列，在所有哈瓦那雪茄中，这是他最中意的一款。那种从中等浓郁到浓郁的口感，在口腔与鼻腔中氤氲，让人如坠五里浮云，心旌摇荡如醉。一边抽雪茄，一边当然还需要一些视觉上的饕餮享受。他拉动墙壁一侧的金属链条，墨绿色的厚丝绒布帘从中间分开，恽至诚走到拉开的布帘前，好似将军拉开了战争的地形图，踌躇满志地欣赏着自己的战果。他的面前显现了一块墨紫色的特制丝绒板，上面嵌雕着超过五百枚耳环，都是他在世界各地旅游时搜罗而来。各种材质、款式、产地、价格，几乎应有尽有，其中不乏许多时尚大牌和珠宝品牌的限量款。也许只是作为自己的收藏吧，这些宝物他是不会给历任女友戴的，因为她们都不算自己今生今世的挚爱。绿色丝绒布帘是如此隐匿，没有人会察觉到它背后的活色生香，瑰姿艳逸。布帘的旁边是一只银灰色的大冷柜，也算是自己的收藏吧，人嘛，总有些陈年旧事是不可说的了。恽至诚取出那本装裱精良的大本子仔细查看，五年前的三月五日，给倩倩买了曳地长裙，缀满了羽毛与小颗粒的水晶，搭配白色水晶手握式晚宴包，耳环是配套的紫水晶流苏状长耳坠。一张小幅的照片是倩倩圆润玲珑的小耳朵，一枚附着型耳垂挂着稍重的水晶耳坠，似乎有点不堪重负。他禁不住哑然失笑。四年前的五月十日，给安琪儿买了礼服，肩胸部遍撒着珠串与亮片，到小腿处细细一收，再如鱼尾般喷洒开来，搭配紫色丝绒金属小背包，耳环是大颗的黑珍珠夹杂着长方形的灰色水晶，华丽而神秘。三年前的七月十五日，给李若毅买了混彩色斜纹软呢中袖秋裙和同款的小外套，搭配经典黑色 2.55 金属链背包，耳环则是做旧的黄铜嵌雕各色水晶，水晶旁还绽开出一朵妖冶的金色菊花，颇有维多利亚时代的复古感。两年前的九月二十日，给凯迪买了修身连衣裙，外搭同色系的小坎肩披风，搭配同款水桶包，耳环则是几何形状的黑色水晶缠绕着不规则的巴洛克珍珠，有种超现实的前卫感，和她走在一起，仿佛和电影《星球大战》里的外太空人共同进退。恽至诚一边翻看着大本子，一边怡然自得地欣赏着。不过，他轻笑起来，这些女友都已经分手了。原因嘛，都是性格不合。

他已经工作整整两个月了，一直在疯狂地工作，开会、出差、购买医疗器械、处理整形医院的纠纷，核查私教机构的账目，该放松一下、享受享受生活了。他最近要陪陪看会展时认识的新女朋友。她叫寻思思，是戏剧学院古典舞系的，这个女孩平时言语出位，形容怪诞，可古典舞却跳得出神入化，让人叹为观止。折袖舞、绿腰舞、敦煌飞天舞，一时迤逦姌袅，云转飘忽，一时体如游龙，袖如素鲵。每次在学院的汇报演出里看她尽兴而舞，恽至诚总会为他纤縠蛾飞，纷飙若绝的舞技所倾倒。后来，他索性给她起了个别名叫"寻跳跳"。今天他约了跳跳在恒隆吃泰国菜，随后在一楼逛街当散步，接着自然是要到中兴泰富他最熟悉的柜台买配套的耳环，满足自己。

今天恽至诚想穿得休闲一些，便在无数的西服里挑选了一套墨绿色的丝绒休闲西装，搭配浅灰色高领打底毛衣，俊朗而不羁。跑车瞬间绝尘而去，没多久便到了恒隆广场。他站在恒隆中庭的喷水池旁等待着，只看到寻跳跳穿着小鹿斑比T恤和破洞牛仔裤，一蹦一跳地过来了。恽至诚对她的衣着品位实在不敢恭维。寻跳跳五官很凌厉，有一种碾压式的美，依傍在男人身边确实颇具颜面。可让恽至诚头疼的是寻跳跳今天缠着他要买一只红宝石的手镯腕表。跳跳在柜台前撒起了泼，恽至诚被她缠不过只好买了单，条件是要在耳环柜台逗留半小时以上。得了钻表的跳跳仿佛吃了棉花糖，一路挽着他的手臂，戴着手表故意招摇过市，一路蹦蹦跳跳地走到了中兴的耳环柜台。

这个柜台是全上海最大的耳环柜台，品种繁多且产地纷杂，但的确美不胜收。恽至诚到了柜台仿佛饮了甘露醴酪一般浑身舒畅，任由寻跳跳在庞杂的柜台里左挑右选。珍珠坠如昆池月满，皎洁通明；翡翠珠宝坠似水边青苹，灵光闪烁；而水晶坠则如叶下秋露，凄清妙丽。柜台的导购小姐与恽至诚极其熟稔，满脸堆笑地迎了上来，给寻跳跳介绍了好几款新品。跳跳将钻石腕表在店员眼前晃来晃去，说是要一款与手表搭配的。恽至诚靠在柜台前眼神迷离，东瞅西望的。柜台边还有一个黑长发的女孩子在挑选钢制手镯和耳环，上身穿了一件藏青色的高领毛衣。恽至诚一边兴致盎然地看女友试戴耳环，一边百无聊赖地将眼光停驻在另一个女孩的身上。只见她慢慢地转过身，眼前晶光闪过，藏青色高领毛衣的胸口缀饰着大颗大颗的棕金色水晶。"林仙儿！"恽至诚差点脱口而出，一样的服装，一样颦蹙的黛眉，峻整的鼻峰，苍白的肤色，是恽至诚梦里挥之不去的林仙儿。而此时此刻，"林仙儿"正用纤手挑着一副和自己梦中所见类似的水晶珐琅长耳坠，挤到寻跳跳旁边的大镜子里左顾右盼。看来她对耳环很满意，冲着店员笑言："能否换成耳夹，我没有耳洞。"

"可以，可以，换成小钢圈的。"导购一边答应着，一边忙不迭起来，无暇顾及寻跳跳，汗流涔涔地为林仙儿将银针换成耳夹。

恽至诚靠在柜台的一边痴迷地望着她，现在的女孩，十个有十个打耳洞，有的甚至还打三五个，耳廓上镶成一排的黑水晶，跳跳便是如此。可是这个女孩却没有，和梦里的林仙儿一样没有耳孔，她是完美的，浑如凝脂，红玉一团，没有任何人工的创伤。林仙儿，这个女子在长达三年的梦中与自己厮磨纠缠，她在梦中娇嗔妍笑，泪眼慵抬，她对自己断情肠绊，积恨如山。梦中的自己是有家有室，不负责任的坏男人，梦中的林仙儿却对自己朝思暮念，恨萦愁绕，驾鹤骖鸾去不返。恽至诚忘不了这个虚无的女人，她的痴情，她的执念，她的泪目潸潸。他觉得自己似乎亏欠了她。

寻跳跳似乎没有注意到周围发生的一切，不停地试戴着各款耳环，也不问恽至诚的意见。而那边的"林仙儿"却结束了购物，欲要离开。恽至诚不知怎么地，鬼使神差想跟着她走，便将一张卡塞给旁边的跳跳，说是自己公司突然有急事，得赶紧走。跳跳拿了卡自然欣喜万分，便也不缠着他，放他走了。

恽至诚故意兜了一大圈，快步跟上了"林仙儿"。"林仙儿"倒了两部地铁，走进了电影学院的配音系。恽至诚不知所以，就这样懵懵懂懂地跟着她，站在配音教室的后门朝里观望。教室里陈列着很多仪器，都是自己所不熟知的，估计都是配音器材。可"林仙儿"却信手拈来，驾轻就熟。只见她走到半开放的玻璃房里和一个男同学站在一起，一个人就着一只麦克风跟着不同的电影画面配着音,语调抑扬顿挫，如莺歌燕啭。一时是《追捕》里的真由美，骑着白马，飞扬着发丝，喃喃说着"我喜欢你,"澎湃的热情如激荡的海水，回沫冠山，奔涛空谷。一时是茶花女在阿尔芒的怀里轻声呢喃，清透的语调带着慵懒与俏皮。一时又是简爱站在桑菲尔德哥特式的古旧城堡前，城堡的背后是如云母石般苍茫而凝重的铅灰色天空。"林仙儿"的声音变得醇厚而富有磁性，表面浑然不惊，内里却如穹溢崩聚，坻飞岭覆，仿佛有无数快乐的小山峰在海水里翻腾起伏。恽至诚从未听过现场配音，看过这目空一切，激烈愤懑的场景，一时倒被怔住了，不自觉地坐到了教室里静静聆听。他见过也交往过无数的女人，美貌的、性感的、物质的、怪诞的、粗陋的、浅薄的，甚至野蛮的，作天作地，纠缠不休的。可不知为何，他总忘不了梦里痴情执念的林仙儿。自己这三年魂梦高唐，仙儿一直容颜不改，徒添惆怅。他一直有种奇妙的错觉，认为梦中的一切是自己的前世，他前世里与林仙儿有一段孽缘。这个女子对自己痴云腻月情深锢，现如今旧燕寻巢余香犹度，在自己面前袅婷婷似玉人如故，难道是庄周梦蝶前世情未枯？

恽至诚一时信心满满，一路跟着"林仙儿"离开配音室，进了校园食堂，偷偷坐在"林仙儿"斜对面。看她轻张檀口，贝齿细嚼，好比咽下玉粒金莼，恽至诚满含趣味地偷觑着她，感觉有些迷醉了。接着他又跟踪她去了图书馆，在书香氤氲中见她半含香茗，纤指轻捻，恽至诚偷拍了几张正面照，又向同学打听了她的名字，竟然确实叫林仙儿，恽至诚的心中一阵阵地发颤与发慌，难道她真是自己前世的情人？

恽至诚一路思索，一路给朋友发信息，他要把林仙儿的照片和自己的照片 P 在一处，整理出一个缠绵而苦情的故事，随后，他要开始追求林仙儿了。至于寻跳跳嘛，又不是自己的挚爱，不然分手吧。

朋友把照片剪辑制作得很快，当然收价不菲。林仙儿被 P 图换了服装，白色毛衣，灰色羊绒长裙，而自己则是宝蓝色西服，宝蓝色帕巾，身姿俊朗地站在林的身边，背景变成了德国的新天鹅堡，风光旖旎，令人心醉。而照片上的林仙儿被换成了长卷的发型，戴着天鹅形的长珐琅耳坠，手指上也是一只同款的天鹅形大水晶戒指。

恽至诚回去又忙了一星期的工作，工作是重要的。其间寻跳跳也时常打电话来厮磨纠缠，无非是讨些衣服、包包或是首饰，恽至诚也暂且不去理她，只给她在支付宝上充了一些钱，她也就不闹了，但是也许，林仙儿会不同。恽至诚一边想着，一边暗笑起来。

恽至诚追求起女人来还是很有一套的，他现在准备如野狼猎食一般地行动起来了。他换上了亮蓝色银细条纹的西装，碎花领带，高级的手表，把自己整成了一个彻头彻尾的高富帅。随后驱车到了电影学院的配音系，在食堂里堂而皇之地坐在了林仙儿的对面，轻声慢语地打招呼。接着是旷世深情的凝睇、懵懂无措的表情、含辞未吐的踌躇，欲说还休的踯躅不前，这些都让林仙儿既无奈又充满好奇。然后那张 P 图的照片适时适地地出现，再搭配上自己泪痕犹浣的姿态，痛煞心肠的表情，恽至诚编了一个又长又深情的故事。故事里有科隆大教堂里五彩斑驳的琉璃瓦，有金碧辉煌的玛利亚广场上的拥

111

吻，曾经孤傲而绝亮的明月映衬着女友的眼眸如骊珠般闪亮，还有国王湖间的携手抚桨，有罗马广场上的追逐嬉闹，当然，当然还有柏林大教堂喷水池前的跪地求婚。恽至诚愈说愈深情，愈回忆仿佛愈伤感。最后自然是白血病病魔的突然出现，伴随着昏倒，手足无措，救护车，重症病房，还有彻夜的陪伴，临终时的告白。恽至诚终于说完了，而面前的林仙儿早已热泪盈眶，难以自持，显然她已经被这个故事迷惑住了。

一个星期以后，恽至诚换了一辆宝蓝色的跑车，载着崭新的女友林仙儿开始在街上奔驰。恽至诚将车停在了恒隆广场庞大的停车库里，因为这里离中兴的耳环柜台最近，他觉得应当为林仙儿购置些衣服了。他们买了鸡尾酒的小礼服，购置了斜纹软呢的连身裙，又买了成打成打的丝巾。到了最后激动人心的时刻了，两人一路携手逛到了中兴的耳环柜台。恽至诚对这个柜台已十分熟稔，店长亦是对他的情况缄默不言，心照不宣，因为恽至诚会适时地塞上小费，堵上她长舌妇一般的嘴。这次来以前，恽至诚又对店长"关照"过了，省得她搬弄是非。林仙儿穿着刚买的桑蚕丝绯红色连衣裙，在庞杂的耳环柜台前溜达。

"为什么一定要买耳环呢？"林仙儿嘟着嘴，媚态毕现，仿佛十分地不解。店长倒是热情地满面堆笑，介绍了一款又一款的新品，最后林仙儿根据自己的裙子搭配了一款鎏金红玉髓的长耳坠。可惜她没有耳洞，店长帮她选了小钢圈的耳夹，汗流涔涔地鼓捣起来。最后仙儿戴着红玉髓的耳坠亭亭玉立在自己的面前，恽至诚心满意足地用手机拍下了耳朵和耳坠的照片，一天圆满结束。回家后，恽至诚兴致勃勃地取出装裱精美的大册子，记录好，又将照片粘贴好，鉴赏一番后，感到心满意足。他又看了一眼布帘旁边的大冷柜，觉得最近自己的记忆力有所衰退，那冷柜里放着什么，自己倒真是忘了，想再看一眼吧，又觉得麻烦，毕竟陪女人逛街很累，既耗时又费精力。可好歹是自己喜欢的女人，就算是广有六宫的皇帝也总有自己偏爱的妃嫔吧，想想也就洗浴就寝了。

整整一个月，恽至诚除了工作，就是和林仙儿腻歪在一起，完全把寻跳跳给忘了，大脑似乎自动屏蔽，把她抛到了九霄云外。反正早晚要分手的。

他觉得仙儿没有什么拿得上眼的包包，便决定带她买几个。仙儿一点都不物质，几番推辞，都说包包太贵，不想花那么多钱。恽至诚从未见过这样的女子，仙儿愈是如此，他愈是情丝万丈，硬拖着仙儿在各大品牌买了五六个包包，条件是必须在耳环柜台买五六副耳环搭配。披散着长发的仙儿满面羞涩，欣然应允。他俩在恒隆逛到脚底发麻，终于走到了耳环柜台，恽至诚朝店长点了下头，店长心领神会地迎上前来，满面堆笑地为仙儿推荐了五六款法国全进口的耳坠，款式不一，质地也各不相同。林仙儿拨弄开乌黑的发丝，露出一副珍珠连线吊坠的耳饰。

恽至诚本来手拿着包包，靠在柱子上略微休息，深情迷醉地望着女孩。突然他神色一转，面目有些变了。他发觉林仙儿有了耳洞，耳环也不是上次自己买的那副。而那边的仙儿正从圆润的耳垂上取下钩针，将推荐的耳环一副副往耳洞里塞。

恽至诚懒散的身子突然绷紧僵硬起来，他走上前去冷冰冰地言道："你打耳洞啦？什么时候打的？那么迅速，我现在才看到。"

"你胡说什么呢？我一直有耳洞啊，五年前打的呢，这副珍珠吊坠还是你上次给买的呢。"仙儿面目羞涩，嘟着小嘴言道。

"不许胡说，女孩子撒谎当心变成长鼻子的匹诺曹。"恽至诚亲昵地点着她的鼻子。"上次买的可不是这副耳坠，是红玉髓的，老实说，什么时候打的耳洞，为什么不戴那副红玉髓的。"

仙儿好像生气了，将身子扭来扭去的，"没撒谎呀，讨厌。"恽至诚的脸冷了下来，转回头看了看熟悉的店长，而店长却言道："她一直有耳洞呀，上次来就有呀，这款珍珠吊坠是限量合作款呢。"又做了一个噤声的手势，言下之意是恽至诚记错了。

恽至诚突然烦躁起来，他觉得整个世界都变了，不再是情感怡人、花前月下的旖旎空间，整个商场变得异常空旷，成了一座虚无的城池。在一片萧条的园林中，梦里的林仙儿穿着藏青色大颗粒水晶的服装朝自己逼近，撸下高领，露出紫青色的铁痕："至诚，我死了，为你死的。你看我戴着你买的红玉髓耳坠呢。"林仙儿笑了起来。

恽至诚吓得趔趄了一下，往后倒退了一大步。不是梦里的林仙儿，是真实的林仙儿用纤长的指甲挑着一副红玉髓耳坠，闪烁晶亮地在自己面前摇晃："你喜欢红玉髓，那我就戴给你看嘛。"恽至诚倒吸了一口冷气，觉得浑身冰凉，脚底仿佛灌了铅石。

"仙儿，我们回家吧，我突然想起公司有重要的事情未处理，要快点赶回去。"

二、耳环惊梦——致敬阿加莎·克里斯蒂《无尽长夜》

"人家还没吃饭呢。"林仙儿撒娇道,而恽至诚则额头冷汗涔涔,坐立不安。

"正好,我这里有一份给孩子打包的比萨,您拿去吃吧,一路坐车一路吃。"店长适时地打破僵局。

林仙儿高兴起来,一手接了比萨,一手挽着恽至诚朝停车场走去。而恽至诚则左右手挂满了五六个名牌包包,神思恍惚地到了停车场。恽至诚一路心思沉重,车开得半稳不稳,摇摇晃晃地将仙儿送到了家,又帮她把沉重的包袋搬到七楼家门口,女孩满含不舍地亲吻了他一下,拿着包和比萨进去了。她的吻清凉醇厚,抚触在恽至诚的脸庞上却好似青女剪冰,寒意难散。他只想快点回到家,翻查那本装裱精美的大本子,查找上面的记录,自己应该不会有错,不会出错的。

跑车一路飞奔狂飙,两边的景致像五彩的万花筒瞬息幻变成万种花样,斑斑驳驳,残破不全。恽至诚的心神一下焦躁,一下恐惧,他觉得周边的大厦在不停地旋转,他井然有序的人生像出错的代码,开始有了纰漏。他这样和仙儿交往下去,是否应该?

他到家后,冲进家门,将房门牢牢锁起,又冲进自己那间隐蔽的起居室,把灯光开到耀眼,忙不迭地取出大本子翻查起来。上面却赫然写着"林仙儿,桑蚕丝绯红色长裙,有耳洞,珍珠连线吊坠耳环",旁边的小幅照片是仙儿玲珑小巧的耳朵,莹润剔透的珍珠散发着迷一般的光彩。

惊诧、愕然、迷惘、手足无措,这四种情绪瞬时缠绕住了恽至诚,让他心脏抽搐,难以呼吸,大本子轰然跌在地上。自己的记忆出错了吗?不可能,从来没错过呀!这种情况只会发生在得阿尔茨海默病的老人身上,记忆力衰退、混淆、散乱、忘记一切,可自己只有三十二岁啊。他应该没有记错,梦里欲仙欲死的林仙儿是无耳洞的,戴着长水晶珐琅耳坠;真实世界里的林仙儿也无耳洞,买的是红玉髓耳坠,他绝对不会搞错。这许多年他谈过几场恋爱,一向游刃有余,从未出错,偏巧今日出了鬼怪。店长这样说,林仙儿这样说,本子上也是同样的记载。自己的笔迹,一笔笔凤飞龙展,恣意挥洒,没有错啊,难道有人撬锁进房间修改了记录,模仿了自己的笔迹,不可能,绝对不可能。店长应该是值得信任的,赚了自己那么多钱,简直是盆满钵满,没理由骗他。那只有一个可能,自己记错了,是啊,自己忙着工作和各种琐事,偶尔陪着历任女朋友玩乐。倩倩、安琪儿、寻跳跳、李若毂,还有戏剧学院主持人系的凯迪。也许自己真的记错了,是曾经给别的女孩购买的红玉髓。还记得有个年代久远的侦破剧，说一个富豪女友众多，他每次都给女人们买一模一样的礼物，是一条嵌金镶银的宝石手链，虽然价值不菲，但至少不会搞错了。这个男子倒是极聪明的，提供给自己很好的方法和灵感，难道不是吗？二月十四日情人节就要到了，虽然他最近情迷林仙儿，可这样的日子，寻跳跳一定不会放过他，不过，"哼，"恽至诚轻笑起来，他总是有办法的。

　　过后的一个月，恽至诚一直在疯狂工作，在两家私人医院、整形医院和教育机构里来回穿梭。这四个机构像庞大的吸金机器，搅动着有力的臂膀，吐纳着数以千万计的金钱，恽至诚的银行存款日日水涨船高，而且无需过问，自动进账，他只要盯着无人贪污便行了。人有钱，终究是容易被人窥觑觊觎的。恽至诚一边操纵着电脑，看着理财的数目不断地膨胀，心情也好了很多。二月十四日就是明天了，恽至诚特地提早跑到浦东国金中心的梵克雅宝专柜。在柜员的殷勤招呼下，他买了两套四叶草幸运系列的项链。四叶草幸运系列秉承世家卓越的传统，以一百多年独有的工艺和精心甄选的材质，演绎着高级珠宝世家的制作技艺。它的设计如此灵动，线条无限流畅，历经时间的洗礼依然历久弥新，连恽至诚都为其迷醉了，更莫说是女人们了。当然同样是四叶草珠宝，款式和颜色是不同的。寻跳跳是红色的鸡心项链，而他最爱的林仙儿，在自己的梦里千回百转无限彷徨，在现实世界里宜嗔宜喜娇模样，自然要给她最好的。他选了纯黑色的纯真四叶草系列，又另外搭配了一款秘密镶嵌红宝石的大波斯菊胸针和一条怀抱盘绕着红色蛋白石的龙形金胸针，如果没记错的话，仙儿应该是属龙的，还小着呢。

　　第二天，恽至诚开着车将礼物送给了公寓里的寻跳跳。恽至诚都快将寻跳跳给忘了，本想着一心一意爱恋着白璧无瑕的林仙儿，可又想起寻跳跳花了自己不少钱，特别是那只红宝石腕表，心里总也不自在。但分手是迟早的事，这些闲花野草怎么能和痴情执念的林仙儿相比。恽至诚只说是自己实在忙不过来，被工作逼得连轴转，送了礼物便要走。礼物如此昂贵，寻跳跳自然也不缠他了。恽至诚又给她支付宝里转了些钱，她更是欢喜万分。恽至诚便溜之大吉了。

　　恽至诚忙活了一天，已经到了晚霞万丈的时分了，他将跑车停在公路上一段时间，望着天际边南山上五彩的霞荡，心中万分愉悦起来。他要去接林仙儿了——他最心爱的仙儿了，怀里揣着珍贵的礼物，要带她去酒店吃西餐，听小提琴抑扬顿挫地演奏，然后请她到自己家中坐坐，喝杯有滋有味的蓝山咖啡，叙谈心事，也许能让她看看自己的耳环墙壁。耳环！恽至诚的心里一沉，又想起那诡谲万分的事来，耳洞，红玉髓耳坠，搞错的记录本，难道是换了一个女人？不可能吧。恽至诚晃了晃头，突然觉得有些头晕，他拉开反光镜，镜中突显出自己浓密的黑发，发窝里有一条浅而长的疤痕，像是一个蜷缩起身体的孩子躲在茂密的树林里。他刚才给寻跳跳买了什么？突然有些忘了，他翻开手中的珠宝盒，赫然是四叶草项链。自己的记性为何如此差，和时不时发作的头疼有无关联，要不要做个脑部 CT？恽至诚叹了口气，人就是这样，鱼和熊掌不可兼得，赚钱多，付出的精力体力便多，还要不时和女友纠缠，身体就有些早衰了。那曾经神秘诡谲的事嘛，随它去吧，应该是自己记错了。

　　恽至诚丢了烟蒂，朝林仙儿家狂飙。到家便接了林仙儿，开车到了最著名的丽思卡尔顿酒店帕兰朵意大利餐厅。先上了几个头盘，扎马格龙沙拉、板肉白豆沙拉子、白豆汤，接着是佛罗伦萨牛排，那不勒斯烤龙虾，奥斯勃克牛肘肉，烤鱼、最后上了火腿切面条和冰激凌蛋糕甜品。恽至诚大快朵颐，吃得红光满面。而林仙儿则小口小口地吃着，毕竟是小家碧玉，吃得很拘谨。恽至诚又适时地捧出礼物，女孩看见珍贵的首饰心花怒放，不知如何是好。两人吃完饭，恽至诚便一路驰骋将她带到家中。恽至诚的家很特别，是由五栋独栋别墅组成的小庄园。小庄园里绿树郁郁葱葱，都被修剪成各式各样的形状。各种花卉竞相开放，牡丹、月季、蔷薇、晚香玉、海棠，玻璃支架上绕满了紫藤花。蝴蝶兰各色各样，密密麻麻。恽至诚将这五栋别墅用围栏围起，造就了一个私密性极强的别墅群。每栋别墅的装潢各不相同，有北欧式的、有美式的、地中海式的、东南亚的、古中国的，房子太多，面积也太大，若是带仙儿一栋一栋地参观恐要累到深夜，恽至诚便将她带到正中间自己常年居住的那栋北欧风格的房子里。

　　恽至诚先行进去开门，将水晶琉璃灯全部打开，瞬间一片璀璨莹亮，晃得人睁不开眼。林仙儿到底只是小家小户的孩子，没见过什么世面，对每层楼的任何一个物件都极其好奇。走来走去终于到了三楼起居室，起居室是典型的北欧风格，墨绿色洒碎花的丝绒窗帘，灰色丝绒的沙发座椅，墙上还有一幅墨绿色的布帘，旁边一只银灰色的大冷柜，不知放着些什么。恽至诚早已将那本记录本藏好了，怎能让自己的女神看到。这本本子，就好像翠玉白菜上的一只马蜂，洁白玉藕上的一段污泥，是万万不能显现的。恽至诚故作神秘地走到墨绿色布帘这里，一拉动，五百枚晶光璀璨的耳环赫然显现在林仙儿的面前。惊叹、别扭、心颤、纳闷，几种不同的情绪交替在女孩的脸上出现。恽至诚突然有些后悔了，仙儿会不会觉得他有些古怪？很多男人都有收藏的癖好，这无可厚非，但大多是些古董、茶具、邮票、紫檀木等等。收藏耳环，且数量庞大，会给女人留下什么印象？偏执、古怪、执拗，还是荒诞不经，恽至诚突然心中群鹿乱撞乱蹦，头又开始疼起来，胃也有些搅，刚才晚饭吃的是什么？他突然想不起来了，记忆模糊了，是韩国菜、日本菜、法式大餐，还是意式餐，反正吃得不舒服。林仙儿正在仔细地观赏耳环墙壁，逼近看着，又往后退了几步，一转身望到了冷柜。这里面是什么？林仙儿指着冷柜。恽至诚的头疼突然剧烈起来，只觉得不应该让她看，也不能让她看。便几步奔上去挡在了灰色的冷柜前，且言语支支吾吾，只说是些冷饮，冰激凌和饮品，还有些啤酒，一个人欣赏耳环的时候喝的。

"哦。"仙儿不再追问，又到处看了看。本来嘛，带女人回家就是有企图的，他这一身风流俊朗，怎能辜负这银屏绣褥朱幌，如今才色相当，两情契合非强，时光正好。两人本应该一同洗浴，一场欢爱，好比古书里言说的，轻盈双臂消香腻，绰约腰身漾碧漪。可恽至诚不喜欢这样，他觉得这忒俗气了，因为他是延迟享乐主义者。一定会有那么一天，看仙儿款解云衣，赏她珠辉玉丽，但是，一定不是今天。今天一切都不对，这凝固的空气，尴尬的应对，连着这看似灰蒙蒙的沙发，乌蒙蒙的布帘，绚烂的耳环散发出彩虹般齐聚的光彩，还有这不知何时放置的灰色大冰柜，一切都不妥，万般都不对。他突然觉得不知该和林仙儿说些什么了，直到把她重新带到外面的花园，亲手用剪刀采摘了五十朵粉紫色的小落日玫瑰，用英文报纸轻裹，让女孩捧在怀里，只说是情人节要赠给她的花全都鲜活地绽放在他花园里。女孩似乎对他的表现很满意，被他软语温存地哄上了车，一路送回了家。在家门口的车里，自然少不了一番缠绵热吻，花了那么多精力，总也不能败兴而归，恽至诚也不是个木讷的傻瓜。

恽至诚一路昏头昏脑地开车回家，已是晚上八九点钟的时间了。他奔上三楼的起居室，坐在沙发里将藏匿起来的大本子抽拿出来，一一记录齐备，检查一遍，再仔细检查一遍，确认都没错。随后他沉默下来，抽了一支雪茄，眼睛死死盯着面前的银灰色冰柜。这个冰柜是何时仁立在这儿的，里面是什么呢？自己为何想不起来呢？他想站起身弄明白，可又停下了脚步。今日劳累了一天，陪伴女孩过情人节不但劳民伤财，而且令人疲惫不堪。恽至诚突

117

二、耳环惊梦——致敬阿加莎·克里斯蒂《无尽长夜》

然觉得很困，也没有精神再去揣摩这冰柜。自己的记忆力是愈来愈差了，趁着年轻的时候多享受多欢爱吧。他想着，便早早洗浴睡觉了，躺在床上倒也一夜无梦，那瑰姿艳逸，捧心娇媚的林仙儿也没有在梦里打扰他。也许是现实中的林仙儿得到了幸福，好比那鹤转瀛洲，信物远投，在碧落黄泉之下的那个仙儿也含笑九泉了。

接下来的三个月，恽至诚几乎每个星期天都陪伴着林仙儿，他们几乎逛遍了上海所有的时尚地标，吃遍了所有的五星级酒店，又在迪斯尼疯狂了整整三天，林仙儿整个人因为快乐而丰腴起来，恽至诚倒是瘦了一圈，毕竟哄女孩是个体力活，耗费了他大量的精力。可不知为什么，他总觉得和仙儿在一起的很多场景都似曾相识：在酒店喝下午茶时，仙儿用纸巾拭去薄唇上的胭脂；在酒店的牛排馆里，仙儿用布巾为自己擦拭掉嘴角遗留的新鲜牛肉的血渍；在新天地的露天商铺前，仙儿弄翻了俄罗斯套娃后那放肆的娇嗔妍笑，这些镜头，恽至诚似乎都看到过，感受过，他愈加觉得仙儿是自己上辈子的爱人，这辈子让自己补恨填愁，烙下一个万古无缺的爱的印记。

一到夜晚，恽至诚神清气爽地倚靠在床上，窃窃思索着要为林仙儿违背自己一生不婚的誓言，不再与任何其他女子有染，只与仙儿终身相守，琴瑟调和，天长地久。他的真爱似乎就站在自己面前，风姿旖旎，容颜如朱霞映照，眼眸似盈盈秋水，浓雨情抛。恽至诚感觉自己完全离不开林仙儿了，他甚至开始幻想草坪婚礼的仪式流程，和仙儿挑选订制婚纱，蜜月应该在国外的星级酒店，能俯瞰到碧蓝澄澈的海湾。他觉得是时候该和寻跳跳说分手了，如此这般就能一心一意和林仙儿辅车相依，缱绻旖旎，一生一世相濡以沫了。自己的愿望真真正正地实现了。

冰柜的疑惑

三个月后的一个晚上，恽至诚悠然自得地坐在别墅的起居室里，一边抽着雪茄，一边瞅着银灰色的冰柜。他感觉自己今天精力很好，而且如孩子般充满了好奇。这个冰柜里到底是些什么呢？他慢慢朝冰柜走去，深吸了一口气将其打开，一股冷气嗞嗞冒了出来，他禁不住打了一个寒战。柜子里放满了一只只正方形的盒子，颜色各式各样，上面有着不同的字迹，字迹看似都是自己的，标示着清晰的日期，可自己为何一点印象都没有？恽至诚胆寒心惊地打开其中一只粉色盒子，里面赫然躺着一只女性的耳朵，小巧、圆润，还打了耳洞，连着流苏状的耳坠。恽至诚惨叫了一声，盒子掉落在地，他退到了房间的一角，脑海里思绪紊乱，恐惧与惊遽不断涌上心头。这是谁的耳朵？哪个女子的？怎会被割下来放置在自己的冰柜里？那这个女人怎样了？活着，还是死了？恽至诚头疼欲裂，一点都记不起来，毫无印象。可是，还有几十个盒子在冰柜里呢，恽至诚冲到冰柜前，满额头的冷汗，动作迟缓地将其一一打开，耳朵，全部都是鲜活的耳朵，女性的，游离型耳垂，附着型耳垂，戴着各式各样的耳坠或耳钉。有些是一只，有些是一对，恽至诚完全吓瘫了，跌坐在地上，几十只耳朵散落在自己身边。

瘫坐了一会儿，恽至诚将耳朵都整理好，重新放入冰柜，随后驱车一路狂飙，随意到了一个酒吧。昏黄的灯光，闪烁不定的烛光，面目冷冰冰的酒保，无数的洋酒存放在酒保背后的架子上，威士忌、百加得、马爹利、酩悦香槟、人头马，还有亚瑟王、伏特加，和自己迷梦中的一模一样。恽至诚苦笑着坐了下来，要了一瓶酒。他脑海中空空如也，只想将自己灌醉，醉了也许会好一些。他只知道自己的人生出了大问题，朝着自己不可控的方向疾驰。几个钟头以前，他还是人人艳羡，腰缠万贯的高富帅，几个钟头以后，却成了失魂落魄的丧家狗，没有完整的记忆，头疼欲裂，回忆残破不全，更可怕的是家中有几十只完整的女性耳朵。恽至诚一杯接一杯地喝酒，连着冰块一同嚼入腹中，灯光越来越昏暗，周围的一切似乎都在不停地旋转、旋转，他伏桌睡过去了。

梦的女神翩然而至，周围的景致一切都变了，刹那间他仿佛走进了矮树林，来到一处斜坡上，无数级台阶通往底部。他低头一看，眼前是一片奇迹，简直是爱尔兰诗歌中的景致再现，仿佛像灰姑娘的仙女教母用魔杖轻点所塑造出来。各种景致令人心旷神怡，无数的花朵芬芳馥郁，玲珑错杂，灌木矮小而茂盛，泽兰丛无比葳蕤。人工喷泉仿佛圆明园中的大水池，时辰一到，十二个兽首一齐口喷泉水，烟雾缭绕。自己在梦中走累了，在长椅上坐下，设想着这矮树林的春天会是什么景象，山毛榉和桦树都银光闪闪，带刺的灌木旁是白玫瑰和小杜松树。而现在仿佛是秋天，层林尽染，色彩斑斓，冷不丁钻出一两只鹦鹉，曲径通幽处，荆豆和西班牙金雀花正在竞相怒放，玫瑰和郁金香在自由自在地生长，看不出半点人工约束的痕迹。

恽至诚悠然自得地在长椅上坐着，欣赏着人间仙境般的奇景，可耳朵里偏偏听到衣裙摩擦树叶所发出的窸窸窣窣的声响，还有人轻微的脚步踩踏陨叶所发出的细碎声音。自己正纳闷着，这里山色空蒙，林景玲珑，是自己一个人独处的时间，还会有谁来打扰，抑或是有谁与己共赏。他低下头，只慢慢看到白底镶碎钻的凉鞋，长及脚踝的粉色厚长裙，上面刺绣贴着一只只立体的粉色蝴蝶，仿佛斗娇羞粉，迎风曼舞，又仿佛一朝春尽，逐春而逝。长裙的主人出现了，穿着藏青色的毛衣，琳琅满目缀饰着大颗的水晶，一张素薄的小脸，蛾眉颦蹙，凤目炯然，是自己繁梦中令人神魂缭绕的林仙儿。她戴着原先那串水晶珐琅的耳坠，在自己面前站定，轻张檀口，喃喃言语："至诚，我来了，你约我的，所以我一定会来的，无论是生还是死，我都一定会来看你。你喜欢我的耳坠吗？"言罢，她用纤手抚触着自己左耳的耳坠，撩拨之间万种风情悉堆眉梢眼角。

"仙儿，你的耳坠很美，耳朵也很美，这是我见过的最美的耳朵。"恽至诚在梦中浑浑噩噩，言语不知所以。

"真的吗？你真的认为是所有见过的女人里最美的耳朵吗？"林仙儿突兀地高兴起来，两朵红云飞上眉梢。"至诚，只要你喜欢，我就把它割下来送给你。"仙儿的眼神坚定而果敢，痴情难灭，爱河未醒，仿佛要把所有的一切都如玉液金莼般捧给自己享用。而自己呢，大声惨叫着往后退，往后退……那一腔爱恋，叠层怨恨的林仙儿，在自己的视野里逐渐缩小，缩小……

恽至诚猛然间听到一声女性的惨叫，梦境突兀地被惊醒，但令他惊异的是，他并不在原先那个昏黄寥落的小酒吧里，而是在自己三楼的起居室内。更可怕的是自己右手执刀，左手握着一只割下的女性耳朵。而自己面前有一个不断惨叫，手捧着左耳部的女人，是寻跳跳。一瞬间，无数的镜头在恽至诚的脑海里回放，自己与林仙儿在意大利餐厅里亲昵地吃饭，为她戴上四叶草的项链和波斯菊胸针；林仙儿在三楼的起居室里左右徘徊，观看自己那五百枚耳环的墙壁，清凉的晚风透着花香从窗棂处吹过，林仙儿桑蚕丝镶满绉纱与蕾丝的仙女裙飘坠摇曳，仿佛随风徜徉。所有的一切都好似刚刚发生过，点缀着自己无比绚烂与璀璨的人生。可是，画面又转变了，打开的银灰色冷柜，一只只冰冻的连着耳环的女性耳朵，昏黄的酒吧，梦里的奇情，林仙儿那情愁容貌，幽咽吞声的惨面庞。梦中手里林仙儿的耳朵，突然变成了现实世界中的实物，面前不断惨叫的女子是惊惧的寻跳跳。这是怎么回事，自己怎么从幽僻的酒吧到的家？怎么联系的寻跳跳？怎么割下了她的耳朵？恽至诚头疼欲裂，觉得房间的家具和整个天地都在旋转。寻跳跳一边厉声惨叫，一边冲出房间朝楼下逃窜，汉白玉的楼梯上从上到下踏满了她浅粉红色的脚印。恽至诚丢掉耳朵与利刃，疯狂地跟着寻跳跳往下冲。他只想快点截住她，封上她惨叫的嘴，她的声音是如此高亢凄厉，如此难听，如山魈之语。虽然自己这五栋别墅是一个独立的空间格局，但远处依然有保安在站岗，不能让他们——不能让全世界发现，无论发生什么事，都必须让她闭嘴。而寻跳跳已经开了锁，冲出了房门，光着脚板在花园里奔跳，一脚重一脚轻，突然一下子脚崴了，整个人都蹲坐下去，又拼尽全力爬将起来朝前方奔窜。

"不要跑，跳跳不要跑。"恽至诚在后面轻声叫唤着，可他叫得越起劲，寻跳跳跑得越快。天上是一轮碧清的冷月，透过层层叠叠轻纱般的乌云将一身的清辉倾泻下来，将地上的万事万物照得通明透亮。花园是极大的，无数的鲜花开得繁盛，植物亦很茂密，可是在今晚凄清的月光下显得格外肃杀。有三四株青松，本是伫立不动，在月光下仿佛将叶子幻变成一根根银针，分分秒秒能扎破人的眼球。澳大利亚产的袋鼠爪张开毒辣的五指，绿叶的尖头上还有一点鲜亮色，仿佛染色的指甲。紫色的洋地黄簇拥在一起，一串一串的，旁边的角蜂眉兰像一只只雌性的胡蜂，一只只张开蓝色咖啡色相交杂的翅膀与洋地黄黏腻在了一起，仿佛随时随地都能发射出毒针，致人于死命。堇花兰素白着一张脸，花蕊中心团着一张紫色与橙黄色相杂的笑脸，嘲弄似的看着自己。斜卧石斛兰和金线吊芙蓉像濒死的白衣少女，仰躺僵卧在水池中。寻跳跳还在一路嘶叫，一路惊惧地奔跑，但是又跌倒了，被恽至诚一把抓在怀里。他只想让她赶紧闭嘴，也许走过路过的人只当是猫狗的嘶闹或是小情人之间的打架。他只想让她安静，便不自觉地将手扼住了她的脖子，只是轻轻地掐捏。恽至诚抬头看了眼天上的月亮，碧清碧清，凄惨而绝亮，随后，他又低下头看着面前的一丛碧玉藤、波斯贝母与荷包牡丹，手里却在不断地用劲。恽至诚搞不懂，那碧玉藤的颜色本是自己最喜欢的，纯净的水蓝色与艳丽的深紫纠缠在一起，似如影随形的恋人，而此时此刻看来仿佛伸开的蓝色魔爪，有着尖细骇人的指甲。波斯贝母像极了一个个佛铃，风吹铃动，铁马敲风，似尘缘看破，一切回归起点，而月光下的荷包牡丹是一颗颗正在

121

二、耳环惊梦——致敬阿加莎·克里斯蒂《无尽长夜》

赤裸裸跳动着的心。恽至诚还在不断地使劲掐，使劲扼，慢慢地再也听不到寻跳跳的声音了。他低头一看，自己正跪在寻跳跳身边，恽至诚用手去试探她的鼻息，已经没有呼吸了，没有任何声音了，只有自己沉重的喘息声。他呆立在原地，不知如何处理尸体，只想着不能让任何人发现自己。恽至诚又呆立了一会儿，仿佛完全不知事情会演变到这步田地。所有的用人都回家了，整栋别墅群和庞大的花园只有他一个人。他从园丁放置杂物的小房间里取出了铁锹和花锄，开始在花园深处一点一点慢慢地刨坑，两边的土层在一点一点地堆高，泥土松软而湿滑，恽至诚不知何处来的蛮力，仿佛浑身是劲，不到一个小时就刨出了一个很深的坑。他把寻跳跳抱起，扔进了坑里，随后再重新挥锹，往坑里拼命地填土，终于填平了，他又用力地踩踏，将土壤夯实，又挪了两个厚重的石墩子座椅过来。一切都结束了，恽至诚溜眼向四周扫视着，只发觉月光下那一朵朵蓝眼菊有着让人眩晕的蓝色眼睛，正怒目盯视着自己，而艳丽的蓝色鸢尾美得极其妖媚，似有个女人的灵魂寄居于身。

这个世界上已经没有寻跳跳了，她已深埋在那碧树花根底下，化为一缕蔓草，一株蔷薇。湮没在蔓草里，是她的伤悲，在清早上受清露的滋润，到黄昏时有晚风来温存，更有那长夜的慰安，星斗纵横。她现在不会再凄厉地惨叫了，太安静了，太好了。恽至诚扔掉了铁锹，奔回自己的房间，冲了一个热水澡，浑身都喷上乌木沉香的止汗香水喷雾。然后他开始清理起居室，把所有的纸盒都放回冰柜，手法很娴熟，似乎经常这样做，又用纸巾把地上擦拭干净。随后他坐下来，深坐在铁灰色的丝绒沙发里，一切都安置好了，一切都稳妥了，没有人知道寻跳跳来过这里。不对！恽至诚突然惊跳起来，还有她的包和手机。恽至诚四处翻检，终于翻到了一只球形流苏晚宴包。晚宴包被他整个翻倒在沙发上，口红、粉饼、手绢、高光彩妆、香水随身喷，还有一只手机。恽至诚翻查到了自己的微信，是自己困顿沙哑的声音从微信里传来："跳跳，是我。我在钻石酒吧喝醉了，在蓝歌大道十八号，我没法开车回去了，你来帮我开回去吧。"寻跳跳在微信下面发了一个 OK 的手势。恽至诚恍然大悟，原来是自己把她叫来的，为何一点记忆都没有，怎么进的房间，她是如何发现这散落一地的纸盒，还有自己是如何割下她耳朵的，没有一点记忆，反而头痛欲裂。他想象着自己是否在寻跳跳的搀扶下，醉醺醺地走进别墅，摇摇晃晃地走上楼梯来到起居室里，随后自己像所有电影里的精神病患者一样，用手指封在嘴前做了一个噤声的手势，说是要给她一个惊喜。他想象着自己在寻跳跳面前轻轻拉开冰柜的抽屉，将所有的纸盒都打开，翻出来给跳跳看。是不是这样，是否真的是这样？他用刀尖戳着自己的手，强烈的刺痛感袭来，是真实的，所有的一切都是真实发生的。他刚刚割了寻跳跳的耳朵，杀了人，埋尸花园。恽至诚突然惶恐起来，将厚实的灰丝绒窗帘掀开了一条缝隙，月亮还是那么孤傲而绝亮，从乌云中探出精圆的身躯，刹那间光耀万世。花园里不知何时种了这许多奇花异草，每一朵花都像一个女子的精魂，有那美貌女子埋在花根深处。可怕！一种深重的恐惧萦绕着恽至诚，让他浑身战栗不止。他将晚宴包和手机塞在储藏室里，又觉得不妥，想了想才重新回到花园，找到了一株七彩铃兰，也是唯一的一株，他重新挥动铁锹，将其浅浅地埋在了花树下。结束后，他又重新回到起居室，抽了一支稍显辛辣的雪茄，现在终于稳妥了，他又重新变成了原先的高富帅，又可以继续和林仙儿谈恋爱了。

恽至诚重新又抖擞起精神来，将自己的日常穿戴又整理了一遍，自己去厨房做了一份三明治吃。毕竟杀人埋尸是件体力活儿，他都快累得虚脱了。但是他始终想不明白，他为何要去割寻跳跳的耳朵，是怎么割下来的；还有冰柜中的这许多纸盒，到底是谁的耳朵？自己和这些女人有什么纠葛，这些女人是死了还是活着。他刚才好像把寻跳跳的耳朵也装盒一同放进去了，难道这些女人都被他杀了？原先的酒意未曾散去，恽至诚只觉得头脑昏沉，无法再思考了，便进了卧室，在法式大床上沉沉睡去。

恽至诚又做梦了。梦的女神跨过弱水三千，溟渤风烟，他来到了神仙一般的境地。一阵迷雾散过，面前出现了一间半开放式的房间。只见穿着蕾丝睡袍的林仙儿正坐在贵妃榻上，而自己手中托着一盏像牛奶似的物体，一小口一小口在用小银匙喂给林仙儿吃，一边喂一边还说："这是新西兰新出的营养奶粉，能增肥呢，你人太瘦了，应该多吃点。"梦境中的林仙儿眨巴着眼睛，诚恳地点着头："可是我自己会忘记啊，以后你每天记得给我吃好吗？"房间中的自己开心起来，喂得更起劲，一汤匙一汤匙，没多久，一碗奶粉便喝光了。林仙儿突然朗声大笑，将掩在身后的手从背后抽出，手中有一瓶液体，喃喃地对他言道："我知道，你在奶粉里加了洋地黄，每天加一点，每天加一点，毒素聚集起来，我就会心脏衰竭而死。对吗？你在慢慢杀我。"梦中的自己打翻了碗盏，惊惧惶恐起来，妄图抢夺她手中的瓶子，林仙儿却将它一仰脖全部喝下。"至诚，我全喝了，这样会死得更快，我不怨你，我爱你，离不开你。"

123

自己害怕起来，惨叫着往后退，不断地往后退，而林仙儿站立起来，不断地往前走，将自己逼到墙角。"你要我的钱，我都给你，你要我的耳朵，我也给你，我给你我全部的情和爱。"林仙儿大笑起来。

恽至诚从梦中惊叫着醒来，又是一场噩梦，且奇异诡谲，令人不寒而栗。恽至诚摇摇晃晃地站起来，轻轻褰开了窗帘。一阵蕴含着花香的清风吹拂进来，听觉的神经又敏锐起来，花园里俨然是金雀啾鸣，莺燕成阵。下面有繁碎的敲门声，应该是用人们都来了。他平时每天六点都会起床给用人们开门，让他们进屋各司其职，或烹饪早饭，或打扫别墅，或修剪庭院里的花草，或汲水浇灌，擦洗汽车。然后他再上床睡一个半小时的回笼觉，随后正式起床。但今天他不想再睡了，他听到园丁正在和司机咕哝些什么，手中指着花园里松动的浮土和搬迁了位置的石墩，司机则皱着眉头，不置可否。他们一定在嘀咕为何土壤被松动了，花草被践踏了，恽至诚冷笑了一下。他们怎么会懂，深深的土壤里埋着珠钏绣襦与女子的香躯，还有那女子的一缕精魂。自己总觉得自家的花园为何那么美，美得如此妖冶而肃杀，各种不常见的奇花异草比比皆是。蓝金丝百合拥拥簇簇开成了一片，水晶兰抱团在一起像是《吉赛尔》中身着白色纱裙的幽魂，翅茎西番莲打开了硕大的花盘，仿佛能塞进一个人的头颅，紫色的曼陀罗和大花艳苞莓开得极盛，色泽秾丽，竞相争艳。

恽至诚突然幻想起来，也许每一种奇花下都埋着一个女人，用她们丰泽的肌肤，让这些在异国他乡的土壤中极难存活的花卉开得如此鲜艳茂盛。每一种花下都埋着一个女子的精魂，花朵儿的香气便是她们身躯上曾经的香气。恽至诚又冷笑起来，想起看过的一部小众文艺片《香水》，男主人公有着世上难觅的最好嗅觉和痴迷制作香水的脾性。他觉得每一个女人身上都有自己独特的香气，或清透渺然，或芬芳馥郁，有的如洋牡丹一般有着行云朝露的丰姿，有的如柑橘柠檬一般混合着婴儿般的乳香，有的却是落蕊与残红的余烬与残灰。最后他不惜杀害一个个女子，将她们浑身涂抹上厚重的油膏，最后将这些油膏聚集起来萃取成精油，每一瓶精油便是一个女子香的精魂。可这还不如自己的做法好，埋在那花根底下，松树之畔，有妖媚的花朵为她们开出妍盛，有细草在幽幽地微辗，有蝇虫停驻在上敛翅不飞，有秋蝉在吹引它们不尽地长吟。每天被晨曦唤醒，被晚霞的余赭胶附，无论明月幻变成落日残照边的新镰，或是与黄昏竞艳的眉钩，或是斗没西陲的金碗，抑或是腴满的中秋，月光都能照耀到她或是她们，月神那浪漫的玉指不停地在周边抚摸挠耙，充满了一种哥特式的美感。

恽至诚一边笑着一边兴奋起来，换上了崭新的晨服。无论昨晚发生了什么，反正无人知晓。天地可鉴，只有他一个人知道，这是他一个人的秘密。他在用人的殷勤催促下来到餐桌吃早餐。早餐极其丰盛，混合果汁一壶壶放在左手边，右边的滚牛奶滋滋冒着热气，三层点心碟搁着各种甜点，旁边的女用人将切片面包、单面煎荷包蛋和培根裹在一起，切成一块三明治，夹到恽至诚面前的碟子上。恽至诚大口咀嚼着，感到滋味绝佳，说道："嗯，今天的培根不错。"女用人又夹了块三明治在他碟中。恽至诚突发奇想，想瞧瞧今天的培根是什么品种，便拨开面包翻看起来。突然间他头痛欲裂，视线模糊，他揉眼再瞧，面前的培根变成了一只女人的耳朵。恽至诚惊骇无比，转过头看着女用人，女用人的脸变作了林仙儿，苍白，寡淡，喃喃言说着："是啊，滋味是不错。"

恽至诚大叫起来，用足力气掀翻了桌子，银器瓷碟瞬间撒落一地，女用人们被惊到了，慌忙蹲地收拾起来。而恽至诚一口气跑到了三楼。手机响了起来，他接起电话，是林仙儿的声音："至诚，星期天陪我到外面走走好吗？"恽至诚定了定神，慌忙应允了下来。林仙儿，他还是喜欢的。只是他一直认为自己是心理素质极好的人，如今却到了崩溃的边缘，到哪儿都是女人的耳朵，连着耳坠，打着耳钉，连原先起居室里蓝色矢车菊的墙纸都化成了耳朵的形状，睡梦里都是欲仙欲死的林仙儿。林仙儿，林仙儿，水晶珐琅耳坠，粉蝶翩翩的长裙，藏青色缀水晶毛衣，在现实生活中柔情绰态，媚于语言，在梦里却精浮神游，令人惊惧。花园里还埋着寻跳跳的尸体，冰柜里有几十只骇人的纸盒，林仙儿突然有了耳洞。他什么都记不清，他觉得窒息，憋闷，天地色变，他觉得自己快疯了。

不能这样，他必须上班去，上班好，每天和形形色色的人打交道，思维会分散一些，自己或许就是忙习惯了，一下子空闲下来邪念丛生，幻象迭出。对，还是去上班，星期天陪林仙儿买东西，这样日子反而充实了。恽至诚这样想着，便又洗了个热水澡，随后他挑了件真丝的白衬衫，有着珍珠贝母的纽扣和蓝水晶的袖扣，又一整套宝蓝色的西装，随后下楼挑了一部黑色的跑车出去了。上班总是异常忙碌，到两个医院会见负责人，核对账目，处理医疗纠纷，又为整形医院联系购置先进的医疗器材，到教育机构翻查账目，恽至诚忙得不亦乐乎，心里也安定了许多。

就这样过了一个月，一天下午四五点钟的时间，恽至诚一人坐在高耸入云的办公楼里，看着远处天际的云海像是兽形的涛澜，而五彩的霞殇好似打翻的玫瑰汁、葡萄浆、紫荆液、玛瑙精，染工在层累的云底下工作着，无数蜿蜒的鱼龙爬进苍白的云堆。恽至诚总算心底快乐起来，也不再去想那花园里的尸首，随它去吧，反正无人知晓。它会成为一个永恒的秘密，如沉船一般深深埋在海底。纵然这船上曾经有过踏浪的白帆，拥簇的家庭，呢哝的恋人，和着金器、银器、珐琅、精贵的陶瓷、水晶与红蓝宝石，都泯灭了，被一个浪头打翻到了海底。船上的人类文明都陷落了，女子在船舷一侧秋思的源泉，沉郁悱怨的心理，拒绝情人时淌流在丝绣手帕上的珠泪，失望的诗人写在白布上的莎翁的十四行诗，都消散了，从这个世界上彻底消失了。恽至诚冷笑起来，打电话让秘书送一杯咖啡和一些曲奇饼干进来。秘书穿着淡紫色腰间有褶皱的套装，端着盘子进来，小心翼翼地放在他宽大的办公桌面上。恽至诚一边轻啜咖啡，咀嚼着饼干，听着医疗纠纷的汇报。秘书喃喃言着："削下颌骨，感觉术后严重肿胀，恢复不理想，等等——"。

"名字叫什么？"恽至诚问道。

秘书翻查了一会儿资料："噢，林娴儿。"

"什么，仙儿，林仙儿。"

"对啊，林娴儿。"秘书重复着。

恽至诚被咖啡重重呛咳了一口，突然觉得手中拿的不是曲奇饼干，而是一只女人的耳朵，那一碟子曲奇却化成了一碟耳朵，静静躺卧在自己面前。恽至诚惨叫着将咖啡和曲奇饼干都打翻在地，秘书惊慌失措地退在一旁。恽至诚望着窗玻璃，上面隐隐约约映出了秘书的脸面和衣着。藏青缀水晶毛衣，粉色长裙，凄楚的小脸，颤抖的灵魂，是梦里的林仙儿。恽至诚感觉自己快疯了，他跳将起来，撇开秘书夺门而出，开着跑车又回到了家中。

用人们都已经回去了，按照他的吩咐，晚上用人们是不留宿的。恽至诚已经惊慌失措，疲倦至极，他心力交瘁地走到三楼，一个人蜷缩在起居室的沙发里臆想着。随后，他慢慢地起身，走到灰色大冰柜面前，缓缓将其打开，将里面耳朵的标本逐一拿出。他观察着上面自己清晰的字迹，五月十五日，倩倩，紫水晶流苏耳坠；六月二十五日，安琪儿，黑珍珠灰水晶耳坠；八月八日，李若毅，黄铜嵌金色菊花做旧耳坠；十二月二十日，凯迪几何形不规则耳坠；五月七日，寻跳跳，金色珍珠流苏耳坠。五月七日就是前一个月，自己挥汗如土，在花园里埋寻跳跳的那一天。难道自己这另外四任女朋友也都死了？耳朵是她们的，字迹是自己的，记载的时间是杀害她们的时间？除了林仙儿，他根本就没有曾经的几任女朋友，早就被他逐一杀害了。耳朵标本撒了一地，自己是个变态杀人狂，原来自己是一个变态的杀人狂魔！他不相信，不可能，不应该的，他要去证实，除非真真实实地看到证据。恽至诚不断地往门口倒退，倒退，随后冲下三楼，在汉白玉楼梯上还活生生摔了一跤，然后，他跌跌撞撞地冲向了花园。

又到夜晚了，明月凄亮，照得花园里一片碧清。失魂落魄的恽至诚拿着铁锹在随处乱挖，他觉得自己没有别处可以藏匿尸体，除了这繁花异卉，拥簇无比的花园。他展眼望去，美杜莎玉凤花像希腊神话里红眼睛的蛇发女怪，伸长了丝丝有毒的长发，散发出邪魅的香气。伊塔利卡兰像是裸体的男子，双双牵着小手，诡谲地望着自己。恽至诚看着这两丛花很邪性，便愣头愣脑地用铁锹挖了下去，两边的土越堆越高，他终于似乎触碰到了什么东西，是一只水晶底的高跟鞋。恽至诚拼命挖掘，终于现出一副女子的骸骨，只有耳环还能辨认，因为耳环没有变化，是紫水晶流苏状的长耳坠，是倩倩的骸骨。应该是自己杀害了她，埋尸花园，在耳朵标本上记载下时间，可怎么杀死她的？掐死的，淹死的，捅死的，勒死的，他不记得，完全没有印象。他转身向四周观望，石斛在不断地螺旋生长，像是扭曲的女子的臂膀，玉色的安古兰，宛若褪裸中的蜡制的婴儿，金鱼草则幻变成人的面部，这三种花扭曲地生长在一起，形成一种怔忡不宁的错觉。恽至诚不由自主地在这花草底下连根刨去，慢慢地刨，越刨越深，他仿佛有种潜意识，觉得这三种花底下埋藏着不可告人的秘密，两边湿滑的泥土也是愈堆愈高，终于他隐约看见了一只白水晶的手握包，再刨再挖，还有一具女性的骸骨，恽至诚将浮土抚干净，是身着礼服，肩胸部遍撒珠串与亮片的安琪儿，骨骼倒还清晰。恽至诚认得出她，因为那华美衣饰和一只黑珍珠灰水晶的耳坠。恽至诚抛掉了铁锹，将满是污泥的双手掩住了面部，月亮精灿的余晖却透过手指的缝隙，刺到他的眼球里，他感到一种冷冽的光，满载着冰冻的寒意，让自己禁不住浑身颤栗。花园里又挖出了两具骸骨，都曾经是自己的情人，是不是还有，到底还有多少，自己为什么会杀了她们，他记不得，完全断篇了。面前另一侧的松树旁开着一丝丝繁盛的西番莲，花盘硕大，郁郁累累，如宝髻玲珑的少女穿着紫色的蓬纱长裙。而肖鸢尾却只有孤零零的几株，白色的大花瓣，花心却似孔

127

雀的翎羽，妖冶多姿。五彩螺旋的芙蓉花叫不出名姓，却自带着一种奇异诡谲的色彩，在月光的透视下，像是鬼魅的食人花，所有这些伴随着青蛙鼓噪的呱呱声，露珠滴落的轻微声，纺织娘长吟般的嘶鸣，形成一种恐惧而庞大的不安定感，声声点点敲打在恽至诚的心坎上。花园里还有那么多奇异的花草，羽蝶兰、眼镜蛇百合、德古拉兰花、紫冉兰、蝙蝠花、蜗牛藤、热带龙虾，像棉花糖一般的草园烟。恽至诚甚至怀疑家中的园丁是自己的同谋，是多么丰富唯美的想象力，种下这许多奇花异卉，吸引着自己犯下这滔天的罪行：将一众女子割下耳朵，埋尸花根，用她们曼妙的身躯滋养着花卉的种子，开出这天底下少有的鬼魅奇花。廊前的马樱、紫荆、藤萝，青翠的叶与鲜红的花，都是女子流云傍月般的妙影辉映在水汀上，幻出幽媚的情态无数，那是这些被害女子曾经的兰麝馥郁，环佩铿锵，她们的香培玉琢，凤翥鸾翔。她们的生命曾经那么鲜活，她们的美曾经如此撼动人心，可她们都被自己杀害了，手段残暴，不忍目睹。自己真的是个连环杀人狂，没有任何人知晓，除了天，除了地，除了自己，在这碧落黄泉之内，只有这谜一样的月光，悲唱般地看着人世间的残暴与哀伤，照耀着自己这个杀人犯，凌迟处死都抵消不了自己的罪孽。恽至诚慢慢爬出了湿滑的深坑，将土壤一点点重新埋好,夯实。随即最后看了一眼花园，便回到了自己常住的别墅里。自己早就没有别的女朋友了，都被自己一一杀害，埋尸花园，更可怖的是，别的尸体也许藏匿在这五栋别墅的任何一个角落里。自己算是完了。

恽至诚的真实身份

恽至诚突然安静了下来。他觉得自己是个体面人，无论如何都得干干净净，清清爽爽，哪怕接受审判，哪怕注射死刑。所以他洗浴更衣，穿上干净的丝绒晨服坐在了大厅的沙发上。从沙发的这个角度看过去，博古架上的摆设一览无遗：珐琅钟鼎型水果盆，有着金钱豹的三个爪脚；一只孔雀蓝的纯釉质矮花瓶，上面镂刻着栩栩如生的枯荷与莲花；两只高脚酒杯，杯的底托则是璀璨的孔雀展屏。中间的大博古格上是昂贵的德国陶瓷，一列巨大的列车，载着人和货物，女人怀抱着褓裸中的婴儿，列车员在迎风憨笑，男女老少有的挥舞礼帽，有的泪湿巾衫。恽至诚突然觉得这些摆设都很眼熟，似乎在哪里见到过，他是按照那个家的摆设一模一样照搬到家中来的，那个家，似乎很远，在何处，在广州！恽至诚猛然记了起来，他想起自己和一个女孩儿在陶瓷柜台前观看那部列车样的陶瓷，女孩的纤手指着货品的价格，数字是四十八，后面还有很多个零。

"至诚，你数错了，这个陶瓷不是四万八，比这贵多了呢。"女孩转过脸来，笑靥如花，眉如罥烟，圆润的耳朵上是水晶珐琅长耳坠，是林仙儿。一幕幕如烟的往事像一帧帧电影中定格的画面，不断闪现在恽至诚头痛欲裂的脑海中。这是林仙儿家中的摆设，他鬼使神差地按照林仙儿家的摆设布置了自己的客厅，一模一样，没有丝毫差异，自己过去认识林仙儿，还和林仙儿在一起生活过，在广州——他们曾经去过世界的每一个角落，在泰姬陵看纯美的大理石雕塑，在尼罗河畔看那永垂的古迹，聆听河水的波澜与法老王轻轻的咳声，在俄罗斯红场清数建筑的尖顶，在悉尼金碧辉煌的歌剧院里聆听蝴蝶夫人的咏叹调。他们走过无数的地方，在巉岩峻峭的高山上长啸，在冰湖里游泳，在波澜壮阔的海堤边漫步，在霞殇满天的沙场上热吻。他和林仙儿认识，生活过，甚至结过婚，可是是如何认识的，后来又怎么样呢？恽至诚头痛到了难以忍受的程度。那场奇异诡谲的梦境又闪现在自己的面前，林仙儿穿着丝绒睡袍仰卧在贵妃榻上，而自己背对着她，悄悄往奶粉里加东西，是一小瓶液体，上面写着洋地黄，画着骷髅的图像。自己将洋地黄偷偷放入奶粉中，然后搅拌均匀，随后一勺一勺哄着林仙儿吃下去，一边喂一边还喃喃言说："仙儿，你太不爱惜自己的身体了，营养奶粉要天天喝，你人太瘦了。"一边言说一边还滴下了滚烫的热泪："你父母空难过世了，你说我要是照顾不好你，怎么对得起他们。"一边的林仙儿也热泪盈眶："至诚，我心脏不好，你还给我保了险，我想把财产都转到你的名下，若我病死，你不要伤悲，我会在天上看着你，护佑着你。"言罢，林仙儿抚住自己的乌发一阵热吻。

原来如此！原来是这样！是自己每天都在给林仙儿下毒，林仙儿本来就有先天性心脏病，自己与她热恋结婚到底是真的爱她，还是觊觎她养父母的亿万家产。他想起来了，她的养父母是银行家，有私人飞机，那一次，那一次——她的父母要远赴澳洲出差办事，请私人飞机的机长在家中开酒宴饯行。接着呢，恽至诚头痛欲裂，思维的阀门在沉重地开启，他记起来了，他乘人不备在机长的酒杯里倒入了洋地黄，然后机长中毒了，飞机在空中失事坠落

129

二、耳环惊梦——致敬阿加莎·克里斯蒂《无尽长夜》

了，他谋杀了林仙儿的养父母。

随后，他满身心的毒与恶像美杜莎的长发一样不断向外延伸卷曲着。他头脑和灵魂中狡黠丑恶，如魔鬼一般的那重人格在不断放肆地伸展滋长着自己有毒的触角，让他控制不住似的，源源不断地做着灭绝人性的恶事。那毒辣而丑恶的人格就像一个个身量小巧而能量硕大的恶鬼，每天纷至沓来，此起彼落，在他耳边喃喃诉说着，教他如何骗人、害人和杀人，如何让自己在日后活得游刃有余，惬意滋润，用别人的死亡做垫脚石，为自己谋划辉煌而绚烂的人生。恽志诚有时候会对着镜子自言自语，罪恶的那重人格让他仿佛恶魔撒旦附体，眼神邪魅，五官扭曲，奸佞地怪笑，且喃喃言诵着撒旦的语录。在林仙儿的养父母被自己杀死后，仙儿只有他一个亲人了，他丧心病狂地开始了谋杀林仙儿的计划，每天在营养奶粉里添加适量的洋地黄，每天加一点，每天加一点，让本就有先天性心脏病的女孩身体内的毒素不断地聚集，终有一天毒发身亡。他控制不住自己杀人的欲望，也控制不住窃取他人财富，将亿万家产据为己有的贪念，甚至还为林仙儿买了巨额的人寿保险，当然受益人写的是自己。他每天在林仙儿面前演戏，扮演一个热爱妻子，却对妻子的病痛束手无策的痴情丈夫，演技精湛，充满了无可名状的无奈、悲恸与热忱，林仙儿时不时被他高深而卓绝的演技感动得珠泪盈眶。

可是，可是……林仙儿是如此的美，他不知自己在挑选猎物时为何挑中了她而不是别人。难道只为了她坐在秀场里那闪烁的紫水晶耳坠？恽至诚从小便对耳环有着特殊的癖好，那份奇特的感情，伴随着浑身热血的涌动，就好似月亮的清辉骤然沐浴了自己的全身，震撼着生命所蕴藏着高洁名贵的冲动。那耳环或耳坠的摇曳闪亮，撼动了自己躯体的组织，让血液突起了冰流，神经产生了难禁的酸辛，泪腺一时骤热一时湿润。而她，林仙儿就坐在那里，容颜皎若朝霞，灼如芙蕖。自己毫不犹豫地挑选了这个猎物，这个旷古绝伦的美物。随后他心中那重恶魔一般的人格便开始迅疾地行动起来，像一只孤狼在草原上撒开四条腿，疯狂而坚持不懈地追逐自己的猎物。他一直缠绵在仙儿的身边，献上自己热恋的蜜语，山盟海誓的决心，坚贞质朴的眼神，激烈的拥吻。柔弱的林仙儿在他这春水般奔泻的眼眸中融化了，融化成了一摊晶莹的荔枝瓤肉，只要拨开粗糙的果壳，吹拂掉紫绡般的细膜，那莹白如冰雪般的瓤肉和着醍酪般甘酸的浆液便赤条条地呈现在自己面前，里面躺着一颗鲜亮活跳、沉浸在热恋中的心。仙儿的心地是如此的纯洁，根本就不知人世间的险恶，不知有一条没有人心的豺狼正虎视眈眈，吐着口涎待在自己的身边。

而悺至诚自己的心神呢，就好似站在天堑之边，有高峡曲折，苍岩如剑；有巨瀑翻银，疾流如奔，他好似身处在万顷银涛里，跌入峡谷中，那里有千堆雪，万重雾，雪浪翻腾，湍流怒涌，万雷轰鸣，惊天动地。他被善良和邪恶的双重利刃所包围。邪恶是自己的一重人格，每天往营养奶粉里添加洋地黄，一勺又一勺，坚持不懈毫不间断。因为那重罪恶的人格每分每秒在自己耳边喃喃密语："杀了她，不要手软，继承她的亿万家产。"这邪恶的人格时时刻刻变化成吸食人血的恶鬼，露出尖利的獠牙，疯狂地撺掇诱惑着自己犯下滔天的罪行。本就心脏有恙的仙儿在逐渐吸收了洋地黄的毒素后，日积月累会在一段时间内因心脏衰竭而死，死得无声无息，极其正常。然后他会继承所有的财产，拿到巨额的保险费。

可是有一件事却出乎了自己的意料。他爱上了林仙儿，爱上了自己的猎物。就好像阿加莎·克里斯蒂在《无尽长夜》里所描写的一样，凶手不知不觉爱上了富家女瑟琳。而悺至诚也是如此，像暗夜里的一只黑黢黢的蜉蝣，本在茫茫天地间与臭水沟和淤泥为伍，却误打误撞地遇上了心地纯良的仙子。在自己和林仙儿生活在一起的每一分每一秒，陪她兰膏灯烛，翠笔床悬，感受着她瑶光孕碧，玉气生玄的才情；观她画夺丹青妙，听她琴知续断弦；与她一起玩耍时看她细腰蹴鞠，弱骨秋千，迎着春风妩媚憨笑。他对镜自语时总是忍不住洒下滔滔热泪，那重善良的人格总是时不时从脑海中跳出来，告诉自己，不能继续下去，不能再伤害这样美好的姑娘。就好似《无尽长夜》中的富家女瑟琳悲喟地望着凶手，对他喃喃言说着："你为何如此看着我，就好像你爱我一样地看着我。"仙儿好像也对他说过同样的话。瞬时，他心神中那重善良的人格猛然间饱胀起来，像一个硕大的巨人，恨不得用自己有力的臂弯将女孩温柔地揽入胸怀，掏心挖肺地献上最真挚的情话，或是厉声呵斥，让她赶快逃离自己，逃遁得越远越好。因为自己是个罪人，万箭穿心也赦免不了自己的罪行。

人性总是那么复杂，就像奔腾的长江，穿溢崩聚，回沫冠山，奔涛空谷。大江大河里有数不清的浮游生物，有繁化殊育，也有诡质怪章的。有江鹅、海鸭、鱼鲛、水虎，也有豚首、象鼻、芒须、针尾。他每天都沐浴在仙儿纯洁的眼眸注视下，感受她秋水一般温软的心胸，握瑜怀瑾的品德，质朴的生活习性，坚贞无污的操守。自己所有肮脏的心性在她精白之心的感怀下，就好像一枚坚冰放在了大太阳底下，被她庞大的热力逐渐融化，融化成一汪泉水；泉水里也有清澈的源泉，也能养育石蟹、土蜂、燕箕、雀蛤，也会有折甲、曲牙、逆鳞等生物能够勉强存活。他知道自己无药可救了，他心中那重善良的人格已经攀爬而上，逐渐占据了他脑海的上峰和心神中的主导，他怜惜着这个可怜的姑娘，疼爱着这个孤苦伶仃的姑娘，这不单单是一种沁人心脾的珍爱与保护欲，更是头脑中无时无刻迸发出的悲天悯人的情怀。他每日在对镜自语中悲喟地叹息，用头颅撞击着镜面，在镜面碎裂的丝丝裂隙中惶恐不安地瞪视着自己，恨不得杀了自己。每天早晨，当他从仙儿枕边醒来，犹豫着该不该在奶粉中放入洋地黄，应该放多少，泪珠瞬间滴落在枕畔。

这种痛苦时时煎熬着自己，令自己痛不欲生。他也想过好好和她生活，可是他以前杀过的那些女人呢？能放过他吗？他作恶已经不是第一次了。那些被他害死的女子时时刻刻在梦里向他索要魂魄，分分秒秒提醒着他，自己是个彻头彻尾的恶魔，无可救药，无法赦免。他终于还是放了洋地黄，当仙儿决定把所有财产都转到他名下时，恽至诚流下了真挚的眼泪。当那一天终于来临时，他抱着奄奄一息的林仙儿上了救护车，伤感得痛哭流涕。

可是事情发生了可笑的逆转，救护车出了车祸，只有他一人侥幸生还，林仙儿早已魂归地府，无人知晓她的死因，究竟是心脏病还是车祸，因为随车医生的最后记录里写着心脏病骤发，大面积心梗。而恽至诚呢，头部被严重撞击，受到了创伤，忘掉了过去的阴暗，过往的狠毒，还有曾经恶魔般令人发指的行径。他唯一记得的是拿好财产，保险费，卖掉房产，携着巨款来到上海，开始经营自己的事业，一切重新开始。他的双重人格每天伴随着自己，在洗浴间里庞大的镜子前折磨着自己，自己对着自己表演，一会儿演恶人，一会儿演好人，对镜自语，忙得不亦乐乎。

从此以后，所有的事情随着他头伤的频繁发作都忘却了，包括他曾经爱过的林仙儿。仙儿时常会变作梦中衣沾残泪、香魂渺然的痴情女子，戴着精致的耳坠，露出精细的耳部轮廓，在每一个月漏风穿，宿鸟无喧的夜里来陪伴自己，向自己扪心哭泣。

而自己呢，得了一种奇怪的相思病，总在寻找那连娟修嫮的美人们，只要她们身上有任何一个地方像梦中的林仙儿。那素白的面庞，鹅腻玉脂的鼻梁，罥烟般的黛眉，抑或是优美的身段。自己的心神，好似笼罩在无边无际的黑夜里，永远看不见东方的曙光，哪怕是一丝丝太阳的金线。除了疯狂的工作，他只能和这些美人们厮磨纠缠。

他的心底总是充斥着一座荒芜的城池。莓苔泽葵依靠着民居，蔓草悬挂在行进的途中。殿堂罗列着毒蛇与短狐，台阶上争斗着獐子和飞鼠，山林中的鬼怪和野鼠城狐，如风声大吼，如雨声大啸，早晨见到，黄昏逃走。在这个荒芜的城池中，他见到饥鹰在磨嘴，鹞鹰在恐吓幼鸟，伏虓藏虎在饮血吃肉，倒伏的榛树淤塞了道路，大路万分的阴森。白杨叶落，绿草枯萎，霜气森森，风声籁籁。灌木杂草幽深而杳无边际，疏通的城池已经淤塞，峻隅高城颓唐倒塌。他的脑海和心底在这座荒芜的城池中游荡，到处可以见到一只只的耳朵。当他割下第一个女友耳朵的时候，他感到了前所未有的快感，那耳朵挂着水晶流苏的耳坠，像一帧优美的艺术品，令人叹为观止，足够瞻仰。只有在割下耳朵的瞬间，才能减轻他心底的一丝丝焦躁与煎熬。耳朵没有了，这个女人自然也毫无用处，花园中奇花异卉的幽深之处才是她最终的归宿。只有杀人取耳才能抚平自己心底的忧伤，抚平对仙儿的愧疚和青天阔海般的思念。于是，他不断地结交女友，花钱购物博取欢心，随后将她们骗入家中，或扼杀或淹死或毒死，再取下圆润精致的耳朵，做成标本，放入冰柜。就像一场无人理解无人知晓的祭祀，耳朵的祭奠，他以此来告慰仙儿的在天之灵，成全自己的救赎，满含着真挚的忏悔。

事情已经很清楚了，自己是个连环杀人犯，这回心底总算踏实了，不再迷惘、彷徨不前，那五栋别墅与花园就是一个巨大的埋尸场，自己应该天诛地灭，万箭穿心。

133

和"林仙儿"的博弈

等一下，再等一下，那么现实生活里的林仙儿又是怎么回事。一样的瑰姿艳逸，转盼流泪的容颜，一样秾纤得衷，修短合度的身段，甚至是那含辞未吐，气若幽兰的谈吐。难道只是巧合？当然，这是有可能的，中国有十几亿人，算上海外华人，人口基数确实可观，有一个长得极像的人也是可能的，但是……，恽至诚坐在沙发上跷起了二郎腿，他现在已经世事通明，记忆回闸，既然知道自己是个无恶不作的连环杀人犯，他反而豁达了。管他什么邪恶，管他什么善良，什么双重人格，把一切都抛掉。因为迟早有一天他会被警察铐走，穿上监狱的红马甲，戴上沉重的脚镣，微笑着去赴死。恽至诚现在反而有时间来想一些有趣的问题。她为什么也叫林仙儿，容貌一致也就罢了，为什么连名字都一样，也是巧合吗？似乎太巧了，有这种可能吗？恽至诚摇了摇头，似乎不太可能，而且在恰如其分的时间里，适时适地地遇上了。林仙儿也没有耳洞，可在一个星期的时间内突然又多了耳洞，这事情有些诡异，他是不相信巧合的，一切巧合的背后都有着不计其数的算计和心机。

反正自己的时间也不多了，他想再见一下"林仙儿"，那个能时常变换着或醇厚或高亢的声调，为无数影片献上自己抑扬顿挫的嗓音的美女子。恽至诚走到厨房，为自己泡了一杯苦咖啡。咖啡既苦又香的滋味缭绕在唇齿之间。恽至诚冷笑了一下，也许这就是人生的味道吧，有香有苦，看够步步金莲潘丽华，赏尽龙盘虎踞山如画，到最后落得个恨满天涯。明天就是星期天，他要好好计划绸缪一下，怎么和"林仙儿"相处，最后留下一个什么印象。他想，这个印象应该是既爱又恨吧，他是想探探她的虚实，可更想给她留下一个终生都难以磨灭的印象。对女人来说，有些男人终究是既爱又恨的，这样才能一辈子留在她心底深处最柔软的地方。

天逐渐亮了，用人们也各就各位，恽至诚虽然一夜未睡，可精神很好。他吃了早餐，就开始整理自己的储衣间，他突然想穿得出位一点，便挑选了烟紫色的西服，真丝褶皱礼服式白衬衫，珍珠母贝的纽扣，黑色水晶袖扣。在所有手表里挑选了最名贵优雅的一款。西班牙手工制皮鞋，领带嘛，他抽了一根紫色碎花的，搭配西服正好，随后请造型师到家里来设计了一个简洁又前卫的发型，留了一些轻微的胡髭，显得既沧桑又性感。接下去的事情，他要开始研究明天的约会路线。想起兴业太古汇仙儿未曾去过，里面有顶级和小众的服装与化妆品，还有超级大的咖啡甄选烘焙工坊，还有玩具的专卖店。下午他准备带她看一场话剧，关于诗人徐志摩一生的。到了晚上，再到丽嘉酒店吃一顿日餐，最后回到自己的别墅群里。到了自己的地盘，他自然能够拷问她，是生是死，由着自己做主，也算是一种完满的悲哀。人生，大多是以悲剧收场的，难道不是吗？

星期天终于到了，恽至诚早起洗了一个澡，像是要打一场硬仗。穿戴整齐后,便开着自己最喜爱的跑车,去接林仙儿。仙儿下楼的时候倒吓了他一跳,藏青色的高领薄毛衣,缀着一圈圈大颗大颗的棕金色人造水晶,下身是粉色的长裙,上面栖满了立体的粉色蝴蝶,翩翩飞舞,化妆精致,姿容绝佳,还戴着长串的水晶珐琅耳坠。恽至诚视线模糊了一下,仿佛旧日再现。是自己一汤匙一汤匙地喂林仙儿吃洋地黄奶粉,而她满含笑意,信任地一口口咽下;接着是梦里的女子向他讨情债,要将他带入十八层地狱。也罢!恽至诚晃了晃头颅,让思维清晰一些。随她怎么穿吧,他倒想看看这场男女精神上的博弈到底会演变到何种程度,是鹤怨猿惊,还是目空肠断。

恽至诚微笑着跑出车来为林仙儿开车门,仙儿慵懒地问他去哪儿,显然已经把他当作了自家的男朋友。恽至诚笑道:"是新开的,你没去过的地方。"仙儿仔细瞭了一眼他的穿着,似乎很满意,也就由着他了。跑车一路驰骋,很快便到了太古汇。仙儿惊讶于庞大的半球形咖啡工坊,着迷于里面不停制造打磨咖啡的大型机器,窜来窜去像个好奇的孩子。看完了工坊,恽至诚牵着她的小手沿愉景大道一路走来,大道的一侧皆是女孩热衷的护肤品和彩妆。恽至诚陪她买了黑松露和蜂蜜的面膜,买了全能乳液涂抹身体。终于到了化妆品专柜,她一头冲进去不管不顾,恽至诚陪她买了限量版的唇膏,六盒新出的春季眼影,眼影的亮片如锦鲤鱼的鳞片纷泽不一,又加买了黑白两款气垫粉底。仙儿本已心满意足,因为这个品牌极其昂贵。而恽至诚索性豁出去了,准备为她购置香水。当导购小姐将三整排二百五十毫升的大瓶香水都堆在仙儿面前时,女孩明显有点透不过气来。仙儿在香水堆里转来转去,眼花心热,撒娇着问买哪瓶好。恽至诚宠溺地看着她,心想着若是真的林仙儿多好,可以一起购物,一起喝下午茶,一起看话剧。只可惜自己已经到了末路尽头,是无尽长夜中泥地里的一只即将死去的蜉蝣,只能看着假的林仙儿在自己面前亦嗔亦恼,凌波微步。让她花钱吧,尽情地花,总比进监狱后财产充公得好。

"这二百五十毫升大瓶的,一样一瓶吧。"恽至诚说得颇有气势,导购和仙儿都吓了一跳。

"这要好贵一瓶呢,这里起码有四十瓶种类呢。"仙儿怯生生地言道。

"我知道,一样一瓶,限量版两瓶,金标八小瓶装的限量版两套,够用了吧?!"恽至诚点着仙儿的鼻子。

仙儿不再言语了,红云片片飞上了眉梢。导购小姐兴奋起来,几个人一块儿帮忙,店铺的货不够,来回往仓库跑。等他们终于汗流浃背地备齐了所有的香水，恽至诚已经刷了卡，写下了快递的地址，是林仙儿的家。导购小姐欢天喜地地将他俩送出门，一路走着，林仙儿脚步轻盈，如黄鹂鸟一般欢喜跳跃，恽至诚心内却五味杂陈，任由仙儿又搂又抱的，思绪却飘扬万里。他俩走到一家服装店，发觉全是礼服，招牌上写着不熟悉的英文字母。林仙儿一头扎了进去，在纷繁多姿的礼服中不断地遴选。恽至诚见她欣喜，便放出眼光来为她挑了三件礼服，两条长裙。一件粉色仙女裙，满缀着蕾丝水晶和羽毛，一件浅樱桃色的一字肩礼服裙，衣裙上缀满了一簇一簇的小樱桃。还有一件吊带礼服鱼尾长裙，米白色打底，上面刺绣着无数精巧的动物——玄豹游走，白虎漫步，仙猿献果，青鸟鸣翠。全手工刺绣，绣工精湛绝伦，仙儿穿上欢喜得不行，简直舍不得脱。恽至诚又为她挑了条冷粉色立体珍珠桃花半裙和一条纯黑色大幅裙摆的牡丹团花刺绣半裙，女孩穿上以后旋转起来，像一朵含苞待放的郁金香。恽至诚鼓着掌说"好"，便买了单，留下快递地址，想携她再逛。谁知女孩说腿酸腰疼，想喝杯咖啡，歇一歇。恽至诚看了眼手表，今日出来得早，跑车一路驰骋，时间才十一点多，于是便在一家叫思思的意式餐厅歇了下来，给仙儿点了浓郁的意式咖啡和招牌卡布基诺蛋糕。女孩吃得笑容含蓄，依偎在恽至诚的怀中如雪狸偎人。恽至诚只喝了点免费的柠檬水，头脑倒是清醒得很，他知道好日子不长，所以今天要问个清楚。

"仙儿，你的名字一直都叫林仙儿吗，真想看看你的身份证，听说再美的美女，身份证照片也都很丑。"

"谁天天带着身份证满街逛啊。"仙儿叉着蛋糕，笑靥如花，"不过我拍下来了，你可以看看，只许看一眼。"言罢，仙儿将手机交给恽至诚。恽至诚直愣愣地看着，名字确实是林仙儿，出生年月日也一样，只是后面几位的编码不同。这到底是怎么回事，难道纯粹是巧合。他摸不着头脑，陷入无边无垠的思绪中去。

"喂，我歇好了，再逛逛就可以吃饭了。"仙儿突然用纤手敲着他的头说道。

"哦，对了，这里有家法国进口的首饰店呢。"恽至诚突然跳起来，买了单就拽着仙儿跑，一直跑到二楼的法国饰品店。这里的耳环真美，仙儿戴上后仿佛成了中世纪的古美人，寒鬟斜钗玉燕生光，高楼唱月敲动悬珰。恽至诚东挑西拣地为她挑了十几款法式宫廷复古珐琅耳坠，仙儿满含笑意地收了下来，今天她算是收获满满，女孩的心思该满足了。

接着他们又到了地下一楼的翠圆，去吃了有名的拿破仑糕点和一些广式菜品、红烧乳鸽、蜜汁叉烧、上汤焗龙虾、鲍汁扣辽参、麒麟鲈鱼、广式烧填鸭、豉汁蒸排骨放满了一桌子。仙儿大快朵颐，吃得满面红晕，又喝了一点香槟酒，有点微醺。恽至诚见她有些昏昏然，便步步紧逼地问她问题，祖籍是哪里，家里有什么人，在哪里读书的，上过的小学、中学、大学，出生年月，凡此种种，一概问得清清楚楚。可这个林仙儿倒是对答如流，丝毫没有妄语掺假的感觉。恽至诚低下头，一个人闷闷地喝着气泡苏打水，还是满腹疑窦不置可否。难道真的是巧合吗？老天给自己折腾出一个黑色幽默，自己这许多年来屡屡谋害年轻女子，获取遗产和骗取保险金，本以为自己罪恶滔天，人神共愤，老天却送来一个林仙儿让自己爱恋，让自己沉沦，成为自己这残破肮脏的一生中唯一不朽的精神爱人。他本以为自己是个彻头彻尾的坏人，有着金刚不坏之身，好似穿了古书中记载的金丝软甲，或是练了失传已久的金钟罩铁布衫，任何女子的轻颦腼笑都打动不了他的心。可世上的事却是如此难料，甚至可笑。时间是一个恐怖的恶魔，随着时间的推移，林仙儿的纯洁之心已悄悄渗入了他的心胸，在他的心神间历久弥新。所以他疯狂了，被自己的双重人格，被善和恶的利剑折磨得疯狂，不断杀害年轻女子，只要她们长得有一点像自己的爱人，甚至只要耳朵像，他就会杀害她们，狠心地割下耳朵，封入冰柜，在自己想念仙儿的时候，拿出来观看、怀念，一边痛心疾首，一边深深忏悔。如果没有现在这个林仙儿的出现，他会一直杀下去，取耳埋尸，为了纪念仙儿那旷古绝伦的美貌和纯洁的心灵。政府最好将他凌迟处死，这样他的痛楚也解脱了。

　　林仙儿像是吃完了，恽至诚却吃得很少，一直茫茫然看着她，随后将仙儿带到旁边的话剧院。恽至诚是个话剧迷，他想最后和容颜酷似的林仙儿一同观赏一下话剧。剧院里黑漆漆的，早已开了场，演的是徐志摩的《人间四月天》。他和仙儿随意地坐了下来，看到舞台上浓妆艳抹的演员正在声泪俱下地吟诵，诵的是徐志摩的欧游漫录。

　　两人看了三个多小时的话剧，横跨了徐志摩短暂而悲剧的一生。仙儿看得热泪盈眶，眼睫碧聚，恽至诚则是沉默寡语。他一直在思考如何处置这个林仙儿。在看话剧的三个多小时里，他终于想通了，透彻而清晰。他要做一次完整而优雅的屠杀。因为她不是林仙儿，只是容貌相仿而已，把她杀掉，才能减退心里的恐惧、愧疚和彷徨，才能献上自己深深的忏悔。多年前的林仙儿，他的林仙儿，是如此美，如此的纯洁，如上古的神女，诗歌中的湘娥

二、耳环惊梦——致敬阿加莎·克里斯蒂《无尽长夜》

素女，箜篌一曲，空山凝云，神姿能令昆山玉碎，芙蓉泣露。逗留在她的身边，听她张弦代语，诉说衷肠，好比梦入神山教神姬，乐声精妙。可是还是被自己杀害了，难道不是吗？自己是个禽兽，他觉得自己快精神分裂了，也许早就分裂了而不自知。

话剧结束，灯光大启，人群爆发出雷鸣般的掌声，随后陆续退场。恽至诚引领着仙儿出了剧场，随后将车开到丽嘉酒店，来到一座新开的日餐厅。恽至诚有种古怪的想法，这个女孩的最后一顿应该吃日餐，活色生香，清爽恬淡，就好似她离开人世间的时候，也应该无声无息，清爽洁净。恽至诚领着她进了日式餐厅，餐厅装饰得华美别致，松竹梅竞相绽妍在日式屏风上。穿和服的小姐将他俩领到餐桌前，仙儿对日餐不熟悉，恽至诚便极尽体贴地替她点菜，天妇罗、**烤秋刀鱼**、烤鳗鱼、生鱼片、金针菇包牛肉、紫菜海胆寿司，都是些家常菜，可仙儿觉得很新奇，吃得有滋有味。她拿天妇罗蘸酱的时候，恽至诚在想如何将她的扣子解开。她在咀嚼生鱼片的时候，恽至诚想着她的身材是否和以前的仙儿一样。她在往秋刀鱼身上挤柠檬汁的时候，恽至诚在想是把她掐死还是淹死，最后决定还是用洋地黄。洋地黄是一种太好的药品，无色无味，稍稍加量会缓缓死去，一次多量会立即死去。恽至诚一边吃一边无言匿笑起来。

两人吃完了饭，又在大厅里喝了点咖啡，听了会儿丝竹纵横。恽至诚觉得时间差不多了，好日子快到头了，便携着颠三倒四的林仙儿下车库取了车，一路驰骋到了别墅群。花园里的花儿开得一片肃杀，泥底下的美人们芳魂渺然。林仙儿突然有些怯生生地，被恽至诚拉着往三楼起居室跑。当恽至诚把丝绒布帘拉开时，那五百枚耳环散发出璀璨迷离的光彩。林仙儿迷醉地望着这些耳环，试试这个，戴戴那个，而恽至诚则在玫瑰花茶里偷偷地倒入洋地黄，一边倒，一边心中鬼念骤生。

恽至诚颤巍巍地端着花茶递给仙儿，仙儿突然说还未吃饱，想吃点冰激凌或是三明治，说罢便想去开冰柜。恽至诚一步挡在她面前，只说是冰激凌和她想吃的东西都在下面的厨房里，这个冰柜里面空空荡荡的，多半放些啤酒饮料之类的。仙儿不信，拉开第一层一看，确实满满当当都是饮料酸奶，便娇嗔地说要吃甜品。恽至诚好言安慰着，把洋地黄的小瓶子揣在了兜里，随后下了一楼厨房，倒腾好了冰激凌三明治，又不忘撒入些许洋地黄，才满心欢喜地端上了二楼。

他刚走到起居室门口，却骤然闻到一股子冷气的味道。抬头一看，只见仙儿把冰柜全部都打开了，所有的纸盒标本都翻倒在地上，仙儿正低着头按照时间顺序，将其一一排列整齐，随后抬起头严肃地看着恽至诚。恽至诚手中端的食物撒落一地，一瞬间，惊诧、恐惧、惶惑统统袭上心头。她知道了，她什么都知道了，一股子邪火猛地蹿上了心头，看来洋地黄不管用了，好在自己有的是力气，对付一个丫头片子不在话下，又不是没干过。

恽至诚冲上前去，猛地扼住了仙儿的脖颈，手下在不断地用力，嘴里还在不断地咕哝："你太好奇了，本想让你死得没有痛苦，无声无息，你偏要自讨苦吃。"

突然间，恽至诚停手了，一切都静谧下来，他只觉得有个坚硬无比的东西顶在了自己的胸口。林仙儿拿着一把黑洞洞的手枪，顶住了恽至诚的胸口，随后她朝天放了一枪，又继续抵住他的脑门，"终于抓到你了，这个杀人魔王。"恽至诚只听到撞击大门的声音，繁碎的脚步声，接着无数支黑洞洞的枪口抵住了自己。恽至诚知道完了，他早就料到会有这么一天，但未料到是这种方式。

灰蒙蒙的监狱，墙壁是灰蒙蒙的，地板是灰蒙蒙的，只有自己的马甲是鲜红色的，还戴着脚镣。恽至诚坐在监狱的板凳上，心里反而踏实了，只是未料到林仙儿是警察。他苦笑了一下，人生啊，世事难料，自己作恶多端，孰料螳螂捕蝉，黄雀在后。自己这一路走来，多少纠结、惶恐、踌躇彷徨，乃至衷心的忏悔都是无用的情感宣泄，自己早就被警察盯死了。但警察只知晓他无恶不作，天理难容，不会知晓他心中还曾经有过那么美好的回忆。搴帘莞笑、赌书泼茶，听铁马敲风、梵宫琴音，观鬓湿杏花、长裙翩翩，这些所有美好的东西都刻印在自己的记忆里，辉映在自己的心神间，绸缪在自己的魂魄里。

门突然被打开了，身穿警服的林仙儿站在了门口，同狱警在言语，意思是要提审恽至诚。恽至诚拖着沉重的脚镣被带到了刑讯室，他坐在椅子上仔细地看着林仙儿，见她英姿飒爽，别有一番风韵。"你能告诉我真名叫什么吗？"

"我叫叶蓓蕾，和林仙儿是姐妹。我们从小被父母遗弃后被带到了孤儿院，分别被两对夫妻收养。别的，我就不能告诉你了。"

"你们在花园里一共挖出多少骸骨？"恽至诚问道。

139

二、耳环惊梦——致敬阿加莎·克里斯蒂《无尽长夜》

"十具。"叶蓓蕾一脸的愤懑与肃穆。

"哦，那我记忆有问题，我记得是五具，请原谅我记性不好。"

"原谅，你能被原谅吗？"叶蓓蕾强忍着怒火。

"你不懂。"恽至诚微笑起来。

在行刑前一天，恽至诚一夜无眠。想着家中花园只存下剔残的余骸在泥地里，这底下掩盖着十具女孩的尸体。多谢这年年繁茂生长的奇花异草，填平了地上的丘壑，掩护了自己的暴迹。他和林仙儿生活在一起的日子，是对他自小形成的罪恶人性的巨大挑衅。她是那么纯洁，那么美好，让自己的思想好似站在异域的地势上，在贝加尔湖边雄踞的山岭间，在乌拉尔东西博大的森林中。他尝到了空气异常的凛冽与尖锐，像钢丝直透气管，他的肮脏的思想受到了有力的冲刷，神经有了一种新奇的戟刺。他曾经的贪婪、怠惰、苟且、顽固、龌龊，与种种堕落的习惯束缚、淤塞，感受到一种解放的动力，他的功名心、利欲、色业翳蒙了的眸子也感到了新来的清爽。这是他一生中最美好的一段回忆。

行刑前，叶蓓蕾问恽至诚："你为何要杀那些女人们。"

"没有了你姐姐，我又变成了原来的我，更加龌龊、肮脏，你也可以说我无耻。"

"你是否爱过我姐姐，还是纯粹把她当成一个工具？"

"我不会告诉你的，我要把这个秘密带进坟墓。"恽至诚微笑起来，心里不再纠结了。

三、口红之芭蕾舞者

——致敬《黑天鹅》

舞者谢红莲

谢红莲这一晚睡得很沉，整个梦境都被支离破碎的芭蕾舞蹈片段所充斥。一会儿梦见了自己在十四岁那年第一次踏上舞台，参加第二届芬兰赫尔辛基国际芭蕾舞比赛中，她跳的那支《卡门》的独舞，一袭红衣，舞姿奔放恣意。谢幕时她第一次听到来自观众席的掌声，激动得泪珠盈满眼眶。一会儿，她又梦见了自己在日本名古屋参加首届国际芭蕾舞蹈比赛中跳的那阕《天鹅之死》，她梦见自己的手臂不停地颤动、起伏，化成了白色羽绒遍布的天鹅翅膀，细长而伶仃的双腿不停地伸展、打开、屈伸、画圈，天鹅在舞台灯光隐暗下去的瞬间伏地而死，可自己的耳朵里分明听到了如火如荼的掌声，热烈喧闹，压头盖脸地朝自己涌来。声响似玉盘中万颗珍珠落，似玳筵前几簇笙歌闹，又似绣旗下数面征鼙操。好像不是掌声，再仔细听，珠连玉散，瀽瓮翻盆，不是掌声，是雨声。

谢红莲被响声惊醒，捋了捋湿漉漉的长发，从睡床上坐起。她揭开窗帘，只见外面大雨瓢泼，浸润枯草，洒开花萼，谢红莲面对这如膏的秋雨，心中也无缘无故地烦躁起来。她是一名芭蕾舞者，从身体到灵魂彻头彻尾为舞蹈而生的人，她心甘情愿为芭蕾贡献出毕生的精力、情感乃至生命。明天旧金山芭蕾舞团就要来上海选人了，他们虽然一手掌握了团里几个顶尖舞者的生平资料，可是他们依旧不放心，依旧要千里迢迢亲自来遴选演员，要在他们挑剔而尖锐的注视下让演员们跳跃、飞腾、转圈，轻盈地颤动，急速地旋转，他们只相信自己的眼睛。谢红莲听着窗外嘈杂的雨声，心中愈加忐忑不安起来。旧金山芭蕾舞团，全美三大芭蕾舞团之一，在全世界都是顶尖的，毋庸置疑，他们要选择最好的舞者来充实自己的舞团。他们的编导每年都在世界各地的芭蕾舞团中巡游，遴选出最优秀的演员为自己的舞团注入崭新的灵魂，焕发出不灭的勃勃生机。

谢红莲面对椭圆形的梳妆镜，将如丝的秀发绾至头顶，用发夹盘起，再取出一只珍彩宝石的口红，看了一眼上面的标识，"奔驰桃红"，够艳丽，够大胆。随后她旋开口红将朱唇填满，整张面容在点上绛唇的瞬间妍丽而生动起来。红莲将双目微闭起来无端臆想着，她知道自己是个不错的舞者，十四岁时，那一阕震惊评委的独舞《卡门》，让她在参加芬兰赫尔辛基的一百六十名国际舞蹈选手中脱颖而出，一举夺得了第二名。第二年，十五岁的自己又参加了法国国际芭蕾舞蹈比赛，评委席中的俄罗斯芭蕾大师乌兰诺娃欣赏有加，给了自己一个满分。一九九三年，十六岁的自己又在日本名古屋的首届国际舞大赛中获得了"尼金斯基"大奖，在此以前，这个大奖都是颁发给杰出的成年男芭蕾舞者的。

谢红莲睁开妩媚的双眸，看到镜中的自己在口红的点缀下，整张脸显得璀璨迷离，精致非常，心中万般愉悦起来。可转念一想，又落寞下来，自己是不错，是算得上优秀，可对于旧金山芭蕾舞团来说，自己还不够优秀，还差得很远。无数优异到极点的芭蕾舞者曾经在旧金山舞团的舞台上演绎过无数美到令人窒息的作品，让古典芭蕾焕发出勾魂摄魄，恒久经典的魅力。那一个个完美的瞬间像一帧帧永恒的照片，定格出了令人无法超越的鬼魅魔力。超越，是啊，难以超越。红莲用卸妆乳将口红缓缓擦拭掉，整个人的脸庞瞬间从妍丽变为平凡黯淡。

明天怎么跳？虽然已经选好了舞曲，编排好了舞蹈——是《吉赛尔》中的一段独舞。可是，行吗？到底行不行？谢红莲梳直了头发，心思烦乱，她重新上了床，毕竟只有半夜两点，她又沉沉睡去。

第二天清早，当阳光的金线铺洒进窗台的时候，谢红莲已穿戴整齐，踏出了家门。当她满怀信心走进排练室，以为自己是第一个到达舞团的人时，却听到里面钢琴悠悠流淌的声音。她忐忑不安地走进房间，一屋子黑压压的人差点将她吓倒。数十个舞团的同伴局促不安地站成两排，一个接一个地跳着舞。面前站着五六个外国人，有男有女，都上了年纪，有些身材依旧保持得很好，一看便知当年也是跳舞的，另一些看上去温文尔雅，学识渊博，像是舞剧导演或编导。

"谢红莲，你怎么来得那么晚，都开始一个小时了。"教导老师将她悄悄拉到一边埋怨道，"快去做准备。"老师将红莲一把推向补脚粉的地方。谢红莲一边脱掉外衣，穿上自己那双又绵又软的芭蕾舞鞋，随之走到补脚粉的角落里，将鞋底沾满防滑粉，一边看着自己的同伴们，她们正在竭尽全力地飞腾转旋。看得出都在为这个千载难逢的机会使出浑身解数。钢琴的叮咚声在幽幽流淌，时而清冷恬淡如寒猿啼鸟，时而回漩激昂如飞沫回天。那些旧金山芭蕾舞团的老师们仔细地看着，观察着，时而眼神犀利，时而又思绪迷茫似乎飘扬到远方。有一位金发碧眼的艺术总监被唤作彼得罗夫的，似乎成了众人的焦点，导演和编舞都在轮番和他交流，他仔细聆听着，露出恬淡的微笑，但似乎并不为所动。

终于轮到谢红莲上场了，她要表演出吉赛尔由天真的乡村少女到鬼魂怨灵的转变。音乐声响起，像流水潺潺而过。红莲先是舞姿柔缓，眼神迷惘，动作轻盈。继而随着音律的转变，强烈地大跳，急速而稳健地旋转，举重若轻地做着各种高难度的古典芭蕾动作。人群开始躁动起来，房间里有窃窃的交谈声，有钢琴白雨跳珠乱入船般的琳琅声，有人的喝彩声。红莲仿佛有些迷醉了，只知道不停地飞腾、旋转、划圈，脚尖磨着地面。当音乐戛然而止时，红莲脚尖着地，单腿站立，悠扬的姿态恍若冰雕玉砌。她听到掌声了，先是稀稀落落，继而是热烈纷杂，红莲瞄了一眼彼得罗夫，这个身材颀长、目光深邃的金发男子，他笑了，露出了迷人的笑容，谢红莲知道自己过关了。

不出所料，谢红莲以辉煌的得奖战绩和卓绝的舞技收到了旧金山芭蕾舞团的邀请，担任签约舞蹈演员。谢红莲收到邀请函的时候激动得珠泪盈眶，她辞别了母校，打点好行装，也辞别了父母，只身一人朝美国飞去。那一天，她刚满十八岁。

站在举世闻名的旧金山芭蕾舞团的阶梯上，谢红莲拖着行李箱，脑海里有种晕晕然迷醉的感觉。舞团的总部设立在旧金山战争纪念歌剧院，冗长的阶梯，石雕繁复的恢宏建筑，衬着背后苍茫广阔而又云彩斑驳的天空，整个歌剧院仿佛伫立在云端一般影影绰绰。谢红莲惶惶然站了一会儿，就被当时来接她的人带进了舞团。她知道自己是一个新人，且是剧团唯一的华人面孔，但她也并不惧怕，她在来以前一边练舞一边恶补了几个月的英语。同时，她也相信自己纷飚若绝的舞技，一定不会输给别人。

接她的人将她交给一位鸡皮瘦损、鬓丝如银的老妇人。老妇人虽上了年纪，却依然身姿挺拔，精神矍铄。她微笑着引领红莲去了排练房、化妆间、单人化妆间、会议室、客厅。一路的墙壁上贴满了各时代芭蕾名伶的剧照，MARIA KOCHATKVA，POLINA SEMIONOVA，直到现在的玛尔戈。她们或穿着白天鹅满是褶皱的薄纱舞裙，或是吉赛尔拖曳坠地的绉纱舞衣，抑或是胡桃夹子或睡美人中繁复蕾丝的舞袍。她们的容颜都如露浥琼英，她们的身形都连娟秀嫮，如玉兰花一般傲然挺立在枝头。她们的舞姿都是"飘然转旋回雪轻，嫣然纵送游龙惊"。她们的照片，或黑白对比强烈，或色彩娟丽，那迷离而深邃的目光仿佛在挑衅着谢红莲："在这样辉煌的艺术殿堂里，你永远无法超越，永远是个丑小鸭。"

谢红莲在芭蕾舞团东兜西转看了一整天，晚上便下榻在团里为她租下的小房子里。这是间小公寓，虽然狭小而简陋，但五脏俱全，比较适合她这样薪酬不高的新人。劳碌了一整天，谢红莲酣然入梦，她必须早点睡，因为明天就要参加正式的排练了。

第二天一早，谢红莲挤地铁到了舞团，与相关负责人签下了舞蹈演员的协议，便被带到了排练室。排练室里挤满了人，都是鹤立琼池，姿态娴雅的西方美人。随着钢琴的伴奏，不停地蹲下、站起，脱离把杆的手在空中划出圆润而漂亮的弧圈，腿部如流水一般在地面上划动。舞者大约超过五十人，穿着式样划一的训练服，盘着长发，绾至头顶。中间有一皮肤褶皱，身材姣好的老妇人，不停地喊着节拍："battement（巴特芒），battement tendus（巴特芒，当久），demiplice（地米普利也），rond de jambe pa rtorre（朗得让巴特尔）。"

谢红莲仔细聆听，听懂她说的是芭蕾术语：击打、伸直、半蹲、深蹲，用脚在地上画圈。老妇人注意到了红莲，示意她一同加入练习。谢红莲微笑着加入了练习，一抬头只看见彼得罗夫站在二楼的栏杆上注视着自己。金色的短发在窗棂细风的吹拂下好似翻滚的麦浪，他看了一会儿，随后就离开了。

一整个早上谢红莲都在不停地练习，踢腿、击打、追赶步、不停地旋转，热汗淋漓。中午休息的时间，她趁无人注意，便在舞团里四处乱看，沿着排练场一直往前走，看到一间小房间，门上镶嵌着椭圆形金色的名牌——玛尔戈·赫本，谢红莲知道这是首席舞者玛尔戈的单人化妆间。门是半开着的，便好奇心骤起，蹑手蹑脚地在门外窥视，只见玛尔戈为自己画上深邃的眼线，将头发盘至头顶，随后她突然停了手，端详了一会儿自己，随后从化妆台最小的抽屉里取出一支紫色外壳的口红，小心而谨慎地拧开，接着将唇脂填满了整张嘴唇。口红的色泽仿佛是深桃红色，极艳丽，一晃眼望去像是血的颜色，赤珠滴血，剪碎红绡，把玛尔戈苍白而有些轻微衰老的面容瞬间提亮，妍丽娇俏到了极点。随后她将口红小心地放进抽屉的深处，开始整理训练服了。

谢红莲看了半天，心内波潮澎湃。她偷偷又溜出了走廊，和所有的舞团人员一起吃饭。午餐很丰盛，但谢红莲注意到那些舞者们大多吃了些蔬菜沙拉、鸡蛋卷、小片的牛肉，完全不碰那些熏肉腊肠和奶油浓汤。她们一边吃一边窃窃地交谈，她听清了，说是下午要带妆彩排《天鹅湖》几个重要的场景，她们必须吃快些，赶紧做些准备。谢红莲是新进之人，今天的彩排当然安排不上，不过她倒是可以观察一番，这古今驰名的旧金山芭蕾舞团，舞者们的水平到底如何。

吃完午饭，整个排练场开始忙碌起来，演王子的男舞者已经到场了，比画着手里的道具弓箭，和钢琴师在小声地交谈着。所有的女舞者们都穿上了白天鹅的蓬纱裙，屏息静气地等待着。过了不一会儿，彼得罗夫笑语宛然地从门口进来，后面跟随着盛装到令人惊艳的玛尔戈，她唇上的艳桃红色口红在灯光的照耀下折射出瑰丽的光彩。钢琴声幽幽地流淌，柴可夫斯基撼人心魄的主旋律袭来，舞者们扮演的白天鹅开始穿梭、追赶、小步跳跃、大步踢打，像一只只真正的天鹅在扑棱飞腾。

谢红莲非常熟悉这幕舞剧，接下来该玛尔戈出场了。所有的白天鹅都整齐地排列起来，列队变成了一个正方形，又从正方形延伸出一条细长的通道。钢琴的节奏变快，如跳珠撼玉，玛尔戈轻盈又迅疾地从天鹅群背后奔袭而来，头上顶着水晶的皇冠，沿着细长的通道踮足站定。

偶遇王子了，玛尔戈显出惊讶慌乱的姿态，细眉连娟，美目流涕。随后王子开始追逐着玛尔戈，双人舞开始了。踮足、转圈、下腰、托背、一个个优雅的托举，一次次魅力四射的旋转让人着迷。玛尔戈时而俯仰来往，雍容而惆怅，时而追赶着音乐的节奏，摇撼跳动，应和着乐曲之声，手指目顾。两人像是欢好了，双人舞开始欢快起来，玛尔戈体态柔美绰约，娴雅美丽，像弩箭发射般的迅疾，又非常举重若轻。玛尔戈的每一个芭蕾动作都做得极其到位，又十分自然，堪称无与伦比的完美。在柴可夫斯基浓重的收尾曲中，第二幕天鹅湖畔结束，大家都热汗淋漓，四散休息起来。

谢红莲看完玛尔戈的白天鹅，心中像飞沫回天一般波潮万丈。她发觉自

三、口红之芭蕾舞者——致敬《黑天鹅》

己的水平甚至还不如跳群舞的演员，与玛尔戈的天才演绎更有天壤之别。再过半小时，玛尔戈又要重新扮演邪恶魅人的黑天鹅，不知又是怎样一番奔腾激荡，撼人心魄的表演。只见玛尔戈独自一人朝自己的化妆间走去，急速地，像是躲避什么人。谢红莲见无人注意自己，便又偷偷地跟随着玛尔戈至单人化妆间，隔着门缝偷偷窥看。只见玛尔戈把艳桃色的口红用卸妆液擦拭掉，换上了黑天鹅的纯黑色薄纱舞裙，重又戴上皇冠，临了从小抽屉里取出一支黑色壳子的口红，将嘴唇缓缓填满鲜艳的正红色。配上纯黑色的舞裙，较之以前，更有一番皎若朝霞，艳如芙蕖的风姿。最后她放下黑色的面纱，对着镜子露出魅惑的笑容。谢红莲看得怔怔的，随后快速地逃离了走廊，又回到了训练室里。

不出谢红莲所料，当钢琴声急速地响起，玛尔戈的黑天鹅惊艳登场。急速的旋转，如繁音击节十二遍，娉婷的节奏如跳珠撼玉。她脚尖不停地拍打，迅疾如风，身子像长了翅膀，一直悠然向前。纤细的绉纱舞衣，翩翩然如同飞蛾，两只手臂逶迤曲折，双腿踢打姎袅绵长，无数的旋转稳健迅疾，如云彩翻转。最后定格的姿势如翔鸾舞毕，鹤唳曲终，完美收场。

玛尔戈舞毕，周围的舞者爆发出如火如荼的掌声，玛尔戈则点头微笑，一人独自回了化妆间。红莲看了整场带妆彩排，心中像回沫冠山，奔涛空谷，不一般的心跳激荡。玛尔戈彩排时看着自己的样子仿佛充满了睥睨，悠然离场的姿态又是多么高傲冷漠。

芭蕾，是谢红莲从小的梦想，因为芭蕾是世界舞蹈皇冠上那颗最熠熠的明珠。当谢红莲小时候第一次在电视上看到芭蕾舞者，看到那袅娜千状，令凤翥鸾停的舞姿，那海棠娇羞、芙蓉躲避的神采，周围的一切似乎都静止了，停驻在了那完美的瞬间。自此，红莲把自己献给了芭蕾，整个心、整片情，乃至整个灵魂。只有在芭蕾的音乐里她才能放纵恣意，酣畅淋漓，也只有在芭蕾每一个繁复的动作里，才能感觉到自己真实地存活着。在得了几个大奖以后，她被誉为天才少女，她也曾经飘飘然过，自以为舞技卓绝，令人叹为观止。直到今天看到了玛尔戈，看到这惊人的爆发力，诱人的魅惑力，白天鹅婉转忧伤，黑天鹅奇幻魅人。自己和玛尔戈之间仿佛有着一条难以逾越的鸿沟，这些鸿沟好比西方天庭里弹奏着竖琴的金发天使，看着人间乡村的泥地里吹着短笛的牧童；而这些巨大的鸿沟又好似天宫里的仙女，伴着磬箫筝笛、弹吹的仙乐，虹裳霞帔，翩然转旋，霓裳舞罢，绿腰舞绝。而自己则是山地里扎着红腰带的村姑，随着腰鼓的节奏，**粗蠢地扭动着身躯，臃肿地摆**弄着穿着棉袄棉裤的手脚。她曾经浅薄地以为自己技艺超群，**像神话中王母**身边的萼绿、飞琼，一曲仙乐，云彩停驻，今日在玛尔戈龙骧横举、狂飙急纵的舞姿前相形见绌，成了乡野村姑玩耍的把戏。

也许在彼得罗夫的眼睛里，自己平庸的舞技连群舞演员都不如，好似白居易在溢城闻听山魈之语，巴峡偶遇杜鹃啼血；或许有一两个可取之处，可与真正的首席舞者相比却有着天壤之别。或许真正的舞者一百年才出现一个，自己充其量不过是充实舞团的基石，美艳芙蓉背后的青草与泥土；与所有的泥土混合在一处，凝固成一片荷塘月色，衬托着芙蓉的娇俏妍丽；与所有的浓云混合融化在一起，幻作层涛蜕月，云潮溟没的海天云气，衬托出明月的绝亮和孤傲。

她仰望着玛尔戈，崇拜着玛尔戈，憧憬着自己有一天能成为玛尔戈这样的首席舞者。幻想着自己一曲舞绝，鹤唳长空，成为芭蕾皇冠上卓绝闪亮的明珠，被千人景仰，万人嫉妒。玛尔戈轻抹口红的姿态绝世妍丽，擎着口红的景象千分神秘，万分灵异，仿佛一根细微的琴弦在自己的心灵深处缓缓颤动，细细撩拨。

今天的彩排已然结束，谢红莲站在原地呆想了片刻，两只脚不由自主地挪动起来，沿着走廊一路走去，不知不觉走到了玛尔戈的单人化妆间前。她偷偷朝里窥望，发觉里面地方虽小，但典雅精致。有五六支颜色不同的口红凌乱地放在桌上，没有先前彩排时所见的那两支口红。

到了晚饭时分，谢红莲听到一阵喧哗声，只见舞者们都相继奔跑了出去，三三两两围在一起窃窃私语。谢红莲听说是玛尔戈在离开舞团时被一群粉丝堵在了廊道里，有两个男子不依不饶地缠着玛尔戈，不仅送鲜花，要签名，还污言秽语。玛尔戈大声呼救，现场一片狼藉。

谢红莲也跟着舞者跑了出去，只见彼得罗夫扶着惊慌失措的玛尔戈，将她送出了舞团。围观者见当事人走了，也觉无趣，便各自回家了。

走廊里顿时清静下来，刚才的插曲已经过去，只有谢红莲还站在事故现场。突然，她发觉地上的角落里有一个小小的黑色丝绒布袋，连着抽绳，被扎得紧紧的。"这是什么。"谢红莲自言自语道，一边俯身将绒布袋捡了起来，不假思索地打开。布袋中俨然是两支口红，一支是紫色的，一支是黑色的。"这是怎么回事？"谢红莲满腹疑窦。这两支口红非常眼熟，正是之前玛尔戈在化妆间涂抹的。玛尔戈小心翼翼地将它们随身携带，"为什么现在会出现在这里？"谢红莲懵懵懂懂地思考着，突然间她想明白了，应该是刚才那些暴力粉丝对玛尔戈进行拉扯的时候，她奋力地挥动过拎包进行抵挡。这个绒布袋子可能就从拎包里滑脱了出来，遗留在一个不为人注意的犄角旯儿。

"是不是要还给玛尔戈。"谢红莲想着，可玛尔戈现在早已离开，要不就明天再说吧，反正她有的是口红，一件小事而已。"谢红莲将盛放口红的丝绒布袋塞入自己的衣袋内，也离开了剧团。

夜晚到了，圆月凄清，夜寒花碎。谢红莲独自一人坐在公寓的床上，呆看着面前的两支口红。她保留着玛尔戈的口红，只知道这是玛尔戈的东西，是女神的御用品。这两支口红曾被玛尔戈在薄唇上轻抹浓点，被她的纤手轻拢慢捻。它们沾染了她身上衣领的香气，浸润了她舞蹈的灵魂，每日感触着她的肌肤，点亮了她的容颜，让她在舞台上挥洒出恒久难灭的不朽魅力。后天，《天鹅湖》就要公演了，玛尔戈丢失了两支口红，那又怎么样，反正她有的是口红。等后天吧，公演结束后再找个机会还给她。后天不知又是怎样一番惊天地泣鬼神的不凡演绎。

第二天一大早，谢红莲便到了剧院，先进更衣室换训练服。大部分舞者都在快速地换衣服和缠绕芭蕾舞鞋的绑带，只听得两个年龄稍小的舞者缩在一旁窃窃私语，谢红莲听清了，说是玛尔戈在化妆间里生气发火，说有人偷了她的东西。谢红莲退到一旁只装作没听见，忽然"哐当"一声，接着又是乒乒乓乓的声音，所有的舞者都跑出了更衣室，循着声音沿走廊走去。巨大的声响发自玛尔戈的化妆间，有几个胆大的女孩偷偷朝里窥看，谢红莲也跟了过去。只见玛尔戈完全失去了平时优雅的做派，蓬头垢面，脸上的妆也花了，眼线液和眼影膏混合着睫毛液蜿蜒流了一脸。面前白色梳妆台上那面巨大的梳妆镜已被她砸碎，掉落在地，化成了地上无数熠亮的碎片。玛尔戈又举起了一只花瓶，花瓶中还盛满了娇艳的斯嘉丽卡顿玫瑰。玛尔戈用力一甩，花瓶砸向破裂的镜子处，一声巨响，陶瓷花瓶倏忽而碎，与那些尚未脱落的镜子碎片一齐飞溅出来，碎了一地。玛尔戈突然冲出了房门，用手指着门口看热闹的舞者们，口中含糊不清地骂着脏话，意思是谁偷了她的口红，识相地交出来，否则一个个搜查更衣室。

谢红莲整个人在轻微地颤抖，紧紧攥着手，手中腻满了汗水，滴滴冷汗从额间沁出。她从未见过玛尔戈这样，在她浅薄的印象里，玛尔戈始终卓越娴雅，虽然上了一点年纪，但风姿清雅迷人，舞姿绝伦。今日一见却是恶语相向，脏话连篇，如乡野间吵闹的村妇一般无二。她怎会变得如此？不就是丢失了两支口红吗，她的化妆间里至少有不下十支口红，换两支涂抹不就行了？难道自己无意中得到的这两支口红对玛尔戈有无法取代的特殊意义吗？有趣！不至于如此大光其火吧。那两支口红还静静地被安放在自己的小公寓里，搜更衣室是毫无意义的，谢红莲低头暗笑，看来玛尔戈的涵养也不过如此。

一头金发的彼得罗夫突然赶来了，冲进了化妆间并关上了门，只听得里面玛尔戈在轻轻啜泣，彼得罗夫温存的男声在好言相慰，大约这样持续了半个小时，彼得洛夫神情严肃地走出来，劝舞者们都回去训练，明天就要上演《天鹅湖》最重要的一场，总统将携夫人一同观看，此乃芭蕾界的一大盛事。大家一定要严谨训练，玛尔戈只是压力大，宣泄情绪而已。

舞者们都四散开来，陆续走进了训练场，谢红莲最后一个退出。彼得罗夫眉眼轻瞟注意到了她，问她叫什么名字，谢红莲愉悦地应答着，说自己姓谢，是新来的舞者。彼得罗夫看着她清丽的亚洲面孔，似乎想起了她，微微点点头，又进了玛尔戈的化妆间。

谢红莲一天都跟着舞团在训练，小碎步，追赶步，双脚击打五次六次。玛尔戈在彼得罗夫走后一整天都将自己关在化妆间里，一整天都没有出来，也没吃饭。

第三天终于到了，晚上五点，舞者们都赶到了剧场，忙着整理舞裙珠襦与缠绕舞鞋的绑带，随后画上孔雀蓝的眼影，像一只只飞腾扑腾的天鹅。谢红莲因为是新进的舞者，只能观看，不能参加演出。快到六点半时，玛尔戈穿着黑色的皮风衣，裹挟着清凉的秋风，冲进了主演的化妆间。镜子虽然都修补好了，可是她依然黑着脸，满脸的愤恨与沮丧，一勾手关上了化妆间的门。

七点半的时候，所有观众都陆陆续续地进场了。谢红莲从舞台的帷幔间看过去，黑压压坐满了一片，有种强烈的压迫感。过了不一会儿，人群渐渐有些骚动起来，几十个身材高大的保镖先行进场，搜索了一遍，又过了一会儿，保镖们簇拥着总统、总统夫人进场，缓缓坐到了第一排。

第一幕开场了，繁华而喧闹的宫廷舞会。国王肃穆，皇后慈爱，女官们翩跹而舞，男舞者们姿态稳健，小丑穿着滑稽，舞姿令人忍俊不禁。第一幕结束后，舞者们热汗淋漓地回到了后台补妆室，开始换上晶白色的天鹅舞裙，发顶戴上两片天鹅的翅膀。

第二幕开始，舞台上的布景繁复绮靡，湖纹墨藻，苹花碎苔，花林疏落中湖石斑斓，一番烟慵云懒。一群白色的天鹅从薄纱做成的布景里鱼贯而出，体如游龙，体态婉转从风。王子出现了，背着弓箭，躲在湖石背后，偷窥着天鹅们的群舞。天鹅们穿插鱼贯，最后将队形演变成一个正方形，从正方形的一角延伸出一条小径来等待她们的天鹅公主。玛尔戈从队伍最后出现，一路疾奔，到了小径的顶端，最后踮脚站定，亮相。糟糕，她滑了一下，没有站稳，脸色有些发僵了。后台观看的彼得罗夫脸色阴沉下来，一语不发。开始双人舞了，一个单腿蹲（巴特芒风纠），一个 小弹腿（巴特芒 芙拉贝），还算好，但不够稳健洒脱，一个慢板（阿大纠），但是好像比音乐慢了半拍，一个交叉（克罗赛）没做好，男舞者没有抓牢玛尔戈，脱手了，一个敞开的动作（挨法赛）做得勉勉强强。怎么回事，后台开始骚动起来，有人窃窃私语，说玛尔戈今天状态不对，舞姿发僵。接着王子和天鹅公主开始恋爱了，缠绵而舞，玛尔戈做了一个迎风展翅状（阿拉贝斯克）的舞姿，可惜她比音乐快了半拍，王子转过身后来不及拉住她，她朝前跌冲了一下。接下来是天鹅公主一个单腿的鹤立式舞姿（阿提丢），可惜她只停顿了三秒。红莲记得她排练时完全可以停顿五秒以上。玛尔戈明显有点慌神了，愈来愈跟不上节拍，旁边伴舞的王子也不知如何是好。谢红莲数着下面的舞步，有一个双腿移重心的（汤里也）做得很勉强，接下来是 向外旋转（昂得窝），又遭了，转过头，成了背对着观众。后台愈来愈喧哗骚动，自从昨日丢失口红一番大闹以后，玛尔戈完全像变了一个人，完全失去了白天鹅婉转忧郁的魅力，像一只寻找松果的松鼠，在台上跳来跳去一番戏耍。

谢红莲发觉彼得罗夫走开了，正在和演员罗斯玛丽小声交谈。谢红莲知道芭蕾舞团的纪律和规矩，每场的首席舞者都有一个替代者，以防突然的变故，而罗斯玛丽便是玛尔戈的替身。在现在如此紧张的情况下，彼得罗夫与罗斯玛丽交谈，显然是要在第三场替代掉玛尔戈，不能让她继续出丑，谢红莲只见彼得罗夫拍了拍罗斯玛丽的肩膀，而对方则微笑着点了点头。

荒唐的第二幕终于结束了，玛尔戈冲入后台，想奔进化妆间换妆，却被彼得罗夫一把拖住，拉到一边小声交谈。片刻，玛尔戈失控得浑身颤抖，她抓乱了头发，泪流满面，头饰晶钻落了一地，显然二人在谈让罗斯玛丽替代她演第三场之事。玛尔戈简直疯了，她甚至跪下恳求彼得罗夫。第三幕的主旋律响起，罗斯玛丽穿着纯黑色的芭蕾舞裙跳上了台，随着宫廷舞曲的节奏飞速地旋转，迅疾地弹腿。红莲仔细地看着她，跳得还行，动作都对，但是欠缺一种挥洒自如、狂飙疾纵的能力。回头再看玛尔戈，她一路号啕大哭冲进了化妆间，关紧了房门，只听到房间里金属陶瓷和镜片碎裂的声音此起彼伏，好多人都涌过去看热闹，谢红莲也跟着人群乱涌。房门突然打开，玛尔戈冲了出来，蓬头垢面，满脸都花了，蓝色的眼影膏和红色的唇膏黏腻在了一处，眼线液蜿蜒流在了脸上，像两条黑色的伤疤。"你们谁偷了我的口红，我要杀了她。"玛尔戈突然歇斯底里地大叫，嘴里念念叨叨，一堆人都被吓走了，谢红莲看着玛尔戈的鬼样心颤不已，又逃回了帷幔处。

由于罗斯玛丽第三幕的准确演绎，第四幕也由她代演，这就意味着玛尔戈可能失去了首席舞者的资格。第四幕结束后，演员全体谢幕，总统偕夫人起立鼓掌，看上去算是勉强过关了。众人再去寻玛尔戈，发觉她早已离开剧院，不知所踪，而罗斯玛丽则趾高气扬地接受众人的祝贺，满面欣喜与傲慢。

夜深了，谢红莲依然难以成眠。她的案头上放着那一紫一黑两支口红——从玛尔戈那里无意中得来的口红。红莲又将它们拿起，旋开，仔细查看。就是普通的口红，但没有品牌，没有色号，也没有品名。可玛尔戈有那么多口红，少一两支又如何呢？剧团里的舞者们也经常丢失化妆品，后台本来就很杂乱，特别是排练和演出的时候，那些舞者们也最多埋怨两句，没见谁这样兴师动众、大光其火呀。玛尔戈为了这两支口红的遗失如此歇斯底里，舞姿僵硬，技巧一落千丈，到底有何玄机，有何诡异之处？谢红莲搞不懂，回头一想，明天是否应该把口红还回去，想着想着，将口红紧紧握在手中，便模模糊糊地睡去。

梦的女神翩然而至，谢红莲只梦见自己坐在剧场的第一排观看着《天鹅湖》的芭蕾表演，像是大剧场版，而且已经是第三幕。玛尔戈穿着黑天鹅的绉纱舞裙，戴着璀璨的皇冠正在急速地旋转，一圈、五圈、十圈、二十圈。玛尔戈的旋转飘然旋转，嫣然纵送，慢慢地，她原先婉转无筋骨般的手臂长出了黑色的翅膀，庞大的黑色翅膀，黑色的羽毛漫天飘卷。谢红莲坐在第一排，只觉得音乐声一阵紧似一阵，玛尔戈在漫天黑羽中停下了旋转，两行糊满黑色眼线的眼泪从双眼中冒出，滴落在地，她朝着坐在第一排的自己撕心裂肺地狂喊："还我的口红，你还我的口红。"随后巨大的黑色翅膀在她身后一张一翕。

　　谢红莲被吓醒了，惶惶然从床上坐起，窗外已是阳光铺洒，青雀啾鸣，百虫厮闹。谢红莲一看已是第二天一早，便立即起床梳洗，冲出了房门。早晨的美国街头已是人头攒动，灰灰的沥青路，街道两边的黄杨木已随着秋季的过去而逐渐凋零，黄叶飘洒一地。树梢枝条摇曳，清风袅袅吹拂，韵律如风中之弦。一路上卖早点、卖报的摊位甚多，许多人排着队买着刚出炉的汉堡和热狗。谢红莲入乡随俗地也排队买了，左手擎着一杯热咖啡，右手拿着汉堡热狗。她吃完了早餐，只见报摊前面人头攒聚，人们窃窃私语。红莲好奇地挤过去一看，只见《华盛顿邮报》和《今日美国》的头版头条都是玛尔戈穿着白色天鹅绒舞裙的剧照，旁边的文字触目惊心。美国旧金山芭蕾舞团首席舞者玛尔戈，昨日深夜从自家二十五层楼台坠亡，死前还用刀具毁了自己的容貌，划破了自己的腿，旁边一张小照是玛尔戈惨不忍睹的死状。谢红莲头脑一阵轰鸣，手中的咖啡不自觉地跌落在地。她迅速买了一份报纸，只见上面铺天盖地地撰写着玛尔戈自杀的各种细节，冗长地叙述着她前一日在演出时发挥失常，大失水准，其间还有歇斯底里倾向等等诸如此类。

　　玛尔戈死了，昨天夜里坠楼而死，怎么可能呢？她怎么可能如此离开这个人世，死得蹊跷，死得匪夷所思。谢红莲想起自己无意中得到的那两支口红，心内颤抖不已，冷汗频出。玛尔戈曾经那么美，容貌耀如秋菊，光华丰茂如春松。她的舞姿曾经如此惊艳，忧伤婉转时，神光离合，乍阴乍阳，伸长自己柔弱的躯干，如同白鹤般站立。魅惑时，气势如龙，扬尘飞沫，不停旋转的身姿，如举翅鹄惊。她怎么可能就这么死了，而且如此惨烈，从二十五楼一跃而下，愤然地扑向地面，还自残破相，划破了自己的脸和大腿。难不成是自己得到了她的口红才致使她如此？不至于呀，丢失两支口红怎可能让她演出发挥失常，大失水准？更不可能让她崩溃绝望，自杀而死啊？会不会是因为前一晚舞蹈发挥失常，有可能失去多年奋斗经营而来的首席舞者资格，从而愤然自杀呢？

　　谢红莲一路自思自想，稀里糊涂地坐了公交车到了剧团，只见无数的记者已经挤在剧院的台阶上，随身的摄像器械像是长枪短炮一般对着剧团的出入口，警局的警车已经停靠在一边。谢红莲从出入口进入，只见后台也非常热闹。训练室被数十个记者围堵得水泄不通，彼得罗夫被记者团团围住，无数麦克风举在他嘴前。而代替玛尔戈跳舞的罗斯玛丽也被记者团团围住，记者疾语如风，刻薄地问了她很多奇怪的问题，罗斯玛丽被噎得满面通红，难堪不已。最终记者们被警察驱散,训练室又恢复了安静的常态,钢琴也未奏响。太安静了,静得像座坟墓。从红莲的眼睛看过去,训练室就像一座废灭的古城,堂基屋宇,崩塌毁坏,城池宫阙,成为废墟荒芜。而所有束发秀项的舞者,都像是《吉赛尔》舞剧里的怨灵,幽情难发,精浮神沦。她总觉着玛尔戈的魂魄还在每一处飘荡,在每一个角落啜泣,她毕竟曾在这里挥洒自己纷飞若绝的舞技,如今华美的身躯幽深邈远,寥落凋零,令人无限感伤。

谢红莲正想着,彼得罗夫大步流星地走了进来,清了清嗓子开始说话:"我希望玛尔戈的猝然而逝没有影响大家对芭蕾的热爱。我与团长商议,准备排练新版本大剧场版的天鹅湖,当然天鹅公主要重新遴选,你们每个人都有机会。"说完,彼得罗夫让大家跟着钢琴的节奏继续排练,自己则在舞者群中穿梭,口中则喃喃自语着:"《天鹅湖》由柴可夫斯基于1876年写成,在这部芭蕾舞曲中,有如泣如诉的管乐呜咽,表达奥杰塔公主纯洁的内心世界,也有华丽明朗的舞曲,表达齐可菲尔德王子的阳光和活力。在第三幕著名的黑天鹅奥吉莉独舞变奏中,黑天鹅要一口气做三十二个挥鞭转的单足立地旋转,这一绝技由意大利芭蕾舞演员皮瑞娜莱格纳于1892年独创,在圣彼得堡版演出中出现。这出舞剧需要舞者以细腻的感觉、轻盈的舞姿、坚忍的耐力和完美的技巧,才能诠释白天鹅与黑天鹅两种完全不同的心灵世界。"

"《天鹅湖》需要醇熟的技巧,坚韧的毅力,甚至瞬间人舞合一的灵魂升华,这样才能达到一种完美。在最近的几年中,只有玛尔戈达到过,我曾经同时在她身上看到白天鹅的忧伤惆怅、婉转悠扬,与黑天鹅的邪恶魅惑、狂飙疾纵,善良与黑暗轮番上演,瞬间达到一种完美。如今她已逝去,需要有新人来重新演绎。只能超越,不能逊色。"彼得罗夫捋着金发在舞者群中穿梭,随后用手指点了几个舞者的肩膀,谢红莲也被他点到。

"被我点到的人,明天早上到大排练厅来,准备好《天鹅湖》的各个分段的舞曲动作。"彼得罗夫大步流星地走了,剩下舞者们聚在一处窃窃私语,玛尔戈的自杀完全被这令人振奋的新消息所湮没,被点到的人洋洋自得,未被点到的人则落寞惆怅。谢红莲也被点到了,这是她始料不及的,心中好一番雀跃,不知明日会如何。

无意中得来的口红出了鬼怪

又到夜晚了，窗外下起了小雨。谢红莲在自己的小公寓里，面对着偌大的穿衣镜，抚摸着面庞无限遐思着。自己的桌上放着一紫一黑两支口红，玛尔戈死了，自从丢失口红后就歇斯底里，精神异常，她为何如此在乎这两支口红？这口红看似普通，可上面没有任何的字母标识和品名色号，这是任何一支正常的口红都应该具有的，似乎有些奇怪，到底有何玄机？谢红莲拿起那支黑色的口红，旋开，鲜艳的红色若赤珠滴血。她将它举到自己唇边，想涂抹一下，想了想又轻轻放下。

如今玛尔戈死了，像露珠一般陨灭，变作了落红的余烬与残灰，死者为大，这两支口红就留在自己的身边做一个纪念吧，现在反正也不会再有人来搜查这两支口红了，它已经变作了一个无人再愿意提起的往事，被所有人淡漠而遗忘了。谢红莲想着，便把这两支口红悄悄放在贴身的内衣口袋中，缓缓入睡了，就让玛尔戈曾经婉转从风的舞的灵魂永远陪伴着自己吧，终有一天，她谢红莲也会在这异国他乡的舞台上跳出狂飙疾纵、神魂合一的舞步，她相信这一天终究会到来。

第二天终于到了，谢红莲一早便发觉睡迟了，匆匆忙忙地到达了舞团，她颠衣倒裳，换上训练服，到达了训练厅。许多舞者已经簇拥在那里了，彼得罗夫的金发梳理得一丝不苟，浅笑怡人却又稳健睿智。钢琴声淙淙地流淌，彼得罗夫让每一个舞者都做一遍第三幕中奥吉莉的三十二个挥鞭转。谢红莲排到第三十个，她无意间瞟了眼镜子，发觉自己没有化妆，因为时间太匆忙，连口红都没有涂抹。谢红莲想重回化妆间一次，可时间已经来不及了，她又想看看其他舞者的舞技和水平，特别是罗斯玛丽的。谢红莲突然想起自己内衣口袋里藏着玛尔戈生前的口红，便偷偷溜到卫生间了，将玛尔戈的黑管口红慢慢涂抹在唇间。先是轻轻点开，最后浓浓涂上，一瞬间，她整个人都被提亮起来。黑眼珠如骊珠一般又大又黑，皮肤变得如冰雪般苍白，而红唇则鲜艳欲滴，仿佛刚喝了人血。再过了一会儿，镜中的人像似乎发生了变化，眉毛细长而高挑，身姿傲如冰雪，血样的嘴唇微微上挑，魅惑而撩人。眼睛处有两片黑色的眼影拉长到鬓，像两团浓浓的云翳，身上的训练服变成了黑色绉纱镶嵌着晶钻的黑天鹅舞裙。谢红莲摆了一个挥鞭转的造型，手臂上突然出现了捆绑的黑纱，漫天飞舞着黑色的羽毛。黑天鹅奥吉莉活脱脱地现身了。

谢红莲惊呆了，蒙了，这是怎么回事，怎么会这样？她慌忙想擦掉口红，可时间又来不及了。她望着厕所镜子中自己的形象，手中擎着玛尔戈的口红，心跳似山重水复，狂波掀澜。这口红出鬼了，自己怎么变了黑天鹅的模样？那么那只紫壳口红呢？玛尔戈曾经在演绎白天鹅时浓点绛唇过。也许这两支口红是不同的，一定是截然不同的，玛尔戈应该深谙其中的秘密。紫壳属于惆怅婉转的白天鹅，能演绎孤傲而忧郁的奥杰塔公主，而黑壳则能完美诠释黑天鹅的妩媚与狂放，不羁与撩人。太奇妙了，太诡谲了，这样的事情怎么会被自己撞到？如果不是无意中得到了玛尔戈的口红，自己就永远被蒙在鼓里，任何人都不知晓这个秘密。马上要进行第一轮演员的遴选了，自己怎么办？论舞技，自己比罗斯玛丽可能还差一点，动作都能做到位，可无法自然流畅到每一个细节，不可能达到彼得罗夫所说的人舞合一的境界。可是，自己的理想难道不是做首席舞者吗？

谢红莲知道自己是优秀的，当然这是在国内，比起那些个舞姿僵硬的舞者，她确实是更胜一筹。当然她也得过几个国际的大奖，但瞬间不能代表永恒。相比起旧金山芭蕾舞团中的其他舞者，她的水平只够一个群舞演员。而成为举世闻名的旧金山舞团的首席舞者，这是红莲一生的理想与执念。在无数的群舞演员面前独自站定，随后金黄色的追光灯聚焦在自己身上，唯独自己一人璨然而舞，宛如龙起，翩若鸾回。她婉转悠扬地做着每一个芭蕾的动作，时而又飞腾激昂，飞速地旋转，五圈、十圈、二十圈、三十圈，整个心神都和芭蕾融合在一起，无数芭蕾大师仿佛在瞬间与自己共同呼吸，共同感触这人舞合一的鬼魅快感。随后舞曲终了，她只身一人接受热烈的掌声，鲜花像冰雹一样飞抛到舞台上。这不是自己的梦想吗？自己一生的执念吗？

这口红太奇怪了，这是自己始料不及的。涂抹上这两款口红，也许整个人会极度兴奋或极度恍伤，变成脑海中自己想成为的角色，与这个角色无限贴合，同脉搏，共呼吸，胸膛中的一颗心与饰演的角色共同扑棱跳跃，奔腾激荡。也许这口红是自己唯一的机会。为何玛尔戈会发疯般地寻找丢失的口红，没有了口红，她的舞技一落千丈，无法再翩跹而舞。也许，这两支口红

三、口红之芭蕾舞者——致敬《黑天鹅》

就是致使玛尔戈多年来舞姿卓越绝伦的原因，也是因为丢失了这两支口红，让玛尔戈疯癫并最后一命归西。是的，口红是自己唯一的契机，想要出人头地，让自己绰约的身段和风姿变成海报上无与伦比的梦幻身影，那晶灿的天鹅舞裙，璀璨的皇冠，罗衣从风的神采将被印成无数张广告张贴在全美国的任何一个布告栏的正中央，让所有人都艳羡、欣赏，充满无比夸张的赞誉。谢红莲想好了，便将口红塞回内衣口袋，对着穿衣镜露出一丝邪魅的微笑。

随后，谢红莲摇摇晃晃地重新回到训练厅。罗斯玛丽正在做挥鞭转，她还是老问题，动作都对，就是没有那种灵魂与舞蹈融为一体的韵味。舞罢以后，彼得罗夫笑意宛然，问接下去是谁做。谢红莲挥手示意，走到训练厅的中央，全身禁不住地战栗，胸内呼吸急促，波澜起伏。她开始转圈了，三十二个挥鞭转，愈旋愈快，越快却越稳健而飘逸，仿佛映红蕊，含风放，逐银汉，流云漾，她整个人都升华了，好似走入了瑶台仙境，与王母身边的仙女萼绿飞琼一同狂放而舞。当三十二个挥鞭转结束的时候，周围人窃窃私语之声喧然而起，彼得罗夫露出诧异而满足的表情。

在谢红莲跳舞结束后，又有几个舞者也纷纷表演了挥鞭转，但舞姿平平，并不能引起人的注意。彼得罗夫看完了所有的表演，心满意足地回去了。舞者们也纷纷散了，有几个跑到谢红莲身边来向她表示祝贺，谢红莲全身心还被口红控制着，放眼望去，满天皆是飞舞的黑色羽毛。她知道自己跳得很好，比罗斯玛丽要好上十倍，应该是最有力的竞争者。回到更衣室，她用卸妆乳擦去了口红，她整个人都恢复了正常，也恢复了平凡，谢红莲惊诧至极，这口红到底出了什么鬼怪？

三日以后，谢红莲正在正常训练，突然舞者们骚动起来，都朝彼得罗夫的办公室涌去，办公室旁有个布告栏，上面贴着新版《天鹅湖》中首席舞者的名字，布告栏前人头攒聚，有人惊呼，有人叹息，亦有人咒骂。谢红莲心中如铎铃乱敲，狠命拨开人群一看，首席天鹅公主是罗斯玛丽，而自己是替补者。谢红莲退出人群，一下子跌坐在地上，只见不少人在恭喜罗斯玛丽，而罗斯玛丽整个脸都发亮了，她开心疯了。

替补，意味着不能上场，不可能跳舞，自己所有的执念在一夕之间幻灭。替补，也就是只有当罗斯玛丽出现意外的状况，受伤、状态不好、出差错，甚至死亡，她才可能上场。当然这种可能性是极小的，几乎是不可能的，这就意味着即使她有口红，有能力，也永远无法被观众欣赏到自己体迅飞凫、飘忽若神的舞技，华容婀娜的风姿。她将永远成为首席舞者身背后暗淡的投影，随着罗斯玛丽的飞腾跳跃而缓缓移动，慢慢翕张。永远是她脚底下的基石，承载着首席舞者连绵曲折、柔缓绵长的爱情双人舞，永远无法出头，永远无人看到自己。

回到家中，谢红莲扑倒在床上便大哭起来，心中的不甘与愤恨如波涛怒涌，可怎么办呢，毫无办法可想。

之后的一个月，谢红莲每天都在排练厅里和众舞者们一同排练，心无旁骛。她没有别的念想，也没有任何的期盼、执念与梦想，因为她要和所有的舞者一样，也许永远没有出头之日。

罗斯玛丽每天在大排练厅里和彼得罗夫单独排练，彼得罗夫一丝不苟，臻于完美，每天与罗斯玛丽训练说教超过十个小时。彼得罗夫极尽挑剔和苛求，令罗斯玛丽痛苦万分，每日都疲惫不堪。两个月以后，新版《天鹅湖》终于要公演了，这是继玛尔戈自杀而死后，旧金山芭蕾舞团第一次重新排演新版本的《天鹅湖》，媒体的各种报道和揣测甚嚣尘上，报纸上则长篇累牍地介绍着旧金山芭蕾舞团的历史和天鹅湖的分幕剧情。罗斯玛丽的大幅剧照被刊登在报纸的头版头条。当然，只有首席罗斯玛丽的剧照，不会有替补者谢红莲的。

明天晚上便是第一场的公演，谢红莲在剧目里演一个跳独舞的大天鹅，所以今天整整一天都无精打采，垂头丧气的。排演到一半，突然有个演员跑来对一个舞者窃窃私语，舞者惊讶地捂起了嘴，周围人都聚拢过来，谢红莲也慢慢走过去。只听得说罗斯玛丽刚才在训练时做一个托举的动作，因为与男舞伴配合不力，摔了下来，扭断了两根手指，现在正在医院上石膏。

谢红莲惊讶地捂住了嘴，天哪，这意味着罗斯玛丽有可能不能参演了，那么，这样说来，自己岂不是——岂不是像大雪中飞起的白鹭，跃过龙门的红鳣，成为，成为……

正思考着，彼得罗夫大步流星走了进来，点名要找谢红莲，当然她很好找，她那清丽的亚洲面孔在成堆的西方美人里是如此鹤立琼池，一枝独秀。彼得将她带出训练厅，秘密地交谈了半个小时。半个小时以后，谢红莲从心灵、身体到面容都散发出皎若朝霞的光彩。她要当首席了，她要替补伤病的罗斯玛丽出演天鹅公主了。

当天夜晚，谢红莲迟迟不能入睡，她面前放着那两支口红，神情肃穆，面容却激动而狂放，她喃喃地言道："明天，就靠这口红了。"

第二天的夜晚终于到了，街头秋叶飘卷，夜寒花碎，行人似蚁，也许他们都正往旧金山芭蕾舞团的剧院赶，为了一睹天鹅公主卓越窈窕的舞技。谢红莲已经静静地坐在首席舞者的化妆间里了。这个化妆间曾经是属于玛尔戈一个人的，她在这里整理舞裙，浓点绛唇，长眉入鬓。她曾经从这里走出，跃到舞台上，变成千人景仰、万人艳羡的皇后，也曾经在这里精神崩溃，消磨掉最后一点为人的希冀与期许。房间已经完全被整理过了，打扫得一尘不染，所有的化妆品都是全新的，没有一点玛尔戈的痕迹。不对，还有一点，墙角有一张相框。谢红莲慢慢地将它翻转过来并拾起，是张双人照，一个四十多岁的欧美男子搂着一个十岁左右的小女孩，小女孩明显是少时的玛尔戈，笑容甜美，小鸟偎人。那男子是谁？谢红莲将照片从相框里抽出，照片背后用英语写着"父亲和我"。原来是玛尔戈和她父亲的照片，不知为何被遗漏了，没有收起，谢红莲将它随手放进了抽屉里。

有人敲门，声音骤然响起："还有半小时，白天鹅公主上场。"谢红莲听到提醒，来不及细想，便急速地整理舞裙珠襦，缠绕芭蕾舞鞋的绑带，随后戴上天鹅公主的皇冠。最后，当然是至关重要的，取出那只紫色壳子的桃红色口红，浓点绛唇，涂浓一点，再浓一点，接着化妆镜中的一切发生了变化……

第二幕，柴可夫斯基的主旋律浓重地袭来，像一片浓稠的云翳覆压住了整个舞团，遮头盖脸地笼罩着整个观众席，吸引着观众同舞台上发生的一切共同呼吸，共同感知。天鹅的群舞出现了，绕过湖石假山，繁花碎影，在一片湖光水影中缓缓起舞。慢慢地，天鹅群将队形列成了一个正方形，对角线上让出一条小径来，等待着她们的天鹅公主。谢红莲瞬间仿佛灵魂出窍，天鹅附体，身上那绉纱的舞衣，华丽的飞髾恍惚间像是从她肌肤生长出来一般，丝毫不觉得累赘，拖沓。她从后台一路碎步疾奔，在天鹅群中迅疾穿梭，在小径上踮足，站定。偶遇王子了，惊诧、惶恐、羞怯、战栗，她的身体有时如柳枝般曼妙，有时又如蒲苇般坚韧。一个单腿蹲，虽细脚伶仃，但稳健有力，紧接着一个动作，力全部位于伫立的脚腕处，不可思议地平稳而优雅，一个慢板加上交叉（克罗赛），和着音乐的节奏一分不差。接下来一个考验技术和耐力的鹤立式舞姿，红莲至少停顿了七秒，连音乐指挥都为她故意停顿了两秒。舞台下爆发出雷鸣般的掌声。王子和公主开始相爱了，羞涩的，礼让的，可又是缠绵的，澎湃的。谢红莲的整个心和灵魂都被音乐燃烧着，走火入魔一般，放眼望去，漫天皆是飞舞的白色羽毛，道具都化作了真的湖石泥沼，墨藻碎苹。她的爱人在身边，拥簇着她，亲吻着她，同她轻声呢喃，情语连篇。谢红莲浑身散发出难以磨灭的光彩，随着爱人银莲偃仰，盘旋跌宕，翩然而上。

接下来是一连串复杂的舞蹈动作。谢红莲醉了，在舞台上觉得自己不是在跳舞，而是在飞翔，仿佛自己是中国古神话里的嫦娥，低身俯就，玉佩铿锵，红袖拂过，罗衣从风。第二幕的双人舞好像结束了，谢红莲不是很清楚，只是沉浸在人舞合一的境界里，耳朵里只听到鼓噪的雨声，如楼头过雁，檐前玉马，架上金鸡。再仔细听，不是雨声，是掌声，热烈喧闹的掌声。

谢红莲跳进了后台，彼得罗夫满面潮红，仿佛想拥抱亲吻她，她向台上回望，台上正在演绎着整齐划一的四小天鹅舞曲。谢红莲急着奔向后台，她要赶快换装，最要紧的是涂上玛尔戈那支黑壳子的口红。不能乱，绝对不能乱，紫壳桃红色，属于忧伤婉转的白天鹅，黑壳正红色，是奉献给妖冶魅惑的黑天鹅。两支口红，截然不同的两种性情，否则会在舞台上疯狂到难以控制。

谢红莲冲进了单人化妆室，急速地卸妆，换上黑天鹅的黑色战衣，见左右无人，谢红莲小心地取出那支黑色口红，轻研浓抹，再浓涂一遍，当谢红莲面对化妆镜邪魅勾人地自言自语时，房门突然被推开，罗斯玛丽一脚跨了进来，向谢红莲喃喃说着话，句句都是表示祝贺。谢红莲知道她恨自己，恨透了自己，一步登天上了舞台。谢红莲刚想假模假式地同她寒暄几句，可身体却不听使唤，不停地战栗，双腿不由自主地揉擦，仿佛心脏里有只黑色的邪恶天鹅，欲罢不能地要飞腾出来，要扑棱出来。罗斯玛丽注意到了红莲手里的黑壳口红，嘴里咕哝着说颜色好美，这外壳看上去很眼熟，说罢从谢红莲手中拿过去，擎在手中欣赏着，突然她说了句："让我涂涂看，好不好看。"言罢，不由分说就要往嘴唇上抹。谢红莲见状一把抢过，紧紧攥在自己手心里，面孔涨得通红："别动。"罗斯玛丽被她吓住了，骨折的手指也被她捏痛了，她无趣地退了出去。谢红莲不知道现在自己是什么样子，一定很恐怖，令人不寒而栗，她只觉得心里有一团邪恶的妖火，烧得自己欲罢不能。她只知道，口红无论如何不能给别人涂，即使毁掉也不能留给别人。

时间到了，音乐声婉转不断，这样喧闹欢快的宫廷舞曲，仿佛催促着黑天鹅奥吉莉的惊艳登场。

谢红莲在黑袍魔鬼的护送下亮相舞台，一个五位换脚跳，接着一个变位

159

跳，都稳健从容，优雅端丽，又做了一系列的辅助动作（格里沙），接着是一连串的跳跃，谢红莲仿佛一只蹦跳的黄鹂鸟，在舞台灯光的照耀下来回穿梭，左右跌宕。终于到挥鞭转了，谢红莲的嘴唇艳艳灼灼仿佛抹了鲜血，从她的瞳孔望出去，漫天都是飞舞的黑色羽毛，自己的双臂有一根根黑色的羽刺生长出来，变成了偌大的黑色翅膀。五圈、十圈、十五圈、二十圈、三十圈，她愈旋愈快，整个舞台像是王母的瑶池，而她则是仙女，只容她一人太液翻波，奏一曲流水断魂。一轮一轮地旋转，一次比一次完美，完美到没有一点瑕疵。舞台下的掌声如雷贯耳，可是谢红莲听不到，只觉得整个世界都是艳红色的，口红的那种艳红色，澎湃的红色浪潮中有黑色的天鹅羽毛在漫卷飞舞。她听到掌声了，排山倒海，整个会场都沸腾了，沉醉在红莲演绎的黑天鹅中。

一场醉舞后，谢红莲身心雨露回春，她热汗淋漓地回到后台，彼得罗夫激动地拥抱了她，随后又给她带来了一个消息：谢红莲的表演今天到此结束，第四幕由罗斯玛丽来演。

"为什么，我跳得不好吗，罗斯玛丽不是手指折断了吗？"谢红莲一听便警惕了起来，胸中的黑天鹅还在不停翕动着黑色的翅膀，喷薄欲出。

"你作为新人已经演绎得很好，但我想省着点用你，接下来的九场都由你担纲独跳。第四幕的白天鹅与王子双双殉情，都是比较遥远的镜头，就让罗斯玛丽代演吧，我要好好保护你，像蜡烛一样省着点用你。"彼得罗夫用手指一边比画着一边说道。

不知罗斯玛丽做了什么手脚，促使彼得罗夫做出这样的决定，等一下的谢幕难不成两个人一起来？可是彼得已经同意她接替罗斯玛丽跳下面的九场，这是天大的好消息，这意味着她从幕后走到了幕前，将有可能成为首席舞者。她这张稀世罕见、清丽绝美的亚洲面孔将登在旧金山芭蕾舞团首席舞者的照片集里，成为芭蕾史上不朽的瞬间。

谢红莲走向自己后台的休憩室，半道上与罗斯玛丽擦肩而过，罗斯玛丽穿着白天鹅公主的舞裙，向她挤出一个尴尬的微笑，匆匆上台去了。第四幕开始，谢红莲站在台侧看着，罗斯玛丽跳得很努力，一直尽力在遮掩自己伤病的右手指；跳得还算可以，勉强过关，但比起自己刚才那长袖纵横的演绎是差远了。

到谢幕时，两人穿着一黑一白的舞裙共同谢幕，最后彼得罗夫安排了一次红莲的独自谢幕，那时她接受的掌声，在时过境迁的若干年后，依然令她记忆犹新。那是多么疯狂的掌声啊，这是每一个舞者都梦寐以求的掌声，甘愿为它耗尽一生的心力，毕生的生命，乃至出卖自己的灵魂。

第二天一早，谢红莲就和剧团签下了新的合同，合同一年一签，这意味着一旦合约到期，或是有新人脱颖而出，自己就将迅速被替换掉。但谢红莲不怕，一点也没有为此焦虑担心，因为她有那两支口红，玛尔戈的口红，能助她披荆斩棘，扫除一切障碍。

谢红莲终于知道当玛尔戈丢失了口红以后为何如此歇斯底里了。没有了口红，她就变得如此平凡，再也舞不出那婉转从风的舞姿了。自己无意中得到了她的口红，等于夺走了她的一切，她的荣耀，梦想，渴求，一切的一切，让她从巅峰跌至谷底，从云端坠落泥沼。是自己，谢红莲夺走了她的一切，可是自己取代了玛尔戈，难道不是吗？红莲不知道口红有什么巫术，有什么鬼怪，她管不了那么多，只知道自己取代了玛尔戈，从此，她这张清丽的亚洲面孔将登上璀璨的顶峰，掀开芭蕾史上崭新的篇章，属于谢红莲的时代到来了。

接下来的九场演出，几乎场场爆满，谢红莲仿佛走火入魔，一场比一场跳得好，罗斯玛丽冷眼看着，自然也无话可说。彼得罗夫更是把她当成擎在掌心的宝贝，对她呵护备至。十场《天鹅湖》演完，谢红莲登上了《今日美国》的头版头条，毕竟一个亚洲人站在顶尖舞者林立的西方舞台的巅峰实属不易。

《天鹅湖》公演完以后，彼得罗夫准备重新排练《吉赛尔》，《吉赛尔》是部两幕舞剧，但对舞者的技巧要求极高，女主角吉赛尔的扮演者自然是众望所归的谢红莲。在排演《吉赛尔》以前，彼得罗夫放了谢红莲几天假，让她适度休息，调整好身体和情绪，以便在排演中更能全神贯注，得心应手。

口红的秘密

谢红莲接连两天都宅在家里，准确地说是闷在自己的小公寓里。睡睡懒觉，看看闲书，上上网，和她这个年龄的少女一般无二，恢复到烂漫纯真的境界里。中午她百无聊赖地点开网页，鬼使神差般地打上了"玛尔戈"三个字，随后进行搜索。网页上跳出来很多报道与新闻，新的旧的都有。旧的大凡是赞扬玛尔戈是芭蕾艺术中的奇葩，是旧金山舞团历史上的一颗明珠，而新的报道则长篇累牍，真假皆有，以讹传讹。谢红莲不想看这些，在心底里她对玛尔戈始终怀着一份歉疚，这种感觉将永远难以弥补，永远萦绕在她心头。谢红莲朝旁边的相关网页一看，有一张中年男子的照片，这个男子十分眼熟。想想，再想想，在玛尔戈化妆间里那张遗落的照片上，他曾经怀抱着少女时代的玛尔戈，露出灿烂满足的笑容，这是玛尔戈的父亲。红莲用鼠标轻轻点了一下男子的头像，网页上却出来一大串旧闻。说该男子名叫 Johnson Hepbern，于二〇一二年过世，英国人，曾参与秘密研发精神毒剂的工作，史称"黑天鹅"计划。谢红莲一时无比惊愕，睁大眼睛继续搜索着。网页上的报道说得很隐晦，只说"黑天鹅"计划是英国研发的一种新型精神毒剂，可用于战争中的化学制剂投放。该原理是将吸血蝙蝠褪去毛发，在高温下活活炙烤，急速烘干，随后用研磨机研成粉末，将该粉末收集起来后，再配比上不同的化学制剂，随即产生不同的效果。当它与人的皮肤轻微接触后，人体会立即出现反应，首先出现幻觉，随后精神亢奋，状态达到人的巅峰。但一旦不用超过一周，人立即会处于疯癫状态，甚至自残，自杀倾向，连续用药超过三年，人的寿命不能超过五十岁。

谢红莲看了报道惊异至极，上面又说玛尔戈的父亲是"黑天鹅"计划的核心人物之一，但若干年后即被政府软禁起来，于二〇一二年去世。

"玛尔戈的父亲是研制精神毒剂的，"谢红莲口中不断自言自语着，"精神毒剂，精神毒剂……"谢红莲看着电脑上连篇累牍的报道，眼角瞥着书桌上的那两支奇妙的口红，突然心里惶惑不安起来，她有种奇怪的不安感，似乎玛尔戈父亲的精神毒剂研究与这两支口红有着枝附叶连的联系。从公演结束以后，谢红莲就悄悄地把口红带回了家，没有再使用它们，可心里无法解释的疑惑一直缠绕在她的脑海中。她一直满腹狐疑，百思不得其解，这口红仿佛是一个高深莫测的巫师，将她捧到了芭蕾技巧的顶端。这到底是怎么回事？谢红莲十分地好奇，而这份好奇心驱使着她一定要弄明白事情的来龙去脉，搞清楚这口红的蹊跷之处。

谢红莲穿好外套，踏出房门，直奔旧金山图书馆。图书馆里人很少，三三两两聚在一处查找资料。谢红莲的外语还不够流畅，只能拿着电脑打印出来的照片和姓名给图书管理员。管理员查找了好一会儿，翻找出一本半旧的大书，书面上印着精神毒剂大全。她吃力地把书搬到角落的座位里偷偷查看起来。她将书翻到印有 Johnson Hepbern 的一页，结果却让她大吃一惊。书页上遍布着各式各样的彩色插图，都是人沾染这种精神毒剂后产生幻觉所看到的景象，有黄道十二宫，有希腊神话里的各种插图，更多的是恐怖的景象：巨蟒缠身，鬼怪附体，吸血鬼在人身后张开尖利的獠牙，恐龙张开血盆大口。还有些图片是戒断精神毒剂后人体产生的反应：惊恐，沮丧，自毁容貌，用刀割划身体，甚至割腕、割破头颈部的动脉而死。谢红莲被书页上的内容吓坏了，只看到这一段的撰文者是 Johnson Hepbern，玛尔戈的父亲。

他是精神毒剂的缔造者，那他取用毒剂简直唾手可得，将其带回家的可能性也极大。玛尔戈的这两支口红为何会产生这样奇幻的效果，难道是萃取了精神毒剂的成分？这种毒剂是用吸血蝙蝠急速烘干后研成粉末制成的，太恐怖，太恶心了。谢红莲骤然想起自己在科普读物中读到的蝙蝠——张大的翅膀，浑身棕黑的毛发，尖利的小嘴，尖利的犬齿和爪钩，夜半来，天明去，吸食人畜的血液，倒挂在檐壁洞顶。谢红莲不敢再想下去了，可事实摆在面前，玛尔戈的口红不可能无缘无故让自己发生这样奇妙的变化，人的状态酣畅淋漓，魅惑亢奋到了极致。这种毒剂只要与人皮肤轻微接触即能奏效，看来一定是被混合在了这两支口红中。但它的副作用却极其可怕，一旦不用，一星期便精神异常，自残自杀，这就是玛尔戈自杀的真相。最可怕的是连续用药三年，人的寿命不能超过五十岁。

谢红莲仓皇地站起，又重重地坐下。这样看来，自己得到了玛尔戈的口红，并且使用了它，自己就成了第二个玛尔戈，成天让吸血蝙蝠的身体黏腻在自己的肌肤嘴唇上，时而亢奋时而惆怅，变成了精神毒剂的傀儡。

谢红莲还了书，一路垂头丧气地回了家，情绪低落到了极点。她使出浑身解数才登上了首席的顶峰，那种千人景仰万人崇敬的感觉，好比身在碧云深处，做了神仙一般。她不能没有这种感觉，没有这种人舞合一、灵魂出窍的感觉。她这一路来之不易，冷云冻雪褒斜路，泥泞湿滑如登天，她本来是如此平庸，直到拿到了口红，才得到了万众瞩目的荣誉和掌声，她不能，绝对不能没有这两支口红。

如果真的是如此，这口红的副作用怎么办？一旦弃用超过一周，就会产生严重的戒断反应：歇斯底里，自毁容貌，甚至自杀。没关系，只要不丢失这两支口红就可以，省着点用，每天涂一点点，尽量在演出的时候用，这样就不会出问题了。但是连续用药三年，人将不能活过五十岁，这可怎么办，谢红莲在家中来回踱步，局促不安到了极点。要不她只跳三年，三年不到就弃用口红，就回国，接受医学治疗，也许能够阻止戒断反应的发生，是不是一定行呢？真是骑虎难下。奇怪的还有玛尔戈，她的父亲就是"黑天鹅"计划的主要参与者和实施者，她一定知道这些强烈的副作用，为何还这样玩命地涂抹，她一定知道连续用药三年，人不能活过五十岁。那只有一个解释，她根本就不打算活过五十岁，她和自己一样享受着这份万人敬仰的荣誉，醉心于这人舞合一的境界，为了这一切，她宁愿活不过五十岁，是很伟大，但是也很愚蠢，那自己怎么办，将如何自处。谢红莲踌躇不安，依然没有想出一个妥当的办法。

谢红莲很疲惫，她躺在床上，突然觉得自己的听觉和嗅觉都敏锐起来。她能听到大自然各种不同的声响，且大得吓人。蜜蜂在嗡嗡采蜜，蟑螂在床底窸窸窣窣地爬动，遥远的广场上有鸽子在扑棱啄食，犬笛在发出嘀嘀的声响，公寓里人们走路的脚步声如震雷一般，钥匙开门的声音像兵刃在铿锵作响。

她闻到了很多味道，楼底下有人在烧土豆牛肉，五公里外的垃圾场发出熏人的恶臭。一公里外的果园，农夫在喷洒农药，某个角落里有只死去的野猫散发着腐烂的气味。她想削一只橙子吃，手指不小心被水果刀划破，淋漓的鲜血顺着手指流淌下来，她突然有种冲动，想舔舐手指上的鲜血，觉得血液才是人间的美味。红莲突然意识到这是她长期涂抹口红带来的恶果，她已经变得像一只真正的吸血蝙蝠，像它一样灵敏地听着大自然的声音，嗅着大自然发出的各种气味，拥有着无法克制的吸血欲望。

怎么办，怎么办，谢红莲惶恐不安，踟蹰不前，马上要开始《吉赛尔》的公演了，不能立即戒了口红，否则会瞬间精神病发，自残而亡，只有一种办法，把自己的一切，精神、灵魂，乃至生命都献给芭蕾，准备五十岁就辞别这个世界，与自己一生挚爱的芭蕾永别，埋在那青林荒草间，伴着那冷月杜鹃，是啊，只有这样，别无他法。谢红莲想好了，将两支口红紧紧地攥在了手里，直到手心出汗。

剧团终于开始排演《吉赛尔》了，《吉赛尔》是部两幕舞剧，描写了亲王阿尔伯特已经与贵族公主订婚，在举办婚礼以前到乡村游玩，遇见了甜美纯洁的乡村女孩吉赛尔，两人不由自主地相爱。当吉赛尔准备与阿尔伯特订婚之时，阿尔伯特的公主未婚妻得到消息赶到，揭穿了他的骗局。吉赛尔精神崩溃，如杜鹃一般哀鸣啼血，一愤而绝。吉赛尔死后化成了白纱拂地的怨灵，与墓地中许多为负心汉而死的怨灵一起，对男人进行疯狂的报复。她们翩跹而舞，并将路过的男子吸引过去簇拥在她们中间一起跳舞，最终力竭而死。阿尔伯特深夜去墓地忏悔，怨灵们想置他于死地，但吉赛尔的怨灵最终放过了他。

一出忧伤婉转的舞剧，却要求舞者有着极深厚的表演功力和极强的爆发力，同时又性格分裂，一时天真纯洁，一时狂放愤懑，一时又哀怨断肠。每天的排练都超过十四小时，剩下的时间谢红莲都在细心研读剧本，因为这样才可以不去想那两支口红，不去想口红带来的恐惧、奇幻、惊心和欲罢不能。

一星期后就要公演《吉赛尔》了，谢红莲的巨幅海报已经张贴在剧院门口，也刊登在各媒体的报纸杂志上。谢红莲穿着拂地的晶白色舞裙，飘坠的衣裙象征着死后的怨灵。罗斯玛丽和她一起排演，依旧作为她的替身，其他的舞者则由群舞的天鹅变成一众为情而死的怨灵。

每天夜晚，谢红莲都在自己的小公寓里，面对两支口红喃喃自语。明天就要公演了，第一幕她决定用黑壳正红色的口红，演绎乡村少女崩溃发疯的过程，第二幕则用桃红色紫壳的口红，演绎忧伤惆怅的怨灵，至于口红的副作用，谢红莲没有空再去想这些。

开演的时间终于到了，谢红莲在化妆室做好了一切准备。第一幕的乡村宴会开始了，一群穿着农妇舞裙的少女围绕着谢红莲饰演的吉赛尔翩翩起舞。谢红莲一边手挎着草篮，一边恣意地舞蹈，舞姿浪漫而纯真。男舞者阿尔伯特出现，为吉赛尔所惊艳，二人开始缠绵相爱。红莲一连做了五个小弹腿（巴特芒芙拉贝），又做了不少分腿跳（西松佛尔美）与控腿跳（西松欧威尔特），来显示恋爱中的吉赛尔的欢欣与憧憬。她的舞步轻盈稳健，迎来观众席一阵阵的掌声。红莲回后台休憩了一会儿，因为她马上要迎接从大喜到大悲的情绪落差，趁无人的时候，她又对着镜子将普通口红换成黑壳的口红，随即将其慎重地放进化妆包里。

台上则热闹非凡，阿尔伯特的未婚妻出现，指出阿尔伯特早已与自己订婚，她与吉赛尔的婚姻是无效的，众人愕然。在适当的时候，红莲冲上舞台，与阿尔伯特对峙。口红的幻象出现，谢红莲满脑子都是血腥的画面，殿堂里罗列着毒蛇与短狐，玉墀上奔走着獐子和飞鼠。木魅山鬼，野鼠城狐，饥鹰

165

在磨嘴，鹞鹰在撕扯兔子，虎类的猛兽在饮血吃肉，恐怖的景象接二连三地出现，红莲仿佛身处在其中一般。她崩溃并抬头发出嘶吼，随后心脏崩裂，倒地而死。第一幕以吉赛尔玉身的湮灭而告终，舞台下的掌声经久未灭，此起彼伏。

彼得罗夫在后台目不转睛地完整观看了第一幕，心情似乎大好，上来拥抱谢红莲。谢红莲急着要回私人化妆间去换舞衣与口红，便匆匆赶去，进门一看，却发觉罗斯玛丽待在里面。

"你进来做什么？"谢红莲十分不友好，因为换装的时间不多了。

"我只是来祝贺你。"罗斯玛丽言语非常小心。

"谢谢你，我来不及了。"谢红莲试图将她推出门外。

"我来帮你吧，这场舞我正好没戏。"罗斯玛丽殷勤地说道。

谢红莲简直厌烦透顶，因为黑壳口红带来的幻象还未消失，她面前的罗斯玛丽从自己的瞳孔望过去可怖而骇人，满面苍白，两眼滴下鲜红的眼泪。谢红莲被幻象所折磨，迅速将罗斯玛丽推出门外，嘴里说道："没事，我一个人行的。"罗斯玛丽无趣地被关在门外，只得悻悻然走了。

谢红莲急匆匆地换上晶白色幽灵的舞裙，伸手去拿紫壳的口红，却发觉口红不见了，抽屉里却多了一支崭新的口红，也是桃红色的。谢红莲瞬间发疯了，冲出了化妆间满后台地找罗斯玛丽，是她，只有她，没有别人，也不可能是别人。她嫉恨自己，自己抢夺了她曾经唾手可得的首席舞者，她偷口红了，换口红了，以为自己糊涂，茫然不知，她是自己的敌人。

谢红莲冲进了群舞的化妆间，一间一间地找，只看到罗斯玛丽正拿着自己那只紫壳的桃红色口红准备轻点绛唇。谢红莲冲上前去一把夺过，耳中只听得罗斯玛丽在解释，说什么自己看到红莲的口红旧了，快用完了，就给她买了支新的，旧的就留给自己用。谢红莲只觉得心头一股邪火直蹿而起，恨不得用指甲撕碎罗斯玛丽那张俏脸。周围的舞者都聚拢过来，好奇发生了什么事。谢红莲想着还要换装，也就不多计较，冲回了自己的化妆室。只剩五分钟了，她快速地穿好舞裙，重新涂上紫壳的桃红色口红奔向了舞台。

第二幕，谢红莲跳得一如既往地优秀，优雅婉转，惆怅忧郁，撼人心魄。毋庸置疑，这次演出又是空前成功的，台下那排山倒海的喝彩与掌声几乎将自己淹没与吞噬，让谢红莲永远沉醉其中无法自拔。她几乎以为这一切都归功于自身的舞技，是自己罗衣从风，长袖交横，是自己绰约体轻。她几乎忘记了，所有的一切都拜口红所赐，这神奇的，幻变的，而又邪恶的口红。

谢红莲在接下来的日子里又跳了八场吉赛尔，场场爆满，舞技炉火纯青。到了最后一场，谢红莲几乎走火入魔，已经完全沉浸在舞蹈的情节中不能自拔。她从进入剧团的那一刻，人人都对她恭敬有加，她进入了化妆室，将两支口红藏在包的夹层内，正准备梳妆和缠绕舞鞋的绑带。彼得罗夫突然敲门找她，谢红莲便出去了，和彼得罗夫在后台交谈了一会儿。待重新回到化妆间，她突然发觉包的拉链被拉开了，两支口红不见了。涔涔的冷汗从谢红莲的额间冒出，面红耳赤，心几乎堵到了嗓子眼。是谁干的，是谁偷走了口红，不让她圆满地跳完这一场吉赛尔。她发疯似的去找罗斯玛丽，她毕竟有过前科，可罗斯玛丽矢口否认，并用奇异的眼光看她，这种眼光充满了疑惑、不解与睥睨，像是当初看着发疯的玛尔戈。周围的舞者也聚拢过来，七嘴八舌不知说些什么。还有五分钟就要上场了，谢红莲没有时间与精力和她们纠缠，便急匆匆赶回化妆间，化完妆后对着镜子一人发呆。

现在已经没有口红了，一切都回归到了起点。如果时间充裕的话，她可以一个个翻查芭蕾舞者们的梳妆台抽屉和所有的私人物品，当然首当其冲的是罗斯玛丽。她要与罗斯玛丽不停地分辨对质，让她把所有的私人物品都翻倒出来，一样一样地让自己检查。应该没有别人，只有罗斯玛丽的嫌疑最大，因为她曾经多次不打招呼便冲进自己的单人化妆室，意图发现到一些自己突然舞姿妙态绝伦的蛛丝马迹。她说过这两支口红看上去很眼熟，她一定怀疑自己偷盗了玛尔戈的口红。玛尔戈当初没有了口红便舞姿僵硬，判若两人，随后自残自伤，坠落而死。罗斯玛丽一定诧异过，怀疑过这诡谲的往事。这两支口红就好像斑驳的万花筒中央那璀璨的碎琉璃，幻变出来的一切都只是琉璃旁边搁置的三重镜面。万花筒轻轻一摇晃，碎琉璃改变了位置和状态，随着镜子的折射，突显的图案就变出奇形怪相，美得让人黯然销魂。她一定揣摩这件事有很长一段时间了，因为是自己突然迸发出超越平时的能量，用高超的舞蹈水平将她唾手可得的首席舞者一把抢去，登上了万人敬仰的顶峰。罗斯玛丽心中难以磨灭的怀疑和好奇已经不是一天两天了，对自己的憎恨和嫉妒也不是一朝一夕了，今天终于冒险下手了。如今罗斯玛丽故伎重演，想一尝这口红的奇幻之处，她一定把口红藏匿得很好，令自己怎么翻查都无法发现，罗斯玛丽甚至还会在舞者群中含沙射影地诋毁自己，散布恶毒的谣言，说自己和玛尔戈一样精神异常，她恨不得自己出丑，在舞台上丑态毕现，随

三、口红之芭蕾舞者——致敬《黑天鹅》

后像玛尔戈一样自残自伤，最好自杀，阴险，真阴险，手段也足够刁滑。

时间一分一秒地过去，没有时间再思考了，真的没有时间了。谢红莲不想像玛尔戈一样，舞技一落千丈，随后丧失为人的意志。现在口红没有了，一切只能依靠自己，哪怕要死，也要跳一场毕生难忘的辉煌之舞，随后再告别这个世界。她要让罗斯玛丽看看，要让她知道，没有了口红，她谢红莲照旧舞技精湛，无与伦比，让她永远望尘莫及。

谢红莲想好了，也许她早就预料过这一天的到来。她上场了，追光灯跟着她，她稳健地一步一步做着动作，时而若燕雀飞翔，时而若烟雾缥缈。吉赛尔听到噩讯，崩溃而死，第一幕结束。台下的掌声经久不息，谢红莲第一次没有口红，跳得依然如此卓越绝伦。

第二幕开始，谢红莲的舞姿透迤柔弱，如云彩飘忽，完全像一个不在人世的幽灵。

终于到谢幕了，谢红莲弯腰致谢，台下的掌声如雷。谢红莲听到掌声泪流满面，这是她第一次依靠自己的舞蹈技艺，在旧金山舞团的舞台上赢得的掌声。她觉得自己解脱了，纵然死去，也不用再受毒口红的控制了。也许要感谢罗斯玛丽，是她让自己的一切虽然回归起点，但回到了正轨。

谢红莲在谢幕后，与彼得罗夫谈了将近两个小时，将一切都和盘托出，从看到玛尔戈用口红，到无意中得到口红，到查找资料，一切的一切。彼得罗夫震惊之余深深地叹息，随后立即为她介绍联系了一个毒剂研究疗养院，并嘱咐她一切重头来过。

两年以后，谢红莲从疗养院康复，重新又回到剧团当群舞演员。

罗斯玛丽作为首席舞者的巨幅海报在萧瑟的秋风中摇曳，谢红莲偷偷走到首席舞者的化妆间外，只见罗斯玛丽正在用那支紫壳的口红浓点绛唇，面对镜子露出勾魂摄魄的微笑。

又一个全新的玛尔戈诞生了。

四、密室迷踪

怪异的客人

菲利克斯每天早晨是喜欢喝一点鸡尾酒的。他在自家的游泳池里翻腾旋转，游遍了四种泳姿，早晨的锻炼便算是结束了。菲利克斯用阔大的浴巾擦拭完自己健硕的肌体，便直奔淋浴房里去冲了一个凉，任凭温热的水从花洒里喷溅出来，整个人都酣畅至极。洗完澡，他又重新回到游泳池边，坐在白色的躺椅上，开始了一天的早餐。菲佣把一杯长岛冰茶端到他的面前。菲利克斯极度迷恋鸡尾酒，这种由朗姆酒、金酒、龙舌兰、伏特加、威士忌、白兰地等烈酒作为基酒，再配上果汁、蛋清、牛奶等各种辅料加以搅拌或摇晃而成的一种混合饮品，就像他所居住的浅水湾晨曦时分的日出。仿佛打翻了玫瑰汁、紫荆液、玛瑙精、霜枫叶，绚丽多姿，让人的视觉在七彩的世界中摇晃跌宕。那雀屏似的金霞莽莽苍苍，轰轰烈烈地盛开着，自己身处在浅水湾多彩而又阔大的视野里，面前是一杯和日出时的色彩分毫不差的鸡尾酒，人生的惬意和顺畅也无非如此。

他轻啜了一口长岛冰茶，一点点慢慢咀嚼着用人端上来的各种早餐食物。烘烤得焦黄的吐司，涂抹着新鲜的草莓果酱，再铺上生菜叶，培根和嫩鸡蛋，一口咬下去酱汁四溢，各种酸甜焦香的口味在口腔中混合缠绕，再来一口低脂牛奶，半杯猕猴桃果汁，一份牛油果虾仁土豆沙拉，早餐就算是结束了。

菲利克斯到香港已经五年了，可短短的五年时间他便在浅水湾的住宅区买了这栋别墅，当然他做的是正经生意，可生意带来的巨大财富却是他预想不到的。菲利克斯原先并不是香港人，他八岁以前在内地北京生活，八岁以后因为家庭的种种变故举家迁移到了纽约的曼哈顿，随后在曼哈顿慢慢长大。长大后就在哥伦比亚大学读了机械专业，毕业后误打误撞在一家世界五百强的医疗器械公司从事制作医疗器械的工作。曼哈顿确实很美，帝国大厦、克莱斯勒大厦、洛克菲勒中心和所有的五千五百栋高楼一起拔地而起，高耸入云，在晚霞万丈的时分，仿佛与孤鹜齐飞，共长天一色。第五大道夜晚的霓虹灯光怪陆离，灼人眼目，让人仿佛有种来到未来世界的错觉，这和他小时候，八岁以前的记忆有天壤之别。紫禁城的飞栋雕梁，朱墙碧瓦好似小说天界神宫里的蕊珠宫阙，那宝阁珍楼、琼华之阙、九层玄室、紫翠丹房在他少时的记忆里像屹立不倒的神殿，宝象、角端、仙鹤、龙座稳悠悠地端立在那里，承载着千年的苦难与哀愁。可他长大后看到的世界却是这般的奇异炫目，满大街金发碧眼凹目的外国人，黑色人种在墙上不停地涂鸦，在街边打着手鼓。作为一个纯亚洲血统的华裔青年，这两种迥隔霄壤的极端文化差异时时刻刻在他脑海里不停地碰撞、冲击，搅得他头晕目眩，无端地迷惘与彷徨。大学毕业以后换了若干份工作，最后在一家医疗器械公司专门研制开发激光医疗器械，整日里穿着医生一样的白大褂，在一尘不染的研发室里做着枯燥而乏味的工作，感觉自己和这些精密的机器早已融为一体，思维也变得过于理性而不近人情。

他一直以为自己一生可能都这样，在这种理性而严谨到没有人性的环境中度过，直到有一天他遇到了蓉儿。这是一个刚移民曼哈顿的香港女孩，却偏偏有着古美人一般翩若惊鸿、矫若游龙的风神。在一次青年联谊活动里，蓉儿穿上古典的汉服，跳了一曲惊为天人的古典舞。她的体态柔美而娴雅，姿态却是无与伦比的坚贞质朴，舞姿中所蕴含的纯洁情愫，如秋日霜花般洁白。菲利克斯一时便爱上了她，心里只想着，和这样的女孩漂洋过海，沦落天涯也是值得的。自从与蓉儿相识相恋后，菲利克斯便性情大变，突然对自己拥有着高额薪水的工作感到深恶痛绝，简直是在浪费大好的生命。他开始对制造各种奇异构造的摆设和千奇百怪的密室产生了浓厚的兴趣。

两人耳鬓厮磨了大半年便去教堂成了婚，又到夏威夷和欧洲各国去游历了一番。蓉儿性格活泼，菲利克斯木讷寡言，两人一动一静倒也相得益彰。

又过了一段时间，蓉儿随父母移居回了香港。菲利克斯与她正是新婚，鸳鸯交颈舞，翡翠合欢笼，自然是难舍爱妻的兰蕊馥郁，润玉肌丰。菲利克斯便辞别了父母，也跟蓉儿移居到了香港。在跟蓉儿相识相恋一场后，菲利克斯已是性情大变，开始迷恋起世界各国的暗门密室，特别是对密室的制造情有独钟。他先把自己家中大大装修改造了一番。蓉儿的家中本有一个地下室，常年堆些陈年隔代的老旧物件，因为一直无人打理修葺，自然是鸽翎蝠粪满阶罩，蛛网密结，鼠窜虫爬。菲利克斯画了几个星期的图纸，便一个人埋头苦干起来，每天只听到他用冲击钻钻墙打孔，各种机器切断钢筋水泥的铿锵之声。三个月后，菲利克斯顺利完工，欣喜若狂，蓉儿和其父母更是万分好奇与期待。菲利克斯将他们领进书房，房中自然陈列着几幢书柜，蓉儿以为暗门是书柜，便一本书一本书地拉扯，以期找到通往密室之门。谁料想书柜旁挂着一长幅张大千的山水画，浓墨重彩，气吞山河。菲利克斯朝书桌上袅袅喷出紫檀香烟雾的玉蟾蜍左右一扭动，山水画顷刻之间轰然移开，一条清晰而狭长的楼梯顺目而下，只容一人通过。菲利克斯将家人引下楼梯，原来就是家中原先那尘埃覆就、杂物堆满的地下室，现如今被菲利克斯打造得精致绝伦，五脏俱全。书桌、品茶桌，化妆台、书柜、衣橱一应俱全，还有一只小型的保险柜，用来储藏现金、债券与昂贵的珠宝。房间内是中央空调，避免了因为没有窗口而引发的闷热，地上铺着波斯进口的地毯，影音设备也是极尽高端。蓉儿的父母看了自然是欢欣万分，夸赞菲利克斯精明能干。

而菲利克斯自从打造了这个密室以后便兴趣大增，一发而不可收拾。他在微博里将自己制造密室的能力吹得天花乱坠，粉丝则出乎意料地急剧增多。菲利克斯索性成立了一家公司，自己做了总经理，又兼任了财务、人事和采购部的经理，在报纸杂志上登了广告，又在微博里天天鼓吹，把制造密室做成了自己的事业。

慢慢地，生意开始兴隆起来，客人接了一拨又一拨，对菲利克斯的手艺和创意都是欣赏有加，菲利克斯也慢慢地在业界小有名气起来，生意也愈做愈大，在维多利亚港附近的一幢大厦里挂牌开了新公司，正式接待世界各地的客人。说来也怪，找菲利克斯做密室的，大多是些富商，有些在香港当地有房子，有些则是在内地或是国外。菲利克斯愈加忙碌起来，成了空中飞人，不时地飞往内地或是国外接洽客户，然后便在当地一待几个月，废寝忘食地打造各种各样的密室。渐渐地，菲利克斯在富豪圈里从藉藉无名到小有名气，直到声名大噪，来寻他做密室的富人巨贾简直是踏破了门槛。而菲利克斯的创作手艺也是愈加精进起来，做法各式各样，千奇百怪，书柜密室、酒柜密室、字画密室、软包密室，甚至镜子密室，大多根据客人的喜好和实际需求来量身定做，采取的工艺也是日益繁复。不到五年的时间，菲利克斯的公司业绩蒸蒸日上，身价也是水涨船高，不久便在浅水湾的富人区买了栋豪宅，过起了享受的生活。

看官们，让我们再转回到故事的开头，菲利克斯还在白躺椅上喝着鸡尾酒。他现在也算是一个有身份的人了，所以每天要用人端不同的鸡尾酒品尝。玛格丽特口感浓郁，带有龙舌兰和青柠檬汁的特殊果香；琴费士充斥了必得利石榴汁和冰镇苏打水，口感刺激；曼哈顿则满溢着加拿大威士忌、味美思和安格斯特拉苦酒的辛辣碰撞；激情海岸则均匀充满了伏特加、桃子利口酒和菠萝红莓汁。而现在菲利克斯已经锻炼完，并吃完了早餐，让菲佣端了一杯龙舌兰日出，混合了龙舌兰酒和各种新鲜果汁，特别是必得利石榴汁，热烈火辣，让人浑身燥热。

菲利克斯坐在半山顶上，鸟瞰着整个浅水湾，可是他并不是在看风景，他是在聚精会神地思考一件事情。今天下午，有一位不愿透露姓名的有钱人，想请自己设计一个超级大的密室，但对具体地址和意见需求却是讳莫如深。菲利克斯在考虑到底要不要接这个生意。听客人的口气，价格是完全不成问题的，哪怕付双倍甚至三倍都是信手拈来的小事。只要设计得好，精致巧妙而又不乏品位，支付多少金钱对这个客人来说都无关紧要。菲利克斯一直在考虑要不要见这个人，他给出的价钱确实高出正常价格的好几倍，可愈是这样却愈觉得奇怪。菲利克斯接触过不少的富人，形形色色，各式各样，甚至连政府要员和小国的皇室成员也都接触过。富人虽然是富人，可打造密室要求严格，精益求精，多多少少是笔不小的数目，再有钱的人也难免锱铢必较，至少采购清单都要仔细研读。而且多半会根据住宅的实际情况，提出各种各样稀奇古怪的要求。可这个客人却只字未提，只说是下午来一趟办公室。菲利克斯斟酌了半日，还是决定接下这个生意。客人嘛，终归是各有各的个性，一路走来，什么样的客人没见过？特立独行的、标新立异的，浅薄粗鄙的，最重要的是价格诱人。自己好歹是住在浅水湾，要供养这样一栋大房子，包括配套的汽车、用人、花园、泳池，还有妻子三天两头地盲目购物，总是要冒一点风险的。

菲利克斯想好了，便再看了一会儿那雀屏似的斑斓的天空，最后饮完了那杯龙舌兰日出的鸡尾酒，便进入了衣帽间。他选了最好的丝质白衬衫，有着少女肌肤般爽滑的质地和珍珠母贝的纽扣，又套上了一件烟灰色西服，自己开车去了维多利亚港附近的办公室。

菲利克斯从早上一直等到下午，一边处理杂事，一边等着客人。待到快黄昏的时分，客人姗姗来迟，原来是个纯正的德国人，没有血色的肌肤，高挺得过分的鼻梁，一双浓眉如杂草丛生，两只鬼阴阴的蓝眼睛，像是在草丛后面的豺狼，警惕而鬼魅地窥觑着面前的人。花白的头发，笔挺的西装，一根鹰头手杖不时敲击着地面，是一个老头。

"您好，请坐。"菲利克斯只能用英语和他交谈，又示意秘书倒了咖啡。

"有酒吗？鸡尾酒，我个人偏好鸡尾酒。"老头待秘书走出办公室，关上门，才一边喃喃言说，一边顺势坐下，英语倒是顺溜得很。

"太巧了，本人也偏好鸡尾酒，只是公司里没有安置酒柜。"总算找到了共同话题，打破了僵局，菲利克斯松了一口气。

"本人在香港有一套别墅宅院，因为常年收藏字画，有一些古董值点小钱，所以想造个密室，比较秘密的。"老头眨着眼眸，露出一丝鲜有的狡黠微笑。

"这没有问题啊，本公司就是经营此类装潢设计的，请问您房子在何处？"

"这个嘛，我的座驾就在下面，如果您方便的话，烦您跟我走一趟。"老头微笑起来，笑容里透着一丝古怪。

"我们公司有车啊，专门负责接送客人的，这个您不必劳心，我让司机带我们去就行了。"

"噢，不，不，请原谅我这个刻板的老头有一些怪癖，不喜欢生人知道我的住所，麻烦您跟我驱车到丽晶酒店一趟。"

菲利克斯的好奇心被提溜了起来，内心蠢蠢欲动的，便约了秘书准备一同下楼去。

"噢，对不起，麻烦您一个人。"老头严肃起来，鹰头的拐杖闪闪发亮，像是夜空里不知名的星。

菲利克斯没有办法，只能独自与老头坐车去了丽晶酒店，也搞不懂为何要去酒店。到了酒店以后，老头按电梯直上了最高层，又动作利索地爬了三层消防楼梯，待到一切障碍消失，呈现在菲利克斯面前的是一部小型直升机。菲利克斯愕然之余，内心直打小鼓，要不要这样夸张呢？老头看见直升机满脸堆笑起来，热情地邀请他上机。直升机的螺旋桨呼呼地快速旋动着，在地面的停机坪上投射出暗生生的阴影。因为是楼顶，背后便是苍苍莽莽的天空。四隅的明霞，像光明的神驹在热烈地驰骋，明霞间的云朵，似厚毛长戎的绵羊，迅速地奔跑流动着。苍茫的晚霞间的云海，是兽形的波澜，染青了整片似暗非暗的天空，苍茫的云海底下是静谧的维多利亚港，各式各样的白色船只像蚕虫一般在蠕动，港里的水域是暗绿色的巨大桑叶，被虫儿蚕食着，菲利克斯有种忐忑而奇异的感觉，恍恍惚惚地不敢踏上直升机。

老头似乎看出了他的担忧，用力拍了拍他的背，只说是路途遥远，平时自己是坐惯了直升机的。菲利克斯犹豫了一下，也就稀里糊涂上了直升机。直升机呼啦啦地开离了停机坪，谁料老头从怀里抽出一个黑色的头套来，硬生生将它套在菲利克斯的头上。菲利克斯一时气急，把头套一把扯下，可看一下地面，却已经离了停机坪，飘飘浮浮悬在空中，上不着天，下不着地的。老头的脸面阴翳骤生，仿佛要把他从高空推落下去。菲利克斯无法，只得重又将头套戴上。一路随着直升机晃晃悠悠到了一处地方，缓缓悠悠地停下。

菲利克斯被人推推搡搡下了飞机，走了一些路便被一把摘掉了头套。面前的景致却是豁然开朗，让他十分惊讶。一座白色的大别墅卧在半山腰里，几何图案的设计，屋顶上仿悉尼的歌剧院，一片片重重叠叠色彩斑斓的琉璃瓦，又像菲利克斯八岁以前玩过的万花筒，花绿斑驳的，从哪个方向看都有种不真实的错觉。房子前有一个极大的花园，栽种着许许多多的南阳木槿树，挨挨挤挤，仿佛原始丛林。木槿树前面栽种着极多的西洋牡丹与杜鹃花。西洋牡丹不同于纯正的中国牡丹，菲利克斯想起八岁前，在自己印象中的洛阳牡丹的展览。他在人头攒聚中看到的中国牡丹如二乔、豆绿、赵黄、姚粉，还有一些诗意盎然的名字：绿墨隐玉，凌花堪露、紫绒剪裁、火炼金丹，成堆成堆在那里盛放着，黄金蕊绽、千片赤英、百枝绛点，照地初开。而这西洋牡丹团团簇簇，郁郁累累，如宝髻玲珑的少女迎风偃仰，卧丛无力。艳丽的英国玫瑰，一枝枝工整而严谨地栽种着，而鲜亮的杜鹃花却开得热闹，轰轰烈烈像是把整个花园都点燃了。整个一栋白色的房子像是坐落在山的当中，夹在擘山腹开之间，仿佛人一走动就能飞出无数受惊的白色蝙蝠，翅膀双飞如雪翻拨。又好似聊斋中的古墓荒宅，突然在山间野地里修出一栋辉煌艳丽的大房子来，有种荒诞而不真实的感觉。房子四周是一圈围廊，铺着褐黄色的地砖，外围是一圈故宫一般的汉白玉栏杆，就是矮了一半，越发显得不中不西。转过围廊便是客厅，老头突然显得极为热情，将菲利克斯挥手迎进了客厅。进了屋子，菲利克斯为客厅的宽敞所震撼，墙壁上都贴着德国进口的墙纸，密密麻麻刻印着德国的国花蓝色矢车菊的图案。这让菲利克斯想起走廊旁也栽种着一圈浅紫色的矢车菊，矮小而结实，生命力极强。客厅里两大排赭石色的大沙发，也有贵妇榻，地上是白色的羊羔绒地毯。一长排的成列架上摆放着德国式和中国式的众多摆设，显得不中不西，不伦不类的。德国的名牌瓷器占了绝大部分，有芭蕾少女身着纱裙迎风曼舞，形态各异，还有怀抱婴儿的母亲，神态祥和，手姿轻盈，婴儿则在她怀中娇憨巧笑。昂首嘶鸣的骏马，低头啃食青草的绵羊，还有一条五彩斑斓的古中国大龙。中国的古董也很多，两只一对的美人斛，雕凿着蛟龙赤鼍形状的鼎炉袅袅喷出淡紫色的烟雾，还有翡翠鼻烟壶和象牙观音像。沙发旁围着一幅木雕的绉纱大屏风，屏风上是典型的古中国图案。像是古代富贵人家的花园，游丝软系，烟波画船，繁花盛放到荼蘼。众多鬓鬟燕钗的美人在屏风上伫立，或摇扇、或执笔丹青、或拈花扑蝶、或石桌醉眠。旁边的一长排矮柜上陈列着各种色泽各种香味的香水瓶，皆是二百五十毫升的大瓶装，蓝绿相错，红黑掺杂，与摆设相映成趣，形成了一种突兀而滑稽的对比。

老头热情地招呼他坐下，与先前的不苟言笑判若两人。他叫仆人倒了上好的龙井茶给菲利克斯，自己却让人调了一杯干马天尼，自在地饮用起来。

"这是干马天尼吗？"菲利克斯终于找到了说话的切入点。老头兴奋起来，也让仆人调了一杯干马天尼给菲利克斯。菲利克斯品味着马天尼里氤氲而出的金酒和味美思的醇厚滋味，心绪稍加宁静了下来。"原来您也喜欢鸡尾酒。"菲利克斯开了口。

"当然喽，各种口味的我都喜欢，我喜欢各种各样新奇的事物，不但自己研究捯饬，还不吝重金请人置办。"

"为什么要戴头套，您这样做让我很诧异，也很不舒服。那您到底需要我做什么呢？"菲利克斯大胆地询问，他心里仍感到迷惑不解。

"这所房子是我父亲遗留下来的，是他年轻时挣下的财产，亲戚朋友皆不知晓，他去世时把产业留给了我。房子是足够大，但欠缺点科技元素，没有什么新意，住久了便觉得腻味，我想请您帮我设计一个密室。"老头摩挲着两撇花白的胡子，悠然自得地跷起了二郎腿，并不直接回答菲利克斯的问题。

"设计密室嘛，不是我夸口，这是我的专长，只是您何必千里迢迢用直升机把我押来，还要戴头套？还有您怎么称呼呢？"

"这个嘛，"老头虚拳清了一下喉，他看上去精神矍铄，两眼炯炯有神，可有时候又像一团阴阴的鬼火在偷窥着人，"你也看得出来，我很有钱，基于某些原因，我不想让任何人知道我有很多钱，我天生有种不安全感。我也不想让任何人知道这栋房子的具体位置，所以对您有所失礼，请您原谅。"老头起身鞠了一躬，又继续言说，"这栋房子有一个非常庞大的地下室，无人知晓，我想把它设计成一个密室，只有我一个人知道，一个人可以进进出出，进密室的暗门要非常之精巧。"

"这个不难。"菲利克斯骄傲起来。

"不，不，您没有弄懂我的意思。这个密室只有你我可以知道，任何人都不能知晓，所以您必须一个人施工，不能带帮手。我打听过您最高得到过的酬金是五百万，我给您两千万，外加一千万设计密室的器材费用。"老头从西服口袋里掏出一本支票簿，取出一张崭新的支票。"这是定金一千万，另外的一千万密室完成以后支付。至于安装密室的器材费用，我先给您准备了五百万现金，不够的话，您再联络我。"老头恭敬地递上一张名片，上面印着"莱恩科技有限公司董事长，阿道夫·格力斯"。

"阿道夫"，菲利克斯喃喃地念着这个名字，脑海中频频闪现着战争狂人阿道夫·希特勒血腥杀戮，硝烟弥漫的场景。老头似乎看出了菲利克斯的疑惑，抬头朗然大笑，"许多人都笑话我的名字，是我父母不好，对我不负责任。但其实阿道尔夫这个名字在德国很普通，就像英国人的迈克和约翰一样，这个就不提了，您可以叫我格力斯先生。接下来，您可以安心地设计图纸，设计好给我看。"言罢把支票塞进了菲利克斯的西装口袋。

"这太快了，最重要的事还没有做，您还没带我参观过整个房间和您的地下室呢！"菲利克斯淡淡言道。老头从沙发上跳将起来，胡须随着身躯的晃动左右摇摆。"对不起，真是老糊涂了，您跟我来，一定要仔仔细细地看，每一个角落都不要放过。"

菲利克斯跟着格力斯款步登上楼梯。房子确实很大，每一层都超过三百平方米。二楼是两间客卧，布置和五星级酒店的客房无甚区别。还有一间小型的会议室，会议室里放着两件古董，也不能说是古董，应该说是仿古的赝品。因为这两件古董的真品，菲利克斯在八岁以前曾经在故宫看过。一件是外国当年进贡给清王朝的百鸟朝凤钟表盘，一只偌大的瓷盘，上面的四只角盘桓着五彩的翠鸟与团花。一只彩羽临空的丹顶凤盘旋在瓷盘边缘的正中，象征着十二点的位置。瓷盘的正中雕凿着口含金珠的金吻兽和玉麒麟，四角的翠鸟一刻不停地在啄食，一到整点，万鸟齐鸣，花盘盛开，金凤昂首振翼，盘中的吻兽和麒麟争相吐下金珠来。还有一件是郑和下西洋的大型玉雕，人物众多，错综繁杂，却是丝丝入扣，栩栩如生。郑和被人簇拥着站立在船头的

高处，右手指向前方，眼神坚定，神态从容，仿佛思绪渺茫悠远。玉雕莹润
剔透，泛出矿石特有的古朴光泽。菲利克斯想象着那临江之畔，原是天地钟
灵毓秀，天然生成的一块璞石，经过风沙的千年磨砺因而温润有方。再经过
能工巧匠的雕琢，历经战火纷飞、暴雨洗礼依然冰晶玉脂，清韵渺然。菲利
克斯回忆着故宫中的那件真品，正要凑上前去仔细查看仿品的细节，格力斯
却说起话来。

　　"我对你们的古中国特别感兴趣，这个百鸟朝凤的钟表盘和那个郑和下
西洋的玉雕都是我斥重金让能工巧匠按故宫珍宝馆里一比一的比例重铸的，
像真的吧，简直一模一样。"格力斯拄着拐杖十分得意，手指着瓷盘和玉雕神
姿傲然。"旁边还有藏书室。"格力斯走了一段路指给菲利克斯看。菲利克斯
沿着走廊走过，走廊的地板五彩镶嵌着格纹，两边的摆设亦是雄浑大气。在
格力斯的指引下，菲利克斯看到了一间偌大的藏书室，压头压脑的书籍从第
一层摆放到了楼顶，简直比一个小型图书馆的书还要多。看书名全是外文图
书，品种齐全，各式各样，菲利克斯在里面兜兜转转了一圈，想寻到些灵感。
格力斯似乎看出了他心中的念想，"您千万可别给我设计那些电影里经常看见
的密室暗门啊，什么书橱抽出一本书，整个书橱门就轰然移开，这太老套了，
太没创意了，我的密室思路要非常巧妙，匪夷所思，您可千万注意，否则我
不付钱。"格力斯傲慢地昂着头，请菲利克斯走出了藏书室。"这里喝茶不错。"
菲利克斯指着藏书室里摆放的一套木雕框软布沙发和同款茶几随口言道。

　　"您不会是想把沙发挪一挪就现出一个地板的豁口吧，这也不行，我在
电影里看到过，太普通了，太庸俗了。"格力斯把头摇得如拨浪鼓，英语突然
说得疙疙瘩瘩，不十分流利，浓重的德国口音让人听起来费劲得很。菲利克
斯做了一个滑稽的表情，继续跟着他上了三楼。一上三楼景致愈加开阔，格
力斯取出钥匙神秘兮兮地打开了白漆的木门，原来是间极大的卧室。山野的
清风顺着窗口吹散进来，白底紫色碎花的窗帘猛然吹拂开来，现出窗外山野
里山势险峻如峰刀剑攒，其间根株抱石，屈曲如虫蛇盘踞，绿叶交错，日光
不透。远处西北日落时，夕晖如一团灼烧的红炭，幽鸟时时凄鸣，如寒蝉泣
露。漫山遍野的杜鹃花，顺着山势一路灼烧下去，仿佛把整座山都点燃了。
窗台外还有一个超大的露台，雕栏花锁，铁钩银划，如空中凭空里伸出的一
只金漆托盘。露台里栽种的各种花卉，鸢尾花、铃兰、雏菊、郁金香、晚香
玉，好比在金漆托盘上精雕细琢描摹出来的工笔画。菲利克斯将目光移到卧

室内，一张法国宫廷式的大床，悬着米金色层层叠叠的帷幔，床上铺着同色的床罩，五六个饱满的抱枕横在床榻上。一个法式的梳妆台，上面摆满了各式杂物，男士用的洗面乳、洁面啫喱、爽肤水、须后水、发蜡、发油，更多的是香水，各式各样，品牌繁多。打火机和圣经杂乱无章地摆放在旁边的棕色木柜上。菲利克斯注意到了两件物什，一件是个偌大的摆设，孤零零地摆放在木柜上。一条三四尺长的树干，纯银打制，盘盘错错，参差地伸出枝丫，一个纯金色的小人，没有脸面，只有模糊的头部和躯干，悠闲地坐在树杈之上，像是眺望远方，树杈延伸出一根笔直的树干，上面悬着一只偌大的金苹果。另一件物什是一军官模样的古人物，坐骑在雄伟的马匹之上，马匹为铁器铸就，形态好比中国古书上所记载的神驹宝马，凤臆龙鬐、鬃散五花、翠啼削玉、赤汗流珠，尾梢云汉、玄圃崆峒。马匹上的人也为铁器铸就，手中执一弩箭，似乎须臾之间欲要发射，置人于死地。菲利克斯注意观察了这两个摆设许久，心中生出许多机械制动、牵一发而动全身的念想来。

　　格力斯又将他引到另两间房间，一间是衣帽间，摆放整齐的各类服装井井有条，墙壁上还有一个机关，机关哗啵一动，两排衣架自动上下调换，休闲服便转换为各式西装礼服。衣帽间的正上方是天花板，标画着一个奇异的黑色图案，是一只正面展翅欲飞的雄鹰，踏在一根树杈之上。这个标识是如此眼熟，菲利克斯似乎在哪里见过，但无时间冥想，便被老头拖着去看了隔壁装饰风格华丽的起居室。起居室的风格与其他房间大相径庭，贴着枫丹白露，牡丹团花和翠鸟鸣春的壁纸，一溜儿古宫廷风格的大沙发与茶几，四周放着不少的摆设。格力斯拉他坐下，按铃让仆人端上了伯爵红茶和英式糕点，算是对他的款待。"这间起居室我经常在这里闲坐，能眺望到远方日落时的"千里翠屏外，走下丹砂丸"，这是中国的古诗句，我知道。"

　　"您还没带我看地下室呢，既然要我做地下室的密室，我自然要仔细观看测量一下。"菲利克斯一边吞食着糕点，一边笑言道。

　　"嗯，这个，这个不着急，先看看也行。"格力斯突然踌躇起来，磨磨蹭蹭从沙发上站起，脚步有些踯躅不前。

　　于是菲利克斯跟着老头下了一楼，在一楼一个不引人注意的角落里有一扇朱红小门，格力斯遣开了仆人，谨慎地用胸前藏匿得很好的一把小钥匙打开了小门，一股陈腐阴霉之气扑面而来。格力斯提来两只大个的矿灯，一打开便灯火通亮，照得如同白昼，他自己提一盏，给菲利克斯一盏，两人顺着陡峭的楼梯摸索下行。走了大约三十级台阶，一个超级大的地下室呈现在眼前。里面并没有很潮湿，但堆满了各类杂物，把超过三百平方米的地下室都占满了。菲利克斯举着矿灯四处查看，发觉墙壁都已老旧剥落，里面堆放了大量过期的书籍、杂志和报纸，都是德文的。还有一些奇形怪状的仪器，不知为何物。菲利克斯在地下室里来回走动，用卷尺测量着各种数据，可是一旁的格力斯却有种说不出的紧张，一层轻微的冷汗从他额间沁出。菲利克斯在堆积如山的杂物和仪器间不停地来回走动和穿梭，测量数据并仔细记下。他又在斑驳的墙壁上发现了黑色展翅欲飞的雄鹰标志，可雄鹰下方本来还有图案，却被人硬生生地刮除掉了。菲利克斯不置可否，测量完数据，就又随格力斯上了一楼。

格力斯小心翼翼地关上了朱红的小门，请菲利克斯到餐厅就餐。天色已渐渐暗了下来，东南方明月初上，夜空如青釉泼洒，明亮的月儿如百丈碧潭底上映出的一轮黄金盘。别墅里灯火通明，仆人来回涌动，一道道法式西餐如珍馐美味，入口甘酸鲜香。博古斯海皇塔配鹅肝油松露酱，德式都兰豆啤酒浓汤，地中海式甜虾色拉，澳洲谷饲牛柳配奶油土豆泥，香煎罗非鱼配扒蔬菜及风味里梭多，接着又上了意大利雪糕和两款蛋糕甜品。格力斯大快朵颐，菲利克斯却如坐针毡，脑海中各种奇思异想接踵而至，格力斯让菲利克斯放松心情，先回去设计图纸，拿来让他审视。

"这还是容易的，我已经有了一两个构思了，三四天就能传真给您，您的传真号就是名片上的吧？"

"不，不，我要您一下子至少拿出五套方案来，都是最好的方案。然后电话通知我，我派人仍旧把您接到这里来。"格力斯彬彬有礼道。

"需要那么机密吗？"

"哎，钱呢，不是问题，方案一定要精巧，要隐蔽，令人意想不到。"格力斯放下刀叉，脸上显现出一种鬼魅的表情。"而且以后也是您一个人施工，没有人帮助您，您知道我有不少钱，还有一些仇家，他们一直耿耿于怀，要伺机报复我，小心为上，小心为上。"

菲利克斯忧心忡忡地吃完了饭，又被人押上了直升机，戴上头套，回到了丽晶酒店顶楼的停机坪，待到回家时已近深夜。

妻子蓉儿已经安睡，只留菲利克斯一人在起居室内发呆，他用各种酒混合在一起，杜松子酒、朗姆酒、伏特加、威士忌、白兰地和龙舌兰，再加入各种果汁，在深长形的高脚玻璃杯中调成了一杯彩虹干邑。菲利克斯只有在轻啜美酒时，才能打开自己的思维桎梏，考虑事情自始至终的所有细枝末节。

这个格力斯老头确实很奇怪，说得好听是有个性，说得难听则是很古怪，他的行事风格特立独行，且从头至尾都沉浸在一种诡谲的气氛之中。菲利克斯见过很多富豪，豪爽的、忸怩作态的、精明睿智的，浅薄粗鄙的，乃至有各种怪癖的奇葩，简直无所不见。在五年间，他废寝忘食地工作，为这些人设计过数以千计的密室。可是格力斯这一类却是鲜有。他的行踪非常诡异，直升机停在丽晶酒店，行驶的路上还必须戴头套。半山腰里的那栋大别墅像是古聊斋里书生夜间投宿的民宅，其间花枝招展，粉香腻玉，一觉睡醒却是踪影皆无。又像是吸血伯爵德古拉的城堡，在夜间鼙鼓喧闹，声色犬马，还充斥着蝙蝠精、蛇精、蝎子精和狼精等各种妖魔鬼怪，人一旦踏入便从此精神沉沦。难道真如他自己所说，他有数不清的钱财和仇家，以至于做个密室要如此鬼鬼祟祟，密不宣人。他的名字是真的吗？公司是真的吗？那庞大的地下室里堆放的到底是些什么东西？一旦见光，格力斯为什么会变得如此紧张惊骇？那鹰的标志又是什么？

菲利克斯玉斝轻摇，却始终理不出头绪来，可放在西服口袋中的那张一千万的支票在与身躯的摩擦中发出了窸窸窣窣的声响，似乎在提示着什么？菲利克斯抽出支票，上面清晰的数字令自己的精神无比振奋。平时为富豪们做密室最多三五百万，有些吝啬的富豪付起款来还抠抠搜搜，需要多次讨要。可这次却是整整两千万，还预支了一千万，好比接了几个大客户。自己是个生意人，难道不是吗？这些钱意味着更宽敞气派的房子，更高级的跑车，更舒适的国外旅行，更精致的日常穿戴和更奢华的享受。人的欲求总是永无停息之日的。自己已经收了定金，接下这摊子活了，难道不是吗？格力斯也许就是一个有着古怪癖好的亿万富翁，自己以前没有接触过德国人，也许德国人比较严谨，就是如此的。

菲利克斯想妥当后，便不再睡觉，将自己关在书房里聚精会神地研究。他必须拿出五套方案，这需要殚精竭虑地思索。在接下来的一个月里，菲利克斯推掉了其他所有客户，能延后的便延后，不能的便罢手，一门心思扑在格力斯的密室设计上。

第一套方案，他决定在朱红漆的小门和二层的藏书室之间加装一层楼梯，把小门封掉，而楼梯的底端便连接着密室口，这样藏书室的一本书一抽动，整个楼梯收缩起来，露出地下室偌大的豁口。菲利克斯觉得这个创意很好。第二套方案，他决定把密室的朱红小门换成一幅稍有价值的油画。也许是《蒙娜丽莎》的高仿真作品，或是弗朗西斯卡的《基督受洗》，或是弗拉格纳尔的《少女秋千图》，总之要竖直走向的，像《马拉之死》这类的也可采用，但像籍里柯的《梅杜萨之筏》这类横向画便不适合。按照格力斯房间的走向和各种摆设，密室门的按钮可采用客厅里一整排的二百五十毫升的香水瓶，挪出一瓶便拉动机括，油画自动打开或缩隐，密室口便显露出来。第三套方案嘛，把密室的门设计成一个高档的酒柜，总之要越像越好。柜面要放满各种知名的酒，轩尼诗、人头马、马爹利、拿破仑、百事吉、奥吉尔、苏格兰威士忌等。酒柜前还要设计一个小巧精致的酒台，和格力斯的嗜好相符，用来调制各种鸡尾酒，酒柜的天花板上还要有倒悬的洁净澄澈的高脚酒杯，还要有玲珑小巧的座椅用于倾谈。可一旦将某一瓶不为人注意的酒瓶拉开，整个酒柜就会自动旋转成九十度，密室口便显现出来。第四套方案最简洁，把朱红漆的小门磨得更为平整一些，和整个客厅的墙壁色泽融为一体，也贴上蓝色矢车菊图案的壁纸。锁孔前装饰一个小圆金属板，按动墙壁上的某一朵花的花瓣，金属原板便弹开，现出了钥匙孔。菲利克斯又费尽心力设计了第五套方案，他在壁炉上做文章，把朱红小门做成一个壁炉，火光熊熊燃烧，无人会注意它背后的玄机。用壁炉通条拨动里面的一根假木炭，隐形门会自动打开。菲利克斯很看好这个创意，觉得非常具有童话色彩。在这整整一个月里，菲利克斯的家中书房和办公室变得杂乱无章，到处飞扬和堆砌着图纸，上面密密麻麻书写和绘制着各种密室的开关方法。一个月下来，菲利克斯清瘦了不少，可成绩斐然，自然也很得意。

在另一个朱霞残照的黄昏，菲利克斯通知了格力斯老头，手中握着信心满满的五套图纸，又登上了格力斯的直升机。他虽然一如既往地戴着头套，可心里却是欢愉的，直升机的螺旋桨在呼啦啦地旋转着，菲利克斯的心境也跟着一张一弛地起伏着。虽然戴着头套，但他能感觉到月亮的光晕缓缓照射到自己的身上，模糊而晕湿。无论自己走到哪里，月亮总像一只银盘，高悬在夜空中如影随形，今日他的心里不再忐忑了。

直升机开了半晌便缓慢下沉，停顿下来，他被人拖拽出来，又到了那栋稀奇古怪的白色大宅面前。晚霞绚烂的余晖在这半山腰上还未散去，一点朱霞，像是浅灰色的织锦缎上打翻了红烛，烧煳了一小块。那白色大宅里面灯火通明，仿佛是现代版的云霄灯会，与外面冷寂的山峦隔成了两个世界。格力斯打开大门，把菲利克斯让进了屋内，几个膀大腰圆的保镖也跟着进了宅院，进了客厅。菲利克斯坐下后便取出图纸，口若悬河，喋喋不休地解说起来。每一套方案他都介绍得很详细，菲利克斯说得愈来愈兴奋，格力斯一边聆听，一边翻看着图纸，眉头却越蹙越紧。

"菲利克斯先生，这五个方案，我都不通过。"格力斯抛下图纸，深靠在沙发深处叹息连连。

"不通过，一个都不行吗？这几个都是我深思熟虑的，比以往所有坐过的密室都要精巧隐蔽。"菲利克斯大吃一惊，说话都有些结结巴巴了。

"不行啊，还不够优秀。确实是很好，但比起我的要求来，还不够好。我是纯种的德国人，严谨而清高，对这个密室我是要求甚高的，这种要求可能比您想象的还要更高一点。"格力斯四处踱步，高傲地挺起了胸膛，"我一向如此谨慎、精确，所以做生意一向所向披靡。"

一层清汗从菲利克斯的脑门上沁出，沾湿了头发。一个都不通过，这已经不是苛求，已经近乎变态了，这种对完美的要求已经超出了人所能忍受的极限。菲利克斯站起身想离开，一股无名之火正欲发作出来，可又被格力斯强压了下去。

"小伙子，你比我想象中做得要好得多，但还不够匠心独运。不要着急，我带你重新参观一下宅邸，或许你会有更好的灵感。"格力斯老头笑容满面，拉着菲利克斯又重新参观了宅院。菲利克斯静下心来缓慢地仔细地观察，客厅里大得过分的赭石色沙发，各种德国瓷器，中国鼎炉，美人斛，精巧的鼻烟壶和象牙观音像，偌大的美人绉纱屏风——外国人眼里新奇的古中国。二楼的客卧，小型会议室里精细绝伦的百鸟朝凤钟表盘，郑和下西洋的巨型玉雕，人物雕凿得栩栩如生，如古文中放大到更为繁复的核舟记。压头压脑的藏书室，木雕的沙发。三楼景色绝美的露台，法式宫廷样帷幔层叠的大床，树杈上的小金人和欲堕未堕的金苹果，张弩待发的勇士，还有风格大相径庭的衣帽间与起居室。最后当然是地下室，庞大的地下室已被完全撤空，不留一丝杂物。菲利克斯不知道那些陈旧而奇怪的仪器是如何被搬出去的。

菲利克斯重新认真勘查了一遍，夜间又是一顿丰盛的法式大餐：冻开胃头盘，主菜、热盘、冷盘、雪葩、烧烤、沙拉、甜点。生鱼片冰凉爽滑，香煎罗非鱼沁齿甘甜，龙虾汤稠厚到腻人，焗蜗牛鲜甜爽口，可菲利克斯记不起他吃了些什么，他觉得一切都味同嚼蜡。到末了，他又同样坐直升机回丽晶酒店的停机坪。菲利克斯搞不懂，丽晶酒店难道是他家开的，想停就停吗？

菲利克斯的历险

接下来的一个月，菲利克斯都有些怅然若失的，喝了无数杯鸡尾酒，也调了无数杯鸡尾酒，书房里图纸四处飘飞，咖啡泼洒，灰尘拂面。他两点一线地忙碌在办公室和家里的书房之间。终于有一天，他在书房里兴奋地又跳又叫，跺脚与呼喊的狂躁声吵醒了睡熟的蓉儿。蓉儿披着睡衣冲进书房，只见菲利克斯光脚站在旋转椅上舞蹈。乖巧的蓉儿觉得丈夫一定是灵感勃发了，便由他发疯，到厨房为他端了杯热牛奶，便独自安睡去了。

菲利克斯打电话通知了格力斯，这次格力斯自己登门拜访去了他的办公室，把图纸握在手中研读了一遍又一遍，终于露出了欣慰的微笑，表示了初步的肯定。他让菲利克斯回家收拾换洗衣物，七天后的下午照旧来接他，这七天他让菲利克斯开具单子出来，购买必需的物件。菲利克斯的单子特别复杂，门体由二毫米厚的进口不锈钢板制成的外饰，二十五毫米防钻防割合金，四十毫米复合层，五毫米厚的特种钢板，三十八毫米锁舌若干个。日本进口NSK 和瑞典进口的 DSKF 轴承。德国进口无线按钮模块，无线指纹开启模块，韩国 H1W1N 重型直线导轨和滑块，运动牵引模块，日本进口电机，所有装饰房间所用的涂料，油漆，墙纸，整套机械工具冲击钻，切割机等。格力斯兴致勃勃地回去采购，而菲利克斯则静候佳音。

一星期以后，菲利克斯得到通知，辞别了家里，又重新登上了格力斯老头的直升机，无知无觉中再次来到了这座神秘的宅邸。这天的大宅有了些许变化，房间里堆满了各种制造密室的器材，连最小的零件都按照他开出的单子采购而来。房间的客厅虽然大，但几乎都被占满了。菲利克斯很满意，他准备在这房间待上一个半月。房子中只有他一人，每日三餐专门有人送来，其他的时间房里再无别人。格力斯说他的意图还是越少人知晓越好，所以房子中只留下菲利克斯一人，也清静无人打扰。菲利克斯听着也有道理，便欣然答应了。临别之际，自然又是一顿大餐，出乎意料的是格力斯特地请了一位米其林的中国厨师来烹饪佳肴。脆皮烧肉 、红烧乳鸽、蜜汁叉烧、上汤焗龙虾、白灼象牙蚌、椰汁冰糖燕窝。菜品来了一碟又一碟，末了又上了很多粤菜的传统美点：薄皮鲜虾饺、糯米鸡、马蹄糕、奶油鸡蛋卷和肠粉。菲利克斯大快朵颐，吃得红光满面，格力斯使用筷子也十分娴熟。两人约定一个半月后交接，临走时格力斯嘱咐他这是在半山腰，不要到处乱跑，待在屋里便好，随之坐直升机而去。

在这一个半月内，菲利克斯起早贪黑，开始了废寝忘食的工作，房间里图纸漫飞，金属碎屑溅得满地皆是，各种笨重的器械被东挪西摆。房间里各种噪声大振，冲击钻，切割钻，导轨，滑块，而菲利克斯则在三个楼层上上下下东蹿西跑，累得汗流浃背，经常忘记吃仆人送来的餐点。其实在一个月左右，密室已经打造完成，可菲利克斯发现了一个小秘密，左思右想，再三斟酌，还是决定为自己留一手，日后也许有帮助。不过，菲利克斯会心一笑，应该是不会用到的，期望只是自己一厢情愿的奇思异想罢了。到了交接的前一天晚上，所有一切皆安置妥当，菲利克斯用酒柜里的各种酒调了一杯彩虹干邑，庆祝自己赚了一笔大钱。他一边喝鸡尾酒，一边打开电视，电视里正播放着二战时的黑白纪录片，控诉着希特勒的残忍暴行。菲利克斯眯着眼，看希特勒在巨大的纳粹标志下声嘶力竭，激动而慷慨地演讲，演讲台下黑压压一片的党卫军正装肃立，对自己的元首极尽崇拜与忠诚。菲利克斯慵懒地一笑，随意调换了频道，不知不觉在沙发上睡熟了。

终于到了第二天，格力斯乘着私人直升机如约而至。菲利克斯礼貌地请他进去，而格力斯老头将保镖们都留在门外，一个人兴致勃勃地随菲利克斯进屋验证密室。菲利克斯先把他请到三楼，木柜上那两个摆设依然故我地放置着。菲利克斯拉动了一下小金人旁的金苹果，金苹果往下一坠，旁边骑铁马的勇士则活动起来，弩中射出一发弓箭，不偏不倚地射到对面墙上。墙上的一个圆形孔洞被射中，弹出一个金属小片，一个按钮闪现出来。随之菲利克斯按动按钮，又奔到二楼的会议室，那件郑和下西洋的玉雕在桌上陷下去一大块，露出侧缝里一个红色的机括。菲利克斯按动机括里的按钮，墙上的圣母像迅速弹开，露出一个密码盘，菲利克斯输入六位的密码，又匆匆赶到一楼在一大排香水瓶中抽动一瓶已经弹出一格的香水，轰然一声巨响，旁边的酒柜门缓缓转动成九十度角。菲利克斯带格力斯走近，发觉里面还有一幅《马拉之死》的高仿油画。菲利克斯揿动画框的一侧，一个小密码盘显现出来，他又输进六位密码，画像轰然移开，缩进到左侧夹缝中，密室口终于显现。冗长的楼梯已铺上了木板，两人走下地下室，地下室在灯火的辉映下宽敞亮丽，墙壁也同样缀满了德国的国花蓝色矢车菊的图案。因为当时格力斯要求不要在地下室内放置任何家具，只要空置即可，所以菲利克斯也没有过多地设计精巧的摆设，只让它空荡荡的，自然显得异常阔大。随后菲利克斯又将格力斯带上地面，让他自己将两处密码改掉，这样就只有格力斯一人知晓密码是多少。格力斯兴奋得面色潮红，像个孩子一般上下乱窜。修改密码以后，格力斯一次又一次要求菲利克斯重新演示整个过程，同时偷偷输入自己的密码，并交给他一个白色的厚信封，脸色神秘兮兮。菲利克斯心中美得很，想必是那另一半一千万的酬金，想拆开看，却被老头阻止了，说是有惊喜，等会儿慢慢看。随后老头让菲利克斯待在密室里，他要亲自演示一遍看能否进退自如，不行的话还要叫菲利克斯出来帮忙。老头走出地下室，回头朝他望了一眼，眼神凝重又充满了奇特的意味，随后咧嘴一笑，密室门轰然关闭。

等，等，再等，漫长的等待，格力斯再也没有出现。菲利克斯觉得不对劲，他打电话，电话停机了，他被关死在密室里了。他身上一无所有，只有一只白色信封，他颤抖地打开信封，没有支票，只有一张信笺，是格力斯的笔迹：

"这个密室极其机密，机密到只允许我一个人知晓，任何知道内情的人都必须死，包括制造者，三天后来为你收尸。死在自己制造的密室里，应该很具有仪式感。格力斯"。

手，不停地颤抖，纸张飘落在地，菲利克斯呆住了，密室里的灯光一明一暗，没有食物，没有水源，没有一切。

菲利克斯在拼命地奔跑，深一脚浅一脚，慌慌张张，趔趔趄趄。他感觉身上很冷，冷极了，转回头去，只看见半山腰里那栋白色的大房子，还有月光下一层层的石阶，在跌宕的视野里兔起鹘落。菲利克斯以前只喜欢在日出后和日落前彩霞万丈的时分品鸡尾酒，觉得这是人世间最无瑕的美景，却从未仔细观赏过墨空里的夜月。他沿着山路一气地奔跑，崖边的松涛奔腾澎湃，更有一种耐冷的树，叶子一面是爱尔兰绿色，一面是粉白，大风呼呼地吹过，满山的叶子掀腾翻覆起来，只看见点点银光四溅。云开月闪，白苍苍的天与海在山的那一边幻化成了云蒸霞蔚的图腾。月下的天与海的背景如同云母石的屏风，而自己却是这苍茫云海间一个微不足道的浮游生物，任凭旁人的随意捕捉，吞食，践踏。

菲利克斯又回想起当时他拿到信笺时的状态，那纸信笺他以为是支票，实际却是自己的一张催命符。可是他还是从密室逃脱了，难道不是吗？他一直对格力斯这个神秘的老头心存疑虑。当他在打造密室的时候，发现地下室爬进来一些小型的蚂蚁，从墙壁的缝隙之间连续不断地爬进来。有蚂蚁就说明有水源，有水源就证明通向室外。他在打造完密室以后，一直好奇地研究这个问题。设身处地地想到，如若自己被关在密室里，将如何逃脱出去。他开始沿着蚂蚁蛀空的地方小心挖掘，终于开凿出一个连接外界的小型豁口，随后他又妙计巧施，将洞口扩充成一扇仅供一人爬出的小门，磨平，扣紧，拴上隐匿的小锁。最后再平整地铺上墙纸，让这个小洞与地下室内所有的墙纸融为一体。而唯有他一人知晓，按动墙纸上某一朵矢车菊的花瓣，这块墙板就会弹出，露出隐匿的小门和小锁。而后，他这个密室的缔造者便可以堂而皇之地爬出室外，逃脱出来。这本来是他自己的一个小秘密，无人知晓，也许是自己童心未泯的鲜有展现，也许是对格力斯留的最后一手。如果没有格力斯的毒辣，这个秘密也许永远无人知晓，可现实却是如此残酷，菲利克斯不得不感恩老天，让自己在不经意间拯救了自己的生命。

菲利克斯在拼命地奔跑，他要快速跑出这座布满荆棘和野草，像原始丛林一般的山峦。虽然他不知道这里是什么地方，又是山又是海，重峦叠嶂，飞沫回天的。而且身边没有一点食物和水源，只有单薄的衣服，快磨破的皮鞋。可是终究曾经有人在荒岛生活过很多年，捕鱼打猎，用棕榈叶做衣裳遮蔽身体，用竹木做房子栖身，别人行，自己为什么不可以。他只知道飞快地奔跑，逃出这块死亡之地，他有三天的时间逃跑，逃避格力斯的追捕，三天后，格力斯就会重新回到密室，妄图收拾他的遗体，也会发现他逃跑的事实。菲利克斯很少注意植物，特别是山里这些不为人知的植物。他觉得冷，觉得害怕，一切都是不安全的，一切都是虚幻的。夜深了，一轮圆月高悬，照得山地里一片碧青。山阶上挨挨挤挤长着墨绿色的木槿树，地底下喷出的热气，凝结成一朵朵大大的粉色花朵。木槿花是南阳种，充满了热带森林的回忆，回忆里有眼睛墨绿色闪烁着荧光的黑豹，有蜿蜒游走的大蟒，有缓缓爬行的大蜥蜴，还有手执长竿的半开化人们在草丛里欢爱，热烈地喘息。木槿树下面，枝枝叶叶不多的空隙里，生着各式的草花，都是毒辣的颜色，黄色、红色、虾子红、海丽康的花色，都是火山的涎沫。还有一种背对背开的并蒂莲花，淡黄色条纹，像是老虎身躯的皮毛。无数的昆虫，蠕蠕爬动着，声声叫唤着，再加上银色的小四脚蛇，呱呱作响的青蛙，造成一种令人忐忑不安的庞大而不安定感。他只有三天的时间。

两个星期以后，菲利克斯回到了家，家中已经十分不太平了，蓉儿哭得像个泪人，而自己则胡子拉碴，周身的衣裳被荆棘挂得支离破碎，消瘦得只剩下一把骨头。他不记得自己奔跑了多少路，蹚过多少水。他坐过渔船，翻过火车，去过领事馆，甚至还要过饭，可他终于到家了。菲利克斯安慰好蓉儿以后，便直奔警局，报警并做了详细的笔录。警察要求他回忆格力斯房子所在的具体位置，可菲利克斯茫茫然一无所知，因为他毕竟不是信鸽。他提供了格力斯的名片，查下来却是子虚乌有，菲利克斯又是跺脚又是叹息，怨恨当初自己不到电脑上去查一查，贪图钱财而跌入陷阱。警察的侦查无从着手，只得不了了之，菲利克斯则灰心丧气地回到了家。

在酣睡了两个整天以后，菲利克斯觉得自己稍稍缓过点气力来。他不敢到公司去，怕格力斯追捕他，便整日里蜗居在家。夜深了，菲利克斯不想喝酒，他想大快朵颐却又能保持清醒的头脑，便调了一杯水果宾治。金黄色的液体里充满了柳橙汁、凤梨汁、红石榴糖浆和七喜汽水。冰凉的液体缓缓沁入菲利克斯的口腔和咽喉，让他瞬间思维清醒，耳聪目明起来。他准备认真思考一下整件事情的脉络，还准备自己深入调查。毕竟他也有一些自己的人脉，私人侦探公司之类的，他想终究能解决问题。格力斯老头并不知道自己住在何处，所以只要窝在家里还是安全的，大不了把公司关闭掉，或者举家迁回到纽约曼哈顿，难不成格力斯满地球地追杀他不成？菲利克斯打开电视，深夜的电视台里就那么几个可看的频道，调来调去居然又看到了黑白的二战回忆录。前一篇是希特勒在检阅军队，黑压压的党卫军袖章上都戴着特有的标识。一个方阵一个方阵地大踏步过来，坦克一辆接着一辆。第二篇依旧是希特勒在演讲，情绪激昂，声嘶力竭，他身背后有幅巨大的纳粹标志，一只振翅欲飞的雄鹰，鹰爪下是一个标志花纹。菲利克斯漫不经心地看着电视，突然他眼睛亮了，坐直了身体，他注意到了那个雄鹰的标识。当初他在格力斯的大宅就觉得哪里有古怪，在格力斯的衣帽间和地下室里都有过一模一样的雄鹰，只是没有鹰爪下的标识。这只雄鹰应该就是纳粹标志上的雄鹰，可为什么格力斯念念不忘地保留着它，但又心有旁骛地把下面的标识刮除掉。

可见，应该是惧怕，怕别人知道他的大宅里还保存着纳粹的标识，他心中还残留着法西斯的余毒。地下室里那么多陈旧的德文报纸，上面都撰写着什么，那些古怪的仪器又是什么？若干年以前，在那个战火纷飞的年代，希特勒也是在古堡的地下室里精心撰写着回忆录手记，心中愤懑难遏，充斥着大势已去的无奈与惆怅。难道格力斯是战争狂人希特勒精神上的追随者？骄傲于自己日耳曼的高贵血统？可是，这个事情很难说，并没有直接的证据。难道不是吗？

菲利克斯稀里糊涂在沙发上睡着了，第二天一清早，朝霞的光辉穿透了沉重的窗帘，也惊醒了沉睡中的菲利克斯。他想一边调查案情，一边重新过回正常的生活。他吃罢早饭，在游泳池里翻腾了一会儿，便辞别妻子去了大型超市。超市很远，需要驱车好几公里。菲利克斯忙活了一大通，汗流浃背地搬运家中所需的食材和一些烹饪用具，他想大展厨艺，好好做一顿饭给蓉儿尝尝，毕竟大难不死，就更要认真地对待生活。

等到他采购完东西，又驱车赶回家中时，家中的一切让他大吃一惊。门栅栏打开着，大门也虚掩着，房间中的一切都被破坏得体无完肤。瓷器杯盏碎裂一地，衣物撕扯如片片柳絮，像是进贼了一般。保险库被撬开了，现金却一分未动，里面的纸张却被翻得四处飞撒。最令人惊异的是书房，书本散乱一地，图纸每张都被焚烧，房中充斥着烧焦的气味，书桌抽屉里的东西也都被翻覆抛掷在地上。更可怕的是，蓉儿不见了，客厅的茶几上放着一封信："带上密室的图纸，在晚上七点到丽晶酒店找大堂保安詹姆斯，他会带你去该去的地方，否则你妻子必死。注意，若报警，你将看不到完整的尸首。格力斯。"

菲利克斯的泪水模糊了眼睛，只觉得自己快窒息了，他慢慢佝偻起了身躯，在沙发里缩成了一团。如果时间能够倒退回去，倒退到那个风和日丽、朝霞绚烂的早晨，他也许依然在游泳池边的白躺椅里坐着，喝着菲佣端上来的鸡尾酒。一边享受着长岛冰茶的冷冽，一边欣赏着苍茫的云海，看那一方的异彩，揭去漫天的睡意，唤醒四隅的明霞。那个时候的他一切都好，一切都平安，一切都是富足的，妻子、事业、健康、对未来的美好憧憬，可现在呢，一切都消散了。

是否要报警，菲利克斯的脑海里首先闪现的便是这个念头。不能，格力斯一定有眼线，也许他还未踏进警局，蓉儿已被碎尸万段。可是，还是应该有办法的。菲利克斯手中握着一张警官的名片，这是上次报警的时候警官交给他的，虽然这个千奇百怪的疑案不了了之了，可一旦有新的进展，他们终究是要查的。而且，他有警官给的一个小物件，一个非常小的物件，可以及时解困。虽然菲利克斯对政治并不热衷，可正确的是非观终究还是有的。这个诡谲狠辣的格力斯如今找上门来，劫持人质，翻寻图纸，他身上一定是隐藏了惊世骇俗的机密。菲利克斯给警官发了一条信息后，便再次认真思索起来。现在只有一个办法，自己要再闯一次这个龙潭虎穴，可是图纸不能带去，否则没有交换的本钱。图纸的副本现在还安放在自家的一个小密室的保险柜中，巧妙地藏匿着，无人知晓。图纸他不在乎，他执着的是蓉儿的安全。只有当他和妻子安全逃离后，他才能把图纸交出去。

　　菲利克斯重新进了书房的密室，见图纸安然无恙地躺在保险柜中。他便穿戴整齐，开车朝丽晶酒店驶去。他觉得自己仿佛好莱坞大片里的孤胆英雄，在末日的颓势里力挽狂澜。他惨笑了一下：开玩笑了，他从小就是个胆小的孩子。待他踏入丽晶酒店的大堂，只见灯火辉煌，中央置放着一个大瓷坛，里面密密麻麻遍插着各种色泽的红掌。绚丽的花朵在灯火的映照下显得璀璨迷离，它们红得是如此不真实，像一团灼灼燃烧的火焰。有一个膀大腰圆的黑人保安站在花坛边上，花朵的红与他肤色的黝黑形成了一种夸张而强烈的对比。菲利克斯走过去，只见保安的名牌上用英文写着"詹姆斯"，菲利克斯只简短地同他说了一句"我来了"，詹姆斯警惕地看着他，问了一句"图纸呢？"菲利克斯指了指上衣的口袋。

　　詹姆斯开始在对讲机里叽叽咕咕不知言说了些什么暗语，随后又有一个华裔保安来代替了他的位置。而他则携着菲利克斯乘电梯直上顶楼，又走了几层消防楼梯，便到了停机坪。又看到那熟悉的直升机了，惨白惨白地伫立在那儿，螺旋桨在呼啦啦地打着圈，菲利克斯又被推推搡搡进了直升机，戴上了头套。直升机大约开了一个钟头便缓缓停下，当菲利克斯被扯去头套的那一刻，他又重新站在了白色大宅的花园前。只是今天月光下的白宅有种奇怪的肃杀之美。花园里大红大紫，金绿交错，像是上海 30 年代雪茄烟盒上的商标画。再回头看整个山坳，满山的棕榈，芭蕉，在月夜下都变了颜色，整座大宅黏黏地融化在白雾里，窗玻璃上闪着绿油油的光，一方一方，像薄荷酒里盛放着方形的冰块。而天空中偌大的月亮像是一切的幕后黑手，是一只凶残的白凤凰，腆着硕大的白胸脯，看着地面上发生的一切罪恶行径，都是它干的，都是它一手导演的。

绑架蓉儿

菲利克斯被推进了屋，只见格力斯老头正神态焦灼地坐在客厅的沙发上，他看上去很疲惫，又很焦虑。

"菲利克斯，你来了，我挺想念你的，你知道为什么吗？"他一字一句地说着，露出了浓重的德国口音。

"因为我逃出去了，没有像你预料的那样死在自己制造的密室里。我破坏了你的计划。"菲利克斯喃喃地言说着，胸中的愤懑呼之欲出。

"菲利克斯，你看我是个老头，一个见过很多世面的德国老头，我把一切都计算得那么精准，可是你的逃跑却在我的意料之外，看来你比我想象的更聪明，更有远见。"格力斯老头拿起茶几上的一杯用番茄汁和金酒调制的"血腥玛丽"一饮而尽，面容充满了惆怅。

"我费尽心力为你打造了举世无双的密室，你却如此阴冷狠毒，真该下地狱。"

"哈哈，下地狱，"格力斯突然怪笑起来，"菲利克斯，你还是个年轻人，你说得太夸张了，用一句你们中国人的老话说，'成王败寇'，你应该懂的，这个世界无所谓谁上天堂，谁下地狱，只要成功了，站在了成功的巅峰上，别人都可以下地狱去，孩子，你太天真了。"

"我把你想得太善良了，但是我还是从密室逃脱了出来，不是吗？中国人有句老话，叫作'善有善报，恶有恶报，不是不报，时候未到'。"

"哦，我好害怕！哈哈"，格里斯又怪笑起来。"不过，你的逃走对我打击很大，在这个棋盘上，你虽然渺小，但有着举足轻重的作用。菲利克斯，图纸带来了吗？"格力斯诡谲地笑着，看上去人却清瘦了很多。

"我知道，你怕我揭露你不可告人的罪恶行径，你的密室是做什么的？是个杀人的屠宰场吗？我觉得你特别没有手段和创意，你感兴趣的是我，绑架我的妻子做什么？我们的事，我们的交易和她毫无关系。"菲利克斯愤怒地说道。

"唉，"格力斯老头深深地叹了一口气，"我也是没有办法呀，对付你这样的聪明人，也只能这样了。"

"你到底是什么人？是做什么的？我妻子在哪里，你这个禽兽。"菲利克斯嘶吼着，像一头愤怒的公牛。

"我猜你没带图纸来，否则就没有了和我交换的资本。不过我想和你做个交易。"格力斯站起了身子，昂首挺胸地在菲利克斯面前逡巡踱步着。"我想你是非常爱自己妻子的，你妻子虽然被我捉住了，但她并不知晓这栋宅子的具体位置，她和你不一样。如果你愿意把图纸的设计稿交出来，我可以考虑放了你妻子，当然你是不可能回去的了，因为你知道得太多太多了，只能在密室里陪葬。怎么样？这是我跟你交换的唯一条件，你考虑一下。"

菲利克斯手心里沁着汗水，脑子却像引擎一样飞速转动着，"自己单枪匹马，明显不是格力斯的对手，现在蓉儿的生命安全是最重要的，自己的生死嘛，无所谓了，我早已置之度外，格力斯是绝对不会放过他的。我必须先见到妻子，想尽一切办法让她脱离险境。走一步算一步，见招拆招，也许还有一丝胜算。"

"我可以给你图纸，它被我藏匿得很好，很巧妙，你和你的帮凶们是不可能找到的。我同意你的交易，不过你要讲信用，等蓉儿到达安全的地方，比如大使馆，我就告诉你图纸的下落，否则我是不会就范的，还有我现在担心我妻子的人身安全，必须先见见她，否则图纸的下落就烂死在我肚子里，你想都别想。"

格力斯的额头也沁出了滴滴冷汗，他来回踱着，随后诡谲地笑了起来："可以，当然可以，她就在密室里。跟我去密室看看吧，我想你一定很好奇，反正你也活不了。"格力斯带着菲利克斯上了三楼，拉动金苹果，小铁人弩箭发射，等一切机关都按动好，格力斯将他引进了密室的大门。菲利克斯为眼前的一切所惊诧。

一只巨大的振翅欲飞的雄鹰，脚踩着纳粹标识赫然悬挂在墙的正中，密室里来来往往充满了穿白色大褂的实验室人员。一个角落中，一个年纪大约十二岁的小男孩被绑在特制的椅子上，头上是一只偌大的机械锤。机械锤每隔几秒轰然下落，敲击在他的头上，小男孩痛哭的哀叫声响彻地下室。"这是个犹太男孩，正在做颅脑损伤实验，看在频繁重击下，人脑会损伤到什么程度。"格力斯指着角落悠然自得地言道。

旁边是一张巨大的手术台，一对男性双胞胎被麻醉后，正赤身裸体背靠背躺在手术台上，令人惊骇的是三个医生正在用医用缝线将他俩缝合在一处。格力斯老头仰天大笑道："一九四三年至一九四四年，在奥斯维辛集中营使用了将近一千五百对双胞胎进行研究，一九四三年五月三十日以后，在集中营里，门格尔尝试将双胞胎缝合在一处创造连体婴，可惜没有成功，现在我要继续这个研究。"

另一边是一个偌大的玻璃不锈钢的小房子，里面关了数十个人，男男女女挨挨挤挤地席地而坐，都是衣衫褴褛，骨瘦如柴。菲利克斯看见有一个女性正跪在地上舔着地板。格力斯转过头兴奋地对菲利克斯言道："这是海水实验，让这些人只喝海水，不能喝淡水，看他们能活多久。看来是不行啊，已经有人在舔舐地板上的脏水了。若干年以前，德国军人在大战之中遇到过只有海水可喝的险境，当时有人喝了海水却没有活下来。如果早些做这类实验就好了，伟大的德国军人就不会丧生了。"菲利克斯惊诧地睁大了眼睛，不敢相信面前的一切。

无数戴着口罩穿着白衣的医务人员在密室里忙碌着，格力斯带着菲利克斯兴奋得左奔右跑，"这是燃烧弹烧伤实验、芥子气实验、磺胺类药物实验、结核实验，还有绝育实验。"格力斯一边言说一边兴奋得手舞足蹈。

"那你是谁呢？"菲利克斯问道。

"反正你也活不了，不如告诉你，我是爱德华·维尔特的后人，他曾是奥斯维辛集中营的负责医生。"

"我妻子在哪儿？"菲利克斯嘶吼着，"在哪儿呢？"

格力斯用手指了指，菲利克斯顺着格力斯的手指望过去，只见两个庞大的玻璃钢透明圆筒伫立在地下室的中央，里面有一半放着水，像是冰水。圆筒中分别放着两个裸体的男人和女人，都背对着自己。"这是低温实验，将他们放在零下六度的冰水里，看人体的耐受能力，到底能撑多久。"格力斯言说道。菲利克斯一边看着，一边觉得其中一只透明圆筒内女子曼妙的身躯极其熟悉，冰凉的水从她的头上喷洒下去，女子佝偻着身躯快支撑不住了。菲利克斯绕到前方一看，居然是蓉儿在里面承受着煎熬。温度在持续地下降，蓉儿似乎也看到了他，将面部紧紧贴在玻璃管壁上，泪珠结成了冰花。

"你这个魔鬼，我杀了你。"菲利克斯扑向格力斯，扼住了他的脖颈，可一瞬间菲利克斯便被两个保镖拉扯住了。"忘了告诉你，你妻子正在为伟大的德国做贡献。"格力斯哈哈大笑道。"菲利克斯，你不要忘了我们的交易，放了你妻子我是同意的，我一定会遵守诺言，但这是有前提的，还有，忘了告诉你，你得考虑一下时间，速度要快些，否则你妻子会撑不住的。"格力斯又怪笑起来。

"行，你放我回去拿图纸，你先放我妻子。"

"不行，我得先拿到图纸。"格力斯的面目阴翳骤生，变得阴狠而难看。

看着蓉儿几近崩溃的样子，菲利克斯的手心和额头都沁满了汗水，时间来不及了，蓉儿撑不了多久，自己没有选择，菲利克斯终于服软了，几个保镖押着他又坐上了直升机，菲利克斯从丽晶酒店的停机坪辗转又回到了家中，但这次并非只有他本人，他在几个膀大腰圆的保镖的监督下开启了隐秘的保险柜，取出了图纸的设计稿。保镖们又点了火，将保险柜中的其他文件都烧毁了，这才又押着菲利克斯上了直升机。

菲利克斯戴着头套，心中却是波涛汹涌，晚霞的余晖附在天边，那七彩的烟霞一定很美，可惜他无法看见，也没有这个心情欣赏。月亮的光辉一点点刺进了棉布头套的罅隙中，让他感觉到一丝冷冽的凄清，仿佛青女剪冰，寒意难散。他身上带着的那个小物件到底有没有作用，为什么到现在还没人来搭救自己和妻子，难道警察是哄骗他的，把他陈述的所有的经历当成了精神病人的信口雌黄。蓉儿是否还活着？自己这样来回折腾，蓉儿在冰水中是否撑得住？菲利克斯感觉自己要疯癫了，恨不得一头从直升机上栽下去，了结了性命。不行，自己不能死，还有蓉儿，要救蓉儿，自己是蓉儿唯一的希望。

当菲利克斯重新站在格力斯面前时，保镖已经将图纸的设计稿递到了格力斯的手中。老头露出了诡谲而阴冷的笑容。

"放了蓉儿，你答应的。"菲利克斯握紧了拳头，可两只手臂却被保镖紧紧箍住了。

"好，太好了，图纸终于到手了，菲利克斯……"格里斯老头仰天大笑起来，"请原谅我要食言了，你和你的妻子恐怕都不能活着离开这里，因为这个密室太隐秘，太重要了，除了我和里面的工作人员，任何人都不能知晓里面的玄机，见过密室的人都得死。是有点对不起你。"格力斯一边怪笑着，一边上下窜动按动各种按钮和密码，又进入了密室，只留下菲利克斯和手拿枪械的保镖。

"你这个魔鬼，刽子手，蓉儿……"菲利克斯崩溃地嘶喊着。

突然寂静被打破了，一切躁动起来，天空中传来数十架直升机盘桓的声音。格力斯惊慌起来，他冲到了一楼，却被持枪冲进大宅的警察摁倒在地上。格力斯随身携带的保镖也被催泪瓦斯熏得蜷缩在地面上。直升机巨亮的灯光围绕着大宅在闪烁，而无数戴着防毒面罩的警察冲下了地下室，解救了菲利克斯和蓉儿，解救了所有被挟持的人，并将他们送上了救护车。

"我是无罪的，伟大的德意志万岁。"格力斯叫嚣着，回过头来望着菲利克斯。"你是如何做到的，警察是如何找到这里的。"

菲利克斯从上衣领口上取下一个别针，翻转过来是一个极小的机械物件，"这是追踪器，警察在任何地方都能追踪到我，自然也能追踪到你，你完蛋了，你的梦想也完蛋了。"

格力斯恨恨地盯着他。

菲利克斯与赶来的警察和医护人员一同将蓉儿解救出冰水圆筒，可怜的蓉儿几近冻僵，在菲利克斯的怀里不住地抽搐。

一切都结束了，格力斯得到了他应有的下场。在他被警察押解而走的瞬间，他还转回头恨恨地盯着菲利克斯，那种恨从他鬼阴阴的蓝眼睛里喷射出来，仿佛充满了国仇家恨，仿佛要把菲利克斯吞噬进肚中，咀嚼到不吐骨头。

一个星期后，菲利克斯又坐在泳池边喝鸡尾酒了。依然是满天的朝霞伴着苍茫的云海，虽然放眼望出去让人无边的惬意，可刚刚过去的诡谲而又神秘的经历让菲利克斯仍然心有余悸，无法释怀。

他现在接生意谨慎多了。

五、海市蜃楼

沙漠中的艳遇

莫家辉从电脑桌前抬起头来，走到玻璃移门这里，将百叶窗的旋钮拧了拧，百叶窗瞬间被调亮。外面办公区域的明亮光线投射进来，让他浑身万分舒畅，光线仿佛透过笔挺的西装，丝质的衬衫，透射到了自己的每一个关节，每一寸肌骨，使他整个人都灵活而蠢蠢欲动起来。他将眼睛朝远处看，透过自己的私人办公室，看到走廊另一头偌大的亚太区总裁的窗明几净的办公室，心中的野心与欲望就像波澜壮阔的长江，吞吐百川，泄泻万壑。自己的办公室只是中国区总经理的办公室，虽然不小且五脏俱全，但比起那边亚太区总裁宽敞的办公厅来，总显得寒碜而简陋。当然，对于卓然科技有限公司这种在美国上市的大公司来说，亚太区总裁理应在美国办公。在类似于世贸中心、威利斯大楼、帝国大厦、怡安中心这类著名的办公大楼里，享受着宽敞的空间，如万缕金线般铺洒进写字桌上的阳光，跷着二郎腿，一边轻啜着秘书现磨好的咖啡，一边颐指气使地发号施令。总部把亚太区总裁移到中国办公，可见对中国区的重视和信任。可是现在原先的总裁已经离职了，这个令人垂涎欲滴的亚太区总裁的位置空无一人。莫家辉知道，自己是最有希望的接替人。论学历、资历和办事能力，自己是多么优秀和引人注目，而且最重要的一点，先前的总裁在离职前曾经暗示过他，他是很有希望的，似乎是总部属意的人选。内部消息，永远是最可靠的。

莫家辉回到自己的座位上坐好，悠悠然跷起了二郎腿，摇了摇喝了半盏的咖啡，眯起双眼开始幻想起自己如花似锦的前程来。也许再过一个月，最多两个月，他就会搬进亚太区总裁的办公室，享受着员工的万分景仰和谄媚，拥有着做出重大决策的权力，最重要的是水涨船高的年薪和更长的带薪休假。

这是多么令人神往的生活啊。带薪休假，这对他来说是十万分的重要。这意味着当别人还在昏头昏脑，工作到日夜颠倒，他却在自由自在地享乐。可以在希腊的圣托里尼岛上眺望着红日照耀下的爱琴海，坐在白躺椅上享受着啤酒乐园的啤酒；在特立尼达的海滨散步，呼吸着加勒比海迎面吹来的带着轻微海腥味的空气；在意大利的罗麦特山遥望远山的风景；行走在马尔代夫瓦宾法鲁岛的沙滩上，感受着轻柔但并不燥热的空气。当然，很多地方他已经去过了，美国路易斯安那州的橡树园酒店，那层层老橡树的茂密树荫环绕而就的甬道；奥地利蒂罗尔山区，他曾问当地的老妇人讨要过一壶刚挤出的新鲜牛奶；意大利的米兰科莫湖，看参差层叠的小屋；在菲律宾的吕宋岛看马永火山剧烈地喷发。

可是，这远远不够，对他来说还远远不够。这么多年，他不但像野兽一样在拼命工作，更是几乎跑遍了整个地球。可是他还是不满足，因为在最近的三年里他迷上了极限旅游。这种旅游是真正体力与毅力的双重考验。这不像他平时双休日随便玩玩的蹦极、暴走和徒手攀岩，这种旅游的过程简直是非人的折磨，但却也是极致的享受。在冰雪覆盖的南极，冰川连绵，看那些被千年冰冻滤出杂质而呈现出淡蓝色的冰块。有橙色小嘴和小脚的金图企鹅，红眼金毛的马克罗尼企鹅，海豹和南极海狗在岸上像虫子一般蠕动，庞大的北极熊在厮打。还有他最爱的巴丹吉林大沙漠，他几乎每年八月的头几天就要出发，跟着俱乐部统一行动。穿越沙漠是最艰苦的旅行，但沙漠中风沙扑面时感受到的那种苍茫和狂野，令人如同吸食了鸦片一般心颤，欲罢不能。

他马上要开始休假了，这次休假他就要准备再一次穿越巴丹吉林大沙漠。这两天下班的休息时间他都很忙碌，与俱乐部频繁联系，准备必要的物资，必须要用的东西已经塞满了家里的储物柜，要马上用快递寄到规定地点。卫星电话、GPS、对讲机、指北针，露营帐篷两顶，防潮垫N顶，营地帐、营地灯、气罐、炉头、餐具、医疗箱，该准备的都几乎全准备好了，只差三天后的休假到来了。等休假结束，总部将派人来宣布亚太区总裁的人选，而自己将顶着一身被沙漠骄阳晒成小麦色的肌肤，向众人点头微笑，坐进那间人人艳羡的办公室。生活对自己太宽容了，不仅给了自己阳光的容颜，健硕的身躯，还有如烈焰烹油般如花似锦的前程，莫家辉想想便无言匿笑起来。

第三天，莫家辉到达了额济纳旗，他没有像常人一般一路游览。大部分人都选择一条更为完整的路线，从长沙到兰州、敦煌、张掖，随后到达额济纳旗，莫家辉心中只盛着沙漠的苍凉，想尽快地看到它，感触到它。

在中午十二点前，他到达了俱乐部指定的巴丹吉林游客服务中心，交了两天六千元的租金，租了一部吉普车，买了八十元的公园门票，才得以进入沙漠的区域，随后他将快递过来的必要物资塞满了吉普车的后备厢。他不想用俱乐部提供的东西，因为他自己配备并邮寄来最优秀的装备，他也不找专业的人开车，也不愿与人同乘一辆车，宁愿多付三倍甚至四倍的钱，买断自己一个人享受的时光。

沙漠好美啊，在辽阔的黄色沙漠中颠簸了半个多小时，便到达了沙漠中的明珠——巴丹湖。莫家辉将车子抛在一边，一脚踏了下来。柔软的沙地有着温润的温度，远处蔚蓝色的巴丹湖恍若镶嵌在天边的一面镜子，湖天相接，分不清哪儿是天空，哪儿是湖水。三株孤零零的绿树扎根在湖水边的沙丘里，倒映在湖水中，实物与倒影相映成趣。

越野车上下颠簸了好一会儿，一路上则不断有小的湖泊，更多的是沙丘与沙山，半小时后便到达了著名的音德日图湖的"神泉"。音德日图湖中有面积不到三平方米的小岛，岛上有一百零八眼泉眼，此湖虽是咸水湖，而"神泉"流出的却是清澈透明、甘甜爽口的淡水。

已经看了不少景致了，莫家辉觉得有些困乏，便取了水囊喝了一些水，随后从车上踏步下来，在音德日图湖前驻足而立。远方的天空似乎有了一些变化，阳光渐渐黯淡下来，变得更为柔和，天空中的云气骤然发生了奇妙的变化。先是映照出一座古老的宫殿，碧瓦飞甍，金雀雕翎，像是紫禁城里类似于乾清宫的建筑。一缕紫帘翠影掠过，湖面上的海天云气又发生了奇异的变化。高大的建筑鳞次栉比地拔地而起，是现代化的摩天大楼，大楼前隐隐约约有一个宽敞的平台，停着一辆红色的跑车。是海市蜃楼！是沙漠中呈现的奇景——海市蜃楼！莫家辉直勾勾地看着这些虽然清晰但虚无缥缈的空中景致，禁不住惊呼起来。跑车的轮廓很明晰。莫家辉掏出手机，对着这难得一见的景致，按下了多次快门。等一等，再等一等，红色跑车的车门打开了，踏出一双红色防水台的高跟鞋，弧线优美的小腿，颀长而紧致，它的主人跟着出来了，白色连衣裙的长发女郎，侧脸，戴着墨镜。

莫家辉的目光一瞬都不敢移开，长发女子在空中的景致已经跨出了红色跑车，身姿窈窕，那身上白色绸纱的衣裙随着腰肢的晃动如漪皱湖纹。 她掠起冰环玉指将墨镜摘除，瞬间眼波流转，光润玉颜。莫家辉遥想起了那句古诗词，"古婵娟，苍鬓素靥，盈盈瞰流水"。白衣女的姿态如苔梅临流俯视，清幽奇绝；她的容颜如榴花照水，犹胜春浓。莫家辉凝视着这奇异的景致，更凝视着跑车中走出的女子，惊诧、心颤、倾慕、情动，这四种不同的心境感受在几秒钟的时间内在莫家辉的心胸中如流水般潺潺而过。又过了大约十秒钟，海市蜃楼的景象完全消逝了，徒留下平静的音德日图湖在沙漠中静卧着。也许从直升机上看下去，它像极了平躺在地球上的一滴泪珠，莹润剔透。

莫家辉不是没有见过美女，在他工作生活过的任何一个地方，高耸入云的办公室里，她们踏着高跟鞋，穿着黑色高领毛衣，戴着复古的黑框眼镜，脸上的粉涂抹得如同豆腐一般瓷白。她们在会议桌下踢掉高跟鞋，会议桌上还能反驳你的论点。可到了夜晚，在俱乐部夜晚璀璨迷离的灯光下，她们的长发如绿云般抛洒，眼神迷离，嘴唇晶亮，秾纤得衷的身段在黑色小礼服的衬托下如青莲一般摇曳多姿。

可是今天不一样，大大地不同了，那海市蜃楼中的女子，像天外飞仙飘然而至。在缥缈的海天云气中仿佛古诗词中骊宫里的仙女，身边有面目似人，绯红色鱼尾的鲛人在用水晶壳制成的小磨，将采摘下来的蔷薇花磨成晶润的蔷薇露，混合着铅水制成了龙涎香。有乘驾着青鸾的飞眉入鬓的仙子，在骊宫的周围用银灰色的丝绸布袋捕捉着棉花般的云朵，给瑶池的仙人当作云食。她的纤罗飘带、她的柔影参差、幽芳零乱让自己心跳、心颤，在瞬间如一根古琴上的幺弦在心底细细撩拨，他觉得自己有些陷入爱的意境了。莫家辉反复看着，用手机拍下了女郎的照片，不自觉地浅笑起来。他笑自己太傻，这毕竟是海市蜃楼，难道不是吗？毕竟是沙漠的天空中一瞬而逝的景象，是虚幻的，不真实的。可转念一想，如果海市蜃楼有明晰的景致，现实世界中一定有真实存在的人或事物，通过海市蜃楼物理成像的原理倒映在沙漠中。也就是说，这个世界上一定有这样一个女人。一定有。

莫家辉独自冥想着，在广袤无垠的沙漠中享受着自己独处的时光。这场饕餮的视觉盛宴应该算是这次旅行的一场艳遇了。他微笑着，又重新坐上了吉普车，继续着旅行。

随后他又独自攀爬了伟岸挺拔、高耸入云的必鲁图峰，看到了传说中的"七仙女"湖。越野车不停地在沙海中颠簸，停在了沙山的脚下，沙山的陡壁几乎垂直，仿佛旋渊玉池，渊底是一汪蓝如宝石的庙海子。莫家辉寄居在村民的家中，一到晚上，万籁俱寂，只一弯如钩残月斜挂天上。他躺在露营帐的帆布防潮垫上，身在沙漠，心绪却飞扬万里。这海市蜃楼中的女子为何如此眼熟？应该是从未见过，却好似千百年前似曾相识。她的每一次眼眸的顾盼生情都是为自己深情凝睇，每一抹眉黛青颦与清幽微笑都似乎是为自己愁蹙与留情。也许千百年前曾经相识，在那遥远的古代，她曾经宝钗压鬓；在民国的深秋，她与自己金樽对月，几回憨娇半醉，看窗外夜寒花碎。

能够在这茫茫大漠里相见，应该是缘分不浅。明天就要回程了，又要回去做那西服翻飞、锋芒毕露的职场精英，而且还要官升一级，承受所有员工的祝贺与艳羡，生活真是对他太厚爱了，难道不是吗？莫家辉想着，将水囊随意搁置在嘴边饮上几口，可偏巧睡的姿势不对，水囊也拿歪了，一股细细的清流从水囊嘴处倾泻出来，溅了莫家辉一身。莫家辉狂跳起来，一股恐惧袭上心头，他迅速用棉布擦拭掉水渍。不知从何时起，他开始有些厌恶且恐惧水，看到水龙头哗哗地打开，无论水流是湍急还是轻缓，只要那蜿蜒的水渍浸润过他的手指，他就会有一种奇怪的痛楚与不安感。他所有的衣物都交到高级干洗房清洗，他每天面对的只是两次洗澡的考验。早上的洗澡反而好一些，急速地冲凉，让温水浸渍了自己的全身，来不及细想便要擦干、换衣、开车上班。可晚上呢，窗外是月色泠泠，自己是罗衣半脱，神魂梦游。在瓷白的浴缸中注满水，看着水的漩涡一点一点加深，水量越来越多，随后自己踏入浴缸，将精干而健美的身体缓缓浸入其中，那种焦虑与不安感浓重地袭上心头。柔柔的水就像是倾城的女子，温柔地环绕着他的身体，闭上眼眸，仿佛能感觉到这晶润的水所幻作的女子在他裸露的肌体边太液翻波，霓裳舞倦。他要用手将她划碎，她却是冰魂犹在，玉簪轻坠；躺在他怀中珠房泪湿，明珰生恨。他永远也摆脱不了这个水做的女人，恐惧也无用，逃避也无用，她无处不在，永远缠绕着他，依附着他。莫家辉觉得自己可能是工作压力太大了，需要去看看心理医生了。

莫家辉结束了休假以后，开着自己那辆黑色的轿车又踏上了工作的征程。他今天特意细心地打扮了一下，宝蓝色的西装，青色的衬衣，深棕色的领带，脚上的意大利手工定制皮鞋散发出暗沉而厚重的光彩。他乘着直达电梯到了四十楼，这栋大厦的八个楼层都属于卓然科技有限公司，而他就是这个公司的中心人物。

到了公司，他径直走进自己的办公室，眼睛则瞟向那边亚太区总裁的办公厅，只见总部的董事局委员 Johnson 正坐在里面。莫家辉心中一阵欣喜，看来今天就要宣布新任的亚太区总裁的人选了，因为总部都已经派人过来了。莫家辉兴奋地用脚尖跺地，踩踏出轻微的声响，人真的走运的时候就是这样，什么都顺，一切都好。

十点钟到了，公司的例行会议开始了，今天的会议由总部的董事局委员 Johnson 主持。莫家辉将笔挺的西装又重新做了一番整理，精神抖擞地踏进了会议室。会议室里已坐满了人，各分区的经理，电脑人员，财务总监，销售总监，市场部总监，公关部经理，挨挨挤挤坐满了一长条桌子，每个人都充满了好奇又心怀叵测。莫家辉一进门便与 Johnson 打了招呼，一蹲身坐在了旁边的椅子上，Johnson 看了他一眼，也默不作声，只浅浅暗笑了一下。房门轻启，高跟鞋特有的声响踏地而来，进来一个穿米白色西装，戴着墨镜的女子。轻颦的蛾眉，唇线精巧地勾勒出酒红色的唇形，显露出嘴唇的饱满和性感。她手中握着一沓资料，Johnson 见了她，起身热情地招呼了她，并亲吻了她的左右颊。女郎灵活而小巧地旋到桌椅前，轻抿了一口桌上的气泡矿泉水，随后亦默不作声了。

莫家辉有些弄不懂了，这个新来的女子是谁，是新上任的亚太区总裁的秘书吗？难道总部不仅要提拔他，还给他配备了专门的秘书。不像，她的姿态不像秘书。她的姿容虽远山横翠，娉婷柔弱，却自有一股傲气天然生成；她轻啜泉水，指尖轻捏，却沉稳有度，胸藏锦绣。这样的人不可能只是个被人呼来喝去的小秘书。也许是新调派来的客户关系总监或者质量总监，这倒是有可能，美国的公司总部经常会有此类让人搞不懂的职位，薪酬很高，颐指气使，却又不知每天在做些什么。可是好像还是有点不太对，看 Johnson 对她的态度，如此亲昵而信任，她并不是个无关紧要的角色。这个白衣女子静静坐在那儿，轻捏着一支限量版水笔，却将转椅旋来旋去，仿佛会议室是她一个人的舞台和战场。而她则是古代的女将军，看胡马嘶风，汉旗翻卷，彤云微吐，一竿残照。她胸中的戾气呼之欲出，她的身影仿佛嵌雕在范仲淹笔下描写边陲风光的豪放词中。在落日长烟，大漠孤城的风景中，她傲然而端立地坐着，看着自己，端详着自己，一半是揣摩，一半是挑衅。

坏了，莫家辉知道出事了，自己的亚太区总裁的位置恐怕要落空了。这个女子是总部空降过来的人，总部还是不信任自己的能力，空降了一个女性来取代自己。莫家辉轻叹了一口气，瘫坐在了转椅上。接下来的事情则顺理成章了，Johnson 高度赞赏了莫家辉几年来的工作成绩，出色的业绩，随后在大家稀稀拉拉的掌声中，Johnson 用极高的语调重磅推出了梁秋月小姐，接替原先的总裁，担任新的亚太区总裁的职务。工作范围包括大中华区、印度、新加坡、韩国、日本等地。莫家辉的耳朵已经有点听不太清晰了，只听到在座的人响起热烈而喧闹的掌声，而 Johnson 则详细而略带激动地介绍了她的生平和工作经历。比如哈佛毕业，博士，华尔街任职多年，业绩超群等等诸如此类。莫家辉清冷地笑着，职业化地向她点头，而她则报以迷人的笑容。

梁秋月开始发言了，她轻咳了两声，摘掉了墨镜。莫家辉惊呆了，她的容颜，她的风姿，是巴丹吉林沙漠中海市蜃楼里的女子。太神奇了，她在大漠里仿佛骊宫夜月中的仙女，碧云暮合，鸳鸯同飞。在那海天云气的烘托下，她袅娜地行走，伫立在平台处。在自己的记忆深处，她的醉里秋波，自从那次海市蜃楼的邂逅之后，就延绵不断地在自己的记忆里折腾，是自己梦醒时的烦恼，酒醉后的牵念，长夜难寐时的辗转思量。

莫家辉突然来了兴致，坐直了身体，细细地听梁秋月说话。她慢语轻声说了很多，从工作经历，到来卓然的心路历程，再到信誓旦旦要把亚太业绩做到前所未有之高度的这类豪情狂语。她的言语开始犀利起来，各种不间断地狂轰滥炸。如何把预算降低，如何用各种手段把业绩做高，如何消灭休假制度，侃侃而谈，言语似流水潺潺，内容却让人胆寒心惊。不像个美女总裁，而像个灭绝师太。但莫家辉却快乐了，虽然自己做不成亚太区的总裁，可海市蜃楼中的艳遇却悄然而至。她不再是骊宫夜月里驾鸾骖鹤的仙女，也不是古小说中用铜制的狻猊焚香诵佛的弱女，她活生生地在自己面前，踱步、徘徊、讽刺人、呵斥、训斥、优雅地用法语骂人，听你的汇报，紧蹙着眉头，在会议桌底下踢掉高跟鞋，在会议桌上还嘲笑你的无能。

莫家辉笑了，想起一本自己很喜欢的小说《蛋白质女孩》，写两个学历很高的海归精英讨论喜欢什么样的女人。"他喜欢女孩子戴眼镜，能够谈俄国小说或法国电影，你明明知道她们不可能跟你乱来，心里更想让她们腐败。当她在谈解构和后现代，你在想如何把她的扣子解开。当她批评美国的文化侵略，你在想用什么好莱坞电影的挑逗情节。他喜欢看她们最后脱下衣服时那种严肃的神情，好像即将犯下不可饶恕的罪行。她们会用慢动作来进行这场成人礼，回家后还会写一篇地下室手记。"

开会开了一早上，Johnson 说得不多，整个一场会议却成了梁秋月一个人的发布会。她请每一个分区经理汇报业绩情况，皱着眉头，看上去颇不满意。信息部女主管在汇报工作，她头抬也不抬，只最后向她讨要一整年的报表。秘书在汇报工作，她轻咳数声，将矿泉水一饮而尽，用纤手作扇频摇了几下，粉面生春，直推说会议室好热。轮到莫家辉发言了，他一边发言，一边在不停地观察她，她长眉入鬓，仔细地聆听着，却轻挑着眉毛，表示不以为然，凤目轻垂，一直流连在面前的成堆的资料上。时而抬起头来，凝睇在莫家辉的脸上，显出一种奇特的不屑。

冗长而没完没了的会议终于结束了，会议室中的人都陆陆续续走光了，只剩下梁秋月和莫家辉两人突兀地站着，尴尬得不知说些什么好。莫家辉提议附近有间不错的茶餐厅，叉烧和卤水鹅都做得很地道，想请梁秋月过去尝尝，顺便聊聊公司的情形，梁秋月沉默了一会儿，便欣然答应了。

海市蜃楼中的女郎

莫家辉准备开车接她，梁秋月却要自己开车，莫心中幻想着她开出红色跑车的情景，可到头来开出的却是一辆银白色的车。梁秋月戴着墨镜悠然坐在驾驶座上，开车载着莫家辉一路疾驶，经过他的指认，两人来到一处幽僻的茶餐厅。莫家辉绅士地帮她开了门，只见她已换了一件白色斜纹软呢套装，同款的珍珠项链，随意而妩媚。他俩进了餐厅，在仿紫檀的桌椅前坐好，随意点了几款小菜，几瓶软饮料，边吃边叙谈。

莫家辉对女人还是有经验的，他见过形形色色的女人，粗蠢的、精明的、文艺味的、浅薄的、貌美如花的、靠搏大腿上位的，还有一些戴着复古黑框眼镜，不苟言笑，总之是各式各样的。他也懂得如何和女人叙谈，从聊工作，到生活环境，到独身与否，再到心底最柔软的地方。可是这个梁秋月却不同，整个人像是包裹在一层钢化玻璃里面，她的一颦一笑，每一分欢欣，每一丝痛楚都深深锁在了自己的心底，永远都渗透不出钢化玻璃，传递到对面人的心头耳边。他们也聊工作，也聊华尔街的见闻，也聊股市，又聊到业绩，做过的各类公司。好像有点熟稔了，转瞬间她又扯到别的话题，转到文艺的领域或是财经的领域，永远是她引领着话语权，掌控着话语权。她一边咀嚼着叉烧，一边用眼睛不经意地瞟着店铺里的一只大水族鱼缸。水族缸里仿佛是另一重世界，墨苔萍藻、沙石海星，数十条颜色斑驳的锦鲤鱼在缸里穿梭翻腾，层层的水泡冒上了水平面。

"Michael,"梁秋月叫着莫家辉的英文名，"你说鱼为什么不会被淹死，同样是生物，人就会被淹死。"梁秋月一边说着，眼神中透出一股迷离难解的光彩。

莫家辉转身看着水族缸，看着那腾腾上浮的气泡，心里有股说不出的不安与恶心，他转回头不去看它。

"你有没有一辆红色的跑车。"莫家辉突兀地问道。

"红色的跑车？"梁秋月哑然失笑，"莫先生好有趣，问问题没头没脑的。"

"哦，不是，我是问您对红色的跑车怎么看，为什么不买一辆。"莫家辉转念一想，自觉突兀。

"红色的跑车我是没有的，我在美国一直开别的车。转到这边来工作，就买了这部银白色的，奔驰起来像一道银色的闪电，不是吗？"梁秋月莞尔一笑，突然显出一种童真的表情。

二人又叙谈了一会儿，莫家辉又加了几个小点心，瑶柱烧卖、广式虾饺和菠萝油。吃完后梁秋月开车送莫家辉到了公司。莫家辉与她轻声道别，转而钻进了自己的轿车。

终于到了一个人的时间了，莫家辉踏进精装修公寓的家门，将钥匙抛在床上，靠在衣橱边懒散地解开领带皮扣，脱掉了西装。他走进浴室，开始将浴缸的水放满。看着水的漩涡一点点变深变大，那种不安与厌恶感又开始缓缓袭上心头，不过他今天心情还算不错，难道不是吗，先抑后扬，先愤懑后欣喜。等水全部注满了浴缸，他脱掉内衣缓缓涉水而入，随后又轻轻躺下。水的张力温柔而圆满，将他紧紧地包围起来。那水做的女人又来了，冰肌玉骨，清凉无汗，敧枕钗横鬓乱。这水做的女人化成了那元代著名的戏曲女伶，而无数的水珠四处喷溅、泼洒、滴落，变成了一幅奇趣的画，水滴变作了千串织珠，万须净虾。而那水做的女人，便在那四壁翡翠阴浓、万瓦琉璃色浅的侯家紫帐里罗衣从风般摆动，长袖像素霓般交横，舞姿轻盈像燕子般落下，举起翅膀，像天鹅一样受惊起飞。转瞬之间，那水做的女人用自己晶润的身体环绕着莫家辉，水化的绿鬓飘散在他的腿根，纤手抚触着他健美的腰身，倾城的面庞亲吻着他的脸颊。她抬起晶润的眼眸，纤长的睫毛，凝视着莫家辉，她的嘴唇覆压上来，眼眸交接处，那面庞却变作了梁秋月，她在那里喃喃言道："我是春华，你说过你爱我，你不能不爱我，我可以死，但不能没有你的爱。"她流泪了，流下的眼泪汇成了汪洋大海。而莫家辉却发觉自己穿着西装，打着领带坐在一部轿车中，而轿车则坠入了眼泪汇成的汪洋大海中。他发觉自己被保险带扣住了，而水已经漫过了自己的脖颈，他拼命想打开车门，车门却被锁住，车窗也被锁住了，他拼尽全力想打开车门，却无能为力。他不停地扭动身体，用头撞击玻璃，玻璃裂成了丝丝罅隙。他转头朝驾驶座看过去，有一个女人，妩媚而娇丽的女人，一样的黛眉，一样的凤目和薄唇，是梁秋月，她完全浸润在水中，看上去已经死了。

莫家辉愈加恐惧，拼命用头撞着玻璃，玻璃却坚硬无比，水愈漫愈高，堵塞了自己的口鼻。一瞬间他清醒了，发觉自己整个人都沉在浴缸底。他赶紧浮出水面长舒了一口气，原来他一边泡澡一边睡着了。

确实是工作太繁忙了，以至乱梦颠倒，噩梦连连。莫家辉这样思考着，便迅速洗完澡，穿上深蓝色的丝绒睡衣，出了浴室。他坐到电脑前，本想查查海市蜃楼的成因，因为他心中有很多难解之谜。梁秋月说自己常年在华尔街工作，最近两年才任职于卓然在美国的总部，而按照海市蜃楼当时周边的景致来看，像是在国内，不是国外。梁秋月的面容与海市蜃楼中的女子一模一样，照理说只要有倒映出来的景致，就一定有真切的实物作参照，所以一定有个面貌相同的白衣女子在国内，而且有一部红色的跑车。

莫家辉确定自己从小就是个好奇宝宝，可不知为何他今天又不想去深究了。先前的梦境太骇人了，让他惊魂破胆，助恨添愁，他想抽支烟，早点睡了。

接下来的一个星期都异常忙碌，梁秋月几乎每天都要莫家辉到她办公室去汇报工作，要求烦琐而细致，布置起工作来事无巨细且是超负荷的。莫家辉搞不清楚有这样一个美女上司到底是好事还是坏事，只知道为了薪水，超高的薪水，只能这样像牲口一样干活。接着他又连续出差了两个星期，从北京到武汉再到天津，又转到香港去开会。人在异乡客地，总会有些思念故友亲朋，可是很奇怪，他这两个星期想到颇多的人却是梁秋月，梦到最多的也是梁秋月。因为她曾经是海市蜃楼里的仙女，在依稀的海天云气中若隐若现，因为她是自己对口味的女生。这样的女生，到圣诞节张三李四都会寄卡，戴隐形眼镜时要挣扎，拿下时泪水稀里哗啦，喝红酒时杯缘留下唇印，吃牛排嘴角沾到血滴，大雨的街头，提着红底高跟鞋踏过积水，酒廊里一个人坐在吧台，一边咳嗽一边猛灌咖啡。他头脑里浮想着曾经看过的小说里的语句，心里却有点想念梁秋月了。

两个星期后，莫家辉第一天上班，却发觉梁秋月不在自己的办公室内。莫家辉假模假式地到她秘书处询问，说是她生病了。莫家辉退回自己的办公室，默默地工作了一天。到了晚上，他加了一会儿班，开车回家时却不知为何开错了路线，鬼使神差地开到上次与梁秋月吃广式茶点的餐厅。他进去后，却发觉梁秋月坐在餐厅的角落里。晚上了，茶餐厅里的人寥寥无几，只剩一两对小情侣。梁秋月穿着一套纯黑色的斜纹软呢套装，拿了一瓶酒一个人在猛灌。一杯接一杯，仿佛一定要把自己灌醉。面前放着四个小菜，白糖糕、叉烧酥、煎饺和九肚鱼。最令他惊讶的是，梁秋月珠泪点点如雨打新荷，又如骊珠散进砸落在桌面上。莫家辉在她身边轻轻地坐下，想要询问，却又不知如何开口。

"你来啦。"梁秋月似乎并不惊讶看到他，"你知道吗？今天是我妹妹的忌日，我只有她一个亲人，我们是 TWINS（双胞胎）可惜没有了，死了。"梁秋月哭得更厉害了，将双臂环绕起来放在桌上，头则深埋在双臂之间。

"你妹妹叫什么名字。"

"梁春华，春华秋月，我叫秋月，她叫春华。"梁秋月啜泣道。

"春华。"莫家辉一阵警觉，猛然想起自己在浴缸中的梦。那梦里和梁秋月一样的女子就唤自己作春华。她在梦中对自己情词频吐，爱语烦絮，她对自己的相思如黑海般深，陆地般厚，青天般阔。她宁愿死也不能没有自己的爱。

"是叫春华吗？真的吗？"莫家辉突兀地问道。

"怎么，你认识他？"梁秋月突然停止了哭泣，面容变得严肃起来。

"不，当然是不认识的。你常年在美国，你的妹妹我怎么可能认识呢？"莫家辉敷衍道。

"双胞胎，同卵双生，一模一样，面容、身材、嗓音，几乎所有人都会把我们搞混。只是我们性格不同，她比较痴情，应该说太痴情了，很执着。"梁秋月又动容了，红了眼睛，一滴珠泪顺腮而下。

"是生病过世的吗？"莫家辉追问着。

梁秋月又满倒了一杯酒，仰头灌下，点滴不剩。随后她用凌厉的眼眸紧紧看着莫家辉，仿佛他是一个正在接受审判的罪犯，罪大恶极，凌迟处死都无法赦免他的滔天大罪。"是车祸，在香港，她和她男友的车冲进了河里，她淹死了，可是她男友却没死，获救了。"

"对不起，提起你的伤心事了，那么说是意外了。"

梁秋月听着，眼神里有种难以言说的表情，她又猛灌了几杯酒，还想倒时，发觉酒杯空了。"再来一瓶！"梁秋月向服务员吆喝着，却被莫家辉拦下了。

"你这样不能开车，我送你回去吧。"莫家辉替她结了账，将她的一只臂膀扛在肩上，两人晃晃悠悠出了茶餐厅，"还记得家在哪儿吗？"

"兰格华公寓，在梧桐山路上，178号，六楼，603室。"梁秋月交出了跑车的钥匙，被莫家辉轻轻安置在副驾驶座上。莫家辉一路疾驰，车两边的景致像时光隧道一样飞速地向后倒退，斑驳迷离，色彩绮丽。终于到了目的地，莫家辉将梁秋月颤颤巍巍地搀扶进去。进了房间，梁秋月便冲进厕所不停地呕吐，吐得搜肠刮肚，翻江倒海，随后出来一蜷身躺卧在了沙发上。

莫家辉给她盖上一条毛毯后，开始认真仔细地端详这间屋子。两居室，带一个客厅，客厅很普通，米色的沙发，土红色的地毯，几何形状的落地台灯。

再到两间房间看看，一间是书房兼储衣间，衣柜门都未来得及拉上，里面一溜的套装和休闲服。套装色泽纷繁妍丽，米色、金色、朱红、黑色，珠串颗颗相连，花朵盛开到荼蘼。休闲服更是瑰姿艳逸，青鸾翠雀扬翅飞腾，白虎玄豹蔓延游走。

莫家辉又走到另一间房间，俨然是卧室，桌上放着许多照片，都是双胞胎姐妹的。一般的轻颦浅笑，同样的花容婀娜。另一张照片应该是梁秋月，跟美国总部的负责人握手微笑，职业而矜持。其他的照片呢，天哪！莫家辉几乎不相信自己的眼睛，是戴墨镜的白裙女郎，旁边停着一辆红色的跑车。还有几张照片，穿着比基尼在加州的阳光下嬉水，在马尔代夫的临水别墅前仰躺着，全身涂着淡金棕色的身体乳油，像一尊泥塑的金佛在阳光下熠熠闪亮。

"这是我妹妹春华，父母给我们起这样的名字是希望我们像春华秋月一般团圆美好，永生永世不要分开。"梁秋月突然走过来，倚着门框喃喃言说，"春华比我美，婀娜多姿，会享受生活，可惜死了。你想知道她是怎么死的吗？"

"你已经告诉过我了，是意外，车子冲进河里了，不要太伤心了。"

"你看这是什么？"梁秋月突然伸出手来，手里握着一颗镶嵌着五彩宝石，缤纷到灼目的硬壳手握式晚宴包。

"你怎么了，不就是个晚宴包吗？"莫家辉不解道。

"不是，这是杀人的工具，春华的男友杀害她的工具。这只硬壳晚宴包就躺在汽车的刹车板下面，卡在了刹车踏板下面。我妹妹车技很好，是不会出差错的。这是她男友故意放在刹车板下的，让车子无法刹车，无法控制，然后冲进河里。"

莫家辉听着梁秋月的喃喃言语，又看着这只晚宴包，脑子里嗡嗡作响。他闭上了眼睛，眼前的景致发生了变化，他和一个女子站在商店的柜台前，女子从导购员手中接过一只五彩琉璃的手包。"家辉，你看好看吗，买给我呀，给我做情人节的礼物嘛。"自己的眼睛从手握包慢慢浮游上去，黑发如绿云般抛洒，肩若削成，腰如约素，是梁秋月，不对，不是。如此明眸善睐的眼睛，丹唇外朗、皓齿内鲜的风姿，她是如此依赖自己，靠着自己的肩膀如柳倚青槐，流云傍月。是春华！

莫家辉突然醒过神来，自己根本不认识梁春华，怎么会出现这些幻觉，再看梁秋月，拿着晚宴包，倚着门框，颤颤巍巍似要跌倒。

"你喝多了，快早些休息吧。"莫家辉从梁秋月身边擦身而过，离开了她的房间，搭了出租车又回到茶餐厅，随后自己开车回了家。

又要洗澡了，又到洗澡的时间了。若是身在古代，可以在渠水中铺满牡丹和玫瑰的花瓣，让自己徜徉在花瓣构成的花海里，这样就不会看到水了。还是古人有意境，铺洒上一篓的牡丹花瓣在渠水中，黄金绽蕊，千片赤英，让自己在沐浴的同时好似有千百个倾城的少女在自己的周围，向背万态，映叶多情。可是自己没有这样的福分，只能在一缸温水里与自己的焦灼与恐惧挣扎。莫家辉一边沐浴，一边思绪飘扬，自己不认识春华，认识的只是梁秋月，而照片中红色跑车旁的白衣女子却是春华。梁春华三年前就去世了，死在那一潭碧波，一泓深渠。可是自己在八月的巴丹吉林大沙漠里，在那海天云气般的海市蜃楼里看到的却是红色跑车旁凌波微步、顾盼生姿的春华。这是怎么回事，难道春华复活了？梁秋月的话到底可信不可信，她为何说是春华的男友精心策划谋杀了春华，到底是真是假，这个五彩琉璃的晚宴包又是怎么回事？莫家辉一边思考，一边撩水揉搓着自己的身体，水像无孔不入的烟雾在自己的身体里来回穿梭、浸润。那水做的女人又来了，不停地在自己的裸体间来回窜走，在他的耳边呢喃。莫家辉又将水的龙头打开，一股极细的流水顺势而下，那水做的女人张开晶润的朱唇，在透明的皓齿间吐出骊珠一串。那轻轻的流水声便恰似莺燕关关，明月下泠泠清梵，仔细听又似鹤唳高寒。莫家辉又在水中睡着了。铺天盖地的水又来了，轿车跌进了汪洋大海里，车头不断地往下沉，水在不断地渗入车里，漫过自己的胸膛，脖颈，口鼻，他拼命地在水里挣扎。座位边的梁秋月已经死了，手指还神经质地抽动了几下。他脱离了保险带，拼命地用头撞向后窗玻璃，玻璃碎裂成无数晶亮的碎片，他从后窗使劲地扒拉出去。

画面又转变了。他发觉自己跟在一个女人后面静静地走着，好像是在夜晚，头顶是疏星朗月，周边是夜寒花碎。那女人穿着极细的高跟鞋，左右摇晃，深一脚浅一脚地走着，自己一路紧紧跟随着她，一直走进一所学校的侧门，那女子开门进去了，又绕着操场走了两圈。随后这个女子沿着黑暗的楼梯径直上楼，走进一个像是实验室的地方。莫家辉发觉这个实验室既古怪又恐怖，里面有许多大池子，用刺鼻的福尔马林溶液浸泡着几十具动物的尸体。有兔子、狗、猫、小鹿、成年的公羊、蛇、猪，一具具各种姿势的动物的尸体浮游浸泡在液体里，泛着尸体特有的青白色光彩。周边还有一个解剖台，旁边堆放着各种解剖用具。而那个女子虽然睁着眼睛，却行走如木偶，行动如僵尸。她缓缓地走到大池边，捞起一具小鹿的尸体，将鹿尸用尽全力拖到解剖台上，随后令人惊恐地将头俯到小鹿的脸部，开始啃噬起来。莫家辉惊呼起来，那女子似乎突然被惊吓到了，抬起了身体，一张血肉模糊的脸，是梁秋月的脸。

莫家辉惊叫连连，随后被吓醒了，发觉自己仍然躺卧在浴缸中，而水早已漫出了浴缸，将浴室淋得到处都是。他迅速起身，又用拖把将浴室内的水吸干，心中的疑虑却愈来愈深。为何自己总是做同样的梦，自己与梁春华到底是什么关系，那惊魂恐怖的梦是如此真实，又是怎么回事。莫家辉仿佛坠入了一团乱麻中，思纷乱，梦颠倒，他坐着想了许久却毫无答案，之后便早早睡下，睡后一夜无梦。

第二日一早，莫家辉心中牵念着梁秋月，便早早地到了办公室，他以为自己来得很早，未料想梁秋月早已在自己的办公室里工作得热火朝天。开电话会议，做项目规划，和秘书一丝不苟地交代工作，和大客户轻言交流。她是如此职业化，几乎让人忘却了昨晚所发生的一切。昨晚，她曾经在茶餐厅里眉黛蹙损，罗巾滴血；在自己的卧房里吐到肝胆欲裂，愁语连篇；握着那只五彩晚宴包时珠泪散进，引得男子蝴蝶枕前乱梦颠倒，愁肠百结。

工作到中午了，莫家辉感到有些饿了，打算出去吃点东西果腹，突然电话铃响了，是梁秋月在电话那一头喃喃轻语，说是要请自己在楼下的贝斯玛丽吃牛排。女人的邀请不好推脱，莫家辉便欣然答应了。

到了时间，梁秋月便和莫家辉下楼到了这家叫贝斯玛丽的牛排餐厅。梁秋月今天穿着米金色的套装，同款的珍珠项链在脖颈间摇摇曳曳，似细风中飘荡多姿的睡莲。嘴唇上橘金色的胭脂在餐厅灯光的闪烁下熠熠灼灼，让人有种迷离而不真实的感觉。梁秋月点了七分熟的牛排套餐，莫家辉也照式照样点了一份。等菜品上来一看，是块巨大的牛排，部分未熟的地方还带着血丝，八根芦笋根部削得清爽白净，周边有两块奶油，还有一团小猫般卧着的土豆泥。梁秋月大快朵颐地咀嚼着，牛排的血丝顺着她的嘴角轻微地流淌下来，她用纸巾悄然拭去，纸巾上瞬间绽放出一朵血样的梅花。莫家辉一边吃着，一边望着梁秋月嘴边的血丝突然有种翻肠倒胃的感觉。想起昨晚的梦和那女人，有种说不清道不明的压抑。

两人聊了些工作和日程上的安排，梁秋月突然说起刚才接到总部的电话会议，三天后要到香港的工业园区开一个重要的会议，让莫家辉陪她一起去。

"总部说过需要我去吗？"莫家辉问道。

"没有说过，但我考虑到大中华区业务的问题，你最好还是与我同行，一起听一下总部的计划与拓展安排。"梁秋月漫不经心地言道。

"好吧。"莫家辉想了一想，便答应了下来。梁秋月的样子是如此淡然，似乎完全忘了昨晚她是如何寂寥悲伤，柔肠寸断，粉泪盈盈。莫家辉突然想刺激她一下。

"你妹妹的故事还没说完呢？"

"你是说春华，"梁秋月想挤出一丝笑容，可悲伤禁不住地袭上心头，眉间欲散还鬈。"我妹妹常年在香港内地两处奔波，她是做名牌服装和化妆品代购生意的，后来赚了些钱，自己买了一部红色的跑车。"

"她和男友是怎么认识的？"

"很浪漫，浪漫到不可思议，简直不像人间发生的事情。这个男孩子是个极限旅游的爱好者，三年前在巴丹吉林大沙漠旅游，在旅游的途中看到了海市蜃楼，蜃楼中正巧映照出我妹妹春华与她的红色跑车。我想他当时看到了这人间仙境般的画面一定完全被震慑住了，我妹妹在海市蜃楼里白裙飘飘，一定很美。"梁秋月突然眼神严肃地看着莫家辉。

莫家辉的刀叉一下子掉在了桌上，敲砸在盘边，发出铿锵的脆响。巴丹吉林沙漠、海市蜃楼、白衣女子、红色跑车，为何与自己两个月前的经历一模一样？自己去巴丹吉林大沙漠，梁秋月是后来的，应该完全不知晓，海市蜃楼中与美人惊艳一遇，自己更是只字未提，无人知晓。难不成她早就跟踪自己？不可能，沙漠里自己是一个人，是独自穿越的，大部队的人都在很遥远的地方，那海市蜃楼也是几分钟的事情，稍纵即逝，不可能，她不可能知道。她说的是三年前的事情，自己只在最近两年的八月初才开始巴丹吉林的穿越，那只是巧合罢了，纯属巧合。听说海市蜃楼有时会反射出好几年前的景致，看来真的会这样。

"后来呢？"

"后来，这男孩根据海市蜃楼里维多利亚港特有的建筑找到了香港，多番寻找，竟然真的被她找到了我妹妹。男孩花言巧语，我妹妹很单纯，情感上很单纯，就这样爱上了他。他们相恋后不到一年，男孩突然提出要分手，不知为何，也许厌倦，也许劈腿，不得而知，我妹妹……"梁秋月突然哽咽了，"她是个痴情的人，她总是这样，陷在爱的泥潭里不能自拔，虽是一个现代的女性，可心底深处却像古代女子一般。她写信给我，她就是爱他，忘不了他，伤心欲绝。她不肯分手，那男孩见甩不开她，一定起了歹心，趁着两人坐车游览的时候，提早把那只晚宴包放在刹车板下面，让她想刹车却踩不下去，终于冲进了河里。男孩子一定在临下河前打开了车门，春华死了，他却活着，逍遥自在地活着。"梁秋月的脸涨得通红，有些控制不住自己的感情了。

"警察难道没查出来？"

"他们只作意外事故处理了，只是在刹车旁发现了晚宴包，当作遗物。我从美国赶去收尸的时候，他们交给我的。"

"那么说关于晚宴包的设想只是你一厢情愿的想象，可能根本不存在谋杀，真的只是意外。也许要分手了，你妹妹心情不好，神思恍惚，晚宴包只是她随身携带的。"莫家辉道。

"不可能，我妹妹以前玩过赛车，驾驶技术极好，这只晚宴包是她最钟爱的，不是重要的宴会从来不用。"

莫家辉被她一番言辞说得昏头昏脑，只囫囵吞枣地吃完了牛排和其他配菜，随梁秋月回到了办公室。那天他一直加班到极晚，莫家辉到家已是凌晨三点，洗完澡也不敢多想，便睡下了。

几天以后，两人一同飞去了香港，下了飞机便直达酒店，随后在酒店的宴会厅里开了好几天会。冗长的，枯燥的，没完没了的会议。后一天就要回上海了，梁秋月提议要在香港游玩一下，放松放松心情。莫家辉虽然有些疑神疑鬼的，可毕竟开了好几天会，整个人昏头昏脑，疲惫不堪的，听了梁秋月的提议，便欣然同意了。

第二天一清早，梁秋月便来敲莫家辉的房门，莫家辉见她穿着白色的斜纹软呢套装，琉璃花高跟鞋，一朵精致的芍药花嵌着金丝盛开在高跟鞋的鞋跟里，面部的妆容更是粉妆玉琢，别样的一番瑰姿艳逸，靓装刻饰。莫家辉提议搭出租车，可梁秋月说自己有车，妹妹在这里有过房子。下了车库，梁秋月开出了一部红色的跑车。莫家辉猛然间见到，心突地往下一沉，只觉得这一幕似曾相识，不知在哪里见过跑车。梁秋月招呼他上车，莫家辉鬼使神差一般地上了车，可坐在车里如芒刺在背，如坐针毡一般。

梁秋月开车很稳重，他们第一站就到了迪士尼。在原野剧场看了《狮子王庆典》，在花木兰凉亭里看了香港独有的梦想花园，梁秋月又拖着莫家辉玩了睡公主城堡，小熊维尼历险之旅，他们在充满科幻味道的飞越太空山里穿梭飞驰，在巴斯光年里星际历险，坐着小镇的古董车和蒸汽火车在迪士尼里穿梭，梁秋月的精力很旺盛，工作起来像野兽，玩闹起来却像不知疲倦的孩子。

从迪士尼出来，他们俩又驱车去了维多利亚港。已经到了下午时分，维多利亚港依然人头攒聚，对面的高楼座座拔地而起，仿佛刺破青天。梁秋月缠着他拍了许多照片，接着按照她的提议，两人驱车去了九龙柯士甸道一号的环球贸易广场的一百楼，楼上的天际观景台简直是香港的制高点，能三百六十度鸟瞰全香港最繁华的景致。梁秋月在灯光的照耀下仿佛敦煌古画中的美人，风姿似青莲摇曳，眼神璀璨而迷离。她倚靠在窗口的身姿十分眼熟，莫家辉仿佛在哪里见过，也许在梦里。他似乎来过这里，在这一百楼的朱阁绣户里，尝过玉盘中的鲥鱼苦笋，听过酒廊里的檀板金筝，看过窗外的珠钿残粉，乱红飘砌，在咖啡吧里感受着美人的钿带双垂金缕细，凤钗斜弹乌云腻。有个女人好像曾经在这里的咖啡吧里，在他的怀里哭泣过。她绵软的双手缠绵在他的颈项上，每一滴珠泪都散进在他的西服上。他想不起来了，觉得头疼欲裂，难受至极。梁秋月去卫生间了，莫家辉一个人在一百楼的咖啡吧里茫茫然思考着，回忆着，有人落座在他的对面，往上看，是女人，嘴唇间血肉模糊，像是自己的梦中与梁秋月一模一样的女子，不对，看错了，是梁秋月从卫生间回来，跷着二郎腿坐在自己对面。莫家辉觉得自己快被整件事情搞疯了，开始只是一场海市蜃楼的艳遇，到现在却成了缠绕着自己的思维与灵魂，错综难解的谜案。莫家辉觉得已经深陷其中难以自拔了。

事情的真相

快到傍晚了，梁秋月提议去吃自助餐，莫家辉也没有拒绝的理由，便随她到七十楼的自助餐厅用餐。梁秋月的胃口很好，吃了很多的三文鱼和螃蟹。莫家辉同她开玩笑，说她专挑贵的吃，还吃饱。梁秋月斜着眼睛望他："人嘛，总是吃一顿少一顿的，不拣好的吃多不划算。"她的话像一根鱼刺梗阻在莫家辉的心口，话里似乎有话，弦外之音让莫家辉总有点心惊胆寒。吃完了饭，梁秋月又提议开车去兜一圈，女人的提议总是难以回绝，况且她又是上司。

梁秋月带着他下了地下的停车库，偌大而清冷的车库只有他二人的脚步声，特别是梁秋月的。她的花跟凉鞋踏地有声，仿佛花奴羯鼓调，踢踢踏踏在空旷的停车场里回响着。二人走到红色跑车面前，梁秋月一甩头发，微扬着脸："上车吧。"莫家辉看着她的身姿，听着她撩人的话音，却仿佛多年前曾经耳闻目睹过。有一个女人也曾经站在红色的保时捷旁，用同样的面容看着他，但是翠眉长锁，玉容憔悴，泪珠挂在了脸上，啼痕湿透了罗帕，她的语调不像梁秋月那般颐指气使，她似乎在哀求自己，上车吧，上车吧，再最后陪我游一次车河，再最后陪我兜一次风。莫家辉甩了甩头，把梦境和幻象都撇开，慢腾腾地上了车。

梁秋月的车开得很慢，有点颠簸，不是很稳，可是她的话却很多。"你知道吗，莫家辉，我和妹妹春华是孤儿，我们无父无母，在孤儿院长大，相依为命，后来被不同的家庭领养，渐渐断了联系。春华的养父对她很不好，经常毒打她，还性骚扰她，她迫不得已离家出走。我的养父母是美国华人，供我上了大学，研究生，博士，在我刚上班的时候在一次飞机失事中丧生，我又成了孤儿。可是，在一次公司举办的宴会上我突然遇到了春华，我是到香港出差，而春华却在宴会厅里端盘子。我看到了一个和我面容一模一样的人，就像看着镜子当中的自己。从此我们便开始了不间断的联系，我们找到抚养过我们的孤儿院，发觉我们是同卵双生的双胞胎，而且我们都没有亲人了，只有彼此，彼此是彼此的唯一。"一颗珠泪顺着梁秋月的莲腮缓缓滑下。

车子在缓缓地开着，慢慢有些加速了，梁秋月还在不断地说："可是太糟糕了，她碰到了一个男人，一个看上去阳光、率性又俊朗的男人，她以为遇见了自己的真爱。但是这个男人抛弃她了，她写信给我的时候，那字里行间的辛酸凄楚，真是让泥人也堕泪。她说她爱他，她一定要留住他。我想春华一定拼命哀求过这个男人，抛弃了所有的自尊去奢求他不要离开自己。但是在她看来是爱的乞怜，在男人看来也许是无理的纠缠与吵闹，最后竟然杀掉了她，还恶毒地伪装成了一场意外。莫家辉，你说这个男人该不该遭天打雷劈呢？"梁秋月斜着眼睛看着莫家辉，严厉的眼神似乎充满了审判的意味，车速却越来越快起来。

他们的车冲向了太平湖的车道，一路疾驰着，莫家辉觉得有些不对劲了。此时此刻，他觉得这一幕好似发生过。在多年前，残霞万丈的天空下，暮云笼罩下，他曾经来过这里，也曾经坐过一辆红色的跑车，也曾经这样疾驰过，车两边的景物像斑驳的琉璃瓦飞速地朝后退去。

"莫家辉，三年前，你也曾经来过这里，坐过一辆红色的跑车，同样在这条道上疾驰。不过你忘记了，因为你杀害我妹妹以后，呛水太厉害了，脑部短暂缺氧。你得了选择性遗忘症，也就是失忆症，你忘记了杀害春华的整个过程。"梁秋月突然厉声说道，"你在刹车板下塞进了那个晚宴包，正好紧紧卡在刹车板下，然后把春华骗到这里来。春华前一天还给我打电话，说你要带她在香港玩一玩，你们有复合的可能。她是那么欣喜，快乐得像只放飞的小鸟。"梁秋月的眼泪滴滴洒落下来，整个人哭成了一个泪人。

莫家辉的脑子发胀得厉害，好像记起了什么，又似乎空空如也，什么也想不起来。他只想快点离开梁秋月，离开这部车，糟糕，他发觉车门被锁住了，车窗也被锁住了。梁秋月的车在太平湖的辇道像飞一般地行驶，莫家辉扑过去想踩她的刹车，可刹车板踩不下去。

"别枉费心机了，我在刹车板下塞进了那只晚宴包，还用强力胶固定住了，别费劲了，太平湖马上就到了，冲出护栏就到了。你是怎么杀我妹妹春华的，我就怎么杀你，我等这一天等得太久了。"梁秋月明媚的脸庞突然狰狞起来。

莫家辉疯狂地扑将过去，奋力地拉扯刹车板下的晚宴包，可晚宴包被紧紧地固定住了，强力胶的黏性太大，怎么也拔不出来，他又想去抢夺车钥匙，梁秋月一把将钥匙拧断在车锁里。

"你停一停，打开车门锁，不要冲动，春华，你不要冲动。我爱你的，你快把车门锁打开。"莫家辉这句话说出口，连自己都呆若木鸡了。他叫的不是秋月，是春华。他认识春华，此刻的情景在三年前曾经发生过一次，在同样的日子，同样的地点，车里坐的是自己和春华。

梁秋月护住车门锁不让他按下，两人在车内厮打起来，跑车已经完全失去了控制，"轰"的一声巨响，冲出了木质栅栏，直冲进太平湖里。

车子已经在水里了，周围的一切都是混混沌沌的。湖水中什么都有，漫游的鱼，漂浮的水藻，游客随意扔的杂物，还有一些小动物的尸体，面目全非，全身肿胀。

水缓缓漫进车里了，只有车尾部还翘出水面以外，整个车头和车身完全浸润在了湖水里。梁秋月似乎很满意，看着水从车的缝隙中缓缓流进车里，她瞪着莫家辉，一脸同归于尽的快感。水面越升越高，已经漫到莫家辉的前胸了，他除了恐惧，脑海里突然像快进一样闪现出了无数的画面。在海市蜃楼中看到的仙境，在香港的迪士尼乐园里与春华邂逅，她风姿绮旎，白裙飘飘。二人在维多利亚港恣意地游玩、拥抱、亲吻、相恋。画风转变了，开始变得阴森森的。他与春华相拥而睡时，春华突然半夜起身出门。她有梦游症，春华有梦游症。他一路跟着她缓缓地走，春华穿着白色的睡衣像幽灵一般目空无人。她走进了家附近的一所医学院的侧门，用钥匙开门进去，她像幽灵一般绕着操场走，又沿楼梯上楼，走进了一个实验室。恐怖的事情发生了，春华用尽全身的力气，从池中捞出浸泡过福尔马林的动物尸体，拖上解剖台，开始啃噬起来。莫家辉被惊吓住了，朝她大声喊叫起来，春华似乎被惊醒了，抬起头来，一张血肉模糊的脸，是自己把梦游中的春华给惊醒了。

画面又变换了，是春华泪水涟涟地苦苦哀求自己，求自己不要离开她。最后脑海中闪过的画面是春华开着车，车飞快地驶着，春华哀怨地看着自己，对自己说："家辉，我不想把你留给别的女人，所以，我只能把你杀了。"车子冲进了湖水里，原来不是自己杀了春华，而是春华要杀自己，原来真相是如此，春华机关算尽要杀害自己，未料想自己虎口余生脱逃了出来，而春华反而死在了车里。

想起来了，全部想起来了，自己确实患有选择性遗忘症，也许是溺水时脑部短暂缺氧造成的，完全忘记了和春华在一起的一段经历。可是，此时此刻怎么办呢？自己同样被锁在了车里，水快漫过口鼻了，逃生锤！他想起来了，三年前他就是用逃生锤砸开了玻璃，春华的后座里藏着逃生锤，可这部车里没有，秋月的车里没有，怎么办？

一声嘹亮的警笛声响起，几乎冲破了耳膜，警察开着巡逻艇来了，似乎开始组织人员进行抢救了。巡逻艇靠近了还未沉入河底的车尾，消防员也赶来了，用切割机在切割车顶，用大锤在砸玻璃，车顶盖被掀起来了，莫家辉被拽了出来，他们二人得救了。梁秋月被拽上巡逻艇的时候还在歇斯底里地大叫："他杀了我妹妹，他是杀人犯，把他抓起来。"于是，两人都被带进了警察局。

警察局，一切都是灰蒙蒙的，灰蒙蒙的房间，灰蒙蒙的桌椅，灰色的地面，墙壁，包括警察局工作人员灰蒙蒙的制服。莫家辉被带到了询问室，开始做起了讯问笔录，现在他一切都想起来了，没有疏漏掉任何细节，他开始对着警察喃喃叙述起来。

"我叫莫家辉，现在是上海卓然科技有限公司的中国区总经理。我是一个极限旅游的爱好者，几乎每年的八月都要到巴丹吉林沙漠一次，去领略当地的风景。三年前，我在穿越巴丹吉林沙漠时看到了海市蜃楼，蜃楼中有香港的风景和一个白衣女郎，女郎身边有一辆红色的跑车。我被女郎的绝世风姿所倾倒，一见钟情地爱上了她。我根据蜃楼里的景致找到了香港，四处寻觅她的踪迹，甚至登了寻人启事，最后在一次迪士尼的游玩里邂逅了她，我们开始了恋爱。慢慢地我发觉她有些不对劲，每天早晨醒来，她脸上总是黏黏腻腻，血肉模糊，形容骇人，可这些血又并不是她的血。我满腹狐疑，问她时她却支支吾吾。那次我正住在她香港的家里，到了夜间，万籁俱寂的，她一个人从床上起身，穿着睡衣如幽灵一般走了出去。我想一探究竟，便悄悄跟随她出去了。我发觉她走到了离家很近的一个医学院，用钥匙开了侧门走了进去，我亦跟随进去了。她空瞪着双眼绕着操场走了两圈，又径直上了楼梯。我意识到她是在梦游，便不敢惊动她。春华最后走进了一个实验室，是一个存放动物尸体供学生解剖用的实验室。她目中无人地走了进去，从福尔马林池水里捞出浸泡的动物尸体，搬到解剖台上。随后她直接俯身上去，用嘴去啃食尸体，形容骇人，不忍直视。我被吓坏了，当场叫醒了她，她醒后也十分惊讶，可又无言以对。只得向我承认她从小就有梦游症，每次都是啃食肉类，未料想最近啃食的都是动物尸体。我实在无法接受，决定与她分手，我不能与一个每天半夜啃食尸体的人长相厮守。她知道我要离开她，近乎疯狂地恳求我，哀求我，上吊割腕什么都来。我是很心疼她，可想起她啃食尸体的那一幕，实在不敢与她再接近。春华知道无法再挽留我，便提议我陪她到谈恋爱去过的地方再玩一次。我不知用意，便欣然同意了。那天，春华开着那辆红色跑车，载着我去了迪士尼乐园、海洋公园，维多利亚港，环球贸易中心一百楼的观光厅。她在观光厅的咖啡吧里，在我的怀里哭得像只小猫，现在想想，我那时挺绝情的。"

"下了环茂，我坐上了她的车朝太平湖方向开去，但她的车越开越快。当时春华对我说的话我至今还记忆犹新，她说：'我不能没有你，我太爱你了，我不想把你留给别的女人，所以只能杀了你。'她当时说她把一只晚宴包卡在了刹车板下，晚宴包是以前我买给她的生日礼物。这样她潜意识中要踩刹车也踩不下去，就是想和我同归于尽。后来车子果然冲出了栅栏，冲进了太平湖，车窗车门都被她锁住了。不是我要杀她，而是春华要杀我。"

"我先用头撞开了玻璃，后来在车后座的缝隙里找到了一把逃生锤，砸开了车尾的玻璃，我自己是出来了，可来不及救春华，车子已经沉下去了，春华死在了车里。我因为呛水，脑部轻度缺氧，得了选择性遗忘症，忘记了这段经历，在医院住了几天后，我便私自逃出了医院，回了上海。三年后，我认识了梁秋月，她是总部派来的亚太区总裁，后来我才知道，她是春华的孪生姐姐。她一直认为是我杀了春华，所以出现了今天的报复行动。这是一场天大的误会，恳请你们能放过她。"

审讯室外的刑警队长接过检验科的分析报告，仔仔细细一字一句地研读着，肇事车辆的刹车板下用强力胶粘住了一只缀满五彩琉璃的晚宴用手拿包，并用玻璃胶纸将晚宴包与刹车板紧紧粘牢捆扎住，晚宴包的厚度与刹车板踩下的厚度正好一致，目的是防止踩下刹车板。玻璃胶纸虽然经过湖水的浸泡，但解开后上面依然粘有多处梁秋月的指纹，但没有莫家辉的指纹，可见晚宴包为梁秋月捆扎放置。

另一间审讯室里，浑身湿透的梁秋月正在接受审讯："我叫梁秋月，美国籍，英文名米歇尔。我一直在华尔街工作，没有亲人，直到有一天去香港出差，与孪生妹妹梁春华邂逅，彼此成为人间唯一的依靠。可是有一天她死了，死在了车里，淹死在湖里，她负心的男友却逃脱了。我从美国赶去，只等到为她收尸。警察交给我的遗物里有一只晚宴包，说是卡在刹车板下，造成刹车踏不下去，才冲进了湖里。我认为是她男友杀害了她，我追到了她男友住的医院，发觉他得了选择性遗忘症，并且逃离了医院。"

"于是，我开始施展了我的报复行动。我赶到了内地，按照他的名字翻遍了整个上海，终于查到他在一家美国公司任职。于是我又重新回到美国，在这个公司的美国总部工作了两年，同时我又抽空赶到香港，买了一部红色的跑车，同样的白裙、红鞋和墨镜。在八月份整整一个月的时间里，在我妹妹当年被映照出海市蜃楼的地方徘徊逗留。因为春华曾经写信给我，说她男友每年八月的几天时间里都会去巴丹吉林沙漠，而他就是在那里看到了海市蜃楼中的春华。我这样做就是为了让莫家辉重新在沙漠呈现的海市蜃楼里看到我，仿佛看到了春华。我要重新唤回他的记忆，让他说出所有的真相，让他死也死得清楚明白。"

"莫家辉果然上钩了，开始对我有了好感，且一点点记起往事。我趁热打铁把他带到了香港，骗他坐上跑车，在刹车板下塞进那只晚宴包，准备和他同归于尽。不知他最后是否回忆起当年的旧事，一定是他杀了我妹妹，还伪装成了意外。没料到他命不该绝，被巡逻艇解救了，老天为何如此不公？"梁秋月叙述完后泪水涟涟，在笔录上签上了自己的名字。

刑警队长按照梁秋月的供述，重新展开调查搜索，找到了三年前在太平湖肇事的保时捷跑车，根据当时历案刑警的描述，他们在发现车辆时，莫家辉已从车内后窗逃脱，使用的工具是逃生锤，但死去的女子梁春华的刹车踏板下有一只牢牢固定住的晚宴用手拿包，是用透明胶带将晚宴包紧紧缠绕贴在刹车板下，贴了有五十圈之多，造成刹车无法踩下，跑车只能飞速地朝前猛冲，无法停止。当时草草结案，只做了意外处理，好在一个办案的老警官觉得事有蹊跷，有意识地保留了那根缠绕住晚宴包与刹车板的强力透明胶带，如今尘封在警局的档案室里。

刑警队长让检验科重新检验了三年前的那根致命的胶带，发觉虽然历时已久，并也经过湖水的浸泡，但上面依然有多处梁春华充满指端油脂的手指纹印，可见当时这只晚宴包是梁春华自己捆扎的，目的是想自杀，也可能是与莫家辉同归于尽。莫家辉的供述无误。

一个月后法庭开庭，在一场激烈的法庭辩论以后，莫家辉无罪释放，梁秋月因为杀人未遂获刑三年。

梁秋月没有亲人，每次探监总是莫家辉去看望她。可梁秋月每次依然对他恶语相向，嘶喊着他是个该千刀万剐的杀人犯，那睚眦必报的模样让人看来胆寒心惊。莫家辉知道她已经了解了春华要杀他的真相，可她从心底依然无法接受这样的结局，心里还是不肯原谅他。

一年以后，梁秋月对莫家辉的态度有所缓和，不再辱骂他了，可能她已经在心里承认了事情的真相，从心底不再对莫家辉充满了愤懑与报复的念头。可莫家辉并不恨梁秋月，只觉得自己和这对姿容艳丽的姊妹缘分不浅，那海市蜃楼中的情景永远在自己心头撩拨，无法释怀。

莫家辉每次探监都问梁秋月同一个问题："出狱后能否嫁给我？"可她不是苦笑，就是摇头。

三年后，梁秋月被释放了。莫家辉去接她，又问了她同样的问题，令他吃惊的是梁秋月居然一口应允了。莫家辉过后再想想：也许嫁给自己以后，杀自己更容易一些吧。

六、钟点工

贵妇王桂兰

王桂兰迷迷糊糊从梦中醒来，翻身摸向床畔，丈夫已经离开上班去了。王桂兰搞不懂，像丈夫这样一个上市公司的老总，身价早已过亿，又何苦每日如此辛劳。上班这么早，兢兢业业，努力拼搏，还自己开车去公司，不配备司机。

也许时间其实已经没有那么早了，晨曦的微光早已透射过厚重的灰色天鹅绒窗帘，映照到梳妆台的一角，暖融融的空气逼射进来，带着花园里芍药特有的芬芳，提示着女主人，新的一天又开始了。

王桂兰拧开床头柜上放置的灯罩镶嵌着五彩琉璃的台灯，摇了摇银质的小铃，"来人啊，如意，如意。"王桂兰唤着保姆的名字，可猛然意识到保姆如意昨夜已经回了安徽老家。现在是临近春节的时间，所有的外地人都像打了鸡血一般不约而同地涌向火车站和飞机场，特别是火车站。熙熙攘攘的外地务工人员，拎着各种材质的包裹或行李箱，手中攥着早已买好的火车票，将上海的三个特大火车站挤得水泄不通，就只为了回家吃上一顿年夜饭。随后一直蜗居在老家中走亲戚、串门子，狂吃乱嚼，彻夜玩乐，直到正月十五吃了元宵以后才懒洋洋地动身，继续回到北、上、广这样的大城市来赚钱捞金。春运是人类历史上人口数量最大的迁徙，可在中国已经有二十年的历史。王桂兰的保姆亦是如此，昨日一整天都心神不宁。她拿着王桂兰给的工钱和奖金以后，却魂不守舍，做不好任何一件事。两层的窗帘只搴开了一层，薄纱未展，害得王桂兰以为雾霭重重；早晨拿错了果酱，给面包抹上了王桂兰最不爱吃的菠萝酱；午饭的十个菜不是过咸就是过淡，分量也大小不一，连瓷器都拿错了颜色。最最要命的是那盏燕窝，王桂兰最为珍视的滋补品，居然没有挑拣干净，里面有一根细小的燕毛，且又炖糊了。燕窝本应该晶莹剔透，像古时杨玉环嗜食的荔枝，瓤肉莹白如冰雪，浆液甘酸如醴酪，昨日食之却味同嚼蜡，令人作呕。整个一下午，如意都在打点自己的行李，不停地翻拣、捆扎，酱紫色的面庞因为内心涌动的喜悦而汗流涔涔。王桂兰仰躺在床上轻蔑地笑起来，他们永远改不了乡下的习俗，纵然在一线城市工作，却永远无法与这个国际化的大都市融为一体，感受它的脉搏，与之共同呼吸。

可王桂兰已经是个离不开保姆的人了，每天早晨，保姆需要把晨袍熨烫整齐，捧在手中等她起床，她是习惯裸睡的，据说这样在睡眠时能最大程度地放纵人的身体，让躯体在休憩中处于最舒坦的状态。随后，王桂兰走到卫生间用电动牙刷刷牙，旁边的保姆如意会捧上洗面奶任自己清洁。做好清洁工作后，王桂兰喜欢先吃早餐。她会在楼下餐厅的座位上懒洋洋地坐好，保姆如意应该五六点钟就起床了，因为早餐丰盛到令人垂涎欲滴：法式软丝面包被切成均匀的薄片状躺卧在宝蓝色底的碟子上，各式果酱一字排开，鲜奶蛋糕和巧克力慕斯蛋糕摆在左手边，刚出炉的培根片放在右手边，如意会一片片夹给自己吃。银质的翻盖盛食器里是热腾腾的燕麦粥，如意会一小勺一小勺地舀到自己面前的小碗里。刚煎好的荷包蛋滋滋冒着油香，如意会洗净双手，将草莓果酱均匀地涂抹在软丝面包上，用刀叉夹起荷包蛋，放在果酱之上，再切上一片乳酪，切成匀称的三角形，做成三明治，递给自己吃。牛奶和果汁是必不可少的，如意早已将其一壶壶摆放在自己够得着的地方。

王桂兰想起这个心里便一阵恼火，自己套上晨袍，拖着拖鞋穿过冗长的汉白玉楼梯和庞大的客厅，她发觉餐台上一无所有。王桂兰只得翻出一只法式大软丝面包干啃了几口，也没有人烧热水，噎得她差点喘不过气来。啃食完了面包，算是结束了早餐，她又扭身上了楼，走到三楼卧室的梳妆台前。平时的这个时候，如意早已拉开厚实的窗帘，任清风徐入，花香袭人。然后拿着牛角梳将自己的长发梳拢整齐，按照自己的要求连梳二十遍，算是头皮按摩。而保姆如意已经熟稔了自己的护肤程序，会依次递给自己各种化妆品，让主人润泽自己日渐衰逝的肌肤。这个时刻是王桂兰最有发表欲的时刻，她会喋喋不休地阐述人生真谛，浮夸地炫耀家里的财产，痛述自己的家史，教导如意应该怎样吃苦耐劳，学会钻营。这个时候，如意都会认真地聆听，适时地插话，把王桂兰奉承得心花怒放。如意，自然是要合自己的心意。这个名字也是自己取的，如意本名叫徐福娣，王桂兰一听便腻烦，就改了名字叫如意。王桂兰不但是个爱买名贵用品的贵妇，还喜欢把自己打造成电视剧里那种有品位的名媛贵妇。要吃上等燕窝滋补身体，调养气血，读张爱玲的小说，像《琉璃瓦》里描述的，取名字嘛，老太爷给孙子取名儿，六月生的就叫荷生，听了仿佛带着荷叶的清香，丫鬟叫如意，舞女该叫曼娜的。

可此时此刻，王桂兰蓬头垢面地坐在梳妆台前，面前一大堆护肤品让她不知如何下手。她每天护肤结束后都是要精心化妆的，将自己描摹得瑰姿艳逸，芳泽无加。虽然她长得并不美，可在彩妆的层层包裹下，她也能柔情绰态，媚于语言。可现在没有保姆了，化妆品无人熟知整理，一溜儿的衣服杂乱放置，名贵的首饰未能归置原位，到吃午饭的时间了，面对空荡荡的餐桌，王桂兰满腔的愤懑与无奈似惊涛拍岸难以遏制。她一边啃着超市里购来的面包，一边回想着以前有如意的日子。今天是口蘑肥鸡、黄焖羊肉、清蒸石斑鱼、鸭条溜海参，明日则是樱桃肉山药、龙井河虾仁、肉片焖玉兰片、熏肘花小肚。而如意则侍立在一旁屏声静气，看着自己的眉高眼低。她眼神一扫，如意就会用银汤匙和筷子准确地夹菜，再夹到自己面前的小碟子上。王桂兰就是这样，在自己营造的世界里欲求无度，自己做自己的女皇。

可现在呢，没有了午膳和晚膳，也没有了夜宵，最最要命的没有了自己心仪的那盏燕窝。每天早晨十点半，如意都会按时炖好，盛在小瓷碗里，撒上鲜嫩的枸杞，恭恭敬敬地端到自己面前。王桂兰珍爱燕窝基于三个原因，第一是它确实含有人体必需的十三种氨基酸和胶原蛋白，能滋养自己日渐衰老的肌体容颜，调养气血。第二嘛，这是贵妇们常常享用的保养品。可以想象，那只名叫金丝燕的雀鸟，用苔藓、海藻和柔软的植物纤维混合着自己的羽毛和唾液，结成盏形的燕窝，然后经过清洗、挑毛、定型、干燥，变成一盏盏莹白如冰雪般的工艺品，如古诗词中所描述的味入金齑美，巢营玉垒虚，玉盏散发着妍丽的色泽，能润肺养阴如同人间珍馐。如今没有了保姆，没有了燕窝的滋补，王桂兰整个人形容憔悴，像被困住的野兽。因为她已经习惯这种生活了，衣襟氤氲着沙龙香的香气，莹白的燕窝绵软地滋养着自己干涩的口唇，她不能没有这些，不能没有保姆。

她不是生来的富人，甚至根本不是上海人。她从一个不知名的小县城到全国各地都打过工，北京、广州、南京、江州，"江州……"王桂兰不愿想起。她做过一切辛苦的营生：踏三轮车、卖水产、摆地摊，甚至还做过保姆。想起做保姆的日子，王桂兰就感觉无比的屈辱，咽喉刺痛而窒息，手中的面包掉落在地。当然，主人家对她也是极好的，像亲人一般地信任她，把自己所有的一切都交给她打理。过去的一幕幕像一帧帧难以磨灭的照片印刻在她的脑海里。王桂兰喝了一口水，却狠狠地呛咳了一下。这是十二年前的事了，早该抛掷到九霄云外去了，可有些场面她永远都忘不了。那一排排斜纹软呢套装，一沓沓色泽纷繁的丝巾，还有那盏燕窝，女主人酷爱的燕窝，要王桂兰精心炖好，多一分太酥烂，少一分不够绵软，要恰到好处，再拌入海参，恭恭敬敬地端到女主人手里。看到她一口口咀嚼、吞咽、享受、回味，自己却尝不到一口。心底的那种怨恨会突然升腾到如火如荼，恨不得踩烂焚烧掉她所有的顶级燕窝，撕烂她所有的丝巾，只要一根小小的火柴，点上一支白蜡烛，她的那些服饰都会化为乌有，最好连女主人一起化作天竺云烟。王桂兰一边啃着面包一边冷笑起来，焚烧，会有刺眼的火光、熏呛的浓烟、绝望的嘶喊，当然，当然还会死人。

王桂兰打了一个冷战，又被水呛咳了一口。她现在一刻都离不开保姆，如果没有全天候的用人，哪怕找个钟点工也行。做顿丰盛的午饭，准备几道简单的早餐，把这四百多平方米的大别墅打扫一下。衣服是不用洗的，因为她所有的衣物都是干洗的。

王桂兰想好了，便迅速拨通了保姆中介公司的电话，懒洋洋地询问是否有钟点工。电话那头异常热情："李太太啊，哎呀不巧了，手头所有的保姆和钟点工都回老家过年去了，不过……，"电话那头踌躇着，"有是有一个，昨天刚来的，临时想找份工作，就是年纪大了一点，要价稍微贵了一点，春节嘛。"

"价钱不是问题，春节期间我给她翻倍，还有奖金，手脚利索吗，脑子好使吗？"王桂兰咄咄逼人地提出一大堆问题，"最重要的是身份证、健康证都有吗，手脚干净吗，别偷东西。"

"都有，都有，证件都有，看上去人挺老实的。"业务经理忙不迭地回答。

"那行，我到你这儿来看看。"王桂兰兴奋极了，迅速穿好衣服，开上跑车，一会儿便到了保姆介绍公司。她慢腾腾地上楼，业务经理满脸堆笑地跑出来，王桂兰由她引领着进了房间。只见一个六十多岁的老太拘谨呆板地坐在那里，看到王桂兰迅速站了起来。冗长的脸面，灰黄的面庞，麻灰色的外套，戴着一副套袖。大大的眼眶，因为岁月的沉淀和长久的操劳变得暗沉无比，灰蓝色的眼珠不安分地转动着。

"行不行啊，那么大年纪。"王桂兰咕哝着，一边看着业务经理。

"行啊,行的,老板,您看我身体硬朗,不生病,干得动活的。"老太插着话。

王桂兰上下打量了她半天,心里踌躇着,如果不用她,春节期间确实没有人了,要不就凑合一下。

"工作量嘛,是有点大的,"王桂兰坐了下来,语气强硬了一点,在她心里,这些钟点工啦保姆啦都是蜡烛,不点不亮的,不能给她们好脸色,否则会以为自己懦弱好欺负,"每天做两顿饭,早餐和午膳,菜的质量是要求比较高的。你还要到附近的生鲜超市买菜,我只吃有机蔬菜的。还要打扫房间,四百多平方米,每个角落都要一尘不染,一尘不染懂吗?"

"懂,懂,就是要非常干净。"老太答应着。

"嗯,还有点文化。家里有不少值钱的古董,可不能碰坏一点,否则你做半辈子也赔不起。工资嘛,我这人最好说话,春节期间总是贵一点的,从早晨九点到下午四点,八十块一个小时。"王桂兰懒洋洋地训话。

"好,好,没有问题。"

"你姓什么,哪里人。"王桂兰突觉她有些眼熟。

"我姓张,张福香,江州人。"

"江州?"王桂兰心里一沉,"江州哪里?"

"江州淳安县,出来打工的。"老太慢吞吞地言道。

"噢,是这样。"王桂兰放了下心,先前有些莫名的烦躁。

王桂兰接纳了张福香,签好了临时合同,又付了保姆公司的中介费,便让张福香的助动车跟在自己的跑车后面,晃晃悠悠地开到自家的别墅面前。

"你要每天准时到,我会给你一部分买菜的钱,每天早上你把菜买好带过来。"王桂兰开了房门,一边言说一边慢条斯理地进了屋子,随后把家里的布局指给张妈看了看。"你来先做早餐,半小时之内要做好。我一般吃面包果酱夹荷包蛋和培根,喝脱脂牛奶。"王桂兰一边打开别墅的中央空调,一边随手脱掉当季的黑貂皮草,显露出里面玲珑有致的连身裙。

张妈东张西望,面对别墅的奢华陈设显露出惊讶的神情:"这房子挺贵的吧,小姐。"

"那是自然,四季雅苑,上海最高档的,这栋四百平米。"王桂兰骄傲地说。

"那岂不是要上千万了。"

"那是自然。"王桂兰厌烦地摆摆手,"还是专注你自己的工作,做好早餐。噢,不对,你在做早餐前,要先把燕窝发好,我每天十点半都要吃一盏燕窝枸杞的，滋补身体，每天一来，你就开始炖燕窝。"

一丝阴戚的笑容掠过张妈的脸庞，微小的表情却被王桂兰瞬间捕捉到了。"你笑什么，我在说，你有没有认真听？"

"噢，没什么，只觉得你们好讲究，我认真听的。"

"我的燕窝都是最上等的，头发特别好，炖燕窝很考究的，你会不会啊？"王桂兰气焰很嚣张。

"会，我以前在酒楼做过，燕窝雪蛤都会炖的。"张妈急忙分辩道。

"嗯，炖好燕窝，你就开始准备午膳，我喜欢粤菜，杭帮菜也可以，这可是最低要求。"王桂兰一手叉腰，一手拍着桌子，"我现在要求降低一点，一顿十个菜，菜做得要精致，咸淡要适中。做好午膳就开始洗碟子，我家有三套瓷器，一套金色的，一套蓝底的，还有一套红色的，你可不要打碎一个。"王桂兰懒洋洋地言说，可态度颐指气使。

"知道，知道。"张妈用短小的双手来回搓弄着。

"接下来几个钟头就要打扫整栋别墅，瓷器用细软的棉布擦拭，古董更要细心。这段时间我要午睡，小憩一会儿，你打扫不要弄出很大的声响。"

"可我要用吸尘器啊。"

"你不会跪在地上用手擦吗？"王桂兰白着眼睛，"我告诉你，对你们这行我是很懂的，别想糊弄我。"

"您以前也做过这行啊？"张妈不识时务地插话。

"胡说，我怎么会做过。"王桂兰一阵心虚，心脏在胸腔里扑腾地仿佛要跳出来。"我这种人怎么会做过，你脑子进水啦，好了，这是明天买菜的钱，你仔细点，别想贪污钱。明天早晨九点到。"王桂兰对她瞪眼说道。

张妈应允着退了出去，骑着自己的小电动车走了。而王桂兰则坐在欧式瓷白的梳妆台前，化了一个精致的妆，随后挎着最小号的包包，开车到饭店去大吃了一顿。一边吃着珍馐美味，想着明天就有人照顾自己，心里就有股说不出的舒畅。

古怪的钟点工

　　第二天一早，王桂兰刚在自己的特大睡床上醒来，张妈已经在门口急促地按门铃了。王桂兰懒洋洋地起床，走下三楼给她开门，只见张妈带着一大筐菜，形容精干地站在那里，想是要来大展身手一番的。王桂兰将她让进房，便上去刷牙漱口，用洗面奶清洁脸面。过了半小时，她摇了一下银铃，张妈忙不迭地奔到三楼，说早餐已经准备好了。王桂兰应允着，慵懒地扶着汉白玉栏杆，一步步走下了楼。张妈虽然身形猥琐，可手艺却很精到。法式软丝面包已被切成片，每个角落都抹上了草莓果酱，夹着一个鲜嫩流黄的荷包蛋，培根的边缘煎到微焦，切成三角形的两份三明治静静躺卧在蓝底的瓷碟子上。烫好的牛奶整整一壶放在餐桌上。王桂兰轻轻"嗯"了一声，将三明治塞入口中，未料想味道出奇的好。"还可以，你以前做过三明治？"王桂兰随意一问。

　　"我女儿非常爱吃，我常给她做这个。"张妈应答道，语调中突然流露出一股悲戚。

　　"你女儿，她现在哪里工作？"王桂兰又问道。

　　"不在了。"张妈眼眶一红，悲戚之感愈盛。

　　"不在了，死了吗？年纪轻轻的。"王桂兰很好奇。

　　"噢，不是啦，出国移民啦，加拿大。"张妈转眼露出了笑颜。

　　"那你岂非有福啦，还出来做钟点工干什么，可以在家享清福了。"王桂兰将一杯稠厚的牛奶徐徐灌入口中。

　　"哎呀，我们乡下人，不干活浑身难受的，赚一点是一点。有福是有福啊，还有三个孩子呢。"张妈似乎陷入了回忆中。

　　"三个孩子。"王桂兰心中一颤，手也跟着一抖，不自觉地呛咳了一口。张妈凑上来替她捶背。

　　"两个儿子，一个女儿。"张妈又说道。

　　王桂兰手里正倒着果汁，不留心洒了一桌子。"你女儿以前一直在淳安县，没有到江州其他地方住过吗？"王桂兰突然十分地不安。

　　"没有，一直在淳安县，嫁了个土大款，后来就带着孩子移民了。"张妈言道。

"有没有到括墅区（小区名）住过？"王桂兰突发一问。

"没有，听都没有听说过，什么括墅区呀。"张妈一副不知所以的样子，"您认识那里的人吗？"

"噢，没有啦，随口一问。"王桂兰放下了心上楼去了，"别忘了燕窝。"临上楼王桂兰不忘补上一句。

"知道了，早发好了。"张妈一脸恭敬的笑容。

有人伺候就是好，虽然没有以前的保姆称心如意，可至少也能勉强凑合。先生每天在公司忙得天昏地暗，偌大的别墅只有她一个人，有个人陪陪也是好的。到了十点半有人在卧室外轻轻敲门，张妈端着一碗莹白晶润的燕窝径直送到了王桂兰面前，"小姐，燕窝来了。"王桂兰将燕窝捧到手里，只见"发头"足够，整整膨胀了七倍的体积，莹润剔透似荔枝的瓤肉，丝丝分明，如银鱼丝脍。鲜红的枸杞粒粒分明，点缀在白玉般的燕窝上如宝石红玉。王桂兰小尝了一口，滋味绵软醇厚，回味无穷，简直比原先如意炖得还要好。王桂兰瞬间感觉到自己手中的燕窝好比是玉液金丹，宝凤雕龙，真是好一番赏心悦目的享受。

"好了，你去准备午膳吧。"王桂兰颇为满意。

张妈搓着双手出去了，身上戴着米白色的围裙，在一楼的厨房里叮叮咚咚施展起拳脚来。王桂兰吃完燕窝以后，用香水乳在全身揉搓了一遍，每一寸肌肤都抚摸到，自己已经四十二岁的年纪，自然要从内而外地好好保养。王桂兰突然想起不知道张妈在厨房里偷偷摸摸干些什么，那些高昂复杂的厨房设备，她到底会不会摆弄，会不会弄坏。想起这个，王桂兰便不由自主地沿着楼梯缓步下行，蹑手蹑脚地走进厨房，待在一个隐匿的角落里观察起张妈来。张妈身材矮小，手脚又短又壮，干起活来却是有条不紊，力道十足。只见她拿两个炒锅在一同炒菜，左右开弓，水池里则浸泡着刚买来的蔬菜。慢慢地，王桂兰听到一种声音，像是呓语，含糊不清，模模糊糊，像是江州那一带的家乡话，王桂兰是有些听得懂江州话的。原来是张妈在自言自语，她一边切菜炒菜，一边不停顿地自己对自己说话，"女儿，我已经到这里了，我在干活，你放心吧，这些菜就当是烧给你们吃的。"张妈停顿了下来，突然用手抹眼眶，哽咽了几下，随后双手在米色的围裙上搓弄。接着她在炒锅里倒满油，开了煤气，又转身去洗池子里的菜，一根一根地洗，又弯下身来，嗅了嗅菜叶的味道。

王桂兰觉得她有些说不出的古怪，到底在咕哝些什么呢？正在此时，油锅燃烧起来，烈烈的火焰从炒锅里直蹿上来。

"着火了，着火了，"张妈呼得大叫起来，急躁地到处寻灭火器，王桂兰也蒙了。红黄相间的火焰伴随着极大的热度越蹿越高，王桂兰眼前突然出现了另一幕场景，熊熊的火焰在房子里蹿烧，四处都烧着了，呛人的浓烟弥漫得到处都是，有四个人匍匐在地上，一个大人，三个孩子，还在艰难地爬行着，呼救着。而自己则躲在门外窥视着这一切，不知为何，她露出了一丝阴戚的冷笑。

锅里的火越烧越烈，王桂兰突然醒过神来要拿锅盖去盖上，可张妈已经拿着手提式灭火器迅速地朝锅内喷洒，一阵雪白的烟雾袭来，整个炒锅连同灶台都堆起了大雪式的灭火泡沫，火终于灭了。

"怎么回事，你会不会做事，你想烧掉房子，烧死我呀？"王桂兰歇斯底里地大发作，"现在搞成这副样子，都是有毒的化学物质，午膳怎么办。弄干净，快点。"王桂兰嘶吼了一通，气冲冲地走出厨房，而张妈只是忙不迭地拾掇，也没有回嘴。

王桂兰惊魂甫定，可走出厨房时她听到一阵奇怪的咕哝声："烧着了，烧着了，孩子们不怕，火灭了，回家了。"接着是一串听不清楚的家乡话，像是呓语。王桂兰猛然站定，两滴冷汗从额角涔涔地流下，她转过身冲回厨房，大骂道："你刚才说什么，再说一遍。"

"小姐，您一定听错了，我刚才没有说话呀。是我不好，我把这儿弄干净，换个炒锅重新炒就是了。"张妈满脸堆笑，忙不迭地洗洗涮涮。王桂兰在厨房站着，只觉得脊背发凉，一股阴气直蹿上头顶。她突然觉得有些累了，想去小憩一会儿。"等午膳做好了，敲门叫我。"王桂兰发号施令，转身一步一步走上汉白玉的阶梯，踏进了自己的卧室。卧室还是那样的舒适，四根浮雕的罗马床柱，厚实绵软的大床，床头上雕凿的几何线条像太阳光芒四射的金线。四周的墙壁粘贴着粉紫色的罗勒与晚香玉夹杂的花卉图案壁纸，一只瓷白钢琴漆的欧式大梳妆台，摆满了护肤品，这是每个女人都梦想的卧房，在这里可以长夜好梦，香甜酣睡。王桂兰关上房门，脱掉晨袍随手一掷，便钻入了熏香的被褥中。

梦的女神悄然而至，似雾非烟，她的足迹踏遍麟凤洲偏，蓬阆山巅，跨越溟渤风烟，弱水三千。在平日里王桂兰的梦中总是无限美好，可今日的梦却很离奇，她梦见自己端着一盏莹白晶润的燕窝，伴着几丝海参条，一步步走上楼梯。楼梯上全是灰色大理石的，有着深黑色的条纹，自己一级阶梯一级阶梯地往上走，到了房间，推开房门。有个美艳的少妇半躺在贵妃榻上，正在整理自己的首饰，一枚名贵的彩钻在她涂满玫红色蔻丹的手指间闪闪烁烁。两条钥匙状钻石项链在贵妇的颈项间摇晃，一条全白钻，一条细小的白钻内镶嵌着硕大的黄钻。少妇一边慵懒地打哈欠，一边用手将钥匙坠子摇晃着。"燕窝好了吗？"那个少妇咕哝着，从自己手里接过燕窝，轻尝了一口，"嗯，今天炖得正好，又酥又软，比昨天好。"少妇慢慢地将一盏燕窝吃完，随手又摆弄起首饰盒里的几枚钻石胸针。"桂兰，你看好看吧，是芭蕾舞女系列，我让我老公给我买了三个。"说完将钻石胸针在自己面前摇晃，三枚胸针形态各异，舞女裙上镶嵌的彩钻纷繁耀目，精美绝伦。梦中的自己从房间里退了出去，心中莫名升腾起一股怒火，想朝她晶白的燕窝里吐一口口水，想把她的钻石胸针踩在脚下碾碎，颗颗彩钻迸裂一地。不对，不应该这样，应该把她从贵妃榻上推下来，剥掉她身上昂贵的法式晨袍，将她从楼上扔出窗外。然后换上她的晨褛，把首饰盒里所有的钻石饰品都戴在自己身上，让那三个彩钻胸针在自己的衣服和鬓发间熠熠闪亮，让钻石项链在自己的衣襟间泛出晶亮的光泽。凭什么她拥有那么多？凭什么？

梦境又转换了，自己擎着一支点着的白蜡烛，将房间的窗帘都点着了，随后将房门反锁，透过缝隙朝里窥望，里面有火燃烧的声音，有嘶喊声，有什物砸地的碎裂声，有呛咳声，浓黑的烟雾从门的缝隙里钻出，向外释放着。她梦见自己阴笑着，开怀大笑着，突然她听到一声大喊："桂兰，你开门啊！"

王桂兰被吓醒了，涔涔的冷汗从额间滴落到晨褛上。敲门声响起，张妈鬼头鬼脑地推门进来，"小姐，午膳好了，您是下楼，还是就在这儿吃？"

"下楼吃，"王桂兰摸了摸胸口让心跳趋稳，披上晨袍便下了楼。走进厨房，只见一大桌菜肴已经铺满了桌子。王桂兰一看，都是正宗的杭州菜：醋熘鱼、白切羊肉、糖醋排骨、肉末茄子、红烧鱼块、龙井虾仁、香菇莴笋油面筋、咸蛋蒸肉饼，还有少见的葡萄酒酱香鸭、杭州八味，汤是正宗的腌笃鲜，又做了一个造型奇特的点心——荷花酥。王桂兰满意地坐下来一筷子一筷子地挨个品尝，细眉轻挑，露出少见的欣赏的表情。"做得不错嘛，都是地道的杭州菜。"

"多谢小姐表扬，我以前在酒楼打过工，会做几道菜。"张妈笑眯眯地言道。

王桂兰食欲颇佳，不到半小时就把菜肴吃掉了一大半，她用纸巾抹着油淋淋的嘴吩咐道："嗯，晚上你不在，我只要用微波炉转一下就可以当晚膳了。记住，每天的菜不能够重样，点心和汤也不能够重样噢。"张妈搓着短小的双手，满脸堆笑不停地点头。

王桂兰本想上楼睡午觉去，突然觉得这个钟点工颇有些用处，烧的菜也比如意好。也许以后先生要请客，可以把客人请到家中来，让张妈烧一大桌菜，无论如何也比高档酒楼的便宜。而且在家里请客又能让客人欣赏到家中豪华气派的摆设和布局，别有一番情趣和用意。这个张妈嘛，手脚倒是伶俐，就是有些古怪，不像如意那样进退有据，知道分寸。王桂兰突然心血来潮，想要调教张妈，也许以后能更好地使唤，反正自己也没有什么事。

"来，你过来，等会儿洗碗，我让你看看我的衣帽间和化妆品。"王桂兰在前面领路，缓缓登上二楼，走进一间偌大的房间，而张妈则在后面跟着。这是一间令人咋舌的房间，灯光开启后，两大排衣橱兀然伫立着。整整超过一百套的女士服装按品牌、颜色和品种分门别类地被置放着。超过三十套斜纹软呢的套装，白色、米色、米金色、湖蓝、石绿、淡赭石、粉红、玫红、洋红、桃红乃至鲜红色、李子色、灰色、纯黑色，衣服的面料都缠绕着金丝，散发着美艳的光华。"你看，这样一套套装，懂吗？"王桂兰拎起一件米色洋装对张妈洋洋得意地炫耀着，张妈懵懂地点点头，又摇摇头。"每一套都很贵，哼。"王桂兰细软腻滑的手指在晚礼服上滑来滑去，"这些都是高定的礼服，每件也都很贵，还有后面那些衣服都是让各大品牌为我量身定做的，我可都是坐飞机过去让设计师量尺寸的。"张妈的眼睛骨碌碌转过来转过去，不知心里在盘算些什么。王桂兰绕过先生的衣橱，一长列玻璃橱展现在面前，几十只铂金包熠熠闪亮，在灯光的照射下散发出刺眼的光芒。米色、玫红、墨绿、橙色、白色、黑色，鸵鸟皮、蜥蜴皮、鳄鱼皮，饰扣的耀眼光彩彰显着它们的身价。王桂兰又把她领到三楼，自己的卧室，在偌大的瓷白色梳妆台前坐定，"我呢是有专属保姆的，可她春节回去了，只能让你这个不职业的顶替一下。你看这些化妆品，你女儿恐怕也不一定有。"张妈听罢，眼睛骨碌碌一转，露出一丝不易觉察的阴戚冷笑。"笑什么？"王桂兰一肚子火，可张妈似乎并不为所动，只木呆呆地跟着观看，像是对化妆品并不吃惊。

"好了，你下去吧。"王桂兰升起一股火气，"哎，你回来，你每天要用化妆棉把我这些化妆品都擦一遍，知道吗，不允许积灰的，你等会儿走，我再带你看看我的燕窝橱。"王桂兰走到门口的橱柜，将橱门一下子打开。这个橱相当之大，分成几十格，压头压脑放了数不清的燕窝，各式品种应有尽有。龙牙盏、龙头盏、一级燕窝、二级燕窝、A级燕窝、官燕。"我这里的燕窝，不管品种怎么样，都是二至四个月的头期燕。"

"头期燕是什么？"张妈探头探脑地问。

"不懂吧，二至四个月采收的燕窝，雨水多，适合昆虫繁殖，金丝燕食物充足，唾液分泌多，所以出来的燕盏特别漂亮、完整、光泽度好、少毛。你看，这叫血燕，懂吗？"

张妈摇摇头。

"血燕通常我是不吃的，虽然营养价值高，可总是有些怪里怪气的，我不喜欢。这两天吃的燕窝都是如意用剩下的，从明天开始从这里每天拿一盏给我炖，我不要血燕。你在我这里做，可以学到很多东西的。"王桂兰叉着腰，眉眼凌厉。

"知道了，知道了。"张妈忙不迭地应承，说完便下楼去了。

王桂兰在她离开后，一个人坐在梳妆台前发呆，突然想起了什么，将房门掀开一条缝朝外窥视，只见张妈拿一块抹布在使劲地擦楼梯，汉白玉的梯格被她擦拭得又净又亮。可她嘴里在不住地咕哝："燕窝，女儿你也喜欢吃，女儿吃，衣服，包包也有，烧了，成灰了，不难过，不难过。"张妈自言自语道，竟然淌下泪来，滴滴落在楼梯上。

王桂兰心里一惊，不知张妈在胡言乱语些什么，可心中总有些说不清的烦躁。她索性打开门，咳嗽了一下，故意让张妈注意到她。她一步一步缓缓走了下去，一身丰腴的肌肤随着丝质晨袍的晃动颤颤抖抖。王桂兰一路重又回到衣帽间，把包一只只从玻璃橱中取出，坐在沙发椅上认真地欣赏，一会儿擦擦饰扣，一会儿拽拉链，又用软布细细地擦拭皮质。突然她听到轻微的声响，像是门被轻轻推开的声音，吱吱呀呀，链扣轻动，王桂兰蹑手蹑脚走到门边，猛地一打开，只见张妈兀然站在门口，弯腰朝内窥视着。"你在干什么，偷看什么？"王桂兰突生一种难以名状的恐惧。

"噢，没什么，看您还需要我做什么事吗？"张妈卑躬屈膝，满脸堆笑，可灰蓝色的眼珠不停地骨碌碌转动着。

"去打扫，我有事会叫你，不要东看西瞅的。"王桂兰厌恶地说道，心想有些人就是不懂规矩。

王桂兰吃午膳前没有睡好，自然哈欠连连，睡意袭来。她又重新回到了三楼，回到了那熏香的被褥中，准备酣睡一下午，保养肌肤，调养气血。她散开长发抱住睡枕，缓缓地将呼吸调匀。梦的女神张开巨大的薄纱翅膀，抖擞羽毛，落英缤纷。王桂兰仿佛飘飞到了人间仙境，那里有蕙圃芝田，白鹿玄猿，琪树翩翩，瑶草芊芊。再仔细观察，发觉前面有一座玲珑宫殿，有一只汉白玉的雕塍大案，几张凳子，有人的喧嚷之声。王桂兰在梦中缓步靠近，只见一个年轻女子的背面正对着自己，有三个孩子绕着大案和凳子在躲猫猫。"不要乱跑，健健、洋洋、小慧，当心摔跤。"然后这个女子朗声大笑起来，缓缓转过头来，一张被火烧灼过的，血肉模糊的脸。"桂兰，你来了，你来看我们啦？"两滴眼泪从她的眼眶中迸出，滴落在雕塍大案上。

王桂兰大惊，转头一路狂奔，背后传来女子的声音，"我们都不在了，你却活着，你回来呀，再来看看我们。"王桂兰用手捂住了耳朵，踩在云朵上狂奔，不想一脚踩空，跌下万丈深渊。

王桂兰从噩梦中惊醒，气喘吁吁，惊魂未定。她搞不懂自己为何总做这样的梦。自从这个张妈踏入自家别墅以后，自己总是噩梦连连。这个张妈是否不吉利，明日要问问她的生辰八字，是否与自己相克，不行的话就赶走。王桂兰打定了主意，朝三楼一个幽僻的小房间走去。里面是一尊小小的佛龛，红木雕琢的橱柜大门，里面坐着一个金身菩萨。王桂兰捻了两炷香，恭敬地拜了拜，随后一直跪拜在蒲团上喃喃自语，念诵了一段《金刚经》。她知道自己为何要念诵经文，这是为了超度亡魂的。人嘛，总有些难言之隐，有些旧事不愿重提，当中的道理自然是不可说的了。

下午四点，张妈便回去了，骑着自己的小助动车摇摇晃晃地走了。晚上先生回了家，王桂兰极尽阿谀奉承，将老公伺候得舒舒服服，要靠别人挣钱维持自己舒适的生活，当然得有些手段。自此便一夜无事，第二天一早先生又上班去了。

当王桂兰睡醒的时候，客厅外的门铃已经响了很长一阵时间了。王桂兰极其厌恶，可又没有办法，便套上晨袍忙不迭地下了楼。开门后见张妈拿了一大筐菜，笃定地站在门口，王桂兰厌烦地将她让了进来。

没过一会儿，张妈便准备好了早饭，牛奶、酸奶、葡萄果汁整齐划一地放在餐桌边，像是等待检阅的军队。吐司面包用全蛋浆温油炸过，金灿灿的令人垂涎欲滴，面包又抹了果酱，夹了流黄的荷包蛋与芝士，王桂兰大快朵颐，张妈又自创了菜式，用煎好的培根卷着凉拌金针菇，特别爽口鲜香，王桂兰给了张妈一个表示肯定的微笑，饭后又上了一碗西米露，王桂兰颇为满意，觉得自己的容颜保养得愈发娇嫩了。

王桂兰吃罢早饭，张妈已经把起居室和三楼的卧室打扫停当，纤尘不染。随后她半卧在贵妃榻上一页纸一页纸地翻着当季的时装杂志，杂志的内容还是相当吸引人的，虽然王桂兰已经四十多岁了，但对时尚的敏锐度极高，对顶尖的时尚杂志更是情有独钟。那些奢靡而昂贵的护肤品，无论从包装到质地都是卓越绝伦，能让人焕发出莹润剔透的光彩，一线品牌的彩妆更是令人垂涎欲滴。王桂兰就是如此，要买就买最好的。那时装杂志上拍摄的时尚大片，更是将女人推向了美的极致。模特穿着当季最新款的高订服装，或者在法国卢浮宫前与俊俏的男模眉眼动情，呵气如兰，璀璨的夜空将礼服点缀得瑰丽多姿；或是在雄浑巍峨的尼亚加拉大瀑布旁，相互依偎低傍，面对气势如雷霆万钧的瀑布，任由溅起的浪花轻拍在身上，棕色的肌肤裸露着，鬓影衣光，丰姿千状。这就是王桂兰所向往的极致自由洒脱的生活。有谁会想到，当初满脸油腻地在酒楼里端盆叠菜，满面尘灰地在主人家中打扫庭院，烹饪佳肴的王桂兰，如今也有这样一天。住在别墅里，涂抹着最细腻绵柔的化妆品，穿着高级的晨袍，喝着保姆端来的极品燕窝。王桂兰自顾自地微笑起来，这些还不够，她还想在薰衣草的花海里徜徉，在巴黎铁塔下与情人拥吻，在米兰的秀场里姿态娴雅地看模特走秀，真的还不够，远远不够。

时间一分一秒地过去，不觉十点半了，王桂兰突然想起了什么，用手轻摇了一下案边的银铃。张妈急奔上了三楼，探头探脑地进了房间，"小姐，有什么吩咐？"

"燕窝怎么还没好。"

"我想您刚喝了西米露，这个……"张妈期期艾艾地言道。

"怎么，你觉得我饱了，不用吃了吗？不是同你讲过，燕窝这个东西是要天天滋补的，吃惯了比药都强，《红楼梦》里怎么说的，《红楼梦》你懂吗？"张妈迷茫地摇了摇头。"快去端来。"王桂兰柳眉倒竖，盛气凌人，保姆钟点工这个行当她是很懂的，门道一清二楚。都是些蜡烛，不点不亮；算盘珠子，拨一记动一下。

张妈忙不迭地下去了，王桂兰气鼓鼓地朝她白着眼睛。没过一会儿，张妈颤颤巍巍地端了一套瓷器进来了，恭恭敬敬地送到了王桂兰手里。王桂兰斜眼一瞟，大惊失色，居然是一盏棕红色的血燕。王桂兰的脑子"嗡"的一声，面前的景色浮动起来。巨大的白色别墅，繁花千叶盛放在花园中，自己穿着朴素的工作服，端着一碗赤红的血燕慢腾腾地走上楼去。走到楼梯的拐角处，她一时兴起，偷尝了两口，因为吃东西粗糙，吃相太差，一碗血燕仿佛被喝掉了三分之一。面前的景色又浮动变化了，一个容貌端丽、衣着考究的女子正在呵斥自己："桂兰，你怎么偷吃燕窝呢，你知道我的血燕是什么价钱，是你能够喝的吗？"自己满面赤红，一种难以名状的愤恨在心中升腾到如火如荼，这种恨缓缓从心口燃烧出来，透过自己朴素的工作服，变成了青蓝色的火苗，烧灼到了客厅的墨绿色丝绒窗帘上，窗帘烧着了，变成了一个墨黑色的大洞。火苗腾腾地往上蹿，烧到帷幔，烧到沙发，火舌不断地往上吐着毒蛇般的信子，而自己却握着白蜡烛阴笑起来。

"哐当"一下，王桂兰将整盏血燕打翻在地，发起了脾气，"你怎么回事，我同你讲过几遍了，我是不吃血燕的，这血燕是别人送的，就堆在那里。今天是什么日子啊，你脑子发昏啦。"王桂兰将张妈一顿痛骂，心里还意犹未尽，有点颤颤抖抖地说，"你小心点！"

"噢，是我糊涂，一时拿错了。"张妈满面堆笑，一脸对不住的表情。

"好了，今天我不吃了，你下去做饭吧。"王桂兰厌恶地摆了摆手。

张妈匆匆忙忙地下楼去了，只剩王桂兰一人卧在床上发火。不比较就不知道好坏，如意纵然有些小毛病，可绝对不会犯这种过失，主人的忌讳一直牢牢记在心里，熟稔于胸。这个张妈真是蠢笨到了极点，不过话又说回来，也不过就是用二十多天，春节过去，如意就回来了，这种人嘛，也只能做做临时的钟点工啦。王桂兰想了想，也就不再气恼，继续在榻上看时装杂志。过了一个半小时，张妈又探头探脑地敲门进来了，说是午饭做好了，请小姐下去用膳。王桂兰对张妈会讲"用膳"两个字颇感惊异，总算是懂一点道理，知道尊重人了。

王桂兰缓步下楼，午饭确实异常丰盛，菠萝咕老肉、香煎芙蓉蛋、清蒸石斑鱼、鱼香茄子煲、沙茶牛肉、南乳粗斋煲、珍珠肉丸满满摆了一桌子，还有一大锅的老火靓汤，味道极鲜美，香气袭人，经久难散。王桂兰拿起筷子尝了几口，是正宗的粤菜，味道很醇厚，她表示赞许地点了一下头，"还好，你做菜有两下子，否则……哼。"王桂兰的胃口极好，一点都不像个吃惯了珍馐美味的贵太太，一大桌菜被她一人吃掉了一半。张妈一边笑着，一边喃喃言道："小姐喜欢就好，我以前是做酒楼的，什么菜都会烧，今天是几号来着，哦，是五月二十日吧，是我当年在酒楼学艺的四十五周年纪念日呢。"张妈乐呵呵的，用力地在围裙上搓弄着双手。"什么，今天是五月二十日？"王桂兰一听却呛咳了一下，捧在手里的一碗老火靓汤打翻在桌上。

"人的气管真是万分娇嫩，一点水、一点烟都不能进，小心呛着。"张妈还在旁边说着，用手用力地帮王桂兰捶背。王桂兰不知听到了什么，一下子分了神，呛咳得更厉害，满脸紫胀，汗流涔涔。待她缓过气来，指着张妈言道："以后我用膳，不要在旁边乱说话。"王桂兰说完，用纸巾抹擦了鼻涕眼泪，拿眼睛瞟了一下旁边挂着的日历。"好了，我上去休息了，你收拾房间。"王桂兰气鼓鼓地掷下纸巾，一扭一扭地上了楼，在自己的沙发榻上半卧着。一边卧着，一边抬眼看着桌上的日历，心中越想越觉得不对劲，便走出房间，蹑手蹑脚下了楼，走到厨房旁边窥看并倾听起来。

"今天是周年了，你们好好在一起，一家人在一起。"张妈在水池里用锡箔烧起了纸钱，一只只银色的元宝在水池中烧成了灰烬，张妈一边哭一边用水将灰烬冲入下水道。王桂兰看得目瞪口呆，一下子跳将起来，指着张妈的鼻子大骂："你是不是疯了，在我家里烧纸钱，你烧给谁，在祭奠谁，说啊！"王桂兰嘶吼着，额头上的青筋根根直暴，整个人变得歇斯底里。

"没有什么呀，祭奠一下我死去的老伴，他走了十周年了，听说烧纸要有时辰，不能错过时辰的。"张妈一脸的委屈与无奈，"对不起，小姐，以后不敢了。"

王桂兰气呼呼地冲上楼，换了衣服拿了车钥匙便冲出了房门，将车子一溜烟开到了保姆介绍所，要求另换一个钟点工。工作人员却是一脸的无奈："人都回去过年了，实在是没有人了，要不就是菲佣，听不懂中文，必须要用英语交流的，还不会烧中国菜。"

"那怎么行。"王桂兰听罢心冷了半截，看来是找不到人了，可这个张妈实在古怪，王桂兰讨厌看到她灰蓝色眼眸，厌烦她神经质的自言自语。居然还在自己的别墅里烧纸钱，可是没有别的钟点工可以使唤了，要不到远一点的地方找。可是不妥当，那些人只是在普通人家里做一两个小时的钟点工，怎么能照管全上海最高端的别墅呢？怎么办，自己已经不能没有钟点工了，吃惯了钟点工职业化可口的饭菜，享受着喷香绵软的燕窝，打扫得纤尘不染的卧室和客厅，这是她所能承受的最低的生活标准。王桂兰无法，只得又起身开车回了家，一个人坐在客厅里发呆。突然她发觉不对头，客厅的灯光怎么没有了，桌上点着一支白色的蜡烛，烛油滴落在了茶几上。珍宝架上也有两根燃烧的白蜡烛，厨房里空无一人，一张餐桌的四个角都点着白蜡烛，烛台上也点着。

"张妈，张妈，"王桂兰呼喊着，心里恐惧起来，拔腿朝楼梯上奔，楼梯旁的廊灯都暗着，王桂兰小心翼翼地往上走，起居室里也点着白蜡烛，衣帽间也是，到处都是恍恍惚惚的烛火。王桂兰只觉得头昏脑涨，一幕幕人被烧死的惨烈景象在脑海里涌动。到卧室了，她猛地推开门，只见暗沉沉的卧室里，张妈一手托着一支白蜡烛，站在卧室当中。

"你在搞什么鬼，张妈，你想把房子点着啊。"王桂兰跳将起来。

"小姐，没电了，大概是跳闸了，房间里不够亮堂，我就点了些白蜡烛。"张妈道。

"快点熄灭掉，疯了。"王桂兰开了灯的开关，确实不亮，想必是电闸跳了，她赶紧打了物业的报修电话。

王桂兰转身沿着三层楼梯朝下望去，整个别墅被白蜡烛熊熊的火光映照着，恍恍惚惚而又诡异万分，她一转身，张妈站在自己身后。王桂兰一阵慌乱，额头上冷汗涔涔。"不要靠我那么近，走路一点声音也没有，讨厌。"

没过多久，物业的电工就来修理好了电源，一切又恢复正常。张妈自觉地去熄掉了所有的蜡烛，把它们归拢在一处。电工走了以后，王桂兰也懒得骂张妈，只觉得惊魂甫定，气力殆尽，只得无精打采地上了楼，一摊身睡在了床上。门铃突然响了，王桂兰狂跳起来，下面传来先生的声音，王桂兰直冲下楼，扑到丈夫怀里痛哭起来。

"不要闹了，我马上要到美国出差去了，现在就走，我忙着整理行李呢。"丈夫将王桂兰的双臂拉了下来，转身上楼去拿行李，然后急匆匆地下了楼。"你自己当心身体，我一个月后回来，我给你卡里打了足够的钱，你先用着。"丈夫拿着行李就出了门，奔驰车一溜烟地开走了。丈夫走后，家里只剩王桂兰孤寂一人，张妈在旁鬼鬼祟祟地看着她。王桂兰脸色蜡黄地上了楼，张妈则继续打扫，一刻不停，下午四点准时走了。

张妈走了以后，整个别墅空无一人，王桂兰从卧室走下，只觉得整个别墅像是一座荒芜的城池。莓苔依井，蔓草罥挂，客厅变作了殿堂，罗列着毒蛇与短狐，阶墀上飞跑着獐子和飞鼠，山林中鬼怪的叫声如风声狂吼，饥鹰在磨嘴，鸱鹰在恐吓幼鸟，伏魆猛虎在饮血吃肉。王桂兰似乎看见了这一切，听到了这一切，她恐惧地退缩到卧房的一角，原来是电视未关，正在播放着恐怖片。

一到夜间，王桂兰草草吃了晚膳便上楼睡觉了，可是衾裯辗转难以成眠。一入梦便是魑魅魍魉，妖魔鬼怪，然后画面一转，又是吃燕窝的女人，轻声细语，怨声叹气，一碗血燕砸碎在地。接着是三个孩子围着白蜡烛转圈跳舞，背后是一片火海。女人从火海里走出，浑身燃烧起来，带着烈焰。王桂兰一个人已经无法入睡了，汗流浃背湿透了睡袍，她蹦跳起来，将所有灯都点亮，可依然心惊胆寒。她的听觉变得异常敏锐，能听到蚊虫飞窜震动翅膀的声音，能听到窗外猫狗厮打的惨叫声，能听到保安巡逻的脚步声。整整一夜，她捂着发胀的脑袋无法入眠，直到黎明时分才迷糊地入睡了一小会儿。

早上九点，张妈准时来了，带了满满一大筐菜。王桂兰看见张妈来了，一改往昔的厌恶，仿佛看到了救星，拉着张妈说长说短，说先生不在，自己一个人睡觉如何孤寂难耐。张妈倒很实诚，说道："要不我这两天就住在您家吧，反正我一个人，也没什么事。"

"好好，我给你另算钱，肯定算双倍。"

张妈扭捏着，笑容已经堆上了脸。王桂兰悬着的一颗心总算是放了下来，屋里多个人，不论是早晨还是晚上总是安逸一点。那天的早餐异常丰盛，橙汁、脱脂牛奶、酸奶、奶茶、荷包蛋煎成两面焦黄、面包裹着蛋液炸得金黄酥脆，生菜卷着培根又裹着榨菜末鲜嫩爽口。王桂兰用完了早饭，和张妈随口搭了两句话，就上卧室做护肤化妆去了。她今日兴致高涨，用面膜整整敷了一脸，撕去后又一层层地涂抹精贵的化妆品。看着自己没有皱纹、溜光水滑的脸庞，王桂兰心中十二分的满意。她发觉张妈已经学会给她整理化妆品了，同一品牌的归拢在一处，彩妆更是按照品种一一摆放整齐，口红归口红，眼影归眼影，一一罗列整齐，香水更是用软布细密地擦过。看来这个张妈还是可以用用的，王桂兰惬意地半躺在床上，心中十分满意。她随手翻阅着最新的时装杂志，心中莫名升腾起一股优越感。别的女人还在满面汗水辛苦地挤地铁，汗流浃背地在电脑屏幕前工作，整个人像是上紧的发条，挣来的钱还不够自己买一罐高级的面霜。所以说嘛，人各有命。若干年以前，也曾经有过一个女人，过着和自己一样舒适的生活，有高级的服装和包包，有钻石、有翡翠、有珍珠，还有三个孩子，不过呢，也许她命里不该有。命太薄，享受不了这一切，所以后来没有了，一切都化成灰烬了，王桂兰眯着眼睛冷笑起来。

十点半到了，张妈敲门端着一碗莹白的燕窝进来了，恭恭敬敬地放在桌子上。王桂兰尝了一口，鲜香绵软，入口即化，比之前炖得更有回味。"今晚泡点海参，明天切点海参丝拌进去一块儿炖。"

"是，是，这样更滋补。"张妈等王桂兰吃完燕窝，便收了碗盏，下去做午膳了。王桂兰浑身气力满满，想到高档商厦去逛逛。想起以前如意在的时候，会放下手里正在干的活计，陪着自己一块儿到商厦去。如意会在名贵的服装店里的一个角落伫立着，做好用人的本分。看着王桂兰衣服一件件地换上，在穿衣镜前左顾右盼，然后或点头或皱眉，随手再抛掷到沙发上。观望着主人将滑腻的双手在铂金包上来回摩挲，随后轻张檀口，说："要这个，这个和这个。"如意总是充当着自己的助手，满身满手都挂满了购物袋，气喘吁吁地跟在自己身后。现如今是没有这样的待遇了，张妈在家中有一大摊子事，有做不完的菜，打扫不完的房间。如果让张妈跟着自己购物也十分不妥，她腌臜呆滞，身形矮小，怎么也带不出去，就算自己逛累了，想在高档茶座里喝杯咖啡，吃块蛋糕，难道也让她扭扭捏捏地坐在自己旁边吗？

王桂兰想好了，便换上华服，收拾停当，最重要的是带上足够的现金和黑卡，下楼来和张妈嘱咐了两句："我不吃午膳了，要出去，你准备晚膳吧。"言罢开上跑车一溜烟走了。

到了恒隆广场，她像久未玩乐的孩子，满怀欣喜地踏进各家名牌店。破天荒地随意买了一件礼服，斜肩曳地，满身缀满晶亮的水钻和细如米粒的珍珠，茸茸的粉色羽毛拖曳在身后，算是又一件高定的礼服了，陪先生参加应酬的晚宴倒是不错，她爽快地刷了卡，又奔进了熟悉的店面。店长与王桂兰十分熟识，像女王一般殷勤地招呼她，为她罗列了最新出的春季款套装和各种限量款包包。王桂兰虽然没有什么优雅的气质，高深的学识，可是她从时装杂志上搜罗来的信息，足够帮助她挑选合适的套装。她的眼睛在璀璨而绚丽的衣料上来回顾盼，米金色低调奢华，玫红色瑰姿艳逸，宝蓝色如天鹅绒般深沉。王桂兰几乎开心疯了，在衣服堆里和货架上左右穿梭，在穿衣镜前顾盼。她挑选了五六套奢华面料的斜纹软呢套装并几个包包。可是她是独自来的，无人帮她拎东西，那么大的店铺还有几十个奢侈品牌等着她去逛，王桂兰只得把存货留在店里，反正是付完账的，自己的东西，谁敢不殷勤待她。

接着她又买了围巾、发带和平底鞋，买了两套花样繁复的连衫裙，穿上后整个人仿佛置身于西西里的美丽花园，周围盛开着各种艳美的花朵，洋牡丹颤颤袅袅，鸢尾花迎风偃仰，睡莲慵懒舒展，晚香玉挨挨挤挤，她在这百花攒聚的花园里浑身酥软，只知道拈花嗅香，迎风徜徉。最后她又去了常去的品牌店，店里新出的铂金包和绚烂的丝巾把她的购物欲提升到了极致，仿佛有一只无形的精致的大手将她牢牢拉住，攫取她口袋中的每一分银两。她在穿衣镜前试戴丝巾时仿佛有种似曾相识的感觉，若干年以前，自己曾经满脸汗水地跟在一个盛装的女子身后，在精品店的每一个店铺里穿梭，看她在穿衣镜前拿着靓丽的丝巾左右比画，眼眸转侧绮靡。她不停地试戴，不停地搭配，不间断地将昂贵的丝巾左右抛掷，而自己呢，却像个牲口一样，浑身挂满了各种购物袋，汗流涔涔地站在她身后，自己不能够坐下，因为她随时会叫唤自己，为她整理衣物，补涂妆容。她不能够站远，也不能够站近。站远了，就会接不住她抛掷的丝巾，女子的眼神会很轻蔑，仿佛在言说："你好笨拙，不知道一个保姆该如何乖巧。"如果站近了，会阻挡女子的视线，成了穿衣镜中不该出现的衣着腌臜寒酸的人。在那一刻，她心中有一颗小小的火种，在荆棘丛中迅疾地星火燎原起来，随后一路在山崖上摧枯拉朽地烧灼下去，变成了熊熊的烈焰，在心中滚滚地燃烧起来，她恨不得一把冲过去撕碎她身上的名牌服装，拉裂她身上的珍珠和钻石项链，拽掉她耳垂上的钻石耳坠。她厌恶这个女人精致无瑕的妆容，厌恶她无懈可击的着装，甚至厌恶那导购小姐满面堆笑，阿谀奉承的姿态。凭什么她拥有这么多，拥有这么多自己没有的东西。艳羡、愤恨、愤懑使她整个人都歇斯底里起来。但是，现在这个女人已经不在了，而自己却活着，舒舒坦坦，精致奢华。很好，好极了。

王桂兰买了十条丝巾，两个铂金包，随后到意式餐厅坐了下来。这个西餐厅环境甚好，窗明几净，她自在地坐在里面轻啜咖啡，用刀叉轻巧地切割着可丽饼。用完餐以后，她又到店里让店员帮她收拾众多的包包和衣衫，随后坐上车，浩浩荡荡地开回了家。

到了家后，王桂兰就忙不迭地按喇叭，张妈匆匆忙忙地奔出来，帮她把一纸袋一纸袋的奢侈品搬到客厅堆着，随后又蚂蚁搬大米般地小心翼翼地拎到三楼。三楼的衣帽间都快膨胀了，又增添了新的礼服，包包更是纷繁多姿，熠熠灼目。张妈把衣服包包都放好，又把崭新的丝巾一条一条用丝绒衣架挂到饰品柜里。王桂兰对她的表现颇为满意，自己则卸了妆，躺在卧室的贵妇榻上看着时尚杂志。下午三点多钟，张妈敲门又送进来一碗燕窝，说是小姐早上走得匆忙，忙碌了一整天，现在还是得继续滋补。王桂兰十分舒心，燕窝的色泽莹白如冰雪，滋味醇厚如醴酪，王桂兰一口气喝完，仿佛自己是吴承恩笔下《西游记》里的千年白骨精，吸食了二八少女的骨髓，浑身舒坦自在。心中想着金钱果真是万能的，只要有了钱，自己就能雇人烧可口的饭食，炖滋补的燕窝，买昂贵的普通人无法企及的商品。若干年前的那个女人，不也就是丈夫有钱吗？又有什么了不起，自己如今不也一样，妆容精致，衣衫奢靡，香水撩人，王桂兰想着，不由得又阴笑起来。

到了吃晚饭的时候，张妈依旧满脸堆笑地请她下去用膳。王桂兰兴致勃勃地到了餐厅，未料想张妈做了一桌子的安徽菜。火腿炖甲鱼、黄山炖鸽、清蒸石鸡、香菇盒子、虎皮毛豆腐、双脆锅巴、蛏子烧肉、一品锅，点心则是徽州圆子。王桂兰祖上是安徽人，一看到正宗的安徽菜简直眉飞色舞："你怎么知道我是安徽人。"

"小姐有时候说话，露出一些安徽口音。我先前做过酒楼，知道安徽菜怎么做。"张妈嬉笑着说。

王桂兰简直高兴坏了，临了，张妈又端上一盆臭鳜鱼，正宗地道，鲜香爽嫩，王桂兰筷子飞舞，大快朵颐，把张妈大大夸奖了一番。到了夜间，张妈就睡在她隔壁的客房里。有人陪睡，王桂兰觉得安逸多了，便舒舒服服泡了一个澡，早早上床睡觉了。

王桂兰的精神沦丧

深夜到了，露滴寒蝉，月明星稀，王桂兰在迷梦间似乎听到一种声音，一种轻轻的呢喃，细听又十分悲切，隔着门缝丝丝缕缕透露进来。王桂兰被惊醒了，她穿上晨袍，拖着拖鞋，心惊胆寒却又蹑手蹑脚地打开了房门。只见侧房的佛龛处，张妈正虔诚地匍匐在蒲团上，对着佛祖含糊不清地念念有词。王桂兰一时火起，大骂道："张妈，半夜你拜什么佛，还不去睡觉。"张妈似乎并不惧怕，从喃喃念佛的恍惚状态中回转了神，转头朝王桂兰笑了一下。这个笑容很奇特，有种奇异的感染力，转瞬之间，王桂兰发觉她似乎很像一个人，一个若干年前自己非常熟悉的女人。那眉眼间的神韵，嘴角微笑时上扬的弧线，王桂兰突然后怕起来，人不断地往后退，沿着楼梯一路逃退到了客厅。而张妈则跟着她走了下来，一直缓步走到了客厅。

"小姐，把你吵醒了吧，是我在佛龛诵经，想超度超度我死去的女儿和三个外孙外孙女。"张妈笑道。

"你是谁，你到底是谁。"王桂兰面色铁灰，穿着晨袍的身体瑟瑟发抖。

"十二年了，我整整找了你十二年。十二年前，你在江州括墅区做过什么事？"

"你胡说，你在发疯，我要打电话报警，我要报警。"王桂兰冲到电话旁，却发觉电话线早已被剪断了。

"王桂兰，十二年前，你在括墅区一家有钱人家做保姆，可是你却因为私欲放火烧死了女主人和她的三个孩子。你是在客厅用白蜡烛点的火，就像这样。"张妈突然从口袋中取出一根白蜡烛，用打火机点燃，再将客厅的窗帘缓缓点着。

"你是谁，到底是谁？"王桂兰恐惧至极，脸部都扭曲了。

"十二年前，你纵火后却立即逃离了现场，随后开始了四处流亡的生活。你去过广州、东莞、香港，你贩过私盐，开过服装店，做过情趣用品，甚至还做过卡拉OK的伴唱小姐。你整了容，换了身份证，把自己原先的名字叶桂兰改成了王桂兰，最后又混迹到了上海，在七浦路开了服装店，在婚介所搭识了有钱的男人，最终过上了富太太的生活，也用起了保姆。"张妈越说越激动。

"你到底是谁？"王桂兰恐惧的眼泪一路蜿蜒而下，在脸上流淌，试图往门外冲，却发觉门锁扭住了，被张妈不知用何方法锁得纹丝不动。

"你看，我做的方式和十二年前你的方式一模一样。"张妈突然悲戚起来，窗帘烧着的熊熊火光映照着她的脸，"我就是那个被你烧死的女人的母亲，在你做保姆时她一定说过从小就没有妈妈，其实我只是跟她父亲离婚，她跟父亲生活。我们每次都约在外面见面，所以你从未见过我。"张妈的眼泪蜿蜒流下。

"你是汤纹佳的妈妈。"王桂兰一路逃奔上了三楼。

"别费劲了，窗户都被我从外面扣死了，你当年是怎么烧死他们的，我今天就怎么烧死你。我要跟你同归于尽。"张妈走上楼梯，捏住王桂兰的两腮，"你当初怎么那么狠心呢，简直是禽兽不如。我费尽后半生的心血在找你，整整找了你十二年，日夜追索，终于被我找到了你。所以我在你家当了钟点工，终于接触到了你，看着你过着我女儿当初的生活，心里在滴着血。"

熊熊的烈焰终于燃烧起来，两个人开始厮打了，王桂兰想用手机报警，发觉手机早已不见了踪影。大火将王桂兰包围了起来，走到哪里都是火。张妈死死地抱住她，拖住她，王桂兰知道自己跑不了了，对啊，自己就是那个凶手，十二年前惨绝人寰的凶手，她曾经憎恨着女主人精致的着装，艳美的妆容，奢华的首饰，舒适的享受。她的嫉恨与愤懑让自己失去了理智，作为一个正常人应该有的理智。她心理扭曲了，歇斯底里了，她杀了女主人，扼杀了女主人作为贵妇所拥有的一切。十二年过去了，她几乎忘记了，可今天报应终于到了。张妈在笑着，阴森地笑着，一切都埋葬在火海中，一切都消失了。

等一下，再等一下，令人呛咳的浓烟渐渐弥散了，眼前梦魂缠绕般可怖的景象如云翳般骤然消失了，王桂兰朦胧中听到一种声音，这种声音是如此的熟悉，是钥匙开门的声音。在钥匙扭转的瞬间，门"咔嗒"一声被打开了，丈夫名刚推开门，拖着沉重的旅行箱走了进来。他将客厅的灯全部打开，看到王桂兰却显露出无比惊讶的神情。"桂兰，你躺在客厅地板上做什么，身上还穿着那么薄的晨袍，你不舒服吗？"

王桂兰衣着邋遢，满头蓬乱，她神情恍惚地站了起来，朝四周恐惧地望了一圈，看到了丈夫名刚，朝他直奔过去，扑进他的怀抱满嘴不停地言语，声调却是惊悸万分。"那个钟点工张妈，张妈要烧死我，她是汤纹佳的妈妈，她来找我报仇了。"

"你在胡说些什么呀，什么张妈呀，哪里来的张妈呀。"

"张妈呀，就是钟点工，我的钟点工，现在就在房间里，她手里拿着蜡烛要烧死我，你看到她没有。"王桂兰的五官早已因为惊恐而扭曲，她转身指向自己的后方，"你看到白蜡烛吗，许多许多的白蜡烛，那个张妈一定躲起来了，报警，赶快报警。"王桂兰嘶吼着，拖着丈夫的手在别墅里到处乱窜。

"你发疯了，哪里来什么白蜡烛，没有白蜡烛，一根都没有，房间里没有别人，只有你一个人。"丈夫被她推推搡搡地在整个别墅查看了一圈，一切都井然有序，一切都是如此的熟悉。王桂兰自己都呆住了，没有了呛咳的浓烟，没有了濒死的喘息与惊骇，房间里没有别人，根本没有张妈，没有钟点工，只有自己一个人。

"不可能，她在这儿陪了我几个星期，她每天给我做饭，炖燕窝，给我整理房间。她刚才就在这儿，她是汤纹佳的妈妈，她蓄谋已久，她是来为女儿和孩子们报仇的，她要杀我。"

丈夫名刚厌烦地将王桂兰推开：你自己看看，这个房间里什么外人都没有，不信你自己再去看。名刚拽着她一间房间一间房间地搜罗，王桂兰的衣物一件件堂而皇之地悬挂着，衣物上的图案精细绝伦，如星缀连心，珠排耀眼，她的化妆品在抽屉中安然躺卧着，纹丝不乱，盒中的珠宝如紫罗衬壳，白玉填瓢，璀璨耀眼，灼人目光。床头柜上还有一盏吃剩的燕窝，软糯得如掌中胭脂，舌间甘浆。"根本没有别人，只有你一个人在别墅里，你胡说些什么，发疯了。"名刚厌烦不已。随后他又将王桂兰拖拽到客厅，客厅的茶几上放着琉璃的水果盘，盘中放着王最爱吃食的荔枝，一颗颗素华漠漠，丹实煌煌，一颗剥开壳的荔枝果实浆液落在茶几上，汁液因为与空气接触而氧化变质，嫩白妍丽的果肉也开始变得微微焦黄。"你看，这是你最爱吃的荔枝，是你自己买的，你自己剥的。"

"不是，是张妈买的，她给我买的，她要烧死我，要毒死我，她要报仇。"王桂兰疯狂地叫喊着。

"没有别人，这个房间里只有你自己。"名刚又将王桂兰推推搡搡到了厨房，餐厅的桌面上摆放着一桌的美味佳肴。

"对，这都是张妈烧的，是她烧给我吃的，都是安徽菜，她知道我是安徽人，她知道我的底细。"王桂兰疯狂地摇撼着丈夫的双臂，"真的有张妈，有这个钟点工，不信你看冰箱，冰箱里都是她买的食品。"王桂兰冲过去打开冰箱，冰箱里却空空如也，只有几罐希腊酸奶和澳洲产的新鲜牛乳。王桂兰呆住了，她明明看到张妈把冰箱塞得满满当当的，有超市里购买的成罐成罐的果汁，橙汁甘酸，桃汁香甜，而葡萄汁则浓稠如酒，都是自己平日里爱喝的，还有各种款式与口味的酸奶，芦荟味的，草莓味的，杨桃味的，还有稠厚如豆腐般的老酸奶。那些水果呢，切成片的菠萝，微微腥臭却让人欲罢不能的榴莲，还有昂贵的车厘子，为何都没有了。还有水饺呢，叉烧包呢，烧卖呢。王桂兰匍匐在冰箱门上，又急匆匆地拉开速冻柜的抽屉，那些昂贵的各种口味的冰激凌呢，她从店里成罐成罐搬回来的。自己经常半夜光着脚板，随心所欲地溜到厨房，在冷柜旁挣扎着要不要来一罐比利时巧克力的冰激凌解解馋。

怎么都没有了。

王桂兰痴痴地站起来，呆滞地望着自己的丈夫。

"你神经出毛病了，一定出毛病了，这些菜都是你自己做的，你会做安徽菜，你以前做给我吃过，每道菜都一模一样。这些菜是你自己烧的，你以为你做的菜我看不出来吗？家里这段时间从来就没有过钟点工。你疯了。"名刚用手指指着痴痴颠颠的王桂兰，眼神凌厉，像看着从精神病院逃窜出来，没有人束缚的疯子。

"我没有疯，张妈确实来过，这菜不是我烧的，她是来报仇的，我杀了她的女儿和外孙子、外孙女。"王桂兰被自己的拖鞋生生绊了一跤，重重地跌在厨房的地砖上。

"你说你杀过人，哼，我看你是闲得发疯了，我刚从外地回来不想看到这种景象。"

"不，我没有杀人，我说胡话，我从来没有杀过人，我是做梦。"王桂兰突然清醒过来，她不能让自己的丈夫知道自己不堪回首的过去，那些回忆，凄厉的惨叫，绝望的哭喊，焚烧的灰烬。丈夫是自己的金主，靠山，一切。

"我一直觉得你不对劲，果然是如此。精神分裂，妄想症，歇斯底里，癔症，我不想我生意上的伙伴和朋友知道我有个疯老婆，今天你自己睡吧，懒得看你。"丈夫名刚一摔门欲要重新出门，留下王桂兰一个人伫立在客厅里，她死死地拖拽着丈夫，惊恐的眼泪滴落在名刚的手背上。"你不能走，我害怕：张妈，汤纹佳，孩子，围着火跳舞的孩子。"

"让开，滚。"名刚挣脱了束缚，重新摔门而走，同时回转身来将门从外面锁死，只听得里面王桂兰嘈杂而恐惧的捶门声，一阵响似一阵。

名刚回到车库，将跑车的引擎重新发动，银灰色的车子从小区大门缓缓地开出，像是墨空里一道银灰色的闪电。他缓缓地开到了附近的一栋五星级酒店，随后快速登上了二十层楼。他按动了一间客房的门铃，门骤然打开，迎面而来的是张妈那双灰蓝色警惕而惶惶不安的眸子。

"妈，是我，甘桦。"名刚小心翼翼地言道，音调微如蝼蚁爬动。

"完事了吗？"张妈问道。

名刚点点头，张妈撇嘴笑了起来，打开门链将他让了进来。"没有什么事我就先回去了，需要再叫我。我要去休息了，从二楼窗户爬下来，膝盖磕破了，脚也崴了一下。"

名刚目送张妈走进客房，自己才关上门，挂上锁链，随后脱下西服随意抛掷在床上，在黑暗的房间里独自黯然冥思。窗外的万家灯火像是繁星点点，演绎着一曲曲悲欢离合而又跌宕起伏的故事。无论是什么样的故事，都比自己的幸福，因为即使穷困潦倒，病痛缠身，都有亲人在自己身边相守相伴。而自己呢，甘桦，一个改头换面，改名换姓的人，背负着一身的复仇的血债，在自己并不熟悉的城市里，和自己的仇人天天生活在一起。仇人，听上去多么令人兴奋而血脉偾张的名字。她曾经在十二年前，用一支普通的白蜡烛，改变了自己的一生。那星星之火真的可以燎原，从窗帘烧灼起来，随后摧枯拉朽地在整栋别墅里弥漫开来。他还记得叶桂兰曾经的眼眸，那双瞳仁外圈有些微微发蓝的眼眸，就好像火舌蹿腾上去的烈烈的火焰，转瞬之间夺走了四条人命。自己的妻子，那单纯而善良的女人，有着荣耀秋菊、华茂春松的风姿，瑰姿艳逸、仪静体闲的容颜。他忘不了那卢浮宫前的丝巾飘坠，迎风憨笑；莫斯科广场上的媚舞蹁跹，罗袜生尘，珠宝柜台前的眼波流转，光润玉颜。还有孩子们，他的孩子们，他忘不了女儿的娇鼙妍笑，赌气噘嘴，儿子的顽劣成性，虎头虎脑。他曾经有过的家庭，幸福的家庭，被叶桂兰恶毒的灵魂瞬间毁灭了。他忘不了悼念会上女儿睁开的眼睛，妻子在自己的哭喊声中，奇迹般淌流下的眼泪。亲人都在水晶制作的棺木里横陈着，而叶桂兰却消失得无影无踪，多年来连警察都追查不到她的下落。她仿佛从这个世界上消失了，被抛到了地球的大气层以外，在任何一个不为人知的星球上落脚。而对于自己，亲人像鲜嫩的花苞一般凋落殆尽，他甚至向往着古传说中形似玉屑的琼树花蕊，却无法去验证是否能让人长生不老，起死回生；过去丰美的时光如朝霞一般难以挹取，空留哀叹。十二年过去了，案件的卷宗已经成为陈年旧案被搁置起来，鼠窜虫爬，满罩着鸽翎蝠粪。

可是他没有忘记，那复仇的火种在胸膛中灼烧得如火如荼，他一定要找到叶桂兰，找到这个有着豺狼般凶险的眼眸，毒蛇般狠辣心肠的女子。他发过誓，也撕心裂肺地喊叫过，也真的开始一点点地追索。皇天不负有心人，他几乎踏遍了整个中国，脚踩过每一个城市的土地，和妻子的母亲一起四处追索，终于找到了她。她去过广州、东莞、香港，贩过私盐，开过服装店，做过情趣用品，甚至还做过卡拉OK的伴唱小姐。她整了容，换了假的身份证，摇身一变，成了七浦路服装摊位上的老板娘。他和妻子的母亲远远观望过叶桂兰，看见她整成了大眼、锥子般的网红脸，戴着妻子那颗水滴形的粉色钻戒，吊坠项链，烫着鸡窝般蜡黄的头发，坐在摊位上悠闲自得地涂抹脚上的蔻丹，那蔻丹艳红如血，好比自己的孩子流淌下的血液。而岳母看到这一幕，早已经无法遏制得涕泗横流。

　　他完全可以报警，让警察来解决一切。可是他觉得太便宜叶桂兰了。于是，他开始了自己的行动，他把自己的名字由甘桦改为名刚，去医院整了容，变成了一副突唇凹目的面孔，然后慢慢地接近叶桂兰，和他谈恋爱，甚至结婚。他把一切都改变了，逼迫自己忘记那曾经刳割灵魂的利刃，炮烙他灵魂的烈焰，摧毁他灵魂的狂飙与骤雨，忘却那心灵深处的怨与艾，愤懑与仇恨，在一年的时间里与改名换姓的王桂兰厮混在一起，陪她买时装，在铂金包里遴选择挑，为她戴上钻石项链、珠宝手表，让她如腾云驾雾般生活在奢侈的生活里，惶惶然以为变成了真真正正的贵妇。然后他才开始慢慢地行动，让妻子的母亲做王桂兰的钟点工，不断地提醒她，恐吓她，让她如惊弓之鸟般一时一刻都不得安生。让王桂兰的魂灵被死去的冤魂不断地折磨，纠缠，纷扰，她每一刻的睡眠中都会有熊熊的烈焰，有烧焦的尸体。当她被恐惧所环绕的时候，自己才适时适地地出现，否定她所看到和听到的一切，泯灭她的意志，沦落她的信念，让她搞不清幻想与现实，对自己的精神产生怀疑。他会用尽一切办法让王桂兰神魂痴癫，自言自语，自怨自艾，让她成为一个真正的精神病人。让她从贵妇的世界跌落谷底，尝试这迥隔霄壤的变异。因为死刑太便宜她了，自己在有生之年一定要让王桂兰过着生不如死的生活，要让她身陷于可怖的黑影，倦衰与饱魇的黑影。让这些黑影紧紧地跟着时日进行，像彗星似的扫灭她灵魂的余晖，让她的世界里流水涸、明星没、露珠湮灭，电闪不再！

　　接下来，他会在王桂兰的吃食中下一些致幻药，让她产生真正的幻觉，与死去的幽灵为伴，与漫天的烈焰为伴。接下来呢，接下来自己会做什么，他还没有想好，总之是一步接着一步，精益求精而不惜一切代价。

　　甘桦一人默默坐着，难得是寂寞的环境，静定的意境。就像妻子当年最爱的徐志摩的散文中所言说的：寂寞中有不可言传的和谐，静默中有无限的创造。自己的心灵如海滨初度的怒潮，已经渐次平息，只剩有疏松的海沙中偶尔的回响，更有残缺的贝壳反映星月的辉芒。当年的痛苦，好似潮余的斑痕，汹涌的场景，似梦似真，只有复仇，深深埋藏在自己灵魂的微纤之中。

　　明天，又是新的一天了。甘桦在墨色中微笑起来。

245

六、钟点工

七、别墅疑云

突如其来的委托人

当霍启星被闹铃吵醒，窗外已是金雀啾啾、黄莺呖呖、紫燕关关，春天已经悄然而至。他合起盖在身上的那本书，将其在书架上归类放好。他昨晚看书看得太晚，阿加莎·克里斯蒂的《啤酒谋杀案》，他最喜爱的一本书，霍启星又重捻纸页，将其逐字逐句地重新看了一遍。那扑朔迷离的情节、繁杂的线索让人如坠九霄疑云，可当侦探波罗抽丝剥茧地搜寻出案件的真相时，那精巧奇绝的推理让人拍案叫绝，不胜惊叹。波罗是霍启星心目中无与伦比的偶像，一个被创造出的虚拟人物，却因作家阿加莎·克里斯蒂合璧骈珠、绿墨淋漓的才情与智慧，在几十年里鲜亮地活跃在侦探小说迷的心中。当然，霍启星不但是个资深的侦探小说迷，还是香港地区赫赫有名的私人侦探，数十年中，接待了无数的客户，处理了几多纠缠难解的案件。在每一个警方都无法破解的案子中去伪存真，拂尘见金。将很多冤屈之人解救于藩篱，将无数丧尽天良的真正凶手送入井穴。他知道自己有这种能力，能桾虎樊熊、纵鼠横狐，可能力愈强，责任也愈重大，他这一生一定要竭尽所能与罪恶作斗争，把所有的妖魔鬼怪、魑魅魍魉送进大牢，还人世间一个清白。

可是有一件事却是他的心病，也是他心底里最柔软的痛。霍启星翻开了身边的剪报簿，影视巨星裴丽云在自家豪宅被人离奇谋杀的消息遮云蔽日地印满了整张剪报。其中还包括各种繁杂的线索、证人冗长的叙述、警局一无所获的勘探，这些都让霍启星在若干时日里头疼欲裂，心痛万分。因为他是裴丽云忠实的粉丝，甚至可以说是一厢情愿单恋着的爱人。裴丽云，香港影坛熠熠生辉的一颗巨星，有着皎若朝霞的容颜，灼如芙蕖的风姿。她在银幕上的每一个妙眼斜瞟都似惊鸿翩飞，每一番柔情绰态都能惹人无限唏嘘。这样一个飘忽若神的女子，就这般惨烈地死在了自己的家中，让全世界所有的影迷只能在她仅存的影像中感受她的每一丝轻喟、每一点情泪。可是霍启星是个私人侦探，一个才情峥嵘、颇具能力的私人侦探。于公于私，他都不允许这样一个女子轻然死去。当地警局万般勘察，线索千缕，却依然没有结果而成为无头悬案。霍启星跃跃欲试却又不被允许进入现场，以致得不到任何线索。于私来讲，他忘不了裴丽云瑰姿艳逸、芳泽无加的美颜，抛不掉她明珠耀躯、摇曳生姿的风神。她在银幕上每一句警语誓言都像是对自己的山盟海誓；每一滴情泪都像依傍在自己怀中的悲啼。如今娇花不再鲜，芳魂无处觅，断香零玉沉埋地，只一株梨树靠檐幽。霍启星的心中不允许她这样，也不允许自己为此无所作为。

他这样窃窃思考着，换上西服便到了楼下的工作室里。秘书小姐取来一沓名片，随后职业化地喃喃报述着：第一位林女士，丈夫私包了一位小明星，想请您跟踪他。第二位蒋先生，女儿失踪了，可能与男朋友私奔，请您找寻。第三位翁先生，有一笔外债，欠债人失踪，请您帮助寻找。霍启星虚拳咳嗽着，紧皱着眉头，显现出不耐烦的表情："还有什么案子？"

"噢，还有一位裴女士，据她称自己是已故影星裴丽云的侄女，看起来神情恍惚，一直待在接待室里不肯走。"秘书小姐言道。

"哦，把别的案子都推掉吧，请裴女士进来。"霍启星抑制住自己狂跳的心脉，怔了怔神，为自己调了一杯英式伯爵茶，而后悄然等待着。

房门轻启，进来一位妙龄女士，玫粉色的套装，现出玲珑有致的身段，手中挎着一只小号的包包。霍启星从她的衣饰看到她的面庞，手中端的伯爵茶差点泼出来。她的面容，一样郁郁的蛾眉秀目，秋波流转；一样微翘的嘴角，丹唇外朗，与裴丽云是如此相似。

女孩小心翼翼地坐在沙发中，呷了一口秘书送上的咖啡，抬眼望了一眼霍启星："听说您是最好的私人侦探，我才大老远地跑来，希望您能为我指点迷津。"

"小姐言重了，在下只是有些小伎俩而已，或许能帮上您的忙，我愿倾听您的叙述，为您愁城解围。"霍启星说了几句客套话。

"我叫裴敏，是裴丽云哥哥唯一的女儿，裴丽云是我的姑母，我父亲母亲早已仙逝，在多年前的一起游轮倾翻事故中丧生。自此后我便一个人孤寂地成长，只有姑母经常关怀我，小心地呵护着我，她是我唯一的亲人，把我

七、别墅疑云

当成亲生女儿对待。姑母没有结婚，一个人住在半山的别墅中，每到暑假寒假便接我去住几个月，不见面的时候便书信或 E-MAIL 往来。去年年初，姑母却被发现孤身死在自己的别墅寓所里，脖颈有绳索电线类牵拉的痕迹，胸口又中了一刀，膏血涂地，惨烈异常。当时虽有警方介入侦查，案件却因头绪繁杂无果而终，媒体更是各种揣测甚嚣尘上。姑母去世，我当然伤心万分。可突然有一天姑母的律师找到我，说按照她生前的遗嘱，这所半山别墅大宅归我所有，还包括香港红禾银行保险箱内的许多钻石珠宝、股票、债券、存款和现金。看来姑母也知道我是她唯一的亲人，居然把一切都留给了我，我在一夜之间成了富人。而这时候我恰巧订婚，有了自己心爱的伴侣。"

"这不是很好吗，那您今天来这儿要阐述何事呢？"霍启星不解地问道。

"霍侦探，我有一种奇怪的感觉，我感到姑母信件中提到的她深爱的男孩和我的丈夫是同一个人。"

霍启星手中的茶杯没有拿稳，差一点泼出来。"你是说你姑母有心爱的人，而你觉得这个人和与你结婚的丈夫是同一个人？不可思议，为什么会有这种错觉？"

"因为这些信，姑母的信件，她对我毫无保留，无话不谈。她说她爱上了一个比她小的男孩，这些是她寄给我的信件。"言罢，裴敏取出一沓信件。

"请允许我……"霍启星抽出一封信件仔细地研读起来。

"敏儿，我不知怎样对你说。我曾经对你讲过，经过多年的风风雨雨和与无数男子的感情纠葛，我的心好似冻蕊寒葩，展不开一丝笑妍；就好像水漫枯荷，搅不起一丝波澜。可是，老天眷顾我，让我遇到了他。他是一个飞行员，当我第一次看到那洒脱磊落的气质，爽朗清举的风姿，我的心便停驻了。他那撩人的眼眸，似看惯了长空中的云涛起伏，又似能望尽女儿心中的冉冉春心，风月翩翩。当他看着你的时候，好比轻车随风，飞雾流烟；而当他微笑了，便是梨花落尽，芍药盛放到荼蘼。这样的男子若为他换上戏服中的古代汉服，他便是文采斐然、琴挑文君的司马相如。笔下的文字势能凤蟠龙蟠，翻江煮海，琳琅的琴声如昆山玉碎，芙蓉泣露。若是穿上现代的服装，便是拍卖会上一掷千金的神秘富豪，董事会上锋芒毕露的年轻才俊。

天哪，裴敏，你不知我有多大的欣喜，认识他以后我有多大的改变。你知他是多么多才多艺。他当过兵，会开私人飞机、会开游艇、还会开军用摩托车、会打高尔夫、会溜冰、会各种泳姿、会攀岩，喜欢探险、绘画、滑板、健身。你知道多年来我除了拍戏一直蜗居在家，我本是一只守拙的鸾凤，真怕自己斗不过那些争春的莺燕。可是，天哪，我比他大十二岁，十二岁是多大的差距，有多大的鸿沟。可天知道，我的心还没有老，我曾经在海外游历，看尽欧美的旖旎风光。在崇山峻岭上长吟，在冰雕前驻足，在山地上滑雪。我的心还没有老，每当夜阑人静之时，依然沉醉在《长门赋》的转侧绮靡，沉吟于托尔斯泰的悲怆，迷醉于文艺片中光怪陆离的情感世界。但是，那么多年，都无人与我倾谈，感受我的每一声叹息，读懂我心底的每一丝弦音。直到遇见他，他的轻声慢语，他浑身阳光的气息，缠绵着我的每一次呼吸，抚慰着我的每一点伤痛。

我改变了很多，不再蜗居在家郁郁寡欢，随他一起畅游，一起高谈，一同出入歌剧院、话剧院，一同步入摄影展、画展，但是我们总是小心翼翼，以至于媒体没有捕捉到我俩的一点讯息。天哪，我的心在飞扬，敏儿，我只有告诉你一人，你是我唯一的听众。"

霍启星看完了一封信，抬眸看看坐在沙发上踟蹰不安的裴敏："这不是很好吗？没有什么问题呀。"

"那您再看看这封信。"裴敏从信件中抽出了一封。这封信被小心地折叠好，随后再塞入信封中，展开后却是另外一重世界。

"敏儿，不知道怎么与你说，我与这个男孩已经交往快两年了。确实，他给了我许多从未有过的澹荡如醉、香魂欲化的感觉，可是我渐渐地感觉有些不自在了。我确实为他花了很多钱，跑车、名表、名牌服装，这些我都不在乎，可现在我对这个人有些怀疑了。他总说自己是新加坡富商的二姨太所生之子，在香港读的大学，可他对新加坡的名胜却一无所知。我询问他所读的大学，所修的科目，他茫茫然不知所云。我曾经到该学校查过，根本就没有这样一个学生。难道他所有的一切都是骗人的把戏？他还多次打听我保险箱的密码，打听到底有多少珠宝存款。最可疑的是他知道当年我得了金马影后时，曾经有个摩纳哥王储疯狂追求过我，派人送来了不下十套价值千万的珠宝。包括在佳士得拍卖行拍得的一颗祖母绿式切割粉钻戒指，还有一颗价值连城的 13.22 克拉梨形彩钻，天成国际春拍的 59.93 克拉深彩橙棕色钻石。

这个男孩不断地诱逼我说出这些珠宝的下落。

敏儿，我好伤心，又很忐忑，他曾经千般顺从万般随和，与我如影追行。敏儿，我已离不开他，可我到底爱得对不对，他是否是个骗子，我不能面对现实，我不能相信。"

信件的末梢字迹已经模糊，像是被泪水沾湿，洇散开来，时间是二月十日。霍启星想了想，裴丽云是二月十五日被用人发现惨死在家中，"那又如何，最多只能说她遇到个感情骗子，这与她被杀没有必然的联系，只能说这个男孩是个嫌疑人而已。而且，警方经过大量的调查也应该排除了他的嫌疑，否则他现在应该在监狱里。"

"我怀疑的并不是这些，我是怀疑这个男孩和我现在的丈夫是同一个人，他同时出现在我姑母和我两个人的情感世界中。现在我继承了这座大宅，也搬进了大宅，这种感觉却越来越明显。"裴敏喃喃叙述着。

"这完全风马牛不相及，您是否伤心过度或神经过敏呢？"

"不，我请您相信女人的第六感。姑母所描绘出的这个男孩，虽然我未曾谋面，可他的形态举止与我的丈夫一样潇洒自如，他们的爱好、品位都极其相似。我也是疯狂地爱着他，以前一直以为是巧合，可当我们搬进大宅后，我发现了一些小事，感觉非常奇怪。"

"噢，什么事？"霍启星好奇起来。

"客厅里挂着一幅姑母的肖像，那是姑母的戏照，当时她正饰演话剧中的玛戈皇后，穿着华美的戏服，神采奕奕，倾城倾国。可我的丈夫面对肖像却极力回避，不敢正视，特别不敢看肖像的眼睛。而且我发现他似乎对大宅很熟悉，能很快找到路径。总之，各种奇怪的事，各种奇异的感觉。"

"这可能是你的错觉，男性的方位感比较强，比女性更能准确地找寻方向，这是很正常的事。"

"哎，你不懂，你们男人不理解。他身上有种女人无法抗拒的特质。我和我的姑母是女性的两个极端，她在银幕上眼波流转，光润玉颜，她的每一个转身都似粉蝶翩翩，每一句言语都气若幽兰。她让无数的男人为之倾倒，自己也遍历情场，几度沉浮。像我姑母这样的女子什么男人没见过，谁都入不了她的法眼，宁愿茕茕孑立，孤寂一生。可就是这样一个比她小十多岁的年轻人却让她抛却一切的顾虑，沉溺情海。这个男人不是一般的人，如果他是坏人，他一定把自己险恶的用心隐藏得很好。

可我呢，瘦弱、矮小，容颜身材平庸得像路边的野草，即使有一点像姑母，也不及她倾城风姿的十分之一。没有一个男人会正眼看我，而我也不屑与他们交往。唯有在书的世界中我才能自由徜徉。可自从遇见了我的丈夫，他与我有着同样的诗文爱好，熟读《文选》，贯通史编，写的文章铺陈词藻、华丽繁复。他写给我的情书，香浮墨华，文采殊渥，让人看得禁不住泪流满面，连我这般清心寡淡的女子都倾心相许，他该有多大的魅惑力。而且奇怪的是，他是一个工作非常繁忙的业务经理，经常出差，而姑母的爱人是开客机的飞行员。每次我男朋友出差，飞行员便在我姑母身边出现；每当飞行员要远航，我的爱人便回到我的身边。姑母死后，我们搬进了大宅，他一直催促着我去红禾银行查看姑母到底留给我多少遗产，积极得有些过头。他不知从哪里打听来摩纳哥王储曾经赠送给我姑母许多价值连城的珠宝，每隔几天就问我一次，可我根本就没见过这些珠宝，我偷偷去红禾银行的保险库翻查，也没见过这些珠宝。"

"那您需要我为您查清什么事呢，恐怕鞭长莫及了。"霍启星言道。

"一切，所有的一切，我姑母为何人所杀，飞行员，我丈夫，失落的珠宝，还有家中发生的各种怪事。"

"家中有何怪事？"

"林林总总，很多很多，一言难尽啊。我希望您以我同学的身份在这个暑假住进我家，借口是要考取私人医生的行医执照，顺便在香港游玩。"裴敏神情激动。

"这，恐怕有点不太妥当。"霍启星的心中早已跃跃欲试。

"我会给您高额的报酬，只住两个月。"

"报酬不重要，重要的是案子有没有趣。我想，应该可以吧。"霍启星点头笑应了。

站在半山别墅的花园前，霍启星有种惶惶然迷醉的感觉。白色的城堡雕栏玉砌看似恢宏气派，其实像个白色的坟墓，锁住了娇花玉容，锁住了魂消泪零，也锁住了女儿家所有的期盼、痴恋、冤屈。霍启星摇了摇头，轻轻按了按门铃，年长的英式管家谦恭地开了门，请他在客厅稍坐，自己去请女主人。趁着这个空隙，霍启星仔细观赏了整个客厅，偌大的客厅，木梁挑空，繁密的水晶吊灯花团锦簇地悬在半空，丰茸的幼树，瑰木的樗栌，地上铺着花纹细密的大理石地砖。软绵而厚绒的波斯地毯，编织着鸾鸟与孔雀的花纹，四壁的墙上全部贴着枫丹白露壁纸，气派的欧洲古典宫廷家具充斥其中，乳白色嵌着金边。高大的落地窗对着花园，花园中充斥着无数艳美的花朵：晚香玉、英式玫瑰、鸢尾、迷迭香、西洋牡丹、荷兰芍药，挨挨挤挤的风信子轰轰烈烈地盛开着，让人的视野有一种繁花似锦，荼蘼醉软的摧枯拉朽之感。越过这些花团锦簇再往下展望，一眼望去就能看尽半山的所有别墅群，仿佛身在袅袅云端一般。再看这客厅中，墨绿色天鹅绒的窗帘、法国的陶瓷装饰、典雅的下午茶摆件，这一切的一切都没有变过，裴丽云，是你的品位吗？这些都是你亲手要求装饰的，都是你的情趣，你的品位，你幽怨而高洁的情愫。而你的玉身就被人发现躺卧在沙发后，膏血涂地，芳魂杳然，霍启星闭上了眼眸，呷了一口伯爵茶，禁不住思潮翻滚，浮想联翩。

裴敏穿着藕荷色的家常小礼服裙，从冗长而华丽的楼梯上飘然而至，礼貌地与霍启星打招呼。她在沙发上稍坐片刻后，便把侍从都打发走，开言让霍启星先检查一下整个别墅的房间。霍启星欣然应允。他先蹲下身去仔细研究客厅里靠墙摆放的一个落地钟。霍启星拿着放大镜仔细查看了钟的每一个配件，包括钟陀、分针和秒针。

"这个座钟很奇怪，有很多次，确切地说是凌晨一二点都会发出吱吱呀呀的声响，每当我被声音惊醒，就发现枕畔边的丈夫不见了踪影，我估计他可能去检查那只钟了。可有一次我悄悄地跟他下了楼，发现他正匍匐在客厅的地上，用力在撬动座钟的底部，还悄悄取下钟陀、表针，仔细摆弄凝视着。"裴敏言道。

"哦？你放心，我会检查的，你丈夫呢？"

"他出差了，要五天以后回来。"

"哦，去哪里了呢？"

"法兰克福。"裴敏应道。

霍启星敏锐的双眼掠过客厅的落地窗，所有家具，双眸停顿在墙上那幅画上。"为什么要用绒布蒙着，你丈夫不敢看吗？"

"是的，他不想看，说看了晦气，而且他说特别不想看画像的眼睛，怪瘆人的。"裴敏叹息道。

征得了裴敏的允许，霍启星拉开了尘封的绒布。裴丽云身着十六世纪后半叶胡格诺战争时期的艳美服装，熠熠闪光地站立在西洋牡丹边。盘绕的乌黑秀发，晶亮璀璨的头饰，阔大而华丽的裙幅，繁复的蕾丝褶边，她的神韵如柳弹花倚，她的眼神慵懒似飞燕娇嗔。如此的一个女子，在银幕上百变无常，现如今却是香消翠冷，粉肌已枯玉容难睹。画像的眼睛如此妖娆美艳，并没有什么异常，可裴敏的丈夫为何不敢看这幅画，不敢看画像的眼睛呢？

霍启星又随裴敏上了二楼，二楼一共三个房间，一间客房。

"管家和仆人都住在这儿？"

"不，我丈夫柳杨不喜欢仆人住在家里，一到晚上九点就把他们赶回家，家里只剩我们两个人。"裴敏答道。霍启星逐一仔细检查，又随裴敏上了三楼。

"这是我们的卧室，"裴敏推开了房门，偌大的一间房间赫然显现。华丽的欧洲古典床褥，刺绣着合欢花的锦绣帷幄，晚香玉与迷迭香织就的被褥，豪华、富贵，但仿佛暗藏玄机。"这是当初裴丽云的房间吗？"霍启星问道。

"是的，我丈夫本想换一间房，可我拒绝了。"

"您丈夫叫什么？"霍启星问道。

"他叫柳杨。"

霍启星拿着放大镜仔细观察着梳妆台上的每一张照片，裴敏笑得羞涩而幸福，旁边的男子应该是柳杨，风姿若玉山琳琅，神韵如琪树翩翩，每一处眼角眉梢都能惹莺颠燕狂。若果真如裴敏所言，怪不得连裴丽云都坠入情网，无法自拔。

旁边还有一间储物间，一间书房和一间偌大的储衣间。霍启星在储物间里翻找了一下无甚收获，又踱去了书房。书房分为两部分，东厢是各国名著、诗词曲赋，西厢是大量的侦探小说、惊险推理小说、第二次世界大战的战争回忆录。

"我想这里是你的书，那里是他的书。"霍启星指着书橱言道。裴敏笑着点了点头。

进了偌大的储衣间，简直让人叹为观止。令人惊奇的并不是裴敏的衣服，而是她的丈夫有数不清的各式衣物：西服、礼服、燕尾服、起居服、吸烟服、数不清的袖扣、领带领结、各式意大利西班牙手工制作的皮鞋，高尔夫球杆一整套，林林总总，不胜枚举。

"你丈夫很爱打扮啊。"霍启星笑道。

"是啊，梳妆台和起居室里都是他的护肤品和保养品。"裴敏无奈地说。

霍启星想再往上走，看上去第四层楼是一个储藏室。"上面非常乱，都是我姑母以前的旧衣服、旧戏服，还有一些影碟照片，没有什么可看的，而且房门落了锁，我也没有钥匙。"裴敏言道。

"钥匙，呵呵，要查就查清楚。"霍启星走到四楼，从身边取出两只发卡，对着锁孔折腾了一会儿，"滴答"一声响，储物间被打开了。尘封的蛛网密密蒙蒙编织在每一个角落，房间里堆满了裴丽云曾经穿过的戏服，日常穿的礼服、沙滩服、鸡尾酒服，颁奖典礼穿的昂贵的礼服，她的影集堆砌得有半堵墙那么高。翻看着那些影集，裴丽云倾国倾城的风韵似烟云掠过，令人无限感慨。霍启星注意到旁边还有一口布满灰尘的大箱子。"这个箱子是锁着的吧。"

"噢，是的。"裴敏答道。

霍启星一抬手，箱子却被打开了，"已经有人开过锁了，先下手了。"霍启星言道，随即在箱子里翻检起来。一件十六世纪的法国宫廷式戏服破败不堪灰尘蒙蒙地躺在里面，显然和一楼客厅里那幅画上是同一件衣物，一样繁复的蕾丝，一样的珠宝错杂。霍启星掏出手绢将戏服裙幅上的每一颗珠宝都用放大镜仔细观察研究，随后仰头轻然一笑。

"这件玛戈皇后的戏服是我姑母自己找人按照当时法国宫廷的装束缝制的，因为剧团经费紧张，而我姑母又很喜欢这部戏，就自己花钱制作了戏服，裙子上都是裁缝钉上去的假珠宝。"裴敏言道。霍启星拍拍身上的灰尘站起了身，并关上了箱子："当然，当然是假珠宝。"言罢随裴敏一起下了楼。

"我想你丈夫今天是不会回来的，今天的检查暂时到这里为止，您休息去吧。"

裴敏点头应允，又转过身来说："还有另一件怪事，每天下午四点，阁楼上就会有沉重的脚步声。"

"是吗？"霍启星低头思忖道。"好，这件事我们明日再查。"

用罢晚膳，仆人们拉上厚重的窗帘，打开水晶吊灯并点上烛火，随后仆人悉数回家，偌大一座别墅空空荡荡，像极了一座大墓。霍启星点着烟，悠悠然坐在沙发上望着裴丽云墙上的画像，陷入了沉思。裴丽云啊，裴丽云，你的绝世风采已繁华顿消，阁楼中的一切都挂满了蟏蛸，玳瑁空梁燕泥抛，坟头上鸱鸮这么高，白日里狐狸啸，玉砌空堆马粪高。到底是谁杀害了你，是谁在这所别墅里搞鬼。霍启星一边抽烟，一边慢慢走到裴丽云的画像前。裴丽云的一双明眸勾魂摄魄，似骊珠清圆，直看到人的心里去。猛然间画像发生了奇异的变化，一粒圆润的泪珠自她月亮般精圆的面庞滑下，沿着画框滴到地上，凝固成一颗水晶。天地玄黄，朗朗乾坤，这世间真有这般的怪事。霍启星揉了揉眼睛，再仔细盯着画像，依然是画中的人儿眼泪如断了线的珠子滴下，在地上凝固成水晶。霍启星从地上捡起水晶，水晶在他掌心泛出熠熠的光泽。裴丽云，你到底有何冤屈，是在向我诉说吗？终有一日，我定会为你洗清冤屈。霍启星在心底暗暗许下了誓言，将满把的水晶装入了西装的口袋。

第二日清晨，霍启星一大早便起了床，从客房里走出后，在客厅的沙发上坐定，重新审视肖像。画上的裴丽云依然风姿绰约，明眸闪烁，地下也没有水晶遗留的痕迹。管家与仆人们已然上班，将霍启星请到偌大的餐厅去用餐。早晨丰盛至极，有牛奶、果汁、培根、煎蛋卷、吐司、比萨，乃至中式稀饭和欧式甜点应有尽有。管家和仆人在旁肃立，不苟言笑。霍启星一边大快朵颐，一边朝管家问话："你是何时进的府，在这栋别墅里干了多久，裴丽云小姐在世时是你照看家吗？"

"回先生的话，我是新雇用的，这些仆人也是新的，原先的仆人和管家听说在裴丽云小姐过世后都先后离开了，联络不上了。"

"哦，原来如此，是谁请你们的？"

"是先生请的。"

"嗯，知道了，菜做得不错。"

正当霍启星将半块培根塞入嘴中时，园丁慌里慌张地从外面跑进厨房对管家说："先生回来了。"

"不是说五天吗？"管家自言自语道，随后忙不迭地冲了出去。

门外汽车的喇叭声"滴滴"地响起，花园的铁栅栏徐徐开启，霍启星隔着落地玻璃窗朝外望去，只见一辆黄色的跑车冲进了车道，随后下来一个身材颀长的年轻人，穿着考究，态度傲慢。他把车钥匙抛给了管家，自己径直朝客厅走来。一进客厅便朝沙发上一坐，仆人送上了当天的报纸，他一边浏览着报纸的版面，一边不经意地用眼睛瞥着厨房里的餐桌。霍启星用完早餐，决定会一会这个年轻人。

霍启星大步流星地走向客厅，年轻人则放下了报纸，认真地审视着霍启星。

"你是小敏的同学吗，我听管家说的。"柳杨一双褐灰色的眼睛将霍启星从头到脚观望了一遍。

"我是她的高中同学，大学读的是医科，行医多年后准备在香港定居，考了私人医生的行医执照，顺便在香港游玩一下，叨扰你们了。"

"噢，那您就安心住下吧，大概要住多长时间。"柳杨满脸的不高兴。

"大概一个月的时间。"霍启星说到这儿，看着柳杨不友好的表情，仿佛唯恐自己多住一日，心想只有在一月之内将案子破掉。

"我刚从法兰克福回来，今天春光明媚呀。"柳杨伸了一个懒腰，"我想放松放松，不如我们两个男人出去喝一杯怎么样？这附近有个很不错的酒吧。"

"大清早去喝一杯？"霍启星想了想，便欣然应允。

不可告人的秘密

两人驱车开了一段时辰，便到了一处摩登的酒吧区，柳杨跳下了跑车，将霍启星引进了一间小巧的酒吧，坐在吧台前，神情慵懒而闲散。他自己点了冰岛汽酒，霍启星要了杯威士忌。

"你们是高中同学，高中时追裴敏的人多吗？"

"多啊，她是班里的才女，有很多男生喜欢她。"

"真的？"柳杨露出嗤之以鼻的表情，"才女都有些神经质吧。"

"神经质？"霍启星故意露出惊讶的表情。

"嗯，"柳杨边喝汽酒边点着头，"自从她姑母离世，小敏就有点恍恍惚惚的。心情沮丧，无端发火，乱扔东西，与我外出时，应该带的东西没有带，不该带的东西却装满了随身的手提包，随时随地会歇斯底里大发作，脸涨得通红，嘴唇青紫，还浑身发抖。"柳杨言道。

"是真的吗？"

"当然，她还无端偷我的东西，我经常有一些物什找不着，最后发现在她手提包里。更可怕的是，每当晚上仆人回家，她就会绕着屋子乱跑。你说是不是姑母之死让她心生抑郁，慢慢发疯了？"

"应该不会吧，"霍启星开始认真审视面前这个男人，审视他灵动的眼神，然后呢，也许是深藏在他俊俏的面容下狠辣歹毒的心肠。可是这一切，又有什么证据呢？

霍启星从西装口袋中取出一把璀璨的水晶，摊开手掌给柳杨看："你们的房子好怪呀，夜半十二点，客厅里裴丽云的肖像画会流下眼泪，泪滴入地，化成水晶，不骗你，是真的。"

柳杨适才还阳光满布的面部，瞬间阴翳骤生，化为阴霾遍布，他呛咳了一口酒，随后掏出手绢来擦拭，顺便擦拭掉太阳穴的一滴冷汗。"霍医生，不要开这种玩笑，会吓死人的，自从住进这所别墅以来，我一直想把那幅肖像画换掉，扔到上面的阁楼去，甚至想把它烧掉，可是裴敏不同意。她对她姑母太崇拜了，一种病态的崇拜。总之这幅画很邪气，看得人阴森森的。"柳杨皱着眉头呷了一口酒。

"您以前认识裴丽云吗？"霍启星问道。

"当然不认识了，哦，我想起来了，我十一二岁的时候很迷恋她的电影，缠着我父母去看她演的话剧的首映礼，还到后台献过花呢。"

"我很好奇，当时是怎样一幅情形呢？"

"呵呵，那件事好有趣，我还是个小孩子，捧着一大束百合花去献给她。还对裴丽云说：'裴阿姨，听说追求你的人从这里排到法国，是真的吗？我可以追你吗？'"

"哦？然后呢？"霍启星颇有兴致。

"然后裴丽云认真地对我说：'你想追求我，要不要认真考虑考虑，多考虑几年呢？'"

"这件事我也听说过，好像裴丽云当场就褪下一只长手套给这个小男孩，说是等他想明白了，戴着手套来寻她。"霍启星言道。

柳杨愣了一下，讪讪而笑："你怎么会知道的，那只手套早被我小时候不知扔到哪里去了。"

"我想裴丽云当时很美。"霍启星问道。

"是啊，大概二十出头，鼎盛的时光。很美，美得像洛神，花容婀娜，神光离合，令曹植止步而望餐；美得像巫山神女，绝殊离俗，靓装刻饰，妩媚纤弱，令楚襄王情意绸缪，两心暗结。"柳杨抽了一口烟，思绪飘扬到了远处。

霍启星听他所言，突然一阵心痛。倾城倾国的裴丽云，如今的魂魄似长风吹断鸢，晨曦散晓烟。她的灵魂本应该停驻在蓬莱仙境，可是现在，她的魂魄还在别墅里飘荡，寄居在肖像画上，我怎样才能帮助你？

柳杨的一声"结账"打断了霍启星的思路，他说："我下午还有一场高尔夫球赛，不能陪你了。"

"哦，请便，请便。"霍启星应答道。

柳杨出了酒吧，坐上跑车一路绝尘而去，霍启星叫了辆计程车神不知鬼不觉地缓缓跟随着他，跑车几经蜿蜒到了一处乡间的小木屋。柳杨下车后，左右张望了一下，便进了木屋。进去了半晌后，又出来了，坐着车重又出发了。

霍启星兴致大起，蹑手蹑脚地靠近木屋，私自开了锁进到屋内。小木屋内的一切让他大开眼界，无数女人的照片贴满了整片墙壁，其中有好几张是裴丽云中年时的照片，灰尘蒙蒙的桌面上放置了好几本影集。霍启星随手翻阅了几本，都是柳杨与墙上照片里的女性左拥右抱、软玉温香的图片。翻到最后一本，却是他与裴丽云的照片，整整一本，一起打网球的、用餐的、泡酒吧的、逛精品店的、攀岩的、开游艇的、溜冰的、滑雪的、游泳的、旅游的，柳杨充分显示了自己的各种天赋，而裴丽云则笑得幸福而甜蜜。霍启星继续往后翻阅着影集，在影集的最后，一只墨绿色的蕾丝钩花长手套掉落出来，落在了地上。这只手套与裴丽云客厅肖像画中所戴的手套如出一辙，极其相似。霍启星不由自主地想起柳杨适才在酒吧里所言所说，当他还曾经是个十一二岁的小男孩，在剧场的后台化妆间里向裴丽云献花，并扬言要追求她。裴丽云面对一个小男孩的懵懂言语，不由得春情萌动，留下了一只长手套，也留下了情丝一缕。

原来如此，原来事情是这样。十多年后，柳杨已长成了一个才情洋溢的青年，他带着这只墨绿色的长手套又找到了裴丽云。裴丽云面对这只手套时一定红晕满面，惊喜万分。她一定认为这是上天的恩赐，难得的缘分。在她鼎盛的时期，无数男人迷恋她的佩瑶风影，衣动霞光；缠绵在她转盼多情的眼眸中；贪念她的凤鞋轻点，舞娇歌艳。可是没有一个男人最终留在她的身边，陪她看阳春残雪融化，依傍着她慵游倦耍，她一生看尽了天下的男人，了解他们的虚荣，恨透了他们的薄情，任何人都搅不起她水漫枯荷般的一丝心芽。可是当她面对十多年前的那只长手套，忆起自己曾经许下过的诺言，刹那间好比灵胎再投，她终于折服了，折服在柳杨排空电转般的追求下。可是她没有想到当年的那个小男孩早已成为心机重重的捕猎者，游走在无数红裙紫纱间的风流客，更没有想到他会贪恋她的珠宝，觊觎她的财产。她心中所爱的人只是一个幻影，根本没有一个痴情执念，万古无缺的爱人。根本没有人真心情愿为她补恨填愁，鹤转瀛洲。

可是，这只是自己一厢情愿的猜测，难道不是吗？霍启星思考着，这个小木屋内的所有物件只能证明柳杨认识裴丽云，不但与她交好，还与其他女人有着千丝万缕的联系。没有证据证明他曾经觊觎她的财产，继而杀害了她，也不能证明他同时在和裴敏交往，更不能证明柳杨由于裴敏是裴丽云唯一的亲人，就费尽周折与其结婚。柳杨先前所说裴敏歇斯底里的情况是否属实？还是故意将她逼疯？裴丽云是怎样被杀害的？为什么在警局细致入微的排查中，柳杨却被疏漏了？摩纳哥王储所赠的价值连城的珠宝到底有没有，抑或只是讹传？有的话在哪里？别墅中的座钟半夜为何会发出声响？下午四点为何又会有沉重的脚步声？一切的一切都是谜，静待自己去揭晓。

霍启星走出了小木屋，又驱车回到了别墅，刚踏进别墅，却看到裴敏一个人在哭泣。霍启星小声询问，裴敏抽抽搭搭地说："他给我打了电话，说我故意丢掉了他的高尔夫球杆，说我有精神病。可老天在上，我没有啊。从我住进这栋别墅，奇怪的事情就接连发生了。首先是柳杨不断地少东西，烟盒、打火机、袖扣、手表、钱包，甚至高尔夫球杆套。他到处疯狂翻找，最后这些东西居然都出现在我的衣橱里、化妆盒里、手包里，都被小心藏匿得很好，高尔夫球杆套居然被埋在花园的花丛里。我询问了仆人，他们都一无所知。就算女仆能接触衣橱、化妆盒，可手包我一直带在身边呀。柳杨开始怀疑我，说我自从姑母死后得了抑郁症，得了精神病，慢慢地连我自己也开始怀疑自己了。"裴敏不断地浑身战栗，泣不成声，继续说着，"有一天半夜我失眠，到客厅坐坐，突然看到姑母的肖像，掉下的泪珠落地化为水晶。当我告诉柳杨，他脸色大变，气急败坏，说我得了妄想症，是个彻底的精神病，可我真真实实看到了眼泪，还拾了满袋的水晶。柳杨叫嚣着要烧掉这幅肖像，说有邪气，但我执意不肯。姑母没有留下任何一张照片给我，只有这幅肖像是我唯一的记忆，争执之下，他打了我一耳光后扬长而去。而且这栋别墅的阁楼非常阴森，每当下午四五点钟，楼上就会听到沉重的脚步声，每天都是这样。"

"这段时间柳杨在哪里呢？"霍启星问道。

"他都在高尔夫球协会打球或者别墅的社区男人俱乐部游乐。你听，这声音又来了。"裴敏用手指指了指楼上，只听得沉重的脚步声一步一步在楼顶移动，整幢别墅由于老旧不堪似乎都在跟着颤抖。

霍启星三步并作两步奔上四楼，站在楼梯口仔细倾听着，随后慢慢逼近阁楼的储藏室。储藏室的门半掩着，有轻微的手电筒灯光的光线从里面射出，只听得有人粗重的喘息声、翻找物件的拉扯声、丝绸织物互相摩擦的窸窸窣窣声、物体从搁板掉落的声音，接着又听到一阵幽幽的叹息声。霍启星刚想进去，只依稀见到柳杨疲惫而满身灰尘的身影从里面闪出。他拍了拍身上的灰尘，走向楼道的另一侧，在朝外的阳台上有一根结实的绳索从上盘结而下。柳杨四下看看无人，便顺着这根绳索攀爬而下，落至地面后骑上一辆自行车便远去了。霍启星待他远去后，蹑手蹑脚进了储藏室。储藏室里依旧灰尘蒙蒙，但明显有被人翻动过的痕迹。裴丽云的所有戏服都被仔细翻检过，但柳杨显然是一无所获。那么看来，每次都是柳杨偷偷回来在阁楼的储藏室里翻找东西，发出沉重的脚步声，如幽灵一般恐怖，引得本已脆弱至极的裴敏猜测连连，惊慌失措。那他到底费尽心机在找什么呢？难道裴丽云在红禾银行里的珠宝财产还不够满足他的贪欲吗？还有什么更吸引他如此上下折腾？

霍启星走近那口大箱子，打开后，那件玛戈皇后的戏服依然静静地躺在那里，裙幅上缀满了星辰般繁密的假珠宝。霍启星拿出手机将所有珠宝都拍了照片，又用小剪刀小心地剪下了一粒珠宝，用手帕包好回到了客厅。霍启星对裴敏说："我要离开一段时间，短则一个星期，长则两个星期。有些证物需要证实，目前柳杨还不会对你怎么样。"

"是他吗？真的是他在搞鬼吗？"裴敏激动地问。

"嗯，暂时还不能确定。"

裴敏心神慌乱地送走了霍启星，颓唐地坐回了客厅里。

霍启星离开了半山别墅后，日夜兼程地进行着调查。一方面联系珠宝商朋友，对戏服上的假珠宝进行鉴定，一方面联系警局的熟人翻阅当年裴丽云案件所有相关人员的资料，马不停蹄地忙了一个多星期。两星期后，他胸有成竹地又回到了半山别墅，进了屋子却让他大吃一惊。裴敏头发蓬乱，衣衫不整地坐在客厅的沙发上，口中胡言乱语，意识不清。

"裴敏，是我呀，我是霍启星。"

裴敏如同看到了救命稻草，扑到了霍启星的怀里，"我不是疯子，我没有偷藏戏票，真的，我没有。"

"怎么回事，裴敏你振作点，告诉我怎么回事。"霍启星安慰道。

"你走后一个星期，柳杨拿出两张芭蕾舞票，说隔天带我到大剧院去看芭蕾舞剧《胡桃夹子》，戏票就被他放在西服的口袋中，可到了出发的那一天，他却翻箱倒柜找不到戏票。我对天发誓没有碰过戏票，可他发疯一般地指责我，说我偷藏戏票还戏弄他，最后他在我的首饰盒里发现了这两张揉在一处皱巴巴的戏票。他大发雷霆，指责我是精神病，是疯子，当时管家还没下班回家呢，柳杨撕坏了我的睡衣，撕烂了戏票，砸坏了镜子，扯断了我的珍珠项链，天哪，他还是不是当初我认识的那个人！昨天夜里，我发觉他不在我的枕畔，我蹑手蹑脚地下了楼梯，只见他正在鼓捣客厅里的那只钟，匍匐在地上，拼命地在拨弄钟陀和摆件。我问他在干什么，他突然凶相毕露，叫嚣着不要我管，叫我去看精神科医生，霍侦探，你说我到底是不是真的有病呢？"

"你当然没有病，只是被人诬陷了，你现在很危险，我想今天晚上他还会鼓捣那只钟的，晚上你不要太早睡，等我叫你看场好戏。"裴敏停止了哭泣，认真地点点头。

真相终于显现

一到半夜，圆月凄凉。霍启星从自己的房间走出，悄悄躲藏在小客厅的帷幕后面，仔细聆听着。过了一个钟头，从楼梯上发出细微的声响，有人从楼上蹑手蹑脚地走到客厅里。霍启星探出头去，看到的是柳杨。他轻轻地走到座钟前，打着手电，仔细拆弄起来。鼓捣了半天，座钟的表针发出"滴答"一声轻响，整个座钟的钟身朝左面轰然移动，墙壁上露出一个黑黑的墙洞。柳杨明显欣喜若狂，他伸出右手朝墙洞里掏去，掏出一个黑色的小巧的木盒子，柳杨将它放在地上使劲打开，未料到里面只有一封信，柳杨颓唐地坐在地上，显然受了打击。

客厅的灯光骤然亮了起来，霍启星从帷幔后走出，裴敏穿着黑色的小礼服从楼梯上姗姗然走了下来，在客厅的沙发上翩然坐下，柳杨惊愕地看着他们二人，显然不知所措。

霍启星大步流星地走到地毯的中央，点上一支烟开始喃喃叙述起来："今天让我来说一个故事，这个故事有点长，要从十六年前说起。十六年前，年轻貌美的裴丽云凭借着出色的演技和翩若惊鸿的气质成为香港影坛一颗冉冉上升的巨星。整个东南亚有无数男人为她绝世离俗的风姿所倾倒，甘愿献出一切而得到她的垂青，其中就包括途经香港的摩纳哥王储。为了追求裴丽云，王储赠送了大量拍卖而得的珍宝，裴丽云极力推辞，王储却执意要送，最后此事最终如何并无人知晓，裴丽云究竟收了与否，成为娱乐圈的一桩悬案，但毕竟在街头巷尾传为美谈。而就在十六年前的一个晚上，裴丽云正在出演话剧《玛戈皇后》，后台涌进来一批影迷献花，其中就包括一个十二岁的小男孩，他叫柳义夫。啊，这个柳义夫，就是夫人您面前站着的这位柳杨先生。当时这个小男孩懵懂地对裴丽云说'阿姨，追求你的人是不是真的从这里排到法国，我可以追求您吗'等等诸如此类的言语。裴丽云当时被小男孩稚嫩而执着的神情所折服，认真地说：'你要不要再认真地考虑考虑，多考虑几年，到时候我再回答你。'当时有很多记者在场，用闪光灯记载下了这个不朽的瞬间。为何说它不朽呢，因为裴丽云当场就脱下了戏服中一只墨绿色蕾丝钩花长手套给了这个小男孩，还当着记者的面说：'等你长大了，模样都变了，我可能认不得你，到时候你就戴着这只长手套来找我。这双手套，你留一只，我留一只，到时候我再回答你。'这张小男孩拿着长手套的照片当时刊登在娱乐晚报的头版头条上，一时被人们传为美谈。"霍启星从口袋中取出一张折叠的剪报，展示给他二人看。

这个故事暂时告一个小小的段落。十六年的岁月如白驹过隙，烟消云散。裴丽云在这十六年间几乎登上了香港影坛的巅峰，得奖无数，腰缠万贯。她可能早就忘了十六年前对一个小男孩所许下的诺言，当然谁可能还会记得呢？在这十六年间，裴丽云几经情海沉浮，爱过人，也伤过心。红尘碧海须臾变，抹月批风随过遭。她一定不再信任任何一个男人了。

可是，当年的那个小男孩长大了，他并没有忘记当年裴丽云对他的誓言，在这十六年间，他已经成长为一个风度翩翩、才情洋溢的青年。就像裴丽云信上所说的那样，喜欢探险、绘画、滑板、健身，会开私人飞机、开游艇、会打高尔夫、会溜冰、会攀岩等等诸如此类。可他所有这些能力和爱好并没有用在正途上，反而成为他周旋于美人贵妇之间游刃有余的必需手段。更糟糕的是他欠下了很多赌债，却无力偿还。渐渐地，那些贵妇已经无法满足他对金钱的疯狂渴望，突然有一天，他在家中翻找到那只墨绿色的蕾丝钩花长手套，当年裴丽云留给他的那个信物。一个恶毒的计划开始酝酿了，他搜集了所有报刊上有关于裴丽云生平的剪报和八卦，在一次偶然的机会里，他偶然与接近中年的裴丽云相遇。多么美的相遇瞬间啊，昔日天真童，今朝紫薇郎。裴丽云已近中年，厌倦了名利场中的沉浮，怀揣着一颗几度情殇的破碎之心。当她看到那只长手套，遥想起当年自己的誓言，心中一定感慨万千。可难得的是当年的孩童已长成翩翩少年，对她极尽追求之意。他的出现像云敛晴空，风扫残红；他的风姿如舞凤游龙，梦里相逢。裴丽云心中是香阶乱涌、闲愁万种。于是乎嫦娥心动了，偷离碧霄，偷离了广寒宫。如此这般，柳义夫轻而易举地成为裴丽云的爱人，陪伴她四处游乐，也长居在半山别墅中。可他同时也在和另一个女性交往，这个女性便是裴丽云的侄女裴敏小姐。因为柳义夫把一切都打听清楚了，也知道裴丽云虽然喜欢他，但并不一定会和他结婚。他了解到裴丽云除了半山别墅外还有多处房产，包括红禾银行保险柜内的许多珍宝和现金、股票、债券，当然还有传闻甚广的摩纳哥王储所赠的巨额珍宝。裴丽云对此一直讳莫如深不愿提及。裴丽云毕竟是个久历沉浮的女星，纵然爱他，却死活不愿结婚，所以在婚后杀害她再谋得珍宝的可能性不存在。可裴敏是她的侄女，人世间唯一的亲人，也是唯一可能继承财产的亲人。相对于裴丽云来说，裴敏要好下手得多。于是，在裴丽云身边，他冒充自己是个飞行员，每次出航，他便来到裴敏的身边。来到裴敏的身边后，他成了饱读诗书的青年才俊，写字楼里的高级白领。与裴敏一同吟诗作曲，极尽追求。裴敏是个不谙世事的少女，也没有别的亲人，迅速坠入情网，与他订了婚。在柳义夫与裴敏订婚以后，他打听到裴丽云确实有遗嘱，在死后将所有遗产留给裴敏，他便开始实施了疯狂而歹毒的计划。为了造成自己不在现场的假象，他报名参加了九龙的一场高尔夫球会。他先回到别墅，用长筒丝袜勒死了裴丽云，那么死亡时间就确定了，随后将裴丽云的尸体塞入汽车后备厢，一起开往九龙参加了高尔夫球会，接近四个小时的球会，他有无数的证人证明他不在半山的别墅里。到了夜间，他又回到别墅里，将裴丽云的尸体拖到客厅沙发的背后，再残忍地补上一刀。当然，这天他一定提早告诉她，让她驱散所有用人，要给她一个惊喜。可怜的裴丽云驾鹤骖鸾去不返，泪滴残魂血未干。

柳义夫在杀害了裴丽云后，连夜乔装打扮回到了裴敏的身边，重新变成了柳杨，自此他对付裴敏的计划便开始实施了。不出他所料，裴丽云的遗嘱生效了，她的财产除了一部分捐赠给慈善事业，大部分都留给了她唯一的亲人裴敏。裴敏在毫无征兆的情况下一夕之间成了亿万富婆，继承了红禾银行里的所有财宝,并搬进了半山的别墅。自此以后,柳杨便一直陪伴在裴敏身边,一边试图把裴敏逼疯,一边试图寻找摩纳哥王储赠送给裴丽云价值连城的珍宝。他也许本想把裴敏杀害的,可两个女性被害的时间相隔太近,而且两次都有他牵扯在内,警方一定会迅速破案的。侥幸蒙混过一次,不可能有两次,所以把她逼疯最好。于是乎裴敏在半山别墅的生活意外频生,柳杨先生一会儿丢失钱包、烟盒、打火机、袖扣,甚至是高尔夫球杆,最后都被发现藏在裴敏熟悉的地方。其实这些都是柳杨亲自动手,故意为之,好让裴敏天长日久自以为自己神志不清,濒临崩溃。他在不断精神折磨裴敏的同时,也在半山别墅的每一个角落翻寻珠宝的下落,特别是在裴丽云遗留的物件里。最大的可能是在四楼那间巨大的储藏室里。所以他每隔几天就谎称去高尔夫球会,却半路骑自行车回家,沿绳索攀爬至四楼,耐心而细致地翻找,所以裴敏经常在下午时分听到四楼传来沉重而恐怖的脚步声。可怜的女孩已经被他折磨得神经过敏,以为是自己的幻觉。而且柳杨与裴丽云相处的过程中,一定知道这别墅是栋老别墅,历经时代的变迁,一楼的客厅座钟藏有机关,为以往的主人存放重要档案,可他一直不知晓玄机在何处,于是每日夜间在钟边匍匐寻找。

好了,现在我可以告诉你那些举世无双的珍宝在何处了,就在四楼储藏室的那只大箱子里,在裴丽云那件出演话剧《玛戈皇后》的戏袍裙上。和无数的假钻石、假珍珠混在一处。那些价值连城的宝石被裴丽云精心地绣在了戏服上,做上了记号,每颗周围环绕着几十颗假宝石,假作真时真亦假,珍宝其实一直在你们的眼皮底下。聪慧的裴丽云一定很珍爱《玛戈皇后》这部戏,戏里有她的柳軃花倚,莺娇燕懒;有她的金莲倒褪,香肩云鬒。她的一生献给了电影和戏剧,她的每一个转身都似娇鸾振翼,每一句言语都似流水溶溶,每一次眉黛轻颦都好比惊鸿鹄飞,每一场梨花带雨般的哭泣都如冰轮乍涌。裴丽云知道自己的捧心娇媚,也知晓年华老去后的珠翠劫灰,一切昂贵的珠宝在她的心中都比不上她的戏,没有她的戏珍贵。所以那些珠宝只配做她裙服上的装饰。裴丽云一定不会料到自己的结局竟然会是这样。

再回过头来说我们的柳杨先生,他在阁楼里找不到珍宝,只能寄希望于这只座钟,到处拨弄钟摆和针尖,想找到机关所在。现在终于找到了,可惜里面只有一封裴丽云留给他的信。霍启星从木呆呆的柳杨手中取过信,喃喃读了起来:"亲爱的,我永远也不会忘记十六年前那个小男孩稚嫩的面庞,懵懂的言语，和你在一起的分分秒秒我都很快乐，很惬意，但是请原谅我，我始终不信任男人。所以若论遗产，我留给你的只有我全身心的爱，YOU ARE THE ONE。"

裴敏听完叙述，已是泪流满面，柳杨却站了起来，凶相毕露："霍医生，或者应该叫你霍侦探。你所说的即便是真的，也只是你的推理。你没有任何证据，我依然可以逍遥法外，依然可以生活在这里。"

"警察马上就要到了，你逍遥不了多久了。"

"不能吗？"柳杨亮出了藏着的利刃，"他们来的时候只会发现失踪了两个人，我也会声泪俱下地报案，我心爱的妻子和好朋友一起没了踪影，没有证据，一切都是枉然。"

柳杨本来俊俏的面庞变得阴暗而扭曲，他拿着利刃一步步逼向霍启星，裴敏在旁失声尖叫。

房内的灯光变得明明灭灭，闪电掠过，转瞬之间，霍启星与柳杨激烈地打斗起来，霍启星身手矫捷，明显占了上风，没过多久便将柳杨的利刃夺走，并将他扭住臂膀，牢牢地控制在身下，裴敏惊慌失措，站在他二人身边不知如何办才好。

警笛的呼啸声由远而近，十几个警察冲进客厅，控制住了柳杨，并戴上了手铐。一切都回归了静谧。霍启星走近柳杨，喃喃言道："人的贪念，是万恶之源啊。"杨柳瞪着血红的双目恨恨地看着霍启星，转过头去朝裴敏啐了一口唾沫，随之被一群警察带走了。

霍启星对身旁的警察说："能不能把小木屋中裴丽云的那只墨绿色的长手套留给我做个纪念。"

警察摇头道："不可以，这是证物。"

"那你们有没有看见客厅的这幅裴丽云的画像在流眼泪。"霍启星突然间问道。警察们面面相觑，不置可否："没有，怎么会呢？你一定看花眼了吧，这只是一幅画像呀。"

霍启星微微一笑，转身洒脱而去。